U0521524

有爱的青春陪伴者

我无法告白的理由

十柒点 著

江苏凤凰文艺出版社
JIANGSU PHOENIX LITERATURE AND ART PUBLISHING

图书在版编目（CIP）数据

我无法告白的理由 / 十柒点著. -- 南京：江苏凤凰文艺出版社，2024.8
ISBN 978-7-5594-8684-4

Ⅰ.①我… Ⅱ.①十… Ⅲ.①长篇小说－中国－当代 Ⅳ.①I247.5

中国国家版本馆CIP数据核字(2024)第105737号

我无法告白的理由
十柒点 著

责任编辑	王昕宁
特约编辑	嘎 嘎 雪 人
出版发行	江苏凤凰文艺出版社
	南京市中央路165号，邮编：210009
网　　址	http://www.jswenyi.com
印　　刷	天津睿和印艺科技有限公司
开　　本	880mm×1230mm 1/32
印　　张	10
字　　数	359千字
版　　次	2024年8月第1版
印　　次	2024年8月第1次印刷
书　　号	ISBN 978-7-5594-8684-4
定　　价	42.80元

江苏凤凰文艺版图书凡印刷、装订错误，可向出版社调换，联系电话025-83280257

目 / 录

第一章　归国 / 001
相处时间长的朋友是否会看上对方？

第二章　青梅竹马 / 019
所有的兵荒马乱就此开始

第三章　珍贵 / 059
朋友之间，也是有占有欲的

第四章　生日愿望 / 078
不要再生我的气了，行不行？

第五章　烟花 / 106
你不是想念咱们这儿的烟花了吗？

第六章　酒后真心 / 134
"你跟谁告白过吗？"

第七章　哄人 / 156
"女朋友"生我气了

目 / 录

第八章　他的承诺 / 174
做不到的事情，最好还是不要说的好

第九章　秘密 / 201
你相念，我相欠，这合同无期限

第十章　爱人错过 / 222
她的心，好像也终于落在过去了

第十一章　真话 / 242
想和你在一起是真的

第十二章　我喜欢你 / 264
以后、未来，我们都不会分开

番外一　下次见 / 302
她和他，一定要好好再见

番外二　何心韵 / 308
只要微光不灭，她仍有前路与未来可去

第一章 / 归国
相处时间长的朋友是否会看上对方？

1

从碧湖郡过来的路上堵了车，窗外细雪飘飘，道路上像刷了一层白色的漆，没见人走的痕迹，只有两排平滑的车辙辘印记。

"我真的快到了，但天公不作美给堵门口了，那能怎么办？"

路曦趴在车窗边，一脸无奈。

"你迟到一个多小时了！还记得我们约的几点吗？你赶快的，该罚的酒都给你准备好了！"

路曦闭了闭眼。

如果有可能，她都想立马让司机师傅掉头回去。

不过人在外头，临门一脚，这么冷的天，白白出来一趟还得挨催，现在走，不划算。

"行行行，我现在就进去，就用我脚底下这十一路公交车。"

路曦拿起包，掏出两张大红纸币，对着电话："你给我等着！"

司机师傅早对这堵车的情况麻木了，见怪不怪，遇着没耐心的客人要下车也不是头一次，他接过钱例行公事一般提醒："小姑娘，外面冷，地又滑，记得小心点。"

路曦下车关门："知道了，谢谢师傅。"

"大鸿人间"金光闪闪，在能见度极低的夜里丝毫不允许人错过和忽视。路曦顶着一身雪，一推门进去就被暖气围攻全身，她舒服地叹了口气，在服务员礼貌的笑容里直奔电梯。

7666包厢外正巧有人在,路曦凭着记忆摸过去的时候,那两人就认出她了,大笑一声指着她,然后转头推开门,往里大喊:"哎哎哎!人来了!"

这是守株待兔呢。

"来了吗,来了吗?"

应声出来的女子身着一件高领毛衣,遮了下巴:"西西!你可算到了!"

来人一头及腰大波浪,脸色酡红,走路已经有点飘了,但不影响大嗓门,绊了一脚走过来,直扑她怀里,打了个酒嗝:"等……呃……等你好久了。"

路曦挥挥鼻尖的酒味:"许欣然,你这是把要罚我的酒喝光了吗?"

"没呢,那怎么可能。"

许欣然抱住她,"嘿嘿"笑:"咱姐妹之间不互抢,你的好东西,我全留在那儿呢。"

路曦嫌许欣然重,但偏偏这人黏得跟牛皮糖一样,她甩不开,只能暂且拖着往里走:"别拉着我'共沉沦'行吗?进去躺你的沙发。"

今晚这局是许欣然组的,为了迎接路曦从德国顺利毕业回来。事实上她前天就已经到A城了,只不过因为天气太冷所以没同意出来。

但许欣然是个爱热闹的,人际关系又处得极好,当然不会放过这次机会。据说她专门建了个微信群就叫"大鸿7666",但凡喊得上名字的,基本都在那里待着。

不过热闹归热闹,这回主要还是给路曦庆祝,许欣然掌握着分寸,只喊了高中常玩的那一伙人。

包厢里暖气开得足,路曦一进去场面当即沸腾了。虽然已经毕业好几年,但这么久以来大家都没断过联系,自然不生疏,也就不说客气话,按着头起哄:"罚酒罚酒!"

路曦连句话都来不及说,当场就被扒了外套,推到桌边跟几杯颜色奇怪瞧起来极度不好喝的东西面对面。

她犹豫着,讨饶:"不是吧,这么多?"

"不多不多,眼睛一闭一睁就喝完了!"有男生道。

"是啊是啊,眼睛一闭一睁,很快的事。"

许欣然接过话头,笑眯眯地捏她的腰:"快点,快点!"

路曦怕痒,拍开许欣然的手,瞪了她一眼,道:"等你明天酒醒了,看我不收拾你!"

中国的酒桌文化固然出名，但路曦这几年在国外也不是白待，洋酒多多少少喝过一点，就算要醉，也不至于太快。

三杯下肚，她的胃里着实火辣辣一片，感觉嘴里都能喷出火来。她按着头缓了一会儿，然后在一旁人的欢呼声中被扶到沙发上坐下。

包厢里一片黑，只开着两盏幻彩的灯，此起彼伏的歌一首嗨过一首，吵得人脑瓜疼。路曦闭眼假寐，慢慢消化酒意。许欣然刚巧唱完歌回来，一屁股坐她旁边，头枕着她的肩膀："好西西……你可算回来了，我自己一个人在这儿太无聊了……"

路曦轻哼："你无聊吗？"

"当然无聊啊！男人跟游戏哪有你重要？"

重要还下狠手灌她酒？妥妥的"渣男"语录！

路曦不想搭理她，抖了抖肩把人甩开。许欣然又赖过来，倒在旁边没声了。

路曦坐着缓了会儿，那股劲慢慢下去之后，脑袋轻了不少。她睁开眼，扫了一圈屋子，黑漆漆的，除了周围几个人，谁的脸都看不清。

唱歌的人还兴致勃勃，路曦盯了会儿屏幕，忽然伸手拍拍许欣然的脸："喂，醒着没？"

没动静。

路曦使了点劲："喂！醒醒。"

许欣然抓抓脸，不太高兴地嘀咕："干什么呀？"

"他来了没？"

许欣然静了会儿，转过头，眼睛艰难地睁开一条缝："谁啊？"

路曦抿唇，咬牙道："盛之行！"

"啊——"许欣然了然，屈起一根指头，示意包厢角落，"他那家伙……早就来了，比我喝得还多，都睡……睡半个小时了吧。"

睡半个小时了？

她不过就晚来一个小时，他竟然睡了一半的时间，那得是喝了多少酒？

路曦顺着许欣然指的方向看。包厢很大，那角落离她们这里远得很，又没开灯，她什么都看不见，抻着脖子瞅了半天，连片衣角都见不着。她思忖了会儿，还是起身。

她一路走过去，绕开了几位踩着桌子唱歌的人，耳边一阵轰炸一阵安静，好不容易走到了角落的单人沙发，眼睛却还得被屏幕的光荼毒。她被闪得受不了，干脆背过身也在沙发上坐下了。

不过她只占了一小片地方。

因为某位大爷这会儿正伸着长腿，背对人群，霸占着一整处沙发舒舒服服地睡觉呢。

还挺会享受。

路曦看着人，不由得腹诽。

估计是嫌睡觉不舒服，包厢里暖气也够，所以他没穿外套，脱了放在一边。路曦看一眼就认出那是他的衣服了，拿过掂在手里，一时没动。

有大半年没见面了，果然这家伙还是安静的时候好看些，闷头缩在沙发边，半侧着身体，挡住半张脸，简直孩子气极了。

她轻轻哼笑，摊开外套，勉强搭在他身上，也算是保暖了吧。

"咱们西西怎么躲这儿来了啊？是不是不想喝酒，故意的？"

赵修齐悄悄地过来，一拍她肩膀，笑得脸上开花般。

路曦狠狠瞪他一眼，竖了根手指放在嘴边："嘘！你还敢过来？刚刚就你喊得最欢，怎么以为我不知道？看我明天就把你跟欣然一起收拾了。"

方才喊那句"眼睛一闭一睁"劝酒的就是眼前这位小哥。

他闻言笑得更开心了，一点不害怕："好西西，从小到大这种话你说了多少次你自己数过没？除了吓吓之行还能干什么？我可不怕你哦，你打我，我不还手，不过伤我可是会留着，去你家给你老爸看的。"

"从小到大你威胁我的话也没变过。"

赵修齐"哈哈"大笑："别生气，来来来，我们一杯泯恩仇，好久没见了，这一杯就代表我的情意了。"

"大可不必。"

"有必要，有必要。"赵修齐的酒都准备好了，递过来送到她手边，"你喝完我就去唱歌了。"

"你唱歌和我喝酒有什么关系？别想套路我，我才不喝。"

路曦话音刚落，就感觉旁边的人动了。盛之行眯着眼坐起来，一副没睡醒的模样："干啥啥不行，劝酒第一名。赵修齐，你是不是闲得没事儿干了？"

赵修齐眨眨眼："你没睡呢？"

路曦也有点惊讶。

盛之行瞥她一眼。路曦瞧他神色分明是有倦意，刚刚应该是睡着了的，不过不知道他是什么时候醒的，又是什么时候听见他们说话的。

"唱你的歌去，别在这儿碍眼。"

赵修齐一撇嘴，悻悻然："重色轻友，真是好典范。"

不过他也只敢嘴上抱怨，人是乖乖走开了的。路曦瞧着他走远加入唱歌的大队伍，扭过头："你什么时候醒的？"

盛之行往后靠，闭上眼，揉揉太阳穴："我根本没睡熟，这么吵，刚有点瞌睡虫就被赶跑了。"

"你喝了多少酒？"

"不多。"

不多？谁信了才有鬼。

路曦嗤他一声，光明正大没藏着。盛之行听了个正着，眼神悠悠地朝她瞧，笑得狡黠："听说你前两天就回来了？怎么，不告诉我，怕我去机场逮你？"

她确实是两天前回来的，但没告诉的不止他一个人。

"连欣然我都没说好吗？大冷天的，我可承受不起你们赶来接我。"

盛之行闻言笑。

他没反驳，等同于默认了她这句话的前提——就是如果知道她回来，他们一定会去机场等着接人。

好朋友的默契，确实如此。

盛之行靠着沙发休息了会儿，包厢里鬼哭狼嚎的歌声没见停下的趋势，他侧身穿上外套，待不下去："哎，走不走？我今晚回碧湖郡。"

路曦转头，他已经站起来了。

"欣然还在这儿呢，她喝醉了。"

盛之行拽住她的手臂，轻而易举地说服了她："赵修齐不还清醒着？"

2

盛之行是开车来的，但两人都喝了酒，谁也动不了方向盘，只能喊代驾。

喝酒的人身体都暖着，按理说出门吹了冷风，就能更清醒些，但盛之行约莫是个怪人，不但没醒酒，反而还显得更加醉了。

路曦跟代驾沟通完回来的时候，他已经躺在后座上睡熟了。

他身高体长，人又重，路曦费着劲才挤了一角坐进去，位置窄得她恨不得拿一榔头敲醒他。

怎么今天明明是迎接她回国，这家伙反倒自己喝嗨了？还得她给他收拾烂摊子。

雪还在下，车行驶在无人的路上，一片白色的夜景阴森寒凉，不过好在快过年了有点亮色，不至于白得太吓人。

碧湖郡是一片别墅区，路曦和盛之行家是二十几年的老邻居了，晚上回时基本上闭着眼也能找到路回去。

而盛之行确实就是闭着眼躺回房间的。

第二天雪停了，但太阳没出来，路曦顶着两只熊猫眼在阳台吹了会儿冷风，整个人抖得跟筛子一样。

房门象征性地被人敲了两下。

路曦听见了，回头看，某人趿着拖鞋，已经自己开门进来了。

"在外面不嫌冷啊？"

盛之行皮肤白，套着黑色的卫衣，顶着浓密的鸡窝头，不管走到哪里都挺吸睛。但路曦现在只想给他一脚。

"盛之行！"

她拉上阳台的门："不是跟你说了别坐我床？"

盛之行无辜："我就坐了个床角而已。"

"你屁股底下那是床角吗？"路曦给了他两下，"赶紧起来！"

"起来起来，这就起来！"

盛之行边躲边起身，摸着手臂，龇牙咧嘴："都跟你说了，女孩子要文明点，别什么话都挂嘴边说。"

"我说什么了？"

"你说'屁股'了，别想当我是聋子啊，我可是听见了的。"

"那又怎样？"路曦扬扬下巴，"你刚刚不就是拿屁股沾我床了？怎么，你想否认？"

"你还说？"

"不能说吗？才多少岁就比我爸还老古董，那玩意说不得吗？不就是个人都有的东西。"

眼看两人又要为个莫名其妙的理由吵起来，敲门声适时响起打断了这段争执，沈丽在外头试探性地问："之行？西西？你们俩在里面吗？"

两人互相对视一眼。

半秒之后，盛之行耸耸肩，路曦清了清嗓子，应："阿姨，我们在。"

"都醒了？那好，快下楼吃早饭吧，别光待在那儿，等会儿饿了。"

"好，我们马上下去。"

战争暂时停止，两人熄火。路曦去柜子里翻衣服，盛之行自觉出屋关门，一系列动作行云流水，像是提前演练过好几回。

盛家现在就只有沈丽一个人在，平日负责做饭、打扫卫生的刘婶放了假，回老家准备过春节去了。至于另一位男主人，盛之行的爸爸盛敬山，这个时间点……应该已经去公司了。

沈丽不怎么经常做饭，但当学生当得足够勤奋，趁刘婶回家之前她特意学了几招，今天正好派上用场。她一边舀汤一边嘱咐："西西啊，你在国外这几年，好不容易回来，一定要多吃吃咱们本土的东西。外头再好再华丽，肯定都没有咱们家里踏实，之行前段时间回来，我也是这么跟他说的。"

路曦看着渐渐满起来的碗，眼神一瞟转向了对面的盛之行。他还是那副颓丧样，懒懒地靠着椅背，见她看过来，幸灾乐祸地笑。

"阿……阿姨，可以了，不用了。"路曦咬牙切齿只能自救，连忙从沈丽手里接过碗，岔开话题，"盛之行他回来多久了？"

"没比你早多久，也就三四个月前。"

沈丽还要给盛之行舀一碗，勺子都拿起来了，被路曦截过去，笑眯眯地贴心道："阿姨，我帮你给他盛，你坐下休息吧。"

沈丽笑："行，乖孩子，你来吧。"

"乖孩子"背后插着一对黑色的翅膀，这会儿正大摇大摆地展开呢，只不过能看见的人只有即将遭殃的盛之行而已。

他没拦着，反而大大方方，接过快溢出的碗时还不由得笑，就是语气有点不太诚恳："谢谢你了。"

路曦回："别客气。"

两人一来一回，你一嘴我一句，沈丽哪能看不出他们是小孩心性，又在暗自较劲，一边无奈一边发笑，这两人真是跟小时候一个样子，半点没变。

"之行，你还没跟妈说呢，昨天怎么喝成那样回来？老实交代啊。"

盛之行喝了口汤，面色正要狰狞，恰好碰着沈丽问话，他也就顺势把汤放下："就高兴呗，多喝了点，赵修齐也在，总不能光让他一个人喝吧。"

"修齐也醉了？"

"……那倒没有。"

沈丽一副"我就知道"的表情："就是你把不住嘴。妈不是跟你说了，酒要少喝，对身体不好。更何况你是去欢迎西西回来的，自己喝那么多，到头来还麻烦西西送你回来。你自己想想,她要不管你,你是不是昨晚就睡在包厢里头了?"

沈丽一向早睡,昨晚是听见动静,出了房门才看见路曦把喝醉了的盛之行送回来。那会儿盛之行其实还有意识,知道自己的房间在楼上,只不过醉得厉害才瞧起来没什么劲,她于是也就没多问,任他一头倒床上睡觉去了。

至于路曦会在盛家……倒是平常的事。

路、盛两家父辈亲近,做了多年邻居,两个年龄相仿的小孩当然玩得近,青梅竹马一词安在他们头上是绝没问题。串门也是家常便饭,所以为了方便,双方家里就都设了专门的房间给他们来的时候住。

"她都不介意。妈,你操什么心。"

"你这孩子!"沈丽拍他的手臂,"西西有义务送你回来吗?多大个人了,还拎不清,你无所谓,西西能无所谓?她一个女孩子,带着醉酒的男人回家,不熟悉你们的人看了怎么想?这像话吗?"

盛之行一顿,随即"喊"了声:"什么像不像话?别人能想什么。"

"你这脑袋瓜,我跟你说不明白。"沈丽选择放弃跟自己这个儿子交流,去找另一位正埋头喝汤的人。

"西西,你说阿姨说得对不对?下次如果再有这种事,你就不用再管他了,直接让他睡大马路,看他下次还敢不敢再犯。"

"好,没问题。"

沈丽笑,又转问起:"对了西西,你这留学德国应该也有四五年了,有没有碰见什么喜欢的男孩子啊?"

路曦刚刚还高兴呢,这下一口汤呛在喉咙里,连忙咳了两声掩饰狼狈:"啊?"

她这趟回国,特意挑的是爸妈都不在家的日子,毕竟过年总要团聚,团聚之前,她想的是能过几天清静日子就过几天清静日子,不过没想到,出了那边的狼窝,掉进了这边的虎穴。

"阿姨,我出国是读书的,又不是去谈恋爱,这个事……"

"读书也不妨碍谈恋爱啊。我们西西长这么漂亮,肯定追求的男生一大把,什么国外国内的帅小伙,那不得争先恐后地来。"

这种问题哪好意思正面回答,路曦只能装傻一样"嘿嘿"地笑,低头喝汤假装忙碌。

"妈,你别问她了。要真没男生追,你这么逼着她回答,让她面子往哪里搁？"

路曦瞪圆眼睛。

"你这……真是白长了张嘴，什么好话都不会说。"沈丽无奈，"也得亏是西西才能受得了你。"

三句两句不离西西，也不知道谁才是她亲生的。盛之行兀自扬唇笑，倒也不在乎自己在亲妈心里这么毫无地位。

"阿姨，我吃饱了，得回家了，还有一堆工作要处理呢。"

路曦说完起身，走到盛之行旁边对着他翻了个大大的白眼，然后把碗"嘭"一声放他面前，里头还剩半碗汤："多喝点！"

"哎——哎——"沈丽在后头喊人，"西西，再喝点吧。"

"不用了，谢谢阿姨，下次来我再喝。"

说是下次喝，但下次是下次，这次是这次，哪能算作一样？

沈丽轻叹一声，回头教训盛之行："你看看你，把西西都给气走了！"

盛之行闷头笑。

那丫头哪里是气走，分明就是找机会遁逃。

"行行行，都是我的错。反正她才是你亲女儿，我是你捡来的儿子。"

"你要真是捡来的就好了，我现在就不用操心你那么多事，还跟你爸爸闹得不愉快。"

提起盛敬山，盛之行的笑容下去了点，摸着碗满不在乎："你跟我爸有什么可闹的，我都不想搭理他。"

"这是想不搭理就能不搭理的事吗？之行，你自己想想，你也老大不小了吧，你爸给你介绍个女……"

"妈。"盛之行打断，"你能不提这个吗？"

这汤本来就没什么味，现在更让人觉得难喝了。盛之行撇开碗，靠着椅背一副不愿意听的模样。

沈丽拗不过他："行，我不提，我就看着，看你跟你爸谁更犟，看你跟你爸谁先妥协。你打小就性子硬，但没一回能硬过你爸。你自己也知道，你爸是为你考虑，不是要给你强塞姑娘。如果你心里没喜欢的人，试着谈谈也未尝不可啊。"

盛家这一黑脸一红脸唱得那叫一个好，盛之行可谓是深受其害。他讲不过沈丽，也懒得讲，推开椅子起身，往楼上去。

"再说吧。"

3

朝阳律师事务所位于丰河路景色最好的一段，站在大大的落地窗前远眺，几乎能够把这附近整片焕丽的夜景包揽。不过可惜路曦来的时间是白天，所以没能一览路朝口中那看一次能抵一顿饭的好风光。

路朝此人，光看姓也能瞧出些端倪。

话说当年，路宏江醉心古代诗词文句，一心深造恨不得投身穿越，虽然后来这种情况有所减少，但总归还是在他生活中留下了浓墨重彩的一笔。

路朝，路曦。

长大能听懂人话之后，路曦年年听她老爸扯东扯西，最后总能拐到最初为他们取名的故事上。

用路宏江的话来讲，他们这两兄妹的名字，取自苏轼的一首诗。这首诗广为流传，乃是大名鼎鼎的《饮湖上初晴后雨》。

只不过——还得加个"其一"。

苏轼的《饮湖上初晴后雨》其实共有两首，但后世多传的只有其二，而鲜有人知其一。作为因研究诗文多年而在 A 大赫赫有名的文学院教授，在自己家庭的文化传承和教育上当然也不能落后。

一句"朝曦迎客艳重冈，晚雨留人入醉乡"，路大教授大笔一挥，取其前头二字，分别赠给了他的儿子和女儿。从此这首诗不管在别人那里如何，反正在他们路家，那是顶顶的无法忘记。

"回来好几天，这才总算想起来见我了？"路朝端着咖啡从茶水间出来，悠悠问道。

路曦惊讶地回头："你在？"

"不然？"

"我以为你在盛康。"

"我本来应该在盛康的，回来拿点资料，没想到这么巧刚好碰见你。"

路曦对他口中所谓的"刚好"保持怀疑意见。

盛康那么大个公司，他当人家的法律顾问不是一两年了，能有什么资料落下，非得在工作时间回来拿？路曦不想质疑自己老哥的专业素养，所以只能质疑他的诚信、人品。

"我才不信你。"她冷哼。

路朝笑："被你发现了。没错，我确实不是回来拿资料的，昨天我就请了假,特地回这儿守你的。"

路曦撇嘴:"守我干什么?"

"你说守你干什么?"

路朝放下咖啡,淡淡地瞧她:"你回国不提前说,趁着老爸老妈不在家偷偷溜回来。你学业和实习的事处理好了吗?"

"早处理好了,我还是玩了一周才回来的。"

"玩了一周?确定不是等了一周?来我这儿还偷偷摸摸,'光明正大'这个词基本跟你无缘了。"

"路朝同志,注意你的语气态度,我可不是你的委托人。"

路朝点头:"你确实不是我的委托人,因为我现在是你的临时监护人。最近几天你的行为,都要在我的看管之下。实习的事,妈让我给你处理,你自己觉得呢?想去哪儿?"

路曦觉得今天自己来这儿真是来错了。

她本来想着,回来这几天,好不容易不下雪了,能出门走走,这朝阳律师事务所是她出国之后路朝跟人合办的,她一直没机会来,正巧今天工作日,路朝在盛康,她过来参观参观也无妨,可谁能想到……

有人比她心思还多,早就在这儿守着了。

"我哪儿都不想去,现在只想回家睡觉。"

路曦浑水摸鱼,晃着脑袋装疯卖傻,可惜被路朝一把抓住:"别想跑啊,实习的事还没说完。"

路曦头疼:"有什么好说的?"

"你在国外进修这么多年法律,回来不实习,难道想坐吃山空?哥给你个建议,如果你不想去别的地方,就干脆来我这事务所,我会找好的律师带带你。"

"别!不用,我才不想跟你一个地方工作,搞得像是我走后门一样。"

路朝瞅她:"不想来我这儿?那行,去盛康也可以,我们平等工作。"

盛康……那更是不用了。

路曦不想和他说话了:"你别给我出馊主意了,我现在就想休息一段时间,找工作的事过完年再说吧,我不会在家混吃等死的,你放心。"

路朝当然清楚自己妹妹的秉性,她虽然瞧着跟盛盛家那位一样不靠谱,但在学习的事上没有懈怠过,啃老的事自然也是不会做的,他刚刚那么说,不过就是看看她的态度而已。如果她要休息,那就休息好了。

"行吧，你的事你自己做主，我不强求，反正抓紧进度就好。盛家那小子，可比你领先不止一步。"

听他提起盛之行，路曦一顿，听出什么不对劲："你什么意思啊？"

路朝打量她："你没跟他见过面？"

怎么可能？她早上才从他家里出来。

"见过啊。"

路朝闻言了然，但也不说话了。

路曦皱眉："没你这样吊胃口的。"

吊胃口归吊胃口，作为律师，不想说的话别人怎么都套不出。路朝端起咖啡又开始惬意地品尝，朝他老妹无情地挥挥手示意她可以走了。

路曦成功地被路朝从事务所赶出来。

她倒没感觉郁闷，反正被自家老哥驱赶也不是一次两次的事了，就是觉得有什么秘密从她耳边溜走，让她在吃盛之行"瓜"的路上倒退了一步。

许欣然在市区的家就在丰河路一带，这也是今天路曦会来事务所的原因之一，反正顺路，这个时间点，许欣然也应该醒酒了。

路曦猜得大差不差。

她过去时，许欣然确实清醒了，正窝在小沙发上蓬头垢面地看电视。

"吓我一跳，我还以为谁来了。"

许欣然的表情由惊恐变为放松，收拾头发的手又重新落下。

"你以为？你还把房门密码给谁了？"

"我男朋友啊。"

路曦思考："哪一位？"

许欣然拿抱枕砸她。

路曦接住，过去在她旁边坐下，笑道："你那么多任男朋友，我哪里记得？"

"那是你不关心我！我这个男朋友都谈一年了好不好？"

那路曦是真不知道。

她举双手投降，勉强承认这是自己的错，也没再问，只对茶几上一堆小零食和小面包感兴趣，她拿了几块解馋。许欣然一边换台一边说："少吃点少吃点，一会儿一起去吃火锅，咱们好久没一块儿吃饭了。"

路曦没有意见，啃着饼干："就我们俩吗？"

"不然嘞？你还想喊谁？"许欣然歪头，"盛之行吗？"

路曦眨眨眼。

许欣然晃头笑，一脸奸诈："西西，这就是你没跟上时代了。你以为你青梅竹马的好朋友还纯洁无瑕吗？你以为他还会是坨没被鲜花插过的牛粪吗？他呀，最近可忙得很呢。"

路曦的嘴角慢慢放下，一时沉默。

如果路朝说的时候她还没有察觉，那么这会儿她就是想装傻都没可能。何况她根本不想装傻，只想把事情问明白。

"什么意思？"

"我就知道他没跟你说，那家伙就怕你揪住他小辫子呢。"许欣然笑眯眯地凑过来，一脸八卦样，"我跟你说……"她放低声音，"盛之行最近啊，好像有发展对象了，据说是跟何家那位。"

何家，何氏。

路曦听说过。

盛康建业是盛家的家族企业，从盛之行爷爷那一代传下来，现在在A城享誉盛名。盛康建业搞建筑，那自然离不开合作的投资商，利益朋友千千万，没有最坚固的，只有比较坚固的，何氏大概就算是其中一位。

"所以是，商业联姻？"

许欣然一撇嘴："我感觉不像。"

她有理有据："你想啊，盛家那么有钱，名气又大，按盛之行爸爸那个性格，应该不会搞这些东西。所以有可能就是他们俩自己看对眼了，毕竟合作的时间长了，指不定脑袋一抽就瞧上对方了。"

路曦默了会儿："时间长……才更不可能看上吧？"

"那不一定。"许欣然反驳，"不然那些朋友变成恋人的例子都是哪儿来的？"

路曦苦笑："你只看到过程，没看到结果，多的是最后分开两不相见的。"

"你这说的可不是原论点啊。"

许欣然纠正："我们讨论的是'相处时间长的朋友是否会看上对方'，这跟最后他们的结局是什么样没有关系，你别转移话题啊。"

路曦腹诽："第一次发现你这么严谨。"

"那是，这种话题我比你有发言权，毕竟你是个'母胎单身'，跟我不是一个等级。"

果然这世间不乏把"万花丛中过"当成炫耀资本的人,路曦今天算是有幸见识到了。

"哎,西西,说到这个,我倒是挺好奇的。"

许欣然扒拉着沙发朝路曦靠过来:"你说盛之行有钱又有貌,虽然瞧起来吊儿郎当不靠谱,但他也是实打实考过系里第一名的人,你说你看不上他哪里?"

路曦和盛之行,一个圈子里玩的都晓得这两个冤家,那是妥妥的相爱相杀,从小闹到大。在许欣然的想法里,他们就是那所谓的"相处时间极长的朋友",这么多年没在一起,不是看不上是什么?

但路曦否认了:"没有看不上。"

"那是为什么?"

路曦用力捏着小面包:"就……就是太熟了而已。"

"熟悉还不好?知根知底的。咱们这一伙人里,也没有谁比你俩更熟悉对方了。"

路曦笑,垂眼摇摇头,许久之后才说:"以后总会有的。"

4
火锅最后还是没吃成。

因为路曦接到了她老妈打来的电话,说是和她爸两人提前回来了。

这提前回来提得够意外,连一向消息灵通的路朝都被蒙在鼓里。想起家中自己乱丢的拖鞋、外套,以及没有倒掉的零食袋和外卖盒,路曦顿时觉得一阵头疼,接人之前赶忙回家一通收拾。

爸妈回来的结局,自然是路曦自由自在的生活被打破,还免不了被一顿教训。毕竟她回国这么大的事不给家里通知,那肯定是不能轻易姑息的道理。

说也说了,骂也骂了,路曦在家里装聋作哑快两天,眼见快到小年了,这事儿才总算结束。

算是还她一份宁静了。

路教授最近和学生一块儿放寒假,基本都在家养花喝茶。吴静萍从嫁给路教授之后就专心做家庭主妇,虽有生活圈子,但很少出门。现在路曦也结束学业归国在家,三人就天天早中晚地碰个面,规律得不像话。

这种情况一直持续到小年当天。

盛敬山是个做生意的，在跟人交往方面绝对领先路宏江不止一星半点，这么多年盛、路两家的聚会大多是盛敬山主动约起的。不过路宏江虽然处在被邀约的一方，但向来都是心情愉悦，二话不说爽快地答应。

地点是在盛家，说起来也就是隔壁，还没到真正过年，晚上估计就是象征性地聚一聚，主要还是提前热闹，说一说话，没有太重要的事情。不过吴静萍还是很重视，提早两小时就让路曦梳妆打扮。

不过路曦不是很有心情。

距离她那次早上离开盛家到今天，整整五天，盛之行没有给她发过一条消息。

路曦不知道该怎么形容自己的心情，她垂眼盯着手机，看了有一会儿，最后动手点了输入框，打字：晚上家庭聚会你参加吗？

没等很久，那头回：当然。不然被我妈当鸡一样撵着跑。

路曦没忍住笑出了声，心情好了点，但犹豫着，想了好一会儿才发：听欣然说你最近很忙，忙什么呢？

那边也静了好一会儿，才发：工作。

很简单的两个字。

说真也像真，说假也像是假。

路曦没再问了，有些事问到这里已经要停下，否则就是过线了。

她给他发了个表情包，配字：那你加油吧，小心头秃。

盛之行立马传来一个巨大的拳头表情。

路曦笑笑，收了手机，把化妆包翻出来，认认真真地上了个淡妆。

吃饭的时间有点晚，到盛家的时候天都黑一半了。沈丽兴高采烈地出来迎人，先是跟吴静萍一通老闺密的叙旧，然后又拉着路曦的手往餐厅里去，介绍今晚的菜肴有多么丰盛。

菜都已经上好了，桌上还有盛敬山珍藏的红酒。路曦跟在两家大人后面进去，餐厅里不见盛之行的身影。

吴静萍是最先问的："之行那孩子不回来吗？"

"来。"沈丽说，"就是要晚点，说是有工作处理。"

"我就说之行这孩子有出息。"吴静萍笑，"他小时候我就瞧出来了，古灵精怪的，虽然爱玩但也没做过不靠谱的事。你看现在，年纪轻轻就晓得为未来事业奋斗了。"

"他那哪算什么奋斗，自己家的公司，他不出力，难道还等着别人出力吗?"

"总归是有上进心,这就够了。"

"行行行,反正之行从小就喜欢听你的夸奖,我说的话他都不爱听。"沈丽笑,"这就是越看别人家的孩子越喜欢吗?难怪我只要瞧见西西就心里高兴。"

"那干脆让吴阿姨把我领回家好了,反正我在这儿都不受待见。"

盛之行不知何时回来了,穿着一身正装进了餐厅,确实是像刚刚下班,不过嘴里的话没半点正经。

吴静萍闻言笑,沈丽虽嗔怪地瞪他,但肯定不及盛敬山严厉。

盛敬山冷着脸:"说什么胡话呢?让你准点回来还迟到,有没有时间观念?还不赶紧洗手坐下吃饭?"

盛之行耸耸肩,一把拉开路曦旁边的椅子坐下:"我洗过手了。"

"胡说,你进门到现在哪里碰过水?"

盛之行笑得狡黠:"怎么没碰过?你外面浇花的水啊,一整桶,洗得可干净了。"

盛敬山瞪圆了眼,如果有胡子,他现在估计能气得吹起来。沈丽赶忙拉住他的手劝慰,熟练得让人不难想象这家人的相处情况。

"行了行了,之行,你别胡闹,既然回来就吃饭吧,工作应该也累了,跟你爸这老头子斗什么?"路宏江道。

盛之行一提筷子:"得,路叔叔都发话了,那我绝对不闹了。阿姨,叔叔,吃饭吃饭,你们都快吃吧。"

盛敬山虽然还有气,但这种情况下根本撒不出来,只能由着沈丽劝,冷哼一声率先动了筷。盛之行紧随其后,夹了个大大的鸡腿放进路曦的碗里。

路曦在旁边也看了半天戏了,刚刚吃了口米饭,夹起鸡腿,悄悄凑过来问:"喂,你真拿叔叔养花的水洗手了?"

盛之行笑:"逗他玩呢。"

路曦一撇嘴:"我就知道。"

他看起来是真饿了,扒了一大口饭,狼吞虎咽时还不忘说:"你知道有什么用,反正我爸不知道。"

盛之行吃得快,结束之后就坐在位子上无所事事。两位父亲饮酒交谈,两位母亲在闺密叙旧,找了一圈,也只有路曦缺个"伴"。

他催她:"你吃快点,吃完咱们看电影去。"

"去哪里？你家还是外面？"

"我家啊，外面那么冷，估计你也懒得动。"

路曦觉得这个提议还算不错，没什么意见，于是加快了速度把饭吃完，然后就跟盛之行溜之大吉，躲去他房间旁边的家庭影院看电影去了。

盛之行看电影的口味和大多男生一样，偏爱动作片和科幻片，碟片一打开全是欧美电影，房间里印象派的海报贴得满墙都是，唯有沙发上那对红色阿狸的抱枕看上去格格不入。

路曦过去坐下，刚刚拿起抱枕，就听盛之行问："你要看什么？"

"都行。"

"你确定都行？"盛之行挑眉，"我记得每次你这么说的时候，还没看一半就睡着了。"

路曦轻咳："哪有？那种情况是少数好不好……今天我肯定不会睡着的，你赶紧随便挑一个。"

盛之行最后还是挑了个喜剧片。

路曦其实看过不少电影，但每次跟盛之行一起，他总能挑出些她没听说过的，想来是涉猎极广，就跟机器猫的口袋一样能藏东西。

这部喜剧片的原片他是看过的，所以给路曦放了之后就先去了浴室。一身正装穿着实在不舒服，哪有家居服来得有生活气息。

路曦这回确实没有睡着，看到中间还笑得肚子疼，靠着沙发抱着抱枕笑得前仰后合。盛之行洗完澡回来就瞧见她这副模样，也不由得笑，过去坐下："控制一下你的表情，别让口水流出来。"

路曦给他一拳："闭上你的嘴。"

盛之行受了打，乖乖闭嘴。

他没有再说话，倒是一直安静到电影结束。路曦其实很久没这样笑过了，毕竟在国外一直学习，又没有太熟悉的朋友，大多时间都是独自一人平淡生活的。

影片播放完了，盛之行还没有说话，路曦朝他看去，他没有睡着，不过一双眼睛是盯着手机在看，不知道里面是什么内容。

她顿了一会儿，出声："怎么了？你有事吗？"

盛之行回神，关掉手机，沉默了会儿，没有否认，笑笑，问道："这么明显吗？"

何止明显……路曦抿唇。

盛之行往后靠，整个人懒洋洋地舒出口气，他望着天花板，眨眨眼："西西，我跟你说个事儿呗。"

路曦的笑容停滞在嘴角，拿抱枕的手一紧。

西西，这是她的小名。

打小周围的人都这么叫她，盛之行也叫，大多是在逗她闹她的时候，像现在这么正经，却还是头一次。

"说什么？"

"我爸给我介绍了个对象，你认识的，何心韵，说让我跟人家发展发展。我先给你提个醒，我这发展指不定什么速度呢，万一成功了，你就只能自己做单身狗了。"

喜剧电影的铺垫没能让路曦高兴，先前的两个小时都不及现在这一分钟让她心里感受深。

她轻笑一声，扬扬眉毛："你能脱单不是你幸运，得算人家女生倒霉。叔叔估计也是看出这一点，所以才决定早点把你推销出去。"

"你倒是说对了一半。我爸那人你也知道，搞建筑前是个文化人，搞建筑后是个爱装文化人的资本家，骨子里逃不开那份迂腐。他就是觉得我心不定，谈恋爱估计都得换好几个人，折腾上四五年，所以才让我现在就找女朋友，生怕我晚婚晚育。"

路曦没话说了，所有能聊的都被他自嘲完了，想来想去，她也只有那么一句想问。

"你喜欢她吗？"

盛之行哼笑："这重要吗？多的是不相爱的人在一起。"

他这么说，无疑就是表明他其实已经做好准备去接受和妥协。路曦觉得这没什么，可有那么一瞬间又认为无法理解。

他明明不是那么容易就向盛叔叔让步的人。

她轻轻掐了掐手心，最后还是没忍住，问道："盛之行，你是认真的吗？没骗我玩吧？"

盛之行侧过身。

房间里是关了灯的，电影放完还没来得及打开。他们坐得很近，前头大屏的光虽然微弱，但已经足够让路曦看清他的表情。

他没在笑，比任何一次都正经："你记得吧？我说过的，不会再骗你。"

第二章 / 青梅竹马
所有的兵荒马乱就此开始

1

盛之行说过很多话。

他是个话痨，十足的话痨，加上好动和过分活泼，闹得路曦有时候都想把他的身体敲开来，看看里面是不是装了什么永动机，才能让他始终如一地那么烦人。

他们的初识不太愉快。

不，应该说是很不愉快。

在吴静萍刚刚怀上路曦的时候，盛之行已经在沈丽的肚子里五个月了。那会儿碧湖郡的别墅刚刚开发，环境优美，两家几乎是同时搬来，都对对方好奇，便想着互相走动。这不走动不要紧，一走动便发现了，这邻居居然就是早有交集的老朋友。

盛敬山和路宏江是一所大学毕业的，路宏江稍年长一些，两人曾经在校园里有过接触，合作还算愉快。后来毕业两人虽在一座城市，但各忙各的事业，少了联络，倒没承想居然还会重新遇见，还有缘做了邻居。

不过这原本是一件开开心心的喜事，但美好的事情总常伴着遗憾，生活并没那么顺利。

吴静萍的身体忽然出了问题。

医生给出的诊断报告是说有流产先兆，建议找个空气清新、人流稀少的地方静养。这话一出，当即就把吴静萍吓住了，本来就有点抑郁的心情更加雪上加霜。

A城是个大城市，工业经济发达，不用想也知道完全不符合医生所谓静养的标准。路宏江思来想去，决定不能冒这个风险，所以还是想让吴静萍先带着路朝离开A城，去另一座空气质量良好、气候又比较适宜的小城休养。

于是这么一去，路家一家就足足离开了有五年。生孩子让吴静萍本就羸弱的身体在那会儿几乎达到了最差的状态，后来慢慢才恢复，这其中少不了医生的调养和照顾。

重回A城的时候是夏天，蝉鸣蛙叫，炎热得不行，路曦那天穿着黑色的牛仔衣裤，跟在老爸老妈和哥哥的身后走进新家。

她不是个怕生的人，也不畏惧陌生的环境，新鲜的风景她看得不亦乐乎。在自己的新房间里逛了一圈后，她就拿着小铲子兴致勃勃地去了花园。口袋里有回来之前吴静萍给她买的花种子，路曦看过大大的花圃，里面有很多五颜六色好看的花朵，她不知道自己这些种子能种出什么，但越是神秘的东西，就越让她有试一试的冲动。

她蹲在角落里，一铲一铲认真地挖着。

家里来了人，她能听见说话的声音，好像是两个大人跟一个小孩，脆脆的男童声，"叔叔""阿姨"叫得可响亮。

她回头看了一眼，但隔得太远了，只能瞟见个背影。男孩似乎也穿着和她一样的牛仔衣裤，走起路来一晃一晃。

路曦不是很关心，又回头继续挖坑。

花种子要均匀摆放，于是她挖了一排差不多间隔的小坑，站起来左看右看觉得满意了，点点头，兴奋地去口袋里掏种子。

"喂，你在干什么？"

突如其来的声音吓得路曦一抖，种子撒了一地，她懊恼地去看，之后鼓着脸蛋，有点生气："你是谁？"

盛之行本来是跟着盛敬山和沈丽来路家的。

他其实老早之前就听说过隔壁这家邻居，只是这邻居实在太过神秘，只存在于爸妈嘴里，他每天出门玩，来来回回路过那么多次，却一次都没见着过人。

今天总算有机会看看了。

是一对瞧起来挺和善的叔叔阿姨。

他们说的话他听不太懂，坐了没两分钟就脚底痒了。他远远望见外面的花园挺有意思，便跑出来玩，结果就碰见了一个戴着针织帽的小女孩。

对，是针织帽。

盛之行眨巴着大眼。

他已经不关心这个小女孩刚刚在做什么了，也不把她愤怒的红色脸蛋放在眼里，满心都只关注她脑袋上那顶看起来就非常热的帽子，上面还有花和小鸟。

时间仿佛静了几秒，两人一个好奇一个生气，互相看着对方。小路曦等着这个莫名其妙出现在她家的人解释自己是谁，而小盛之行则咬着嘴唇，看样子是要说话——

"哇！"

他突然伸手抓下了路曦头顶的针织帽，随即眼中放出光来。

"你怎么没有头发？"

小女生光溜溜的头皮无疑是令人诧异又奇特的景观，盛之行完全看呆了眼，只凭着心里想法，还准备上前摸一摸试试手感。

路曦被他突然的动作吓得愣在原地，呆呆地望向他手里自己的针织帽，对现在发生的事甚至都不敢相信。

她可爱的小帽子被人摘了！她没有头发的事情暴露了！

巨大的羞窘和愤怒冲上了她的心头。

眼前罪魁祸首的嘴却还在一张一合："你为什么没有头发啊？"

路曦什么都听不见，她的脑袋、她的心里、她的身体，都只有一个想法……

于是她小小的拳头举起，紧紧握着，朝前头白嫩嫩的脸重重挥去。

别墅里叙旧聊天的两方家长，在听见哀号声奔出来的时候，一切事情都已发生了。

满是泥土、一片狼藉的花园里，某位小家伙还要更加狼狈。他仰面躺着，紧捂鼻子，已经完全不省人事了。

所有的兵荒马乱就此开始。

一个人也许记不住给过自己糖吃的人，但绝对不会忘记谁赏过自己巴掌。在当时仅仅五岁的小盛之行心里，这位住在他家隔壁的小女孩，那是毫无疑问的、绝对的黑色恶魔。他不过就是想知道她为什么没有头发，为什么这个人要把他的鼻子打出血？

疑问久久缠绕在他心头。

终于，在小盛之行的鼻子历经泪水和痛苦痊愈之后，他才听老妈解释说，原来那个小女孩之所以没有头发，是因为脑袋上长了小小的、会让人发痒的黑色虫子，为了身体的健康，才不得不剃光头发。

作为一位从小阳光向上、内心充满友爱的少年，在了解他人的艰难经历之后，自然是要给予理解。于是小盛之行拍拍胸脯，摸摸脸蛋，确保自己没出大事之后，就决定勉为其难地原谅她了。

嗯……当然就只是勉为其难。

因为这不过是——

属于盛之行和路曦之间，无数争斗中的某一次小小战役而已。

"你的。"

"赵修齐，你的。"

"许欣然，快点拿。"

…………

路曦坐在位子上，看着班长拿着一沓试卷走了两三圈，却一回都没停在她旁边，不由得急了，拉住人："有我的没？有我的没？"

班长托了托眼镜："你等等啊，我看一下，就四五张了……"

他边说边数，翻了翻，却没找见，于是从头再来，又确认了一遍才说："哎，路曦，没有你的，你确定没发到吗？"

"没有啊。"

班长又继续发试卷去了。路曦埋头在桌底找了找，还是没有，正焦心间，桌子猛地被人一拍。

"哈！瞧瞧这什么？"

盛之行掂着个球，一手玩球，一手拿着试卷："——我们家乡美丽富饶，土地肥沃，特别适宜种植果树、棉花和甘蔗。除此之外，还可以栽种枣树和梨树。"

他拿下试卷，笑眯眯道："咱们班次次语文第一的路曦大佬，怎么这么简单的病句修改都能做错啊？"

试卷上红红的大叉刺痛了路曦的眼球，外加上盛之行声情并茂地朗读着实欠揍，她忍了忍，还是控制不住，一脚踢向他的膝盖："你有病啊，盛之行？"

"我哪儿有病？"盛之行一歪身子躲开了，把试卷扔她桌子上，"就看看都不行？我还不是为了帮你纠正错误。"

"用得着你纠正？我自己不会看？"

路曦白了盛之行一眼，找出笔"唰唰唰"地修改起来。

这个家伙！偷了她的试卷，耽误她的时间，真是气人！

桌子是单人桌，盛之行坐在路曦右手边的后一桌，往前仰刚好能看见她侧脸，嗯，真是臭得不行。

中午语文老师又拖堂，中年男人粗嘎的嗓音无比催眠，盛之行一整节课昏昏欲睡，下课铃打响他才猛地一抖清醒过来，然后火急火燎地收拾东西。

他肚子饿了。

"之行，中午继续打球啊，别回家了。"

盛之行扒开后桌男生的手，把桌底的篮球扔给他："不打不打，我回家吃饭补觉，周末吧。"

"周末还有两天呢……"

盛之行哪管这么多，什么天大的事都不能耽误他吃饭。他一甩书包背上，扭头见路曦已经出了教室门，赶忙起身："去去去，别挡着我路。"

走廊上路曦和许欣然手挽手，聊了一路，直到校门口才分道扬镳。盛之行三两步上前，吹着口哨拉她的书包背带："哎，等等我啊。"

路曦才懒得理他。

"干什么，说你两句不高兴了？"

"我不高兴？"路曦冷笑，冲他扬扬拳头，"你怕是忘记我不高兴的时候会怎么对你了吧？"

盛之行眉头一抽，鼻尖顿凉。

"真是小气又暴力。"他摸摸鼻子，轻哼，"你还敢提，也不知道是谁大夏天戴个针织帽，恨不得别人路过都回头看看她。"

当时年纪小，爱美的小女生剃光了头发只想把自己藏起来，路曦又哪能知道那样在别人眼里会更显眼？

"反正没人跟你一样，对不认识的人就直接上手，没礼貌！"

"行行行，我没礼貌。"盛之行瞥她，"我没礼貌，你不爱干净，刚刚好，咱们谁也嘲笑不了谁。"

路曦打他一掌："我都跟你说了多少遍了，我是因为淋雨生病，好几天没法洗头才长虱子的！什么叫我不爱干净？你要是再说，信不信我撕烂你的嘴！"

盛之行"嘿嘿"笑，故意扯着她书包往后使力，自己则往前跑："你这叫什么？恼羞成怒！听说过没，解释就是掩饰，掩饰就是事实！你就是不爱干净！"

路曦气得咬牙切齿，感觉头顶都能冒烟。

她追着人上去，怒道："盛之行！你给我站住！"

两人一路闹着回家。

吴静萍和沈丽就站在路口处说话，远远望见两个小疯子迎面跑过来。

"之行！西西！你们两个都慢点！"

沈丽皱着眉头一脸担心，人刚到面前，她就都给拦下了，问："怎么了？什么事你们俩跑这么快？"

盛之行笑："妈，西西要跟我回家吃饭。"

路曦的嗓子被风灌得有点紧，恰好噎了一句没说出话来，就见沈丽神色一亮，高高兴兴："哟，这不是刚好了吗？静萍，你瞧，西西跟你还挺有默契。"

路曦一愣，转头："妈，你要出门吗？"

她这才看见吴静萍是拿着包的。

"嗯，妈要出去一下，晚上就回来了，你午饭就去之行家吃，下午正好跟他一块儿上学。"

被迫去隔壁家蹭饭的事时常发生，路曦不以为意，反正她早熟门熟路了，点点头："好吧，我知道了。"

不过她答应得快，某人也瞧准了时机："阿姨，今天语文考试西西又得第一了，她这么厉害，你看看能不能让她给我补个课呗。"

无形的马屁最为致命，吴静萍一听顿时笑得合不拢嘴，摸摸路曦的头，道："行，一会儿你们吃完饭就让她给你补课。"

"别啊阿姨，那样时间太短了，我什么都学不了，你看周末行不行？"

吴静萍用眼神询问路曦。

路曦鼓了鼓腮帮子，瞧着一圈等她回答的三人，哪有什么行还是不行。

她就只有——

"行……"

虽然路曦答应得心不甘情不愿，但她向来是个言出必行的人，既然都决定来帮人补课了，那么对她而言就没有迟到，只有早到。

盛家的家门密码她知道，按了几下就顺利进去了。她背着书包踩着拖鞋上了二楼，推开那扇贴着巨大埃菲尔铁塔海报的门时……床上的人还在睡。

她冷哼一声，拿过他床头的闹钟，一拨一挑，就放在他耳边，然后自己坐去了桌边的椅子上。

约莫一分钟过去。

"叮叮叮！"

清脆的响铃振奋人心，预示新一天的开始，盛之行也成功被唤醒，顶着三眼皮从被窝里蹿起来，像只猴子。

路曦实在没忍住，笑出声。

"什么鬼？你怎么在我房间啊！"他又困又惊吓，关了闹钟丢到旁边。

"过来喊你起床啊，不是要补课吗？"

他愤愤地指着闹钟："六点半补课？"

"对啊。怎么了？你不是很勤奋很想补课吗？我早来你还不高兴？"

盛之行已经没心思跟她计较随便进出自己屋的事情，抓着头发从床上站起，只宛如神婆一样念叨不停："你故意的！你故意的！你报复我！"

是又如何？

路曦奸计得逞，笑容得意。

比平常周末早起了两个多钟头的盛之行精神不济，洗漱完就趴在桌边闷闷不乐。这个点沈丽还在睡，他们不能出去闹出动静，但路曦是吃过早饭的，他又没有，凭什么要他空着肚子艰难地学习？

"我要吃东西。"盛之行道。

路曦把书和试卷从包里拿出来，又去翻笔盒，没理他。

盛之行重复了一遍："我要吃东西。"

路曦这回给他一个眼神了："给你个拳头吃要不要？"

他气笑："喂，我是真的饿，好吗？不吃东西哪有力气学习啊？"

路曦到底妥协了，一撇嘴，拉开书包："喏，两块饼干，还有块巧克力，你吃不吃？不吃我可没别的了。"

"吃吃吃，给我吧。"盛之行一把拿过，都放在自己手边，活生生怕被人抢一样。

路曦白他一眼："你饿死鬼啊？还有，这里不是你家吗？你饿了，为什么不自己出去找东西吃，非要吃我的？"

他撕开小饼干："我家冰箱里都是菜，桌上都是水果，没有小零食，我去哪儿找东西吃？"

反正他总是有理。

路曦摆手："那你赶紧吃吧，吃完我们就开始，先讲试卷。"

盛之行口齿含糊着，从旁边抽出自己的试卷："你直接讲吧，我听着呢。"

既然是他要求，路曦也就随便了，点点头接过，刚一看，就被上头众多的红色叉叉闪了眼。

她皱眉："你把语文试卷当数学试卷答了吗？"

"当然没有，就是不会而已。"

路曦指指整张试卷最简单的一块："古诗文背诵也不会？"

"最不会的就是这个了。"

路曦戳穿："我看你不是不会，是懒得背而已。"

盛之行"哧"一声："有什么好背的，难道我以后出门要跟人说文言文，聊天的时候还顺带讲上几句诗不成？"

"你能不能把目光放长远点？学这个本来就不是非要你出门讲的，这是传统文化懂不懂？要是人人都像你一样想，文化还怎么传承？以前的那些书籍文字不都传不到现在了？"

盛之行本来也就是随口一说，见她这么认真，不由得举手投降："行行行，我认错，开个玩笑而已。你这个教育的口气，跟你老爸有得一拼了。"

盛之行对这个可是记忆犹新，毕竟除了他老爸，也只有路宏江会时常教育他。无非是在他和路曦闯祸惹事之后，那位看上去就公正严谨的人民教师会把他们俩分开"关押"，然后一一"拷问"，直到他们双双承认错误改正了，才会恢复往日慈祥的样子，放过他们。

"说我老爸……"路曦也没反驳，就是不忘提醒，"搞得好像你小时候叔叔少教育了你一样……"

这就又说回以前的事了。

在盛之行上小学之前，盛敬山其实不算个正经的商人，他兼修经济，但大学时候主修的其实是中国历史，和路宏江算是一派，所以当初才会产生交集。

不过他虽然修学历史，但后来的日子里跟文字打交道的机会越来越少。盛之行脑海中虽然也有他给自己看过的文人景物的画像，但最后更多的，就变成了那些没有修饰的数字。

"喂！盛之行！想什么呢？"

盛之行回神。

路曦指着试卷上的空白："我给你讲题你有没有在听？"

他捏捏鼻子："听着呢，听着呢，你说吧。"

她狐疑地把复习资料丢到他怀里："那你看着诗，告诉我应该填哪一句？"

既然不会背，那也该会找吧？路曦盯着人，就见他一句一句地看，嘴里念叨："与青梅竹马意境相仿的一句是？"

他盯着找了一遍："哪儿啊？"

路曦眼见他的手掠过了那句："你认真点找！"

盛之行无辜："我很认真了好吗？但我都不认识，这瞧起来不就和天书一样啊。"

路曦算是懂了，他原来不止不会背，而是根本连课文的意思都不理解，也难怪了，这样能写出正确答案才有鬼。

她干脆拿回自己的复习材料，把盛之行的书打开，果然里头一片空白，课文上的人物倒是被他描得乱七八糟，连脸都看不清。

"我给你说几句常考的重点句子意思，其他的一会儿我把我的书给你，你自己看着抄上去。"

"行。"

于是路曦就开始给他讲。

他倒也还算认真，没有走神，不时写上一两个字，偶尔问问。解释到那句"总角之宴，言笑晏晏"时，他玩着笔，听路曦说话。

"这句话的意思就是，少年的时候两个人愉快地玩耍，尽情地说笑。'总角'这个词你看解析，说是少年男未冠、女未笄时候的发型，就是指他们年纪还小，没成年。他们这么早认识，那不是跟青梅竹马差不多？考卷上那道题不就是这个吗？"

盛之行点点头，看着解析读了下，抬笔写字，写到一半，他瞟了眼前文，问："他们俩这是朋友变夫妻？按你刚刚说的，这是成怨侣了？"

"差不多吧。那个男主人公虐待和遗弃了这个女主人公。"

"为什么？"

"这我哪能知道？"路曦猜测，"可能嫌弃她变老了？又或者是另有新欢了？谁知道呢，男人变心总有很多理由。"

盛之行轻咳了声，没计较，又道："那也不至于遗弃吧？好歹以前还是朋友呢。"

路曦摇头："你不懂。一般像这种好朋友变成夫妻最后又分开的，好一点的情况就是和平分手，但也不会再联系，差一点的干脆撕得老死不相往来，你以为还能恢复如常当朋友呢？见面都尴尬好不好。"

盛之行笔尖一顿："那不分开不就好了？"

"哪有那么简单？好朋友为什么是好朋友，不就是因为没感觉吗？有的真在一起了，没多久就觉得不合适，不如当朋友好，但又回不去以前那样，不就只能彻底分开了吗？"

盛之行似笑非笑："你懂得挺多啊。"

"我妈有个朋友就是这样，我是听她说的。"

"一个人又不代表全部人。"

"那也代表大多数。"

盛之行搁下笔，不耐烦："行了，你真啰唆。快点讲课文，还有两句呢。"

"这就讲这就讲，你还催我了……"

路曦不满地嘟囔了两句，继续拿着课本讲句子。盛之行看样子还在听，但实际上笔也不动一下，她都讲完了，他还不知道在盯着哪里看。

路曦撞了他肩膀一下。

他转过脸。

"喂，你是不是在神游？"

盛之行盯着她看了会儿，也不晓得在想什么，眼里像是挂着疑惑。路曦正要仔细看，那疑惑又不见了。他甩了甩脑袋，恢复平常模样站起来。

"走走走，去外面吃饭，我妈这会儿应该醒了。"

路曦被他拽起来："你刚刚不是吃了东西吗？"

"那连塞牙缝都不够。"盛之行才不管她，硬是拖着人出去，"赶紧的，吃完还要回来接着补课呢。"

路曦无奈："知道了，你别拽我，我会走。"

2

作为尽职的补课小老师，路曦为盛之行讲完了整张试卷上他听不懂的部分，外带以后可能会考的题目她也好心地帮他点了一遍，这样下次考试他或许能拿个好点的分数。

周一上午大课间升旗，许欣然站在队伍中间，学生代表拿着麦克风在主席台前滔滔不绝，后面某位小妞揉着眼睛不知在哪儿神游太空。

她偷偷转过去："西西，你怎么了？刚刚上课我就看你偷偷睡觉了。"

路曦顶着熊猫眼："困。"

"为啥？你昨晚做贼去了？"

"不是，就看了个电影，到凌晨才睡。"

"为什么大晚上看？你白天没空吗？"

确实没空，她还真说对了。

路曦耸肩，往后一指："我周末给盛之行补习去了。"

许欣然往后看。

盛之行也是个没正形的，不听人家学生代表讲话就算了，连校服拉链也不拉，一会儿被班主任看见，又得一顿说。

她撇撇嘴："那家伙天天欺负你，你还帮他补习？"

"我妈让我给他补的。"路曦解释，停了停，又轻咳一声，"他也没有天天欺负我。"

许欣然哼笑："好好好，知道你俩青梅竹马感情好，半句坏话都说不得。"

路曦闭上眼："我不跟你说话了。"

"别别别，说话啊，说话啊。"许欣然赶紧笑，晃了晃她手臂后赶忙收回，见班主任站在最后面，没注意到她们，于是又小声问，"哎，公告栏你去看过了吗？说是下个月中旬有两人三足的比赛，第一名是两个阿狸抱枕！"

路曦一下睁开眼，双目发亮："阿狸？"

"对啊！你看，我对你好吧，知道你喜欢就赶紧来告诉你，省得你报名晚了。"

路曦确实喜欢阿狸，平常都有在收集它的贴纸和海报。虽然她家里已经有阿狸的抱枕了，但这回是比赛的奖品，和她自己买的性质哪能一样？

"那我们参加！去哪里报名啊？"

"不不不，咱们俩参加不了。这个比赛要求是一男一女。"

路曦的笑僵在嘴角。

主席台上的学生代表已经演讲完了，主任简单说了两句，然后就宣布解散。许欣然动作极快地拉着路曦往教室走，边走边深吸一口气，这下可以大点声说话了。

"这个规则奇葩吧？说是高三全年段都可以参与，不限班级合作。神奇吧？再有几个月咱们都高考了，我严重怀疑主任现在出这么个游戏，就是想揪出咱们年段那些偷偷摸摸早恋的小情侣。谁默契最好，谁铁定就有问题，到时候就被请去办公室喝茶，让他们别谈恋爱影响学习。"

路曦闻言哭笑不得："你脑洞怎么这么大？"

"哪里大了？合理猜测好吧。"

"行，可以，你想得都对。"

"那你嘞？还去不去？"

路曦摇头："我怎么去？一男一女，我找谁合作？"

许欣然一副见鬼的样子，指了指前头："盛之行还活着呢！你说你找谁合作？"

路曦一愣，随即摇头："算了吧，参加这个要费时间练习，他要打球，不会同意的。"

"你不问怎么知道？等会儿就问，你不问我来帮你问。"

路曦赶忙制止："我自己问我自己问，你别捣乱。"

许欣然高兴地笑："行，我等着你的好消息啊。"

说是等会儿问，但回去之后没多久就上课了，路曦没来得及，一直拖到放学铃声响，她才犹犹豫豫着，放慢了收拾书包的速度。

她转头往后看，盛之行还没要走的意思，埋头拿着笔在纸上"唰唰唰"地写，不难看出是在算数学题。她想了想，没立马过去，而是先出教室上了趟厕所。

回来的路上她组织着语言，虽然跟盛之行已经够熟了，但以前从没有过喊他一起参加什么活动的经历。要真有，那也是他主动叫她，这回换了角色，她还真有点不太习惯。

路曦准备着要说的话，想了七七八八，到班门口还没进去，就见里头盛之行还坐着，但他旁边站了个女生，看侧脸，她认识，是隔壁班的班长程夏。

他们俩什么时候认识的？

她正疑惑，程夏就转身出来了。盛之行往外看，正好跟路曦对上视线。

他挑挑眉。

路曦擦过程夏的肩膀进去。

"你们俩认识？"

盛之行摇头："不熟，讲过几句话而已，她是赵修齐的朋友。"

原来如此,那也难怪,他和赵修齐天天一起打球,程夏估计是见过他的。

"你还不回家?待班级干什么?"

路曦这才想起她有正事,赶忙把话组织好,问:"就是那个……学校要办一个两人三足的比赛,有奖品,双人份的,我们一起参加呗。"

盛之行双眼一睁圆,随即含着笑,贱兮兮的:"哟,今天太阳从西边出来了?你竟然会找我一块儿参加学校活动?"

路曦就知道要被他嘲笑,但为了阿狸抱枕还是忍了,她咬咬牙:"就一句话,你到底要不要一起?"

盛之行还没回答,赵修齐不知从哪儿回来了,夹着球过来一顿号:"盛之行!你还没写好你的破题吗?赶紧的,楼下那群小子都等得不耐烦了。"

盛之行合上书本:"就来就来。"

他踢开椅子站起,跟在赵修齐身后往教室外跑,边走边不忘回头答复路曦:"我不参加了,打球呢,没时间。你找许欣然陪你吧,她反正闲得慌。"

路曦被拒绝难免尴尬,抿了抿唇也没说参加比赛要一男一女的事了,她摆摆手:"知道了,不用你说。你赶紧走吧。"

"嗯,我走了,你快点回家吧。"

自己的请求被盛之行拒绝,路曦虽然表面装作不在意,但心里还是闷了好一阵。

她又跑去看公告栏,上面的活动策划把一到三名的奖励都写得清清楚楚。她盯着"阿狸抱枕"那几个字瞅了好久,到底没舍得放弃,咬咬牙,还是决定另寻一条路。

参赛规则很清楚:一男一女不限班级,可自由组织参与报名,而未有合作对象但也想参加的,可以单独报名,届时会统计单独报名的人数,由比赛方进行分配。若单独报名的人为单数,则根据报名时间,优先安排早报名的同学。

路曦并不算在"早"的行列里,但也绝非太晚,好歹赶上了报名的末班车。

分配的表单在一周后发下,路曦的合作对象是隔壁班的某位男生,她听说过名字,但对不上脸。上课的时候她想了一会儿,决定放学后去把人截住交流一下。

下课铃声打响前的一分钟,路曦就已经收拾好书包了。隔壁班暂且没听到动静,应该是还没下课,好在自己班上老师及时放人没拖堂,让她毫无阻碍地拎着书包就跟兔子一样蹿出去了。

她站在走廊等。

隔壁教室的门关着，但窗户敞了一块，她边等边往里看。在不知道伸了几次头之后，她终于见他们的老师放下了粉笔。

她挺直背。

"西西！"许欣然恰好从旁边跑过来，一逮到她就皱着眉抱怨，"你怎么回事？都不等我！"

路曦解释："我找人呢。"

"找谁？"

路曦给她看手上的表。

"林恒飞？"许欣然念了念上头那三个大字，正要说这人她见过，视线一转瞄到表单的正上方，眼睛立马瞪圆了，"你和他参加两人三足的比赛？"

"嗯。"

许欣然蒙了："你不是去找盛之行了吗？"

"我都说了他不会同意的，他要打球。"

"什么啊！"许欣然闻言轻哼，义愤填膺地指责，"你好歹是他的小青梅，还不如他的破球重要吗？"

路曦没吭声。

许欣然瞅了眼她，以为她是不开心，所以也没再提，转问："那你真要跟这个林恒飞一起？你们俩都不认识吧？"

路曦盯着隔壁班的前后两扇门，回答："现在认识不就好了。"

里面的人陆陆续续出来了。

路曦拦住了一个女生，问道："你好，请问林恒飞在不在？"

那个女生回头看了一圈："啊，他在，就靠近后黑板，要出来那个。"

后黑板那儿的确有一个人，路曦看见了。她朝女生道谢，靠近了门边一点。许欣然跟在后头，也往里张望，嘀咕："你直接问我就好了呀，我知道这个人长什么样。"

人正从后门出来，路曦等他走近了，才出声喊："林恒飞？"

她这一声不算大，但周围几个人基本都能听见。不止林恒飞停下了，和他一块儿的两个男生也停下了，一脸好奇地瞅着路曦瞧。

程夏也在，她是先出来的，但这会儿闻声也停下了。

"你是林恒飞吧？我是路曦。"路曦晃了晃手里的表，"嗯……就是这个……"

她没直说，但懂的都懂，林恒飞露出恍然大悟的表情，而旁边跟他一块儿的两个男同学不知为何表现得异常兴奋，起哄声一个比一个大。

"干什么呢，这么热闹？"

莫名其妙的"聚众狂欢"怎么少得了盛之行的身影，他都快拐下楼梯了，眼睛一瞟看见那群人里某个眼熟的身影，想都没想就过来了。

"你干什么呢？"

他凑近，扒拉开许欣然，问了句路曦，然后顺势瞥了眼前头那几个男生，他不认识，但瞧起来表情都各有古怪。

"你手上的是什么啊？"

盛之行毕竟高上路曦大半个头，一垂眼就能看见她捏着张表，再结合现在这个情况，不难猜出是她主动找人的。

林恒飞也就刚开始呆了几秒，现在搞清楚状况了，就回答道："嗯，我是林恒飞，咱俩搭档对吧？"

路曦本来过来找人是坦坦荡荡，但不知道为何忽然被起哄，然后盛之行也随之来了，她便莫名其妙地有点尴尬，一时半会儿竟没答话。

林恒飞也不在意，大致猜到了她过来找他的意图，说道："是要约训练时间吧？嗯……那就周三下午行不行？正好大家都有空。"

每周三下午的最后一节课是高三年段的自由锻炼时间，基本上可以算是公共体育课，约这个点确实没太大问题。

于是路曦就说："嗯，好吧。"

林恒飞点点头，两人也算达成共识。他就没再多说什么，背着包转身走了。他那两个朋友脸上笑眯眯的，也跟着走了，还小声在说着什么悄悄话。

路曦没听见，也不关心。

她去看盛之行。

这人刚刚还笑着的，但现在脸已经臭了，也不八卦了，表情看上去还有点阴森森的。

"搭档？你们俩是什么搭档啊？"

路曦没说话。

倒是刚刚被挤到旁边去的许欣然开腔了："哼，你说什么搭档？你自己不和西西一起参加比赛，西西还不能找别人啦？"

"什么比赛？"

"你说什么比赛？咱们年段最近除了两人三足还有什么比赛？"

盛之行噎住。

事情过去一周了，盛之行原本都没放在心上，现在许欣然提起，他才后知后觉，路曦确实和他提过。

但是……

"我不跟她一起，那我不是让她去找你吗？你怎么也不陪她一起？"

许欣然莫名其妙："盛之行你脑子进水啦？男女搭配的比赛我怎么陪她一起？我又不是男的！"

她一大嗓门径直把盛之行的气势喊得降了下去。眼见他沉默不说话了，许欣然在心里冷哼，他凭什么来怪她，明明就是他自己不够仗义，好朋友的忙都不帮！现在好了，知道自己理亏讲不出话了吧？

路曦偷偷摸摸地拉许欣然的手，低声道："别说了……"

"干什么……"许欣然不高兴，"我在帮你说话呢。"

路曦无奈。

她舔舔唇，放开许欣然，轻咳一声，转向盛之行："那个……"

只是她才说了开头，后边的话就噎在嘴里了，因为盛之行压根都不看她，包一甩，就回身走楼梯下去了。

"嘿！"许欣然气，"他还不高兴了！我不就说了他两句！西西，你看看他，什么臭脾气！"

路曦盯着楼梯口的方向，揉揉太阳穴："欣然，你别说他了……其实是我没跟他说要一男一女才能参加，他估计以为咱俩去了。"

许欣然脑子一蒙："啥……啥？"

路曦想了一个晚上。

从盛之行扔下她自己回家之后，她确实认认真真地思考了。

第二天早上醒来，她得出个结论：这不过就是件小事而已。

只是虽然在她看来是件小事，但换到了盛之行那儿，却又似乎变得严重了些。

今天早上他没等她一块儿去学校，在教室碰见也不和她说话打招呼，就连她上课给他传的字条，他都看也不看就往抽屉里扔。

路曦气着了，但又难免郁闷。

这人什么意思？

她刚刚明明都看见许欣然去找他了，连和他吵过架的人，他都不生气，还送了一包妙脆角给许欣然，怎么就专门不搭理她？

是个人都有脾气！路曦憋着股劲上完第二节课，在清脆的下课铃声中叠好书，想着干脆趴着睡觉，但刚把头埋下去，又觉得气不过，根本没休息的心情。

大课间好多不困的人都出去玩了，许欣然也冒出来，拉着她想一块儿上厕所，还说道："西西，我刚刚从盛之行那边顺了包妙脆角，等上完厕所回来咱们一块儿吃。我再跟你说说我咋又看的那个小说，哇，可好看了……"

路曦咬了咬唇，侧过头看向那个空荡荡的位子，顿了会儿，对许欣然摇摇头："欣然，你自己去上厕所吧，我有事，要去趟操场。"

说完，路曦就站起身。许欣然"哎"了声，但没喊住人，本想跟着一块儿去，但人有三急，她思考了半秒，还是身体健康要紧。

盛之行上高中后开始打起了球。

以前他没这个爱好，后来会常打，主要是因为他认识了赵修齐。

赵修齐其实也就算个业余爱好者，但他有足够的信念支撑自己玩下来，那就是——男孩子一定要有帅气的伎俩傍身，才能吸引别人。

路曦不知道他这个歪理邪说是从哪本书上看到的，有一段时间还觉得这个人不太正常，不过后来才听盛之行偷偷跟她说，这是赵修齐亲身体会过才吸取到的惨痛经验，于是她就再没话好说了。

之前一段时间，盛之行每周末都会出去打球，只是自从高三下学期开学之后，他周末就基本待在家里复习了。按路曦最近观察的情况来看，他应该是和赵修齐商量过了，把打球的时间从周末挪到了中午放学和大课间。

现在这会儿……他人不在教室，那应该就是在操场了。

她找了过去。

篮球场跟操场跑道隔着一排树，远望能看见好几个穿梭奔跑的身影，现在才三月底，天还是冷着的，但他们基本都没穿校服外套，身上只有白色的短袖运动服。

路曦穿过树的时候，正好看见盛之行上篮扣进一个球，动作干脆利落，随后一阵女生的欢呼声响起。

她眨眨眼，转过头去看，发现好几张眼熟的面孔，其中还有程夏，同样也在笑。不知怎的，她竟盯着人看了片刻，直到程夏察觉到视线，转头对上她的目光。

两人静了几秒，之后路曦意识到似乎是自己不太礼貌，所以就率先转开了头。

篮球场的人都停下来了，应该是已经决出胜负，正在互相庆祝。只见赵修齐一个飞扑揽住盛之行的肩膀，两人捡了衣服朝出口这边走来。

路曦挪了两步，挡住路。

盛之行率先看见她，但没说话，双手揣兜，把篮球丢到赵修齐怀里。

赵修齐接住，拍了两下，一抬头瞅见路曦，笑："西西？你怎么来了？"

路曦看了眼盛之行："找他。"

赵修齐挑眉："你找他？还真稀奇。平常不都是他上赶着找你吗？"

盛之行"啧"了声，一掌拍到赵修齐手上，他抖了抖，球就从他掌心溜出去了老远。

"赶紧滚，废话那么多。"

赵修齐怨愤地瞪了眼盛之行，话也懒得说了，赶忙去追他的宝贝球。

路曦侧身给他让路。

赵修齐出去了，但盛之行跟在他后头，左脚都迈一半了，硬是被路曦给拦了回去。于是盛之行收了左脚迈右脚，想从另一边出去，但路曦又一侧身，把右边也给挡住了。

盛之行气笑了："你干什么？"

路曦见他终于肯跟自己说话了，就道："是你想干什么吧？还想不搭理我多久？"

"我哪有不搭理你？没看见我刚打完球忙着回班级休息吗？"

"那也没见你打球之前搭理我。"路曦嘀咕。

盛之行还想再说话，刚刚一块儿打球的人也从篮球场出来了，出口被堵住，他们便一通"嗷嗷"叫唤，吵得盛之行受不了，干脆拉着路曦："你先别挡路。"

两人走去旁边。

盛之行一边推着路曦，一边跟在她后头把校服外套套上，他刚穿完两边袖子，就听树下传来声音，程夏拿着一瓶水过来："盛之行，你的水。"

的确是盛之行的水，他打球前带下来的，扔在树底下，不知道这会儿怎么到了程夏手上。

他也没问，估计是赵修齐让她帮忙拿着的。

所以他就只接过："谢了。"

程夏笑笑,然后和一块儿来的同学回班级去了。

路曦看着她走远,又转回头看盛之行手上那瓶水,她静了会儿,悠悠道:"你们俩关系什么时候这么好了?"

盛之行瞥她:"这是你现在要关心的问题?昨天的事你还没解释呢。"

路曦嘟囔:"那有什么好解释的,你自己不也猜到了。"

"哦,是吗?"盛之行一副恍然大悟的模样,"原来你就是故意不说清楚,之后好有借口反驳,因为我拒绝了你所以你才随便找个不认识的人搭档比赛,对吧?"

"哪有?"路曦道,"当时我不是没来得及说吗?你自己跑那么快……而且,你一心只想着打球,就算我说了,你也不见得会答应。"

"你要真想说,会有什么来不及?"盛之行戳穿她的借口,回身往教学楼走,"还有,你就知道我不会答应了?"

路曦赶忙跟上,还是咬牙反驳:"现在你说什么不都马后炮吗……"

盛之行重重地出了口气:"还'马后炮'?我现在就想直接放个炮把你炸飞!"

…………

谈话到最后,路曦也不知道盛之行到底消气了没。

就这样又过了一天,直到翌日早上在路口见着他,虽然人还是那张臭脸,但行为比语言诚实,他好歹等她了。路曦暗暗偷笑,二话不说跟了上去。

比赛的事路曦还是很关心的,她自己带了绳,足够绑两只脚,打结也不会太勒,练习起来应该还算轻松。

到了下午最后一节自由锻炼课,路曦收拾好东西后就去了走廊。林恒飞很快出来,跟她打了个照面,两人互相点了点头,就下楼往操场去。

两个人出来得不算晚,但空地已经很少了。毕竟一整个年段那么多人,大家分分,也就没多少空间了。

林恒飞选了一块靠近球场的位置,那里有他的同学在,他跟他们聊了一会儿才过来,路曦已经把道具都准备好了。

"咱们绑完这个,然后再定一个口号,你左脚我右脚这样,速度就会快一点。"

林恒飞没有意见,两个人就按着定好的规矩练。其实两人不算没有默契,只是男女之间一个步子的距离有所差距,再加上速度会逐渐加快,往往都是刚开始几步和谐,之后走着走着就乱了套。

在路曦第 N 次因为跟不上而绊倒之后，林恒飞提出了要休息。路曦没有拒绝，其实她也已经很累了，休息一下，正好让她缓缓劲。

只是当她在树下翻过一遍今天的笔记，又看了会儿数学公式，感觉时间已经过去很久之后，她抬头，周围却没有自己搭档的影子。

林恒飞没有回来。

路曦看了看手表，才发现已经过去十分钟，离下课也只剩下一点时间了。

她想着还是要找人再练一会儿，顺便确定好下次训练的时间，于是就重新把书包收拾好，没再耽搁，从树荫下钻了出去。

路曦走了几步，大概只绕了两棵树就找到人了。林恒飞正坐在器材室门口的台阶上，边喝着水，边跟他的朋友在说话。

路曦走过去："林恒飞？你休息好了吗？"

林恒飞闻言转头，见到是路曦，眉心微不可察地皱了皱，随即旋上瓶盖，道："马上下课了，咱们不练了吧，下次再说。"

"不练了吗？"路曦一愣，"可是我们才练了半节课不到。"

"半节课够了。"林恒飞说，"练太久对脚也不好。"

路曦虽然没觉得这对脚有什么不好，但既然他提了要求，她也不至于勉强别人，于是点点头，只问："那我们下次练习什么时候？"

林恒飞挠挠脖子："下次……明天我们班有化学测验，周五的话肯定得订正，没时间。周末……周末不行，我要上补习班。周一……周二吧？周二行吗？大课间咱们练练，然后周三下午也这个时间，我们连着练两天行吧？"

路曦其实不是个喜欢把事情往后推着做的人，她既然选择了参加比赛，自然会认真对待，只是不知道眼前这个人是不是和她有一样的态度。

她沉默了会儿："好吧，那就下周二见。"

林恒飞笑："行，那就这样吧。"

3

周末路曦待在家里，把原本计划下周做的各科试卷都刷了一遍。

吴静萍是午饭前出门的，走的时候特意来了趟路曦的房间，见她拿着笔埋头苦写也就没打扰，轻声悄悄地关了门。

做完最后一道题放下笔的时候，路曦的肚子已经抗议地叫过八百遍了。她仰头猛地喝光桌角的水，然后边擦嘴边准备下楼去找点吃的。

"忙完了？"

身后冷不丁地响起声音。

路曦吓了一跳,吞下去的水呛了一口,弄得她猛烈咳嗽起来,脸都红透了,罪魁祸首却在那儿笑,见她真快喘不上来气了,才勉勉强强过来施以援手。

盛之行拍她的背:"干什么反应这么大?心虚什么呢?"

路曦推开他的手:"你……你一边去!你什么时候进来的?"

"就光明正大进来的喽。"盛之行勾唇笑,"像你上次进我房间一样。"

这家伙真是记仇,心眼只有鸡的肚子那么小!

路曦狠狠瞪了他一眼,上前推人:"赶紧给我出去!我都没同意你就进来了,还吓我一跳!"

盛之行顺着她意思往外走:"我吓你?我好心好意过来给你送饭,你自己忙着做题目,头也不抬一下,还怪我吓你,没良心。"

路曦一停:"送饭?"

"是啊。"盛之行指指楼下,"阿姨不是不在家?听说她出门之前还跟我妈说路小姐你沉溺学习无法自拔,特意交代不让打扰,什么好饭好菜,都只要备在楼下即可。"

路曦白他一眼:"你这什么太监口气?"

盛之行没把路曦逗笑,自己倒是先笑了,黑亮亮的眼珠瞅着她:"行了,我不跟你开玩笑了。阿姨就是说你在学习,让我妈一会儿叫你过去吃饭。不过我妈不想打扰你,就让我把饭给你送过来了。"

路曦闻言在心里暗暗对沈丽道了声谢,面上却嫌弃盛之行:"那你还上来,在楼下等我不就好了……"

沈丽做了四菜一汤,看上去让人极有食欲。路曦本来就没吃早饭,这会儿饿得不行,下了楼就直朝桌子扑上去。

盛之行好笑地瞥她,顺手递过筷子,评价:"真是饿虎扑食。"

路曦才不在意他怎么说自己呢。

她继续吃,盛之行也不是空手来的,捧着本奇奇怪怪的书,看封皮还是英文的,坐在旁边看得入迷。路曦偷偷打量了两下,出声:"喂,你看什么呢?"

"看书。"

路曦无语:"谁不知道你在看书?我是问你在看什么类型的书。"

盛之行把书转过来,书页朝着她:"建筑类。怎么,你感兴趣?"

路曦不感兴趣,但她知道盛之行感兴趣。

他从小就对各种各样的模型和道具充满好奇心，出去玩也常到各类有名的景点建筑去打卡。路曦印象最深的莫过于他初中时候让盛敬山给他买回来的那张埃菲尔铁塔海报，当时他宝贝得不行，后来就贴到了门上，她每每去找他，就总是能看见。

他房间里还有一面墙是专门用来放建筑模型的，一半是他自己收集或者DIY（手工）制作的，一半据他说是家里早就有的，之前藏着没拿出来，现在显摆了还宝贝得紧，路曦想摸摸看，他都不忘警告她要小心点。

"我才不喜欢这个，但我听阿姨说过，你大学要报这个专业？不过现在就看会不会太早啊，你不应该先担心你的高考？"

盛之行把书一盖脸："高考有什么好担心的？"

呵！大言不惭说这种话！

路曦揭他的短："别忘了你上次语文考多少分。"

"又不是不能考好。"盛之行笑，"这不还有你帮我补课吗？"

"我才没空帮你。"路曦赶忙道，"我明天还有两份试卷要做，没空帮你补习，你自己复习吧。"

盛之行把书拿下，想起刚刚在她房间坐了有半个小时，她一直头也不抬地写试卷，疑惑："我记得老师没布置那么多作业啊，你在忙什么呢？"

"那是我自己的作业。"路曦解释，"过两天我不是要跟林恒飞练两人三足嘛，我们这周都没怎么练习，我想着下周跟他好好弄一弄，所以先把要做的任务做完好空出时间来。"

盛之行撇撇嘴，听出点意思："怎么，你们俩没默契？"

"也不算吧。"路曦叹气，"就是我感觉他不怎么积极，不知道是不是我的错觉，可能之后多练习会好一些吧。"

"喊。谁让你非要参加那什么比赛，又非要找个不认识的人一起，这下知道麻烦了吧。"

路曦喝了口汤，摸摸已经吃饱的肚子："你懂什么。那个比赛第一名的奖励是一对阿狸抱枕，我已经有抱枕了，如果再买我妈肯定说我，但要是奖品那就不一样了，参加学校活动免费拿的，她肯定就没话好说了。"

盛之行冷哼："阿姨哪像你说的那么小气。"

路曦懒得跟他说了，这会儿聊天都耽误她时间了。她催促："你看书回你家看去，坐这儿干什么？我可没空招待你。"

"谁要你招待？我在等你吃完饭好把碗收拾回去给我妈洗，你以为我特意等你啊?"

路曦"喊"了声:"那你收拾吧,我已经吃完了。"

盛之行拍桌站起:"收拾就收拾!"

新的一周来得很快,周二早上路曦精神奕奕,虽然老师拖了会儿堂,但没有影响她的心情,起码下楼之前她还是兴高采烈的。

盛之行也去打球了,不过是在回来的路上遇见路曦的,她绑着根长长的马尾,平常走路都一晃一晃,今天却是耷拉了,显得整个人没精打采。

他追上去,拍她:"小西西?"

路曦没理他。

盛之行凑到她跟前:"怎么了?心情不好?"

"知道还问?"

这语气……是要把火撒他身上了吗?

被殃及的盛之行何其无辜,但本着好朋友一生一起走的心意,还是没有抛下她离开,关心地询问:"怎么了?和林恒飞练习不愉快啊?"

路曦的脸色更不好了些,前两天熬夜做试卷的疲态也难免显露。她叹了口气,没细说,只摇摇头,情绪不高:"没什么,走了,要上课了。"

她避而不谈,盛之行又不可能撬开她的嘴,不过虽然话没问出来,但光看样子也能猜到情况不太好。思来想去,盛之行还是决定暂时不要戳她痛点了,否则一会儿遭殃的得是他自己。

路曦的低落情绪持续了整整一天,第二天的自由锻炼课也没上回那么积极了,起码不是下课铃一打响就收拾书包。许欣然过去找她的时候,她人还趴在桌上写题呢。

"西西?西西?你待会儿不去练习吗?"

"去啊。"

"那你怎么还坐在这儿不出去?"

路曦停下笔,盖上笔帽,没什么力气:"马上就出去了。"

许欣然瞧她这样子:"你怎么了,有气无力的?这样还怎么拿第一名啊?"

路曦不知道该怎么说,有些郁闷说出来别人也未必能理解。她接受了许欣然的关心,笑了笑:"没怎么。走吧,咱们现在就下去吧。"

昨天和林恒飞约好还是在上次练习的地方,也就是球场附近,路曦本以为自己迟了些下来,到地方就能看见他,没想到等她来了,林恒飞却不见踪影。

许欣然也疑惑:"哎?你搭档还没来吗?"

路曦看了圈四周,沉默下来,过了会儿指指树下,对许欣然道:"可能他还有点事……咱们去那边坐会儿等他吧。"

许欣然点头,两人就往树下去了。

赵修齐下来得早,已经打过一轮球了,热得冒了点汗,去器材室不远处的洗手池洗了把脸,回篮球场正好看见在树下乘凉的两人,"嘿嘿"一笑,拉过还在奋战的盛之行:"好兄弟,你看那边。"他指了指路曦的方向,"咱们也休息会儿呗,累了。"

盛之行额前出了汗,沾着头发有点黏糊,影响视线。他用手背一擦,眯了眯眼,望向赵修齐指的地方,的确是路曦的背影。

他推开赵修齐:"你跟女孩子比体力?你不打拉倒,一边儿去,我自己打。"

"我怎么是跟女孩子比了?"赵修齐听了这话就不高兴了,"西西休息,她那搭档不也休息了?我刚刚去洗脸就看见林恒飞了,他就坐在器材室外头。我跟女孩儿比……你讲不讲道理?"

盛之行停下打球的动作。

"林恒飞在器材室那儿?"

"对啊!"

脑海浮现昨天那丫头闷闷不乐的表情,盛之行想了想,觉得还是得去问问情况,于是就放下了球,扔给赵修齐:"休息休息!你就坐这儿吧,我也去洗个脸。"

赵修齐顿时眉开眼笑:"好嘞!"

器材室离篮球场不远,走过去没费几分钟,自由锻炼课这边一般都没人,因为偶尔老师会来,看到有谁躲着休息会说上两句,所以为了避免不必要的麻烦,大部分人想偷懒或者躲太阳,都会选择去树下待着。

但今天这里确实有人。

如赵修齐所说,盛之行还没拐过弯,就听见了说话的声音。

"再坐一会儿,再坐一会儿,我才不想那么快过去。"

不算熟悉,但应该是林恒飞在讲话。

有人回应:"你还不过去?这过了有十五分钟了吧?课都过去三分之一了,你再拖,人家估计得急死了。"

"她急就让她急呗，也不懂那么积极干什么。你们说是吧？一个破比赛，几个小奖励而已，女生才喜欢的玩意，要不是跟你们打赌打输了，我会报名参加这个吗？都浪费我的复习时间了。"

旁边的人笑："那谁让你赌输了喽？考试没考过我，现在就得参加比赛。别忘了，反悔可是要给我五十块钱的哦。"

"我现在倒宁愿给你五十块钱！你是不知道那个路曦有多烦人，我昨天大课间就晚了十分钟到，她还给我摆臭脸。"

"十分钟？哈哈哈，林恒飞，你是不是故意的啊？人课间总共就二十五分钟吧？"

林恒飞轻哼了声，坐在他旁边的两个男生"哈哈"大笑，边调侃他边说了些有的没的。盛之行没过去，只背靠着拐角的墙，脚尖重重踢着沙地里的石子。

真是……原来如此。

林恒飞又过了快五分钟才来了练习的地方集合，跟他的朋友一起，从操场的背后绕了过来。

许欣然率先看见，撞着路曦的胳膊提醒："哎哎哎，你搭档来了。"

路曦抬头看。

林恒飞表情很平淡，隔着一段距离招呼："喂，你过来吧，我们练习了。"

没有理由，没有解释，好像本就该这样似的。

路曦抿唇，过了会儿，她把书包丢给许欣然："我过去了。"

许欣然本来就是来陪她的，点点头，接过书包："好，你去吧。"

练习照常开始。

两人分别绑了左右脚，由路曦低声喊"一二一"的口号，然后他们换脚前进。按比赛规则来看，他们到时候一共要走100米，在保证平衡的前提下要加快速度，步子大固然好，但路曦已经向林恒飞提过意见，说是她有点跟不上，让他尽量慢些，等等她。

"我已经慢很多了，你确定还要我再慢点吗？"

"嗯，再慢些吧，我们先调整好，然后看看我还能不能加快一点。"

林恒飞摆摆手："行吧。"

他这回的步子倒确实迈得小了些，但不知道是不是因为迈小了和他平常的走路习惯发生冲突，在走了一半之后他忽然左右脚混乱，走岔一步，导致两人中途不得不停下。

林恒飞紧皱眉头，大大舒出口气，蹲下身扯了扯绑脚的绳子，抱怨："这东西怎么这么勒啊！"

路曦还没来得及说话，突然感觉眼前飞过来一个浑圆的东西，她想躲，后来察觉它似乎不是冲着她的方向，愣了愣，正要提醒，就听一声惨叫，林恒飞的手臂被砸了个正着。

力道应该不算大，林恒飞只是被吓到了，一屁股直接坐在地上，瞪圆了眼朝东西飞过来的方向看："谁啊？"

"哎哟，不好意思。"树后窜出来一个身影，正是盛之行，他笑嘻嘻地看过来，"我不是故意的，这球一个不小心就从我手上溜出来了。"

林恒飞看表情不是很高兴，但所谓伸手不打笑脸人，他再有气也只能抱怨两句："你小心一点行吧？这么重的球，又脏……"

"行行行，没问题。"盛之行应声，"哎，麻烦你给我扔过来好吧？"

他就站在树旁，没有过来的意思，只招呼林恒飞把球递还给他。

林恒飞拍拍手从地上爬起来，不是很情愿，但还是照做了，他捡起球用力一扔，盛之行把球接住，旋在指尖转了一会儿。

他扬着唇，看样子心情不错，但总感觉像是皮笑肉不笑一样。

起码在路曦眼中是这样的。

她看着他收了球，一拍落在地上又弹起，重新握住后，颇有所感地评价："是挺脏的。"然后就回了篮球场。

林恒飞自然听见了盛之行说的话，莫名觉得心里不太舒服，再加上被弄摔倒，心情就更加抑郁了，但脚上还缠着绳子，想走也没有那么容易。

他按捺住烦躁的心情，扫视了一圈操场，附近许多都是他班上的人，刚刚大概都瞧见了他的窘样……情绪又落一层楼，他回头冲路曦喊："哎，你能不能走快点？我已经很慢了，你跟上点吧。"

路曦还在想着方才盛之行的表情，没有看他，直接回身走去起点："好。"

两人重新开始练。

赵修齐躲在树后看了很久戏，盛之行一回来，他立马勾住人，表情八卦："从实招来！怎么回事？你为什么主动找碴儿？"

一起玩球这么久，赵修齐怎么可能不知道盛之行什么技术，他准头哪有那么歪？上篮的地方在左边，他往右边去，还越过了一排树，明显是故意的，眼没瞎的人都看得出来。

"怎么了？你跟他有仇？"

"没仇。"盛之行拂开赵修齐的手，"看他不爽而已。"

赵修齐摸摸下巴，猜出点："他欺负西西了？"

欺负？

这种词用在路曦身上，真是怎么听怎么奇怪。

她怎么会被欺负？

小时候他掀她一顶帽子，她一拳直接把他打得够呛，现在人长高了力气大了，战斗力难道还下降了吗？

盛之行冷嗤一声。

只是还没待他回答赵修齐，就听那边树下传来一声惊呼："西西！"

许欣然的大嗓门极具穿透力，喊得盛之行猛地一抖，他连忙转回头去看，许欣然已经扔下书包站了起来往前跑。

赵修齐脚边就有石墩，他站上去伸长脖子一个劲地看："喂喂喂，什么情况？"

什么情况？

其实也没有什么大事，就只是路曦摔了一跤而已。

路曦捂着膝盖坐在塑胶跑道上，有点疼，不确定是不是磕破了。林恒飞站在她旁边，也没料到她会摔倒，表情还仍有诧异。

练习和平常时候没差，他嫌她走得太慢，刚刚也要求了加快速度，没承想一开始两人还算能保持平衡，走到一半路曦却渐渐落后，最后大概太着急，一绊脚，就自己摔倒了。

林恒飞面露犹豫，想伸手扶人，但伸到一半又收住，转而解开了缠着两人脚踝的绳子，说道："算了，今天不练了，你回去休息吧，下次……"

然而这"下次"之后的话他还没来得及说出口，就被外力粗暴地打断了，林恒飞再一次被球击中，这回是结结实实朝肩膀上来了一下，撞得他连连后退了两三步。

待他惊魂未定地转过头，人都没看清，就又被猛地一推，力道是铆足了的："下次你个头！你还想有下次？不想练就滚蛋！"

操场上说大不大，说小也不小，一个年段人那么多，一传十，十传百，大家闻见争吵的气息就都围过来了。许欣然离得最近，本来是要过来扶路曦的，结果没承想还有人比她来得更快，她愣了愣，才挪过去拉起路曦："西西……"

路曦也怔住了。

她由着许欣然把她拉起,目光却呆呆地落在盛之行身上。他的头发在阳光下泛着亮色,脸上带着薄怒的表情让她陌生又熟悉。

他这是在……生气吗?

"又是你?你是不是故意的啊?刚刚你就是特地拿球砸我的是吧?"林恒飞被盛之行推得没站稳,脑袋却转得飞快,很快明白,"你跟她认识是吧?"

"我跟她认不认识关你什么事?"

"那我练不练习又关你什么事?"

林恒飞这下算是想明白了,原来这个人就是故意来找碴儿的,他跟那个路曦认识,一个鼻孔出气呢。

"呵,还就关我的事儿了。"盛之行冷笑,"你以为我不知道?你会来参加这什么两人三足的比赛,就是因为跟人打赌打输了。怎么,考试考不过别人,敬业精神干脆也不要了?有种你别来参加,参加了不好好练,你是什么意思?"

林恒飞没想到盛之行居然会知道这件事,愣了愣才回过神,脸色青一阵白一阵,比刚才当众被球砸摔倒还令他难堪。

他握了握拳头:"我打不打赌是我的事,这比赛什么样也是我的事。你谁啊你,咸吃萝卜淡操什么心!"

盛之行就看不惯他这样:"我是谁要你管?"盛之行睨了眼林恒飞紧攥的拳头,哂道,"怎么,你还想动手?"

大操场打架是恨不得老师看不见吗?

路曦眼见情况越发糟糕,不能再袖手旁观,赶忙上去拉人:"盛之行……"

谁知某位脾气上来的人连她也不搭理,回头就瞪道:"你闭嘴。"

路曦失言。

男生的架还得男生来劝,赵修齐虽然喜欢看戏,但关键时候还是派得上用场的,他连忙一路跑过来挡在盛之行和林恒飞之间,嬉皮笑脸地把人隔开了:"哎哎哎,有话好好说啊。"

林恒飞的朋友这时候也过来劝架了:"别闹事,别闹事。"

两边就这样各自把人带开了。

林恒飞往后退了几步,拳头还握着,但看样子算是妥协了,只是心里还有气,不忘嘲讽盛之行:"多管闲事!"

说罢他抖着肩膀，把拉他的人甩开了，随后拿过草地上自己的书包，转身就要走。

"等一下。"

却被人喊住。

路曦沉着表情，从盛之行后头走出来，先是弯腰解了自己脚踝上的绳子，然后拿在手上，淡淡出声："林恒飞同学，我们第一次约定的练习时间是上周三，你提早了二十分钟离开；第二次约定的练习时间是昨天的大课间，你迟到了十分钟才来；第三次约定的练习时间，也就是今天这节自由锻炼课，你同样也迟到了，且迟到时间还比昨天长了十分钟。我不管你是否自愿参加这个比赛，但既然来了，还是希望你能够尊重队友，也尊重对手，不要抱着玩笑的心思，浪费我们彼此的时间，可以吗？"

前几次对他的所作所为都默不作声的人，今天突然来了这样的长篇大论，估计换谁都得愣怔一下。林恒飞肉眼可见的意料之外，在听出她话中的隐含意思之后，更是面色铁青，他愤愤道："你以为我想浪费时间？这个比赛我根本就懒得参加！行！你说的，那就别浪费，我退赛了，你自己玩吧！"

伴着一方当事人的甩手离开，这一角地方瞬间安静了下来，看八卦的同学们纷纷散了，虽然嘴里还讨论着，但已经传不到路曦的耳朵里了。

她轻轻叹了口气，挺直的背瞬间弯了下去，再没刚才的气势。

得，直接退赛了……她的阿狸抱枕啊。

路曦还在惋惜，从刚刚她开始说话就没出声的盛之行这会儿搭腔了，褪去刚才的冲劲，他又恢复平常那副欠揍样："怎么了？那家伙退赛你还不高兴了？"

路曦抬眼瞪他："跟我说话干什么？不是让我闭嘴吗？"

"和我这么记仇，被人家欺负你怎么没反应？"

她哪没反应？她刚才说的话都是空气吗？

这会儿将近下课，许欣然去帮她拿包了，赵修齐也去给盛之行拿包了，路曦不想理他，板着脸往校门口走，心里想着她那"消失"的阿狸抱枕，耳边听他道："喂，你脚没事儿吧？这么健步如飞的。"

路曦抿唇，停了停等他上来，嘴里却轻哼："我好得很。"

"看你也没什么事。"盛之行评价了一句，转头看赵修齐已经背着包从篮球场那儿过来了，他舔了舔唇，纠结一瞬，还是轻咳道，"哎，比赛你还参不参加了？"

"连搭档都没了,我还参加什么?"

"谁说没有?"盛之行拔高声势,却低着嗓音,"你要真想去,我舍命陪女子也可以啊。"

路曦闻言愣住。

她慢慢回头,看向盛之行,忽然之间回忆起来,刚才看见他含着怒气的表情时,自己为什么会那样意外。

因为……她真的已经很久很久,没见过他生气的样子了。在她的印象里,他似乎常常都是笑着的。

路曦没有说话,静下来的表情反而让盛之行更觉得不自在。他别开脸,见赵修齐过来了,赶忙接过自己的包,一背上就潇洒地扬头,边往校门走,边道:"行了行了,我知道你不好意思找我帮忙。反正看在咱俩认识这么多年的份上,陪你比个赛也没什么。这个事儿我会去找老师说的,你就别操心了,赶紧回家去吧,我也走了,再见!"

他扬扬手,和赵修齐两双长腿很快就走远了。许欣然这才过来,拎着包凑到路曦身边,见她呆呆的,还以为她还在想刚才的事,小心翼翼地询问:"西西,你没事吧?"

路曦摇摇头,把包接过,看着许欣然,只觉心里一时掠过什么奇怪的感受,痒痒的,麻麻的。

她动了动唇,想问,但又没问出口,只自己垂头,摸了摸心口。

"没事。"

4

盛之行果然如他所说,第二天就去找了负责两人三足比赛的老师。

本来报名的时间已经截止,按道理讲,参赛的同学名单中途是不可以更换的。但鉴于退赛是林恒飞自己的决定,而且作为他搭档的路曦还想继续参加,所以既然有人愿意顶上这个位置,那么老师也就睁一只眼闭一只眼通融了,允许他们组成新的拍档。

中午放学盛之行就告诉了路曦这个消息,满脸骄傲地夸赞了一遍自己费了多少口舌才说服老师。路曦左耳朵进右耳朵出地听完,最后给了他一块巧克力用来堵住他的嘴。

"西西?今天什么事这么高兴啊?"

吴静萍端菜上桌,路曦窝在椅子上,虽没说话,但那双眼睛滴溜溜地转着,明显比昨天吃饭的时候情绪好。

路曦否认:"哪有,没有高兴啊。"

"是吗?那还是我看错了?"吴静萍调侃地笑,只当她不自知,也就跳过这个话题,给她夹了块鱼,说道,"这周末咱们去隔壁家吃饭,你爸爸也会回来。"

路宏江在A大授课,平日里事忙,回家都挑时间。路曦想着上一次见他还是两个星期前,扒着饭吃下,好奇地问:"盛叔叔又要请我们吃饭了?"

"就聚一聚,聊点家常。"吴静萍解释,"你盛叔叔前两天谈了笔大生意,我和你爸爸过去给他庆祝一下。"

"大生意?有多大啊?能把老爸这个大忙人都给叫回来。"

"有多大我不知道,这得去问你盛叔叔。好了,快吃饭吧,下午还要上学呢,别迟到了。"

吴静萍结束了话题,路曦乖乖点头,边吃饭边放空思绪想了一会儿。最后一粒米吞下时,想的什么她自己也全忘了,把碗放进水池之后,就上楼复习功课去了。

周末的时候路曦给自己放了半天假,和许欣然一块儿出去逛了会儿街。路上遇到几个同学,几人就一起去奶茶店坐了会儿,聊得挺高兴的,就是回来得晚了些,一路上紧赶慢赶,才在饭点前到了盛家。

刘婶正在厨房里做着最后一道菜,沈丽和吴静萍坐在沙发上聊天。两周没见的路宏江教授果然现身了,路曦一进门就看见了他,他也正慈眉善目地瞅着自己,那双眼睛里分明地写着两个字:过来。

于是她就走过去了。

按照惯例,她先是跟盛敬山打了招呼:"盛叔叔好。"然后才转过去,"老爸好。"

路宏江习以为常,笑了笑:"怎么回事?跟我打招呼就这么没力气?"

"嗯,没力气。"路曦随便找了个借口,"刚刚走路走累了。"

"那是你缺乏锻炼。"路宏江道,"以后不许睡懒觉了,早上起来跑跑步,对身体好。"

说出去的话就像泼出去的水,后悔也没有收回来的道理。想着弥补不如赶紧遁逃,路曦连忙转开话题:"那个……盛叔叔,盛之行呢?他在家吗?"

盛敬山是什么人,怎么会看不出路曦的心思,他笑着指指楼上,不吝啬地助她一臂之力："在楼上呢，你正好上去帮我把他叫下来吃饭。"

"没问题。"

路曦敬了个礼，赶忙一溜烟上了楼。

虽然说去找盛之行只是个借口，但上都上来了，路曦也没其他地方可去，在二楼瞎逛了会儿，想来想去，还是敲了那扇闭着的房门。

里面没人应声。

路曦才不客气，又敲了敲没人应，干脆自己拧着门把进去了，果然盛之行正戴着耳机捣鼓电脑呢，压根没听见外面的响动。

他似乎在打什么游戏，戳得电脑键盘震个不停。路曦从他旁边绕过去看屏幕，刚瞥了个角就见他一抖，似乎是吓着了，一个操作不稳，直接game over（游戏结束）。

"啊——"

盛之行摘下耳机，心痛不已地看着电脑屏："我就差最后一点通关了……"

路曦瞅着他灰色的显示屏："什么最后一点？"

盛之行暴怒着脸色转过来，拳头握得紧紧的，咬牙切齿："你是不是故意的？我之前跟你说过没有，让你不要在我打游戏时候窜出来。"

"我敲门了，是你没听见。"路曦耸肩，"而且我哪有突然窜出来，我不是慢慢走过来的吗？"

"是吗？"盛之行呵呵笑，"像幽灵那样慢慢走过来？"

路曦扬起个假人笑脸，没搭话，转而道："盛叔叔让我喊你下去吃饭。"

"急什么。"盛之行重新开了游戏，心情还郁闷着，"他说下去，那估计还得有十分钟才开饭，我再开一局，你不许再打扰我。"

路曦撇撇嘴，说得好像她稀罕搭理他似的。

盛之行继续打游戏去了，路曦没下楼，在他房间慢悠悠地走了一圈，最后绕到他那面专门放模型的墙，顿了顿，回头看——人还沉浸在游戏里呢。

路曦屏息凝神，又悄悄地靠近了些，往墙面稍上一点的地方看，那儿有一个类似海滩别墅的模型，以及搭套的能发光的海岛灯塔。

她第一次来参观的时候就注意到了，只是一直没机会近距离地看。

现在是个好时机，路曦踮起脚，伸手去够模型，想拿下来观摩，不过她的指尖刚碰到墙，就听身后"嘿"一声，吓得她赶忙缩回原地。

真是无聊的恶作剧！

路曦转头瞪人:"你干什么?"

盛之行不知何时关了电脑,靠在椅背上悠然自得,瞧着她反问:"你干什么?"

"我干什么你看不出来?"

盛之行嬉皮笑脸地转了圈椅子,随即起身朝她这儿过来:"看出来了。"他也不拐弯抹角,人高手长的,直接给她把海滩别墅和灯塔的模型都拿了下来,放在旁边桌上,还颇为骄傲的样子,"喏,是这个吧?"

路曦被模型吸引走了注意力,回答他就略显敷衍:"唔……嗯。"

盛之行倒不计较。

灯塔是极具海洋风的蓝色,按风格看掺杂了中东元素,塔身是圆形的,塔尖像座亭子,指着天空的方向。

其实认真说起来倒也不算多么特别,要说哪里吸引路曦,那还得是围着整座塔的 LED 灯带,是一串暖色的金黄,像极了海洋上航行船帆的亮光。

"这是你自己 DIY 的?"路曦好奇。

盛之行摇摇头:"不算。只有灯带是我弄的。"

"那灯塔呢?"

他沉默了下:"灯塔是我小叔送给我的。"

路曦一愣,他的小叔……

如果说盛家有什么几乎从不被提起的人,那大概就是盛之行的小叔——盛敬林。

路曦听说过他,也见过他,在很小的时候。

在她印象里,这位小叔一直斯斯文文,戴着眼镜,看起来非常温和可亲。她没有怎么和他说过话,但以前来盛家玩的时候,是接受过他给的小零食的。

只是好像也唯有那么一次。

后来,他们就再也没机会见面了。

在路曦和盛之行十岁那一年,A 城发生了一件大厦坍塌的事件。据当时的报道称,是正在施工的大楼忽然剧烈摇晃,后勤救援的人员尚来不及出现,它就轰然倒塌,致使困在其中的多名工人失去性命。

事情发生之后,铺天盖地的新闻和众说纷纭的猜测让这项大厦的建设工程不得不停止夭折,而这整个工程项目设计方的总设计师,正是那时在建筑设计界小有名气的盛敬林。

从天堂到地狱,从辉煌到落魄,摧毁一个人只需要一件事甚至短短几分钟。一个温和却又骄傲的人,面对众人的声讨和口诛笔伐,只能用无力却决绝的方式来守护自己的尊严。

当时路曦虽然年纪还小,但仍然记得那段时间盛家几乎拥满了人,只是人虽然多,气氛却是沉闷的,她每次经过,都感觉上方笼罩了一层怎么都拨不开的乌云和迷雾。

盛之行那时候也变得异常沉默,她喊他出门玩,他都不搭理她。她故意惹他生气,他也当作无事发生,像是完完全全换了个人,跟木头一样没有感情。

好在后来一切又都好起来,盛家头顶的乌云不见了,盛之行也恢复以前的活力,他照旧爱跟人打打闹闹,对她还是睚眦必报小气得不行,所有的伤口,似乎都在时间流逝中慢慢被抚平。

想到这里,路曦忽然回神,看向那面墙,恍然大悟般:"啊!你这些模型……"

她记得,这面墙似乎就是在那之后出现在盛之行房间里的。

"嗯。"盛之行听出她想问什么,"有很多是我小叔留下的。"

"所以你是……因为你小叔才喜欢建筑、想学设计的吗?"

盛之行没立马回答,想了想,才说:"算是吧。

"我小叔其实是我们整个家族最有设计天赋的人,原本的计划就是他来接手公司。你也知道,我爸最开始是学历史的,因为我小叔的离开才转行搞经济,但他也就只能经营经营公司,设计什么的完全不会,还得找别人来帮忙。

"当时那个事……其实很多人都不清楚,记者也都不关心。我小叔是无辜的,他的设计没有问题,有问题的是那些施工和开发的人,设计稿还没完全成形,他们就急着要先盖楼,所以才会发生事故。我小叔一没有多要钱,二没有敷衍完稿,他那么认真,可在别人嘴里却成了无良的设计者。"

路曦听得一怔,震惊地睁圆了眼,这些事情,她从没有听他提起过。

"你怎么之前不说?"

"说了有什么用。"盛之行垂眼,"这些真相没人想听,所有人只愿意接受他们愿意接受的,而且那些跟事故有关的人都已经得到了应有的惩罚。在我爸嘴里,就是事情已经翻篇了。他不让我提,自己也不提,毕竟说起我小叔,家里就没有人会高兴。"

路曦看着盛之行,他眨了眨眼,耸肩轻笑,像是无奈的释然,又有倔强的不甘心:"我爸嘴上说翻篇,但是他心里也清楚,这种事是没法彻底过去的,所以他才会转行进公司,放弃他喜欢的文字跟钱打交道。一个人离开了,总要有些东西留下来,别人才不会忘记他。这些模型……既然他没机会在现实里完成,那我就替他试试看喽。"

守望的灯塔缠上了光,指引迷路的人找到方向。保存起这一整面墙的人,不只是为自己,也在为另一个重要的人守护着梦想。

路曦静静地站着,一时感觉自己像被阵阵温暖包围住。

而温暖的缝隙里,正有声音传来。

"喂?喂!"

盛之行晃着手,像扇子一样摆齐,失神的路曦很快被喊回,眼前他的脸无比近且清晰,吓得她猛一后退,竟没忍住打了个嗝。

"你……你干什么?"

"我干什么?"盛之行的脸上顿时扬起笑,狡黠的眼睛瞅着她,"是你在想什么吧?你刚刚那是什么眼神?嗯?崇拜吗?"

路曦脸一下涨热,连忙否认:"你乱说什么?谁崇拜你?别自恋好不好?"

"我乱说?那你别激动啊。"盛之行明显不信,又凑近了点,露出大白牙,笑容得意,"好西西,崇拜就说啊,我又不会笑话你,毕竟我这么优秀,是吧?"

路曦心跳得飞快,他靠这么近,呼吸都喷到她脸上了,她痒得不行,干脆一把推开他的脸,转身就往门边去。

她离去时的步伐由走慢慢变为小跑,还拍着脸,像是在拂去什么不该有的东西:"都说了没有!神经病啊你!"

盛之行在吃饭前踩着点下来。

盛敬山和路宏江喜欢在饭桌上高谈阔论,聊得热火朝天,才没有抽出空训斥他。沈丽自然是帮忙打掩护的,偷偷朝他招手,等人过来了,才略带责怪地低问:"怎么这么慢?"

盛之行耸肩笑笑,敷衍过去。

路曦正在和碗里的排骨作斗争,专心致志地吃着饭没往旁边看,任由某人摆弄碗筷制造声音,都硬是装聋忽略过去。

盛之行闹得累了,也看出路曦是在故意装死,闷头笑笑,干脆停了,一心一意先去填饱肚子。

这么多年,两家一块儿吃饭时,盛之行和路曦的座位一贯都是挨着的,谁在手边做什么小动作、说什么悄悄话，对方立马就能够反应过来。

盛之行吃了大半碗饭，中途应该是觉得椅子令他不太舒服，他边往下看边挪了挪。重新坐好之后，他凑过头冲路曦小声道："哎，你鞋带散了。"

路曦叼着根青菜，闻言三两下吃进嘴里，埋头往桌底下看。

"哪边？"她嘀咕着问。

只是这一瞅，才发现她的鞋带根本好好的呢。

她把腰直起，瞪向盛之行："你无不无聊？"

盛之行一点不心虚，甚至还笑意盈盈："不这样怎么让你搭理我？"

路曦一时语塞："我刚刚在认真吃饭。"

"噢。"他挑眉，"那现在吃饱了，可以跟我聊会儿天了吧。"

路曦不觉得他能说出来什么好事，捧着碗拒绝道："我还没吃饱……"

"那好吧。"盛之行摊摊手，略带惋惜，"那等你什么时候吃饱了，咱们再商量练习两人三足的事吧。"

路曦一愣："啊？"

练习的事？

她竟然都忘记这一茬了！

"哎哎哎，我吃饱了！"路曦立马把碗放下，挺直背，"吃饱了，吃饱了！别等下了，就……就现在商量。"

如果要说女人变脸能有多快，那么随便逗一逗路曦大概就能领略。盛之行脸上立马漾起胸有成竹的笑，一副"一切尽在我掌握"的表情。

他招招手，示意路曦凑近点。

这人就爱说悄悄话，又不是什么重要神秘的事，哪有必要离那么近说，但无奈吃人嘴软，拿人手短，路曦就算有意见这会儿也不能发表，只能勉为其难地把耳朵朝向他。

谁料刚到一半——

"哎，西西，你知不知道啊？"

沈丽忽然横空出声，路曦一顿，有点蒙："知道什么？"

她刚刚根本没听她们说话。

沈丽和吴静萍对视一眼，笑道："我们刚才在讨论你们学校有一个男生，他也住在我们这片不远，听说很受女孩子欢迎，收了不少信。所以我就想问问你，之行在学校有没有收过女孩子的情书啊？"

路曦彻底傻眼："啊？"

她转头去看盛之行,后者也是一脸蒙圈加无语的样子:"妈……"

路曦也不知道她们是怎么把话题扯到这上头的,更何况当事人就在旁边,明明问他就可以:"这个……"

"西西你别看他。"沈丽瞧出她的意思,道,"他自己要能说,我也就不会问你了。没事,你正常回答就行,随便说说,阿姨只是好奇。"

好奇归好奇,只是突然来这么一下,路曦人还在状况外呢。

她这边看看那边看看,发现盛敬山和路宏江的视线竟然也被吸引过来了,正盯着她瞧呢,由游离小透明一下变成目光中心,换作谁都难免紧张。

于是路曦不得不绞尽脑汁想该怎么回答。

只是思绪这么一转,没来由的,她脑海中竟浮现出某个人来——树荫下的女生,身形纤长,手拿一瓶水,笑得甜美又自信。

她登时一失神。

"西西?"沈丽见她这副表情,"你这是想起什么了?真有人给之行递情书?"

路曦抿唇,使劲摇头:"不是……没有。"

"那是有送别的东西?"

路曦没说话,这回是盛之行打断了:"老妈,你问她这个干什么?就算别人真有送,她能知道那么清楚吗?"

"你们俩一个班又一起上下课,西西怎么就不知道了?"

"她当然不知道。"盛之行撇嘴,"因为根本就没这回事好吧?你别瞎问了,你儿子我哪有别人那么有魅力,能收信收到手软?"

沈丽一噎,盛敬山闻言笑了,道:"你小子还挺有自知之明。"

被损惯了的盛之行自知在家中毫无地位,干脆也不反驳了,继续去吃饭,倒是路宏江笑道:"怎么就没魅力?长得又不像个精神小伙,明明帅哥一枚。之行,别听你爸的,所谓好看的皮囊人人爱,再过几个月高考完,一上大学,还愁没有信收?"

盛之行嬉皮笑脸,得了便宜还卖乖:"路叔叔言下之意是觉得我的灵魂还不够有趣?配不上我帅气的外表?那看来考试完我得再多修炼修炼。"

路宏江闻言哈哈大笑,盛敬山也哼笑着:"就你贫嘴!"

吴静萍坐得离盛之行近些,见他还剩几口饭没吃,就夹了两块排骨放他碗里,顺便对沈丽道:"你呀,也别老听别人说这种事。现在是该操心收不收情书的时间吗?孩子都快高考了,你有空好奇这个,不如多想想怎么给他们补身体。"

沈丽本来也不好奇,就是前几天刚巧碰见那男孩的妈妈,聊了两句,听说学习还不错,在学校算个风云人物,所以才那么受女孩子欢迎。

莫名的谈话总能激起莫名的好胜心,她这都已经是忍了好几天,这会儿大家聚一块儿,她实在没忍住才问出来的。

"行,我不问,没有挺好。"沈丽道,"你还别说,这孩子从小别的事儿都不让人省心,爱玩爱闹,不知道给我捅了多少娄子。但偏偏这方面还真没闹出过什么风声,就他周围,除了西西,我也没见有什么别的女孩子跟着一起玩的。"

"哪还敢有,"盛之行小声嘀咕,没敢说太大声让吴静萍听见,"光一个就够麻烦的了。"

只是麻烦归麻烦,倒不见他多么有负担感,最后两口饭吃完,他大大方方地退了场。路曦被他眼神示意,也连忙"清场",嘴里还嚼着饭菜就追过去了。

盛之行显然早有准备,刚才说要练习的话并非耍弄,路曦跟着他一路去了小花园,就见长凳子下早准备好了道具,有绳子,有护膝。

她一开始还没认出来那是什么,直到盛之行捡起扔她怀里,她才后知后觉:"给我的?"

"不然?"护膝只有一对,盛之行给了她,自己当然就没有了,不过他也不需要,"我才不会跟你一样,走个路也能摔倒。"

路曦那如小拇指盖一样的感动苗子瞬间萎下去了,冷哼一声戴上:"不要白不要,你自己一会儿小心别摔个狗吃屎才好!"

盛之行拿着绳子过来:"那你就放一百八十个心吧!"

小花园说小不小,拿来做练习的场地算绰绰有余了。两人绑了各自的脚,半边身体都贴在一起,也不知道是不是因为过了傍晚天气凉,路曦总觉得身边这人手臂的温度有点高。

这是她跟林恒飞练习时从没有过的感受。

"我好了,开始吧。"

盛之行倒没太大反应,泰然自若地做好了准备工作。

于是路曦也连忙甩掉脑子里奇奇怪怪的想法,只念着她的阿狸抱枕,攥攥拳头:"嗯!开始了!"

或许真的是因为认识十几年积累下了默契,又或许是因为两人都抱有认真的态度，仅仅只是第一次的练习，就比之前和林恒飞加在一起的所有练习都要顺利，路曦不再觉得力不从心，一百米的距离，只有刚开始时乱了几步，走到后来，他们的速度甚至都越来越快。

越过终点，难得一次顺利的合作让路曦喜笑颜开，她忘了和盛之行的脚还绑在一起，忍不住跳了起来，于是这么一动，两人都不免跟跄了下。盛之行差点滑倒，哭笑不得："你搞什么？我帮你，你还害我？"

路曦抿嘴笑："嘿嘿，不好意思，我忘了。"

"喊。"盛之行哼哼，"怎么样？我比你之前那搭档好多了吧？这么简单的游戏，我三两下就搞定，瞧你之前愁眉苦脸那样……喏，你还要不要再练一遍？"

终点线后是一块特地划出来的空地，那里有各种划痕跟一整块褪了色已经不太明显的油漆，只是近了观察，还是能看出当初画画的痕迹。

"等一会儿再练……"路曦摇头，注意力已然被眼前的东西吸引住，"这个……你还留着呢？"

盛之行探了探头。

"唔……没特意弄掉而已，你才发现啊？"

那是几块工工整整的小方格，拼在一起，就成了以前他们俩常在一起玩的游戏：跳房子。

盛之行还有印象："最上面的'天堂'两个字还是你写的对吧？"

路曦蹲下去仔细地看："对。"

她也记得。

这个游戏是他们上小学时流行的，那会儿她刚学会，就常常拉着盛之行陪她玩。他一开始不乐意，嫌弃得要命，最后却还是妥协，甚至偷偷拿了教室的粉笔回家，在小花园给她有样学样地画了一个。路曦知道了后兴奋得不行，就常往盛家跑，这次数多了难免被察觉，沈丽悄悄摸摸跟来抓包，意料之中地发现盛之行给路曦在花园里"建"了幢"小房子"。

沈丽哭笑不得。

计较是计较不清的，于是和盛敬山商量了之后，沈丽干脆买了桶油漆回来，在花园里划了块地，把粉笔画的洗了之后，专门画了另一幢更好看的"房子"给他们。路曦满心欢喜，最后自告奋勇，在房子的顶上歪歪扭扭地写了字，就仿佛是给它盖上了章。

"好久没玩了……"路曦喃喃。

她辨认着"房子"里的数字，盛之行解了他们脚上的绳子，坐到了旁边的长凳子上："小学都毕业几年了，肯定早不玩这个了。"

是早不玩了。

每个年纪，总有每个年纪该做的事，但记在脑海里的，却没有那么容易忘记。

路曦静了一会儿，忽然说道："盛之行，其实我有印象，你收过女生送的东西。"

盛之行一愣。

路曦也猜出他大概是忘记了："初中的时候，你的同桌。"

她这么一提醒，他才一拍手："啊！你说那个……那又不是信，只是张小卡片而已。"

做过同桌的人盛之行还是有印象的，貌似是个有点微胖的小女生，笑起来还挺可爱。有天晚上她突然闷不吭声地往他抽屉里放卡片，他一书包差点没把那东西压扁。

"你不是看过那卡片吗？上头就写了两句诗而已。"

确实是诗，但路曦还得纠正："那是情诗好不好。"

盛之行扶额："我当时不是没看出来嘛。更何况，就算看出来了又能怎么办？我难道也给她回一句不成？"

回诗是不可能的，他盛之行向来不做违心的事，更别说他还是经路曦提醒后才知道那是情诗。如果打从一开始就晓得，他是绝对不会收下那张卡片的。

"你不喜欢她吗？"

"当然不喜欢！"

盛之行否认得极快，表情还一脸莫名，似乎觉得她这个问题问得极其没头脑。

路曦沉默了下，扶着膝盖站起来。这会儿天色已经暗了，她往他那儿走近了些，弯腰解开护膝，趁着低头时，问道："那……你喜欢什么样的？"

第三章 / 珍贵
朋友之间,也是有占有欲的

1

他们之间从没有讨论过这个话题。

再好的异性朋友,似乎也总会回避这样的敏感问题,彼此之间能互相调侃,但一旦语气里加上那么几分认真,就不由得会让对方愣神了。

盛之行静了足足有半分钟,露出狐疑的眼神:"你干什么问这个?"

路曦其实后悔了。

问出口的时候她就后悔了,不知道自己怎么脑子一抽,由着心里的想法把话说出来了,但现在收回铁定来不及,她只能硬着头皮继续下去:"就……随便问问啊,你不想说就算了。"

她镇定如常地走到他旁边,推了推人,矮身要坐:"你让一让。"

盛之行轻咳了声,腾了位置给她,道:"也不是不能说……"

他想着:"就是没什么标准,我也不知道我喜欢什么样的。"

"你既然不知道你喜欢什么样的,那我刚刚问你的时候你怎么否认得那么快?"

"我说我不知道我喜欢什么样的,但我没说我不知道我不喜欢什么样的啊。"他口齿清晰地讲完一段听起来像绕口令的话,随后无语地瞥了眼路曦,"我初中那同桌又腼腆又不爱说话,给我送那卡片之前我跟她讲话的次数不超过两只手!我从哪儿去喜欢人家啊?"

沟通才是交往下去的前提,他盛之行自认不是那种外貌协会的人,怎么可能光看脸就瞧上别人？

不过显然路曦心里不是这么想的。

"一见钟情呢？看到长得好看的，你不喜欢吗？"

盛之行悄悄翻了个白眼，刚决定要好好发声教育一下，纠正她对自己的偏见，下一秒忽又听她从嘴里蹦出一句："就比如程夏啊，她长得还可以吧？你对人家就没想法吗？"

盛之行一怔："谁？"

程夏？

这个名字在脑中闪过，随即女生模糊的样子也若隐若现，盛之行皱起眉头，不太理解："你怎么突然提她啊？"

路曦耸肩："我看你们俩最近交往颇多，又是聊天又是送水的，就正好问一下喽。要真有什么你其实也不用否认，虽然我很想看你挨批，不过这种事，我还是可以帮你向叔叔阿姨保密的。"

"你有这时间帮我保密，不如回家好好清理清理你的脑子。"盛之行毫不留情地白了她一眼，最后似乎觉得实在荒谬，竟探手过来扳她脑袋，"来来来，让我看看你这些奇怪的想法究竟是怎么冒出来的。"

路曦赶忙抓住他的手，在他的指尖碰到她头发之前硬是拽住了，一把拉下，拍了一掌："你干什么！我刚洗的头！"

盛之行气笑了，她居然介意的是这个："我也洗过手的好吗？"

路曦才不管，坐正了侧对他："那是吃饭前。"

盛之行没话说了，反正她左右都不相信他的话。他拍拍手，挺直腰杆，瞅了会儿路面，问："哎，你是不是跟那个程夏有过节啊？"

路曦抓着护膝，有一下没一下地玩着，闻言手上一停，很快否认："没有，我跟她都没说过话。"

"没过节你这么关注她……"

女生间的小心思盛之行不懂，思来想去也只能凭借一点常识做出判断，他边回忆着以前自己闲来无事读过的课外书，边有模有样地给路曦分析："你看啊，你们俩既然没过节，那你这么关注她，肯定有别的原因。我跟你说，我以前看过一本书，说朋友之间，也是有占有欲的。"

路曦心猛地一跳，眼皮抽了两下，连忙转过头来。

盛之行见她有反应了，眼睛一亮，继续剖析："举个例子啊，就比如我们俩。咱俩是不是天天一块儿上下学？你的数学作业我是不是每次都有帮你改？上课老师提问我是不是都有偷偷跟你说答案？这够朋友吧？你看你天天嫌弃我这嫌弃我那的，我都……"

他这话越说越歪，从隐隐地夸赞自己到逐渐明目张胆，不知道最后还要拐到哪儿去，路曦及时阻止："说重点！"

盛之行一笑："就是说我对你这么义气，你自己不也知道嘛。而现在有人插进来了，你觉得我会跟她玩然后不搭理你了，所以就有危机感了，对不对？"

他一竖手指，比了个枪的手势，伴着一声喊，把路曦吓了个激灵。她一把拍开他的手，抿唇："谁有危机感？你别自恋了！"

"是吗？"盛之行哼笑，胸有成竹，"你可别急着否认，你现在这种情况，跟那书里写的一模一样，妥妥的……"

路曦不想再听他说了，尤其"占有欲"那三个字着实莫名其妙又触人心弦。她晃晃脑袋剔除这个想法，"腾"地站起来："我不跟你聊了，快点……快点起来，继续练会儿，下周就要比赛了。"

她手脚并用地催人，盛之行被推了两下，原本要说的话都忘了，赶忙应着："行行行……起来了，你手劲那么大干什么……"

路曦往起点去，盛之行拿了绳子跟在她后头，嘴巴还不闲："其实你不用操心这个，我又不是什么见色忘友的人，真找女朋友了，肯定第一时间告诉你。有一句话你听过吧？叫'鱼与熊掌皆可得'，只有小孩子才会做无聊的选择，我啊，两个都要。"

什么瞎改的话，她才没听过。

路曦轻哼，闷声呛他："小心最后两手空空！"

盛之行对她的话刀枪不入，皮笑肉不笑地回："哼哼。还是小心小心你自己的比赛吧。赶紧的，绑好你的护膝。"

…………

关于这个话题最后当然是不了了之，毕竟聊过之后，谁都没有把它放在心上。时间一天一天地过去，除了上课、复习，路曦和盛之行在一起的时间里，又多了一项该忙活的任务。

只是忙归忙，当付出有了回报，且最后的成果颇丰之时，谁也不会在意当初自己到底挥洒过多少汗水。

比赛当天是个大晴天，整个高三放了两节课的假来给参加比赛的同学加油鼓劲，年级主任也到场了，监督志愿者给各队分发颜色不同的号码牌和宣讲比赛规则。

路曦还是有点紧张。她其实是个体育细胞不发达的人，历届的校运会她从来没有参加过，只有旁观和喝彩的份儿，倒是盛之行年年校运会都有上报项目，这回不过是个小规模的比赛，对他而言就更是小儿科了。

许欣然准时准点地来，提前占了个观赛的好位子后，连忙跑来给路曦加油鼓劲。赵修齐也来了，但他不过意思意思，话没说两句，就被盛之行挥挥手赶走了。

盛之行揣着兜，远远打量终点那边的状况，边看边对路曦道："我跟你说，我今天可是破费了，瞧见没有，喏，就咱们班老师后头那儿，我放了你喜欢喝的饮料，一会儿你只要过了线，没出什么摔倒的糗事，那饮料我就免费送你了。"

路曦看见了，终点处有一排桌子，三三两两坐了几个组织活动的学生和老师，他们的班主任也在，后头平放着文件，于是就显得唯一竖起来的那瓶饮料晃眼得紧。

"你就那样放那儿？不怕被人给喝了？"

"啧。"盛之行挑眉，"我找赵修齐给我看着呢，你当我傻啊？"

路曦好笑，但又没笑，紧张的心情慢慢缓下。她无意识地揪着衣服，问："那要是我们得了最后一名呢？你也送给我喝吗？"

盛之行满头黑线："你能不能别乌鸦嘴？"

路曦没忍住，笑出声："也有这种可能啊，你先说送不送？"

"这个问题没有营养。"盛之行强烈拒绝回答，低头看她，问得不无认真，"你到底是对我没有信心，还是对你自己没有信心？"

他问完，哨声就恰好响了，周围一时沸腾，所有观赛的人都围过来了，路曦的心却异常平静，再没有即将面临比赛的慌乱。

她和盛之行对视了两秒。

也只有那么两秒。

她很快别开头，跟着比赛的队伍往起始点去，他们的左右脚已经绑在一块儿了，一路走，一路都没有分开。

"都有。"落脚之后，路曦才开口回答盛之行的问题。

她低头看着绳子："你、我，我都有信心，我对我们有信心。你买的水，我喝定了。"

2

路曦很少说些"豪言壮语"。

秉持着路宏江教导她和路朝的道理,从小她就晓得做人要低调谦虚,不可以骄傲自满,就算有把握做成一件事,也得等真正做到了才能说出口,这样被打脸的风险才能降低。

不过今天路曦却想要高调一把。

她必须要证明,自己嘴里的自信不只是说说而已。

耳边的风荡着秋千过去,"呼"地打在她的头发上,挠着脖子又痒又麻。周围的加油喝彩和鼓励助威像是不停重复播放的录音带,一波一波地响,她清楚地从里面辨认出了许欣然的嗓音,如添了个喇叭一样,声嘶力竭,在最后他们跨过终点线前那分贝几乎快刺穿她的耳膜。

"啊啊啊!西西!"

过线的哨声发出"吁"的一声长鸣,随之而来的是许欣然不顾形象地生扑,她靠在路曦的耳边,抓着人激动无比:"西西!你赢了!咱们第一名!第一名!"

"第一名"这三个字对路曦来说并不陌生,十八年的人生里她有过很多的第一名,但唯有这次是完全不一样的特别。她轻轻笑起,舔了舔被吹干的嘴唇,风在她耳边散去,所有的声音和意识再度清晰回归。

"第一名?"

"第一第一!妥妥的第一!你都不知道刚才撞线的时候你有多酷!"

虽然但是,作为全程参与,这会儿被彻底遗忘的另一当事人,盛之行不得不清清嗓子严肃地纠正道:"刚才撞线的明明是我好吧?"

许欣然才不管他:"反正我只看见了西西。"

盛之行嘴角一抽,好家伙,这还能选择性眼瞎的。

最后的比赛结果是由年级主任亲自宣布。

艳日暖阳,道具设施已经被人从操场上清理搬到了别处,大家都背着书包盘腿坐在草坪上,有鸟从头顶飞过,张着翅膀。路曦仰头往天空看,眼睛微微眯起。

右肩适时被人一拍。

她转过去看,许欣然竖着书包,正埋头在看买回来的言情小说。

她又转去左边。

盛之行笑眯眯的,手里抓着瓶饮料,正冲她大刺刺地晃。

路曦揉揉眼皮,她好像听见他们的名字了,一前一后,正从年级主任嘴里念出来。

"哎,发什么呆呢?我特地给你拿过来的。干什么,不想要了?不要我可自己喝了。"

"谁说我不要?"

年级主任已经念完获奖的队伍,开始说些其他日常惯例的话了。路曦回神,一抿唇,伸手抢过:"你怎么这么啰唆?说了给我的!"

避免这人反悔,得提前盖个章才有保障。路曦抱着这样的想法,赶忙捏紧瓶盖使劲一拧,但力气像使在棉花上,一下就散开了去。

瓶盖早被拧开了。

她愣了愣。

盛之行还在笑,没心没肺的,一副"看我多贴心"的表情,眼尾扬得比狐狸都高。

路曦眨巴了两下眼,把饮料送到嘴边,仰头喝了口,边捂着脸,边嘀咕:"你没偷喝吧……"

盛之行双眼一翻:"没良心!"

没良心的路曦最后高高兴兴地领到了奖。

一对阿狸抱枕,摸起来软乎乎的,她一路抱着回家,眼睛都快笑成了一条缝。

盛之行意料之中的并不喜欢这种小玩意,路曦犹还记得他的床上,除了枕头、被子几乎算是空空荡荡,房间的布置和摆设也都是性冷淡风格,尽管盛之行一直费尽口舌地向她解释这是专属于北欧的简洁风。

但路曦才不关心。

既然这抱枕他不要,那她就正好全收下了。

两人三足的比赛过后,高三年段又组织了一次全科模拟考,考试时间紧促,后续的讲解和订正试卷也接得紧,众人几乎算是连轴转了一整个星期,直到周末前才有时间歇下来。

许欣然的计划已经被这苦不堪言的学业耽误好几天了,这回绝对不能再失去机会。她趁着放学收拾东西的时间,从隔壁排窜到了路曦的座位上:"西西,我们周六晚上聚餐去吧,烧烤、炸串、火锅,什么都行!"

路曦瞅她:"怎么了?你有什么好事要宣布吗?"

"我能有什么好事？是你！你忘了？你比赛拿第一名的事我们都还没庆祝呢！"

路曦不是一个在意仪式感的人，在许欣然提这个建议之前她根本没往这方面想，本来是打算拒绝的，但转念一思考，这毕竟还算是"集体"活动，况且这奖并不是她自己一个人得的。

"要庆祝吗？"路曦开始犹豫，"哎，欣然，你说我是不是应该感谢一下盛之行啊？"

虽然她不想承认，但道理是这样没错。

许欣然眼见她上道，立刻马达一样地点头："对对对！绝对要感谢，但你们俩自己吃饭就太无聊了，带上我吧，咱们一块儿！"

路曦认真思考了一下这事的可行性，低头看了眼自己的脚踝："那等我明天问问盛之行吧。如果他有空，我就通知你，咱们一块儿吃饭去。"

"没问题！"

第二天一大早路曦就去了盛家。

她其实昨天晚上并没睡好，感谢的话从小到大她说过不少，但这么付诸行动来表达倒是头一回，更别提对象还是盛之行了。他们之间……以前压根没有这种奇奇怪怪的往来。

路曦很纳闷，有一瞬间她觉得自己都解释不清楚。

明明以前接受他的帮助、收下他的礼物都不觉得有什么不妥，甚至还为占他便宜暗自高兴过好几回，怎么这次不过一起赢了个比赛，就忽然认为该做点什么，好让他不那么吃亏呢。

她想不明白。

盛家安安静静的，路曦站在门外敲了两下门，等到刘婶出来，刘婶说盛之行一大早就出门了，拎着个球，特意交代过中午不回家吃饭，应该是要去同学那里。

拿着球，还去朋友家？

不用猜，肯定是去找赵修齐了。

路曦了然地点头，向刘婶挥手告别，边走边不忘腹诽：之前还说周末不打球要学习，这一转眼还没多久，就又耐不住寂寞跑出门玩了。

果然……果然还是得让沈阿姨好好监督他。

赵修齐的家路曦之前去过一次，勉强算记得地址。不过到了小区外头的时候，她还是忘了他究竟住在哪栋哪层。

望着长相相似的建筑，路曦迷茫地转了几个圈，正想着下一步该怎么走，就见那得来全不费功夫的人正从前头经过。

她睁圆眼："嘿！赵修齐！"

赵修齐穿着拖鞋和短裤，吃着冰棍，头都没洗，忽然被喊了这么一声，吓得连忙扒拉了一下衣服，转头看见是路曦，顿时松口气："西西？"

路曦好笑："你干什么？做亏心事了？"

可不就是亏心事吗？

赵修齐小声道："我趁我妈不在家，偷偷出来买东西吃。"

"今天不是周六吗？你买什么东西还要这么偷偷摸摸的？"

他叹口气："你不懂。我这次考试没考好，我妈还没消气呢，禁了我一个星期的足。"

所以他就把自己打扮得这么邋遢吗？

路曦无奈，不问这个了，提起正事："盛之行来找你了吗？"

赵修齐没回答，反问："你找他干什么？"

路曦思考了一下："就……问问看他有没有时间，晚上我和欣然一块儿吃饭，他有空的话……就一起喽。"

"一块儿吃饭？"

赵修齐闻言双眼放光。自己没有的东西，找别人蹭一蹭不就有了？人就得把握机会，才可以抓住梦想。

"他有空！有空！下午本来有场篮球比赛，我这不是被我妈困住去不了吗，他就自己去了，不过晚饭前肯定能结束。等会儿他会先过来找我，我就帮你传话顺便把人带过去，没问题吧？吃饭人多热闹，咱们可以一起啊，你把地址告诉我吧，我们绝对准时到达。"

路曦疑惑："你也一起？可是你妈不是不让你出门吗？"

"你看，你这就不懂了吧。"赵修齐一副很有经验的样子，"盛之行来找我说要出去，我妈肯定不会拦着。他是好学生啊，我妈恨不得我赶紧多从他那里学两招，好提升提升成绩。"

路曦听懂了："看来跟我们吃饭是借口，你想出门玩才是真的吧。"

赵修齐"嘿嘿"笑："好西西，身为朋友，这点小忙你不会不帮吧？"

路曦自然不会拒绝，不过走之前没忘又提醒一遍："随便你吧，记得要问他啊。"顿了顿，"如果他实在没时间的话……不用勉强的，我和欣然自己吃也可以。"

"绝对有时间的,你放心吧,就算没时间我也会给他抠出时间来。"

谁也阻拦不了一个被困之人要出门玩的热切心情,赵修齐嗦了一口冰棍,转身要上楼时,恰巧瞅见路曦一瘸一拐的背影:"西西——"

他停住,喊人:"你的腿咋了?"

刚才讲了半天话没注意到,现在才看见她一直跐着脚,貌似不是很舒服的样子。

路曦摆摆手,扭了扭脚踝:"没什么事,你赶紧上去吧,别被你老妈抓住了。"

……是了,差点忘了这茬。

赵修齐如梦初醒,不再多问:"行!那我走了,好西西,晚上见!"

3

吃饭的地方是许欣然选的,在靠近学校的一家火锅店。

路曦没来这儿吃过,据许欣然讲,似乎刚开不久,还在搞优惠,老板是一对新婚不久的外地小夫妻。

看样子应该是的。

她们进店逛了一圈,挂的装饰物几乎一半以上都是喜庆的红色,柜台处还摆着双人抱子的泥塑,算是好寓意。

"西西,你说盛之行他俩还来不来啊?我都快饿扁了……"

眼前的招财猫不停晃着手臂,看太久都快显出虚影来了,路曦转回头:"应该会来,赵修齐反正是这么说的。"

"他那家伙的话哪有可信度啊?"许欣然嘀嘀咕咕,起身,"算了算了,我先上趟厕所。"

路曦点点头,视线顺着她去的方向确认卫生间的位置,却见她刚走到一半,忽然脚步顿住,健步如飞地拐了回来,一屁股坐下,低声道:"西西!西西!帅哥!快看!"

路曦往她身后望。

确实是个帅哥,身材好、皮肤白、五官正,还是个双眼皮,架着副眼镜,瞧起来斯斯文文的。不过身上穿的这衣服……好像是个服务员?

"你们好。"

他是往她们这桌来的,目标明确:"请问现在要点餐吗?"

估计是她们坐的时间太久了,老板看不下去,直接派服务员过来变相催促了,路曦赶忙无声地向许欣然求助。

好在许欣然花痴归花痴,朋友还是不会抛下的,趁着难得搭话的机会,她努力表现:"点!我们现在就点!"

那个服务员把手里拿着的菜单放下,从兜里掏出笔递给她们。许欣然一把接过,偷偷咽了咽口水,才敷衍地转着笔假装在思考。

可她能思考出什么来,他们连人都还没到齐,她根本不知道要点几人份的。

气氛一时陷入僵硬。

情急之下,路曦脑中飞快闪过一计,她连忙抬手摁住许欣然,挤出笑容:"那个……能稍等一会儿吗?我去解个手,回来再点。"

许欣然手指一抽,憋住笑。

真是个好计谋!

那个服务员显然愣了愣,但很快反应过来,让开路:"可以,洗手间在那边。"

路曦道了个谢,然后赶紧往他指的方向一颠一颠小跑过去。

缓兵之计,能使一时,不能使一世。虽然毫无尿意,但路曦硬是憋着在洗手间里待了五六分钟。好在赵修齐没坑她坑得彻底,在迟到了半个小时后总算是姗姗来迟了。

店里一下变得热闹,男生独有的浑厚嗓音此起彼伏,路曦从洗手间逃窜出来,远远就看见了一队人马。她愣了愣,如果不是因为里头有盛之行,她甚至以为这些是组团来挑事的人。

"西西!"赵修齐也在其中,一改早上见面那股颓丧劲,打扮得人模人样,双眼发光地朝她招手,"我们来啦!"

来是来了,不过这人……会不会有点太多了啊……

路曦勉强笑了笑。

因为一起聚餐的人数"激增",预算和安排都和先前想的大不一样。在服务员的安排下,他们换去了一张更大的圆桌,一下能坐满十个人,锅也分了好几个,大家都按各自口味点了辣度不一的。

路曦的大脑还处在宕机中,眼见菜单收走,一切尘埃落定,大家伙都开始聊起天了,她才轻轻叹了口气。

许欣然还犹自沉浸在见到帅哥的荡漾中,等菜间隙,拉着路曦低声号叫:"西西!西西!我知道那个服务员叫什么名字了!"

路曦有气无力地问:"叫什么?"

"我听见老板喊他'小靖'。你说是'郭靖'的'靖',还是'安静'的'静'啊?"

"'郭靖'的'靖'吧……男生怎么会取'安静'的'静'当名字呢?"

许欣然想想也有道理,又开始想象他可能会姓什么才比较酷,再者刚刚老板那么亲昵地喊他名字,会不会他是老板的亲戚之类的……

路曦没有打扰许欣然,就让许欣然随着脑洞继续思考好了。她本来也想放空一下,但手臂很快被轻轻一拍,盛之行不知什么时候和赵修齐换了座位,到她旁边坐下了。

"你的脚怎么了?"刚刚见她从洗手间出来就跟个小瘸子一样,表情还呆呆傻傻的,看上去跟电视里村头的二丫没什么分别。

路曦下意识地动了动脚踝:"没什么,就崴了一下。"

"什么时候的事?"

盛之行完全没印象,昨天和她一块儿上学的时候不还好好的吗?

"就昨天下午在学校,下楼梯的时候踩空了,不过不怎么严重,就破了点皮,穿鞋不舒服而已。"

盛之行喝了口刚刚送上来的橙汁,喉结一下一下在动,边吞边嘀咕:"那你还要出来吃饭……"

他的视线是往下的,说话间背也微微弯下去了,朝着她的方向。

大概是因为刚打完球又一路过来,他浑身上下都散发着难掩的热意,但没有令人不舒服的气味,乌黑的头发卷在一起,白皙的皮肤上是两条浓黑的眉毛,眼睫动着,伴着喉结的上下移动,看得路曦一时口干舌燥。

不对劲!真是不对劲!

她一咬牙,往后退了退,挡住盛之行:"你……你干什么?"

盛之行被她强行按住头,眼睛便盖了一半,人都看不清,挥了挥手以示无辜:"你干什么?"

路曦连忙松手。

他直起腰,理了理自己的头发,一脸莫名:"你干什么啊?我鞋带开了都不能系一下吗?"

路曦重重地抿了抿唇,一挪凳子,分开好些距离:"绑,你赶紧绑!什么鞋带……不能系紧一点吗?"

盛之行笑出声,三两下搞定,抬头瞧她:"吃炸药了你?"

路曦不再理他了。

火锅正好上来,周围聊了半天的人顿时一拥而起,该拿筷子的拿筷子,该夹菜的夹菜。盛之行也拆筷子了,但还是坐着的,压低声音:"喂,你是不是生气了,因为我把他们都带来了?"

路曦一顿。

盛之行笑得得意,一副看破一切的模样,拿过她的碗:"我就猜到了。放心吧,虽然是你喊我吃饭,但人是我带来的,饭钱他们自己付,不至于让你破产的。"

他说他猜到了,但又没有完全猜到,路曦没说话,因为其实就连她自己也搞不清楚,她到底是不是在生气。

也许不是。

只是她心里没有准备而已。

比赛赢了,许欣然说应该感谢他,她觉得没问题,也认为是该请他吃饭表达感谢,可在心里演练了好几回的场面,这会儿全被突如其来的状况打破了。就像是完好的计划碎成了散沙,作为筹谋一切的人,怎么着也得哀伤难过个几分钟吧。

路曦叹了口气。

"别心疼钱包了,我都说了不会让你请客了。"盛之行装了满满一碗放在她面前,一插筷子,催道,"赶紧吃,一会儿全让这群人抢光了,你是不知道他们饭量有多大。"

他边吐槽边回身拿起自己的碗,再度投入抢食的队伍里。路曦抬眼看他,他露着手臂和脖子,在一群男生里是显眼的白。不知怎的,她忽然就想起了刚刚许欣然口中那个帅气的服务员,可不论她怎么想,居然都想不起那人长什么样子了,只记得似乎也很白。

可就连这白,好像也比不过盛之行。

…………

散场时已将近晚上九点。

赵修齐虽然得了老妈的应允可以出门,但心里门清自己没有出来溜达太久的资格,他一副壮烈的模样对着在场人仰头喝了杯橙汁,拍拍胸脯:"好兄弟们,我先走一步了。"

然而没有什么"好兄弟"搭理他。

大家都吃饱了,天色也不早了,是该回去休息了,收拾收拾东西,清理清理残局，不用他说话，也没人要留下。

　　作为众人里"唯二"的两个女生，自然是不会让她们独自回家的，大家似乎隐隐都懂这个道理，出了店门，往东的往东，往西的往西，许欣然和路曦是两头回家，于是人群也就随之分开了，路曦身后也只跟了一个盛之行。

　　许欣然和他们早打成一片，有赵修齐帮忙送回家路曦也放心，她起初还回头看了两眼，不过确认没事之后，也就专心走自己的路了。

　　盛之行则背着手一副老大爷散步样，速度奇慢无比。路曦被他瞥了两眼，也转过去："看什么？"

　　他悠悠道："你这满肚子炸药还没消化完呢？"

　　路曦冷哼："我才没有生气，你以为谁都跟你一样小气？"

　　盛之行刚开始还不懂自己究竟"小气"在哪儿，想了几秒才反应过来，她这是提的上回他因为她找林恒飞搭档而不搭理她的事。

　　"我那回也没生气好不好？你可别乱扣锅。"

　　"喊，鬼才信你。"

　　路曦撇嘴，正好到路口她转头看了看两侧，前头绿灯，两边车都停了，她招呼："喂！你走快点行不行？再不快点过不了马路了。"

　　盛之行提速上来，眼神扫过她，不过很快移开，揣着裤兜："行，这就走，好了吧。"

　　两人晃到对街，正好红灯，车流重新行驶。走了一长段，周围从熙熙攘攘逐渐变得安静，路曦的脚步也慢了下来，很快开始一走一停。

　　盛之行一直跟在她后面，没有上来，路曦又停了一下，这回扭过头看他了。他正走在靠近路的外侧，步子只有脚掌那么大。

　　见她转过来，他脸上漾起淡淡的笑，挑眉，一副果不其然的模样："你看吧，催我走快点，这下你自己走不动了吧？"

　　路曦是走不动了。

　　破皮的地方虽然贴了创可贴，但走路一直磨着鞋，实在不是什么好滋味。她本来还想忍一忍，但现在觉得有点困难了，主动投降。

　　"盛之行，不然我们打车回家吧。"

　　盛之行见她这么说，收起点笑："你真不行了？很疼吗？"

　　路曦摇摇头："就是不舒服，再走下去，我怕后天上不了课。"

　　盛之行彻底不笑了，他回头往背后瞧，其实他们已经走离大马路很远了，想打车还得返回去，也是一段不短的距离。

"这么担心不能上课,那为什么还要出来吃饭,怎么想的?"

盛之行无奈,虽然这么说,但沉吟了会儿,他还是往她跟前迈了一大步,蹲下身:"算了,谁让我这么有义气呢。你上来吧,我背你回去。"

路曦吓了一跳,愣住:"你干什么?"

"背你啊。"

"我不用你背!我不是说了去打车吗?"

"打车不也要往回走?有那工夫我们都快能到家了。"

盛之行弓着背,这个姿势着实不舒服,他扶着膝盖催促:"你快点上来,一会儿回家晚了。再说了,背你而已,你那么激动干什么……一张床我们都一块儿躺过好不好……"

他嘀嘀咕咕,小时候的事也说出来了。路曦一咬唇,拍他:"那时候我们多小,跟现在能一样吗?"

"那怎么了?"盛之行纳闷,"不还是你是你,我是我吗?能不一样到哪儿去?"

路曦一时竟说不出反驳的话。

盛之行弓得腰都快酸了,回头一看她却还在愣神,干脆也不和她讲道理了,背手抓过她胳膊,直接往肩膀上一搭:"抓紧了!"

路曦便下意识拉住了他衣服。

感受到她的用力,盛之行顺势双手往后,往上一托,合作便顺利达成。

"OK!"

但路曦却不OK。

她觉得脸有点热,身体也非常不自在。

"你别乱动啊,一会儿摔下去了。"

盛之行也就是温馨提醒,路曦却做贼心虚,以为自己的"浑身僵硬"被他察觉了,有点窘迫,赶忙反驳:"我才没乱动!是你别把我摔了才对……你要背不动了就直说,别回头还怪我重。"

重?

明明轻得不行,还没有他小学时候的书包来得有挑战。

盛之行轻笑,圈住她的腿:"知道了。"

4

回家这段小路没什么人。

虽然光打得很足，不至于黑灯瞎火，但就是没点声音，感觉便有些奇怪。

路曦不太习惯这么安静，尤其是有盛之行在旁边的时候，他背着她走了有两三分钟了，一句话都没有说过。

她想了想，拽他的衣领："喂，你怎么不说话啊？"

盛之行应："节省体力。"

路曦哼道："你刚才不还说你背得动？"

盛之行闻言轻笑。

"我只说摔了不怪你重，但这不代表我是超人，背个大活人还能和走平地一样又蹦又跳。"

分明怼她还这么有力气啊……

路曦也不自讨没趣了，干脆就安安静静地趴他背上。盛之行的呼吸很轻，但她还是能感觉到那些轻微的、有规律的一起一伏。

"你今天找我吃饭……"过了一会儿，盛之行忽然主动说话，他大概还在猜测的阶段，没有说得那么笃定，"不会是因为比赛的事想感谢我吧？"

按他们平常的相处模式，这种事情路曦是绝对不会当着他面承认的，但想否定的话到了嘴边，忽然就说不出来了，于是乎她这么一犹豫，自然就被盛之行看穿了。

"哈！真被我猜中了！不是吧小西西，你也晓得对我知恩图报了？看来我对你的好没白费啊。"

路曦就见不惯他这股嘚瑟劲儿，一咬牙，勒他脖子，打断了话："看你的路，好好走！"

盛之行闷着笑，努力不发出声，但嘴角的弧度都快咧到耳朵了。路曦侧目看他，他的眼睛也弯起了，长长的睫毛不停扑闪着。

她轻轻松开了手。

盛之行呼吸通畅了些，咳了咳，清清嗓子，脸上的笑容还没下去，显然心情不错。他又勒紧了手把她往上托了托，继续朝前走。

现在这位置，路曦的脸颊刚好能搁他肩膀上，她稍稍侧了点，身体早已不再像一开始那样紧绷。好像所有和盛之行一起做的事，她总能水到渠成地熟悉。

"你什么时候猜到的？"她出声问。

那肯定不是一开始。

盛之行脑子里率先冒出的就是这句话。

否则,他才不会带着那帮人来跟他抢饭吃呢。

"就快结束的时候,我脑子里突然灵光一闪。"盛之行道,"谁让你之前都没请我吃过饭呢,猜个原因还不容易?"

既然那么容易,怎么到快结束时候才反应过来?

路曦懒得揭穿他的牛皮,干脆由他吹了,反正今天的事已经结束,以后再想让她主动喊他吃饭……门都没有!

见路曦又不吭声,盛之行以为她还因为被他猜中原因而郁闷,于是主动安慰:"你也不用不好意思。有恩报恩,小鸟都知道的道理,我不会嘲笑你的。"

路曦嘴角一抽:"谁不好意思?还有恩报恩……还有个词叫礼尚往来,你听过没?"

她本来就是随便说说想着呛他一嘴,没承想盛之行不但没被呛着,还一副略有了解地点点头:"我听过啊,我这不就是在礼尚往来吗?"

"什么?"

盛之行笑:"背你回家啊。这就是给你的回礼。"

路曦愣了愣,随即反应过来,轻嗤:"喊,可真是昂贵的回礼呢。"

这反话说得一点都不遮掩,盛之行不赞同了,他分明胳膊都酸了,她怎么还瞧不起劳动力呢。

"可不是昂贵吗?"他强调,"第一次!我可是第一次背女生!"

路曦心里毫无波澜:"所以呢?"

"所以这还不够珍贵吗?你以为我见个人就随便扛背上啊?"

路曦认认真真地分析:"所谓珍贵呢,是指这样东西某种程度上来说绝无仅有。就算如你所说,你是第一次背女生,但你又保证不了以后再也不背别的女生。只要你背了,这个东西就不再是绝无仅有,也就不存在什么珍不珍贵了。所以在下定义之前,你不应该只和以前比较,还要考虑以后的变化。"

"你是在给我上什么哲学辩证课吗?"

路曦拍他:"听不懂算了,总之总结起来就是反对你。"

盛之行冷哼:"谁说我听不懂?"

他又不是什么傻子,简简单单的汉字拼凑起来的话,他怎么可能理解不通?

"现在就是现在,为什么要跟以后比?和未来不确定的事情做比较,那不是所有的东西都算不上珍贵了?因为谁也不知道以后会发生什么。更何况……"盛之行扭头,"你又知道我以后会背别人了?"

路曦一愣,因为趴着的姿势,她的脸颊差点和他碰上,她连忙别开一些,说道:"怎……怎么不能知道?你难道要打一辈子光棍啊?"

"喊。"他轻哼,"你说的这些,都属于不确定的范围,听我告诉你的,才是客观事实——背部是一个人最没有防备的地方,不管袒露给谁,都只代表一件事,那就是他信任对方。而这个所谓的'对方'直到现在,我也不过只遇见了你一个。"

他似乎已经忘记了要节省力气,一句接一句地在说话,额头上冒出了细密的汗珠,手臂也往下滑了不少。拐过弯,他正好说完,便顺势一使劲,又把路曦往上托了托。

她的脸随着动作擦过他的耳朵,很快,很轻,但沉默之间,感觉就异常清晰,两人皆没有说话。

盛之行顿了顿,过了几秒,扭过头:"路曦?"

她的手紧了紧:"啊?"

盛之行不能完全看见她的脸,只能隐约瞥见一部分,静了静,他问:"你为什么突然不说话?怪瘆人的。"

路曦抿了抿唇。

她不敢靠太近,也不敢再贴着他的肩膀了。好在现在天色黑暗,他又转不过来头,她才能完美隐藏自己那渐渐红起来的脸。

她摇摇头,拉了拉他衣服:"你……你放我下来吧,我可以自己走了。"

盛之行朝路那头看。

家的气息已经很近,在不远的地方亮着等待的光。他轻轻笑,冲着前头扬起下巴:"好人做到底,送佛送到西。我看你还是乖乖趴好吧。"

两人三足的比赛荣幸地成为高三学生毕业前学校最后的娱乐活动,之后的生活不用多说,自然是无止境的学习学习再学习。

一张一张的卷子,一套一套的复习题,一根一根用尽的笔芯,在不知听了多少讲解,订正了多少错题之后,笔记本在桌上层层摞起,黑板上的高考倒计时数渐渐归零,盛夏伴着消失的风,带来也带走一切。

路曦和盛之行不是一个考场,但交卷时间相同,约着在校门口等,总是大差不差那么几分钟的。最后一科结束后大地仍旧金光闪闪,太阳躲在了树后,等待着归落云层。

她把视线往下移,就正好可以看见,学校对门的阴凉之处,盛之行正举着一双手朝她用力地晃。

她微微愣住,而后赶忙跑过马路。

"盛之行?你哪里来的自行车?"

碧湖郡离学校这片说近不近,说远也不远,走过一段路到了路口,一般都有直达学校的公交车。路曦记得小时候他们还是一起学的蹬自行车,但后来因为用不上,也就只有寒暑假出去玩才有机会骑一骑。

今天这辆……看着并不像他的车啊。

"赵修齐的。趁他还没出来,你快点上车,咱们赶紧溜。"

路曦回头望了眼校门:"你偷他的车?不太好吧?那他怎么回家啊?"

"你还担心起他了……"盛之行道,"放心吧,他等会儿不回家。好不容易考完,逃脱他老妈的魔掌,他不得好好庆祝一下?考试之前他就跟我说了,晚上要去大鸿聚一聚,所以我送完你回家,还得回来找他呢。"

"大鸿?"路曦想了想,"你们……不会要喝酒吧?"

"好像是有这个打算。"

"别喝太多啊。"她看了他一眼,这回乖乖坐上了后座。盛之行一握车把,踩上踏板,微风就吹过来了,路曦又补了一句,"小心被阿姨抓包。"

盛之行笑:"喝一点没事的,更何况,我都成年了,我妈不至于揪着这个不放。"

沈丽是个开明的家长,盛敬山平常不管在外还是在家,喝得都不算少。他有时偷尝两口,她也看见过,大概早见怪不怪了。

既然盛之行这么说,那路曦自然没什么好担心的,她点点头,拢了头发,解下手腕上的皮筋,只是绑的过程不是很顺利。

她手滑了一下,皮筋没圈住头发,一抖,自行车便也跟着抖,好在这条直道上没太多人,盛之行摆着车头稳住了,转过来惊魂未定:"你干什么啊?"

路曦也吓到了,赶忙解释:"我想绑头发来着,失误了……"

"这个也能失误?"盛之行吐槽,"你确定不考虑换个专业吗?当律师这不是害人吗?"

他小声嘟囔,但路曦是听见了的,她愣了愣,重点从前半句话转移到了后半句话:"你怎么知道我想当律师的?"

他得意时的笑独有一份,像狐狸,又像野狼,狡猾得不行:"从许欣然那里听到的。"

果然……

意料之中，路曦一点都不惊讶。其实她本来也没想瞒着盛之行，就是觉得应该找个适当的时间自己跟他说，不过算来算去漏了个许欣然，于是也轮不到她来开口了。

但一码归一码，刚才他说的话她完全不同意。她想当律师和绑头发失误有什么关系？人在再小的事情上都是会犯错的。

"我才不换专业，我觉得当律师挺好的。"

盛之行知道她为什么说好，也猜得出她萌生这个念头的原因，无非就是因为她哥哥路朝呗。他早有耳闻，毕竟沈丽总要拿些正面教材激励他，邻居家的儿子就是个好榜样，何不借来用一用？

"那你想好了吗？大学去哪儿？"

全国最好的法学院并不在 A 城，他记得沈丽也说路朝不是在 A 城上的大学，如果她要跟随她哥哥的步伐，那或许……

"还能去哪儿？"路曦莫名，"就在 A 城啊。"

盛之行把着车头，思绪一顿："A 大吗？"

"对啊。"

A 城最好的大学就是 A 大了，她不去那里要去哪里？

盛之行没搭话了，不过他骑车的速度变快不少，踩着踏板的动作都变轻盈了。路曦抓着车座思考了会儿，拉拉他的衣服："喂，你要报哪个学校？不会要出 A 城吧？"

他轻轻笑。

路曦坐在后座，看不见他的表情，只能微微探头，瞥见他嘴角扬起的那像月亮一样的弧度。

"你总会知道的。不过现在啊，是秘密。"

第四章 / 生日愿望
不要再生我的气了，行不行？

1

高考完就迎来了每个人学生生涯里最长的一个假期。

路曦在家里待了几天，睡得天昏地暗，这种一身轻松的感觉她已经很久没有体会过了。不过可惜这日子持续了并不久，路教授也紧随着她放了假，这么一家人聚在一起的机会可不多，吴静萍一合计一联系，很快就订了机票，带着他们飞去了国外。

说是旅游，不过路曦很大程度上猜测，这是要去看路朝。

路朝此人，实乃神奇，出国一年多了，电话常常打，但就是一次也不肯回家，问他原因，说是觉得来回路程麻烦，也浪费时间。于是吴静萍在多次劝说未果之下，干脆也放弃了，直接你不来那我去，过去看儿子了。

不过路朝这学期的学业还没结束，抽不出太多时间，互相见了一面，嘘寒问暖之后，他就好言好语地把吴静萍打发走了，路宏江也不想耽误他学习，再一劝，这趟就彻底成了实实在在的旅行。

路曦跟着父母在周围城市辗转了数个来回，风景好看，人也真累，有时候晚上睡觉，还梦见回了 A 城，结果第二天醒来才发现人还在异国他乡，新买的手机里都是盛之行给她发来的信息和图片。

他好像进了盛康实习。

图片里是盛康建业大厦，他就站在门口，穿得还挺人模人样，不过扮着鬼脸，还比了个剪刀手，看上去幼稚极了。

路曦成功看笑。

她举着手机,在房间里看了一圈,没别的好玩的,就去了窗户口,照了一张俯瞰的风景发给他。

那边很快回复,没有评价图片,只问:你什么时候回来啊?

路曦定定地看着这行字。

不知怎的,望着它们,她竟然恍惚能看见,盛之行偷懒摸鱼,趴在办公桌上懒洋洋偷笑的表情。

她忽然心念一动,握紧手机,手指飞速打下:很快。

再回去的时候快七月中旬,太阳毒得不行,从机场出来还没到家,路曦就已经开始浑身冒热气了,拖着行李箱戴着帽子,一进家门开了冷气,那感觉完全就是进入了人间仙境。

路宏江和吴静萍没有回来。

他们俩的旅行还没结束,大大小小的城市逛了那么多个,两人倒不腻,只说难得出来一趟,干脆就玩个尽兴。路曦却是没什么兴趣了,据理力争了整整三个晚上,才终于取得他们的同意和信任,让她独自一人坐飞机回来了。

她也没有忘记父母在她临行前的千叮咛万嘱咐,收拾好行李洗过澡,就给他们发去了报平安的短信。收到回复后,便彻彻底底地关了手机,躺进被窝里安心地倒时差。

倒时差不是什么容易事,她躺了好一会儿才总算睡着,第二天早早就醒了,人压根没什么精神。

不过养精蓄锐对路曦来说也就是几个小时的事,吃过早饭又眯了会儿,她就基本恢复活力了,握着手机看了一圈,最后划到底,给许欣然拨了电话。

许欣然也是这两天刚旅游回来,说是被晒黑了,一直闷在家里专心养皮肤,但怎奈路曦一声召唤,连忙屁颠屁颠就出来赴会了。

两人还是约在上次那家火锅店,这回只要了双人餐,一个锅就足够了。等菜的间隙她们东拉西扯聊了好一阵,彼此分享完这几天的趣事之后,路曦才若有所思地往旁边张望。

"欣然,你发现没?上次那个服务员不见了。"

路曦是偶然才想起,许欣然就不一样了,她闻言半点不意外,甚至开始垂头丧气:"我知道。"

这话听起来有点意思。

"什么情况？"

许欣然耸耸肩："就是我知道他不在这儿了。"

人类的欢喜并不相同，路曦只在八卦，许欣然却颇为惆怅："我放假第二天就来了，打听了半天才知道，他果然不是简简单单的服务员，而是那对新婚老板的朋友。那个周末他就是来帮忙的，早就走了，根本不知道去哪儿了。"

路曦了然，揶揄："所以你这是……痛失所爱？"

许欣然一埋头："你说对了。我这……还没开始就失恋了……"

一见钟情什么的路曦是不信的，更何况还是发生在许欣然的身上。她大大小小瞧上的人多了去了，每一个都能夸张地说成失恋。

所以她直接左耳朵进右耳朵出了，拍拍许欣然的脑袋瓜："快起来，别挡到锅。"

许欣然："哼……"

两人狼吞虎咽了一个多小时，锅见底后，都摸着肚子靠向椅背试图消化。路曦已经很久没吃这么撑过了，毕竟国外的食物不是她喜欢的口味，再怎么吃也吃不到这种程度。

许欣然没什么形象地打了个饱嗝："西西，你收到录取通知书了吗？"

路曦收到了，不过不是本人拿的："盛之行帮我取了。"

"你们俩一个学校？"

路曦摇摇头："我不知道……他还没告诉我他报了哪儿呢。"

说是秘密，保密了这么久，录取通知书都下来了，他还半个字都不说，想起这个路曦便有点坐不住。

"估计他跟你一样报的A大，反正你们的分数不是都绰绰有余吗？"许欣然边说还边叹了口气，"不像我，想留在A城，只能报个分数低点的偏僻学校。"

其实各自的分数水平，在考试前都已显露得差不多了，许欣然够不上A大，但又不想离家太远，所以最后千挑万选，还是选择了一所稍微偏僻点但条件还不错的大学。

"没事的，在哪儿都一样能学习。"路曦只能这么安慰她。

不过许欣然是个十足的乐天派，嘴上说过之后心里也就不怎么难受了，很快又笑嘻嘻的，说起别的："这还有一个多月才开学，你之后打算干什么啊？"

这个路曦老早就想好了:"学习。我这次从我哥那儿顺了一本法理学的书,打算回家好好看看。"

"啊?"许欣然耷拉下脸,"你要不要这么勤奋啊?好不容易放假你还要看书……"

路曦笑:"我看书也不影响放松啊,如果你喊我出门,我也是会随叫随到的。"

许欣然受伤的心稍稍好了那么点:"真的?"

"真的!"

"行,那你等会儿陪我去逛街,晚上再去日料店吃饭,我再瞅瞅有没有好的电影,你也陪我一块儿看。"

路曦哭笑不得:"一定要这样吗?"

"你想反悔?"

……是挺想反悔的。

但到底没能真的反悔。

路曦对逛街不太感兴趣,一路上就光陪许欣然左跑跑右跑跑了。她大概真是闷在家里好几天,购物的欲望全积攒在这时候爆发了。

路曦百无聊赖地坐在沙发上玩手机,刚打开相册,许欣然就拎着一双鞋过来试穿,坐下时瞥了眼,那么多张照片,她偏偏眼尖:"哎,那不是盛之行吗?"

是之前盛之行发来的自拍。

"嗯。"

"还挺人模狗样的。"许欣然哼笑。

她这么评价,那肯定是之前没见过。路曦转了转眼珠子,问:"欣然,你以前有没有去过盛康啊?"

"没去过。而且就算我去了,人家保安也不一定让我进啊。"

"那……我们一会儿去盛康看看吧?"

许欣然狐疑地抬眼瞅她:"干什么?你想去找盛之行?"

"不是啊。就是你没去过盛康,我也没去过,咱们既然现在有空,那就一起去趟呗。"

许欣然一声冷哼:"喊,你别装了。"她还不知道,"你对建筑又不感兴趣,怎么会突发奇想去盛康?要看盛之行你就直说,我又不会拦着你。"

"都说了不是……算了不去了,你当我没说吧。"

"去去去，为什么不去？"许欣然脱下鞋，也不试了，还给售货员，"咱们现在就去。是我想看，不是你想看，行了吧？盛之行好不容易有回人样，我还确实挺感兴趣的。"

最后也不知道谁顺了谁的意，反正两人稀里糊涂就搭上了去盛康的车。城市中心人来人往，高楼大厦都挡不住毒辣的阳光，两个人最后站在蔽日的阴凉处，到底是路曦先认了怂。

"欣然……算了，我们还是回去吧。"

许欣然一把揪住她："那怎么行？我们来都来了，不见到人不是浪费打车钱吗？"

"你还在意这个？"

"当然，谁会不在意钱？"许欣然应着，视线往旋转门那儿瞟，"你专心点，一会儿他走了我们没看见怎么办？"

两人趁着晚高峰前来的，路曦跟盛之行打听过，他似乎是下午五点钟下班，毕竟他只是来实习而已，闲散得紧，盛敬山大概也不管那么严。

这会儿已经过了五点，陆陆续续有一些人出来了，穿过透明的玻璃能看见一楼大堂，勉强辨认来人是否眼熟。

"怎么还不出现……他该不会翘班了吧？"

路曦不排除这种可能，毕竟今天一整天他们都没有互相发信息，她会过来这儿纯属脑袋一热。

果然……冲动的时候还是少说话为妙。

"走吧走吧，别等了……"

越等下去路曦越觉得不妥，越觉得不妥就越想反悔，她拉着许欣然的手："我们吃晚饭……"

"哎！我看见了！"许欣然一拍掌，双眼发亮，反拉住她，激动地指着前头，"那个是盛之行吧！对不对！"

来人穿着简单的白色上衣、黑色裤子，和他在学校穿校服时完全是两种感觉，好像经历完短短的考试，他一下子就转变了角色。路曦没完全适应，怔怔地看，隔着玻璃他的脸并不清晰，但似乎是笑着的，朝向大堂的另一个方向。

有人朝他走过去。

"赵修齐怎么也在……"许欣然显然也看见了，探着头，刚动身想过去，忽地一顿，睁圆眼，"哎哎哎，西西，快看——还有女生！你看见没，竟然有女生来找盛之行!"

大堂被停住的几人塞满,那么广阔的地方,路曦看着,忽然好像只剩下狭小一块。

她沉默了下,点头:"我看见了。"

2

大堂里是凉快的,一进去就隔绝了炎热。

火辣辣的太阳从头顶消失,走起路来都有劲了,许欣然大老远就冲他们挥手,盛之行见到她不免意外,但最没想到的,必然是路曦的出现。

"你回来了?"他愣愣的,"什么时候?"

见面就像是昨天的事,坐在他的自行车后座回家也如同几个小时前才发生,本来可以爽快回答的问题,路曦却不知道怎么了,一噎,好半晌没蹦出个字来。

"你怎么这么多问题?"许欣然打断他,"你先跟我们说说呗,这一帮人的,去干什么啊?"

她扫过眼前那两个女生,有一个她眼熟,隔壁班的班长,貌似学习成绩还不错,在主席台上演讲过,至于另一个……眼熟得不行,肯定在学校见过,不过她喊不上名,干脆就撞撞盛之行的胳膊:"喂,介绍下呗。"

盛之行一顿,瞥过路曦,耸耸肩膀:"叫我介绍干什么……你让赵修齐给你介绍啊。"

许欣然无语:"你介绍跟他介绍有什么区别?"

盛之行懒得回嘴,给了赵修齐一肘子,挤挤眉头示意他赶快帮忙。

人是赵修齐带来的,活自然他来干:"我介绍我介绍,她们都是我朋友。喏,这个是程夏,隔壁班班长,你肯定听过;这个也是咱们隔壁班的,音乐才女,笛子吹得可好了,晚会上表演过的,周彤彤。"

晚会什么的,许欣然哪有印象,那么多人,又黑乎乎的,脸都瞧不清。不过她还是点点头,自我介绍:"我叫许欣然。"

他们那边三两句话聊上了,赵修齐左右应付,盛之行就悄摸开溜,凑到路曦旁边:"喂,你什么时候回来的?怎么都没和我说?"

路曦转头,正好看见他敞着领口,解了两颗扣子,露出锁骨。于是她又移回目光:"就昨天。"

"那你今天就过来找我啦?"他笑起来。

"你想太多。"路曦推开他点,"我陪欣然过来的,她想看看盛康而已。"

"是吗?"盛之行半信半疑,"她看盛康干什么?没听她说过对建筑感兴趣啊。"

"她又不会什么都对你说。"路曦嘀咕一句,不想再和他聊了,"我们要回去了。"

她这么说着,就要上前去喊许欣然,结果被盛之行一把拉住:"我待会儿回家看电影,你也来吧,咱们一块儿。"

路曦一愣,显然意料之外,她指指赵修齐:"你……你们不是要一起吗?"

"本来是要和他一起的,"盛之行挑眉,"这不你回来了吗?我放他鸽子也不是一次两次了,让他自己玩去吧。"

盛之行说一不二,说反悔就反悔,立马拔高声音:"哎,赵修齐,我回家了,你欠我的饭下次再请吧,好饭不嫌久。"

赵修齐身边围了三个女生,软乎乎的嗓音里忽然来了这么个大嗓门,带来的还不是什么好消息,他顿时蒙了:"啥?"

盛之行知道他听见了,也没再重复,就笑得乐呵呵的。许欣然也转过来,见路曦跟他肩并肩的,问:"西西,你也要回去了吗?"

盛之行替她答了:"她跟我一块儿回去,你就去跟赵修齐吃饭吧。"

许欣然倒不介意,见路曦不说话,也就当她默认了,点点头:"那好吧,你们路上小心。西西,过两天我再找你一起玩。"

损了个兄弟,招了个冤家,赵修齐叫苦不迭。他这大老远带了两个人来盛康找人,结果盛之行倒好,三两句话就把他给打发了,难道他的时间是捡垃圾凑来的吗?

"盛之行,你好样的。"赵修齐咬牙切齿。

盛之行不客气地回他一嘴:"比你差点。"

程夏本来在和周彤彤说话,不过在赵修齐和盛之行拌嘴间也看了过来。她今天穿的是一身白色的裙子,肩膀上还有两朵黄色小花,夏日炎炎里显得特别清凉。

她出声问:"盛之行,你不和我们一起吗?"

"不了,你们几个去吧。"他指指路曦,答得简单,"我和她一起。"

于是他们就这样分道扬镳。

路曦和盛之行往碧湖郡去,赵修齐则一带三,不晓得吃什么去了。

虽然说是要看电影，但路曦并没直接去盛家，她先是回了自己家，也不说要干什么，反正把盛之行打发走了，磨磨蹭蹭硬是拖了快半个小时。

她到的时候盛之行已经换了身衣服，是他平常打球穿的休闲装扮，这一看，好像又和刚才在盛康时的感觉不太一样。

他在煮面条，香喷喷的，还冒着热气，探出了个头来瞧路曦，一眼就注意到她手里那两个大玩意："你带那个来干什么？"

是两人之前比赛赢来的阿狸抱枕。

"拿来给你挑一下。"路曦把抱枕放到沙发上，"比赛有你一份，奖品本来就应该一人一个的。你选吧，你拿一个，剩下一个我带回去。"

说了这么多话，眼神却都不往他这儿看，盛之行听了半天，把锅里的面弄进碗里，对半分后，道："这个一会儿再说吧，你先过来吃面，我煮半天了。"

盛之行是少见的会做饭的男生，反正在路曦印象里，身边的这几位男士，她就只见过他下厨。他的厨艺还算不错，相比最开始那会儿进步了不少，她这曾经深受其害的小白鼠，现在也总算熬过试验阶段，成了功勋满满的大元老。

盛之行分给她一双筷子，在她对面坐下，闲聊起来："你这次出国玩，有什么好玩的事情没？"

"没有。"

"那你整天宅酒店？"

路曦吸溜了一口面："也不算。其实有出门，但是天气那么热，逛得也没劲，所以就没什么有趣的。"

盛之行挖出面底下的荷包蛋："这样啊。没关系，你没有我有，我说给你听。"

他也不吃了，一竖两根筷子便开始情景模拟。路曦见他煞有介事，边吃面边看他，顺便捞一捞自己碗里的荷包蛋。

"这个是同事A，这个是同事B。"他道，"有一天同事A找同事B借钱，同事B就说'借钱当然可以啦，十块以下的找我商量，十块以上的得找我老婆商量'。然后同事A就傻了，问他'你不是没有老婆吗'，然后你猜猜，同事B说什么？"

路曦咬了口蛋："我刚结的婚？"

"不对。"

这么笃定地说不对，看来这问题必定没那么简单，路曦想了个荒诞点的：

"我等着你给我找老婆?"

盛之行还是摇头:"不对。"

路曦眉头一皱,咬牙:"你老婆就是我老婆!"

盛之行瞪圆了眼,随即"扑哧"一下笑出声:"原来你脑子里想的都是这些东西?是我小看你了啊,路曦同志。"

路曦闹了个大红脸:"盛之行!"她差点就要动手,"我不猜了!"

"别别别,我告诉你。"盛之行按下她,"同事B说的是'就是因为我没老婆,所以才没得商量啊'。"

他说完就兀自笑起来,前仰后合的,开心极了。路曦撇嘴,冷冷地评价:"一点都不好笑。"

"是吗?"盛之行佯装同意地点点头,"是不好笑,比你刚刚那个'你老婆就是我老婆'逊色了不止一星半点。"

如果这碗不是他煮的面,大概这会儿路曦早拿起盖他脑门上了。这人果然还是那么欠扁,上了这么多天班一点都没变。

"也不知道你整天在盛康学什么,净看些无聊的段子。"她懒得搭理他,"整天浑水摸鱼,信不信我向盛叔叔举报你。"

"在公司无聊啊,你不知道那些文件有多枯燥。我爸整了个奇奇怪怪的职位给我,忙的时候跑东跑西干这干那,不忙的时候能发呆发上一整天,不看些有趣的东西怎么活得下来啊。"

路曦才不信:"你嘴上说得那么辛苦,怎么发给我的照片上你笑那么开心?我看你还挺乐意在盛康的。"

"那不是发给你看的吗?"盛之行喝了口汤,耸肩,"总不能让你也一块儿不开心吧。"

路曦一愣,停下吃面的动作抬头看他。盛之行正把端着的碗放下,间隙中也朝她看过来,对上目光时微微一顿,随即目露打量,笑起来:"你心情好些了?"

路曦这下彻底呆住了:"什……什么?"

"别问我怎么知道,你这全写脸上了。"盛之行说着指指她后边的沙发,"那不是最好的证据?心情不好到脑子都抽了,要把你最喜欢的抱枕送给我。"

"谁说要送你?"路曦否认,"那是因为本来就有你一份,我好心给你送过来而已。"

"哦,是吗?那不知道之前是谁兴高采烈,我说不要的时候,半句客气话都不讲就全拿走了。"

翻旧账,简直不讲武德!

路曦突然后悔了,觉得自己干了件完完全全的傻事,盛之行这人黑的能说成白的,白的能说成黑的,她跟他讲道理,不如直接给他来一拳更痛快。

"不给你了,我自己拿回去。"

面也吃得差不多了,路曦推开椅子起身。不过盛之行动作矫健,显然速度比她更快,一个箭步去了沙发,再一翻身,直接把两个抱枕全搁怀里了:"泼出去的水哪有收回的道理?既然要讲公平,那它们被你一个人霸占了那么久,怎么着现在也该轮到我了。你要想回家那也行啊,不过这东西得先留在我家了。"

路曦被这听起来竟毫无漏洞的强盗逻辑唬得一愣一愣的,等再回神时,盛之行已经往楼上去了,她只能赶紧追上,狂怒不止:"盛之行!你回来!"

盛之行把抱枕带进了家庭影院。

路曦紧随其后,跟着他跑进去,盛之行使唤她不带客气:"记得关门。"

她顿时气得牙痒痒。

等关好门转身时,她就正好见自己的抱枕被他一边腋下夹一个,而他像只笨重的大熊,蹲在碟片架子旁翻翻找找。

路曦被这奇怪的姿势搞得啼笑皆非,三两步跑过去,推了他一把:"你干什么呢?把抱枕还我。"

盛之行哪儿使得上劲,被她这一推就顺势坐地上了,好在铺着地毯,还算软,他干脆盘起腿,把抱枕扔给她:"自觉一点,帮我放沙发那儿去,我找碟片呢。对了……你有什么特别想看的电影类型吗?"

"随便。"路曦下意识地答,反应过来后,又小声嘀咕,"我有说要跟你一起看了吗?"

盛之行"唰唰唰"地翻,头也不抬:"别磨叽。快点去,顺便开个空调,热。"

路曦给了他一脚:"烦死了你!"

遥控器就放在沙发角落,路曦过去拿起开了空调。她刚放下抱枕,盛之行就过来了,虽然刚吃完面,但看电影就要有看电影的氛围,他从旁边捯饬出了两大包薯片和一大瓶可乐,放在路曦脚边之后就关了灯,催她:"快坐好,快坐好!"

路曦腾了位置给他,盘起腿把抱枕放在怀里。

盛之行放的是部悬疑片,叫《消失的爱人》。影片刚开场男主角的妻子就不见了,变换的镜头和长串的英文对话让路曦不得不高强度地集中精力,以至于看了会儿后就感觉有点疲惫,只能通过吃零食来保持清醒。

但吃东西也没法阻止一个人犯困,大概是早上醒得太早,现在瞌睡虫发作,路曦勉强撑了会儿,到底是撑不住了,眼皮半闭半睁打了会儿架,最后还是睡过去了。

梦里有起起伏伏的声音,还有女人和男人尖锐的争吵,结果应该是吵出了胜负,所有一切都慢慢归于平静。

路曦醒过来的时候,屋里还是黑的,她身上盖着毛毯,脑袋底下垫着阿狸抱枕,软乎乎的。她动了动头,侧过脸就看见盛之行,电影早结束了,此时房间里唯一的光源是他手边的小台灯,这会儿亮着,照着他半边轮廓,显得异常柔和。

他在看书,上面一片密密麻麻的字和图解。

路曦这才突然想起,他还一直没有说,他到底报了什么学校。

"盛之行。"她出声。

盛之行正准备翻书,闻声一顿,转过来看人,凑近眯了眯眼,借着微弱的光,笑:"你醒了?睡得舒服不?"

路曦把抱枕从脑袋下面拿出,揣进怀里,再去找另一个,在盛之行那边,她想去拿,不过被拦住,某人合上书:"好西西,你这说好陪我看电影的,怎么还自己睡着了呢?"

路曦一噎:"我太困了。"

盛之行打量着她:"昨晚倒时差没睡好?"

"可能吧。"路曦揉揉眼睛,一副疲乏的样子。这次她再伸手去拿抱枕,盛之行就没拦了,甚至还搭把手给她递了过来。路曦接过,很快放到自己身后,然后以迅雷不及掩耳之势,把他腿上那本书也一并捞过来藏在腰后了。

盛之行瞪圆眼:"你干什么?"

"你说我干什么?"路曦一扫疲倦的样子,精神不已,"你还秘密?保密了这么久,到底什么时候说你报的学校是哪儿?"

"你先把书还我,然后我就告诉你。"

"你别想骗我。"路曦躲开他点,"你先说,说完我就把书还你。"

"你这样不行。"盛之行道,"交流应该建立在平等上,你这样让我处于下风,怎么指望能从我嘴里套出实话呢?"

路曦闻言哼笑："如果握着一个人的把柄都没法得到实话，那还回筹码又指望剩下什么呢？"

讨论起这种事她就变得伶牙俐齿了，盛之行气笑。他收回手，上上下下盯了路曦好一会儿："行，那我跟你说。"

"你说。"

他招招手："你靠过来点。"

路曦警惕："你就这样说。"

"那不行，秘密哪有说这么大声的？"

"这里又没别人。"

"那也不行，仪式感你懂吗？快点，你到底要不要听？"

路曦深感有诈，但盛之行已经退了一步，她若不退，估计今晚就什么都问不出来了。想了想，她还是妥协，但把背后他的书又攥紧了些，才靠近："你说吧……"

话音还没落，她才贴了个耳朵，盛之行就一下起来，伸手握住了她的手腕，力气不大，但偏偏让她挣不开。路曦咬牙，气得牙痒痒，差点想上嘴，但还是忍住了，只扭着肩膀撞他。

不过盛之行哪儿那么容易被她制住，路曦上肩膀，那他也上肩膀，两人就这么硬碰硬，没几下就仰摔在了沙发上。书被路曦一起带过去了，垫在腰后面，硌得慌，她想躲，正好给了盛之行机会，他从缝隙里伸手过去，一把就握住了书的边沿，还有她的手。

体温相触，一开始没有人觉得不妥，路曦还在奋力抗拒，盛之行却已经占了上风，三两下就掰开她的手，一捆一按，书就像战利品一样归回了胜利者的手中，顺带附加的，还有莫名擦过耳郭的温热。

盛之行一愣。

这个世界上明明有很多的东西都是第一次接触，但有的人总能清晰地辨明那是什么，无须经验，无须询问，只要一个感觉，就都豁然明了。

他直起身体。

路曦没扎头发，墨一样的黑色铺了满沙发，也铺了他满目光。她的脸被挡住，看不清楚，但盛之行的心猛地一跳，随即他就像蚱蜢一样弹了起来。

还不忘拉起路曦。

他抓抓头，舔了舔唇，没说出话来，于是又清清嗓子："西……西西？"

路曦的声音听起来还挺正常："干什么？"

盛之行见她好像没什么事，等了会儿，才小心翼翼地转头看人："你还好吧？"

"我应该要有什么事吗？"

还好，还能怼他，听起来似乎问题不大。

盛之行悄悄松了口气，这才感觉心里压的那块大石挪开了。他拧开可乐"咕咚咕咚"喝了两大口，吞下后才恢复正常："没事，没事。算了，我跟你说吧，我报的肯定是Ａ大啊，除了那里我还会去哪儿？本来是想等我过生日的时候再告诉你的，算个惊喜，结果……喏，就被你给破坏了。"

生日……

是了，盛之行的生日就在下个月，离现在也不远了，路曦当然没有忘记，只是她没想到，原来他是想专门等到那天再说。

她抿抿唇："这个算什么惊喜？你直接跟我说不就完了……"

"是啊，这不就直接跟你说了？"盛之行睨她，"被胁迫的！"

"喊。"

电影看完了，事情也打听了，该回去洗漱休息了。路曦站起来，不客气地顺走另一包还没开封的薯片："行了，我回家了。你不是过生日吗？行吧，既然你这么想要我的抱枕，那抱枕就送给你当今年的生日礼物了，买一送一，不用跟我客气。"

盛之行蒙了："你这是二手的好吧？"

"哪儿二手？"路曦才不认账，转身潇洒地摆摆手，"凡事讲究证据，我等你举证啊，盛之行同学。"

"…………"

可盛之行哪儿举得出证据。

一年一次的生日，好不容易能向路曦讨礼物的最佳时机，这次就这么稀里糊涂地被搪塞过去，盛之行哪能不郁闷。

所以他一连几天在家门口碰见路曦都没打招呼，装酷一样地视若无睹。

不过路曦倒不介意。

她不仅不介意，甚至还边笑边给他让道，每次他还没走出两步远，就听她开开心心地给别人打电话去了。

真是无情无义！

盛之行气得内伤，而路曦则暗自憋笑，心里的小算盘正打得不亦乐乎。

"热死了……热死了……"

八月份的太阳还毒辣辣的,晒得许欣然心火旺盛,刚进店坐下,路曦就贴心地朝她推来一杯柠檬水:"解解渴。"

"果然是我的好西西……"

她大口大口地喝,柠檬水转瞬只剩下一半。许欣然狠狠擦了把嘴,开始声讨:"不过你最近都去哪里了?不是说好我叫你,你都会出来吗,竟然食言。"

路曦笑:"抱歉啦,我最近有点忙。"

"你干什么去了?"

"我去学习了。"

许欣然说不出话,路曦看她这表情,没忍住笑,神秘兮兮地凑近了,从掌心里变出一只羽毛是红蓝相间的鸟:"看!"

"哇!"许欣然吓到了,仔细一看才发现这鸟不是真的,但胜似真的,"这是你自己做的?"

路曦点点头。

纸雕小鸟,当然是她自己做的。

"所以你说学习,就是学做这个去了?"

"嗯。"

许欣然了然地点头,把路曦手里的鸟接了过来,放在自己掌心里观摩,看了一圈,她好奇:"你怎么忽然想起来学纸雕?"

路曦实话实说:"这不是盛之行生日快到了嘛,他喜欢这些东西,我就去学了一下,做一个送给他呗。"

"你要把这只鸟送给他?"

路曦哭笑不得:"当然不是,这个是给你的。"

送给盛之行的其实她还没有完全做好,但剩下的几步也算简单,等她回去处理一下基本就能搞定了。她没有带过来,也没法带过来,所以只能简单描述:"我给他做的是一个埃菲尔铁塔,金色的,虽然提前画过图纸缩小了,不过做出来还是挺大的,没法轻易拿来拿去,所以等我送他的时候,再带你一块儿看看。"

"盛之行喜欢埃菲尔铁塔吗?"

"他可喜欢了。"路曦还没有跟许欣然说过,"他卧室门上贴的海报就是这个。"

"所以你这是……投其所好？"

路曦想了想："虽然不准确，不过也算是吧。"送人家礼物不就得送个他喜欢的吗？

许欣然的表情千变万化，边喝着柠檬水，边用眼神来回回打量路曦。过了有半分钟，她忽然道："西西，我问你个问题，你一定要严肃认真地回答我。"

路曦有种不好的预感："什么？"

"你对盛之行……是不是有点意思啊？"

路曦一愣，脑袋还没转完，嘴上就先否认了："没有！"

"你确定吗？"许欣然狐疑，"你看啊，虽然你们俩是青梅竹马，这个大家都知道，所以你们平时在班级里走得近，都没人觉得有什么。不过……我总觉得吧，又有点不太一样。"

"人家青梅竹马，也没有天天一块儿上下学，年年准时准点送礼物吧？而且你还特地为了他去学什么纸雕，我都没这待遇……"她说着又有点哀怨，"我竟然比不过盛之行！"

"那你今年想要什么？"

许欣然叉手："这个一会儿再讨论，我的问题你还没回答呢。别转移话题，快说实话，你到底有没有喜欢盛之行？"

当"喜欢"两个字和盛之行的名字挂钩时，路曦才发现这个词听起来居然那么陌生，陌生到她一时不知道怎么回答。

她应该再次毫不犹豫坚决无比地否认的。

但事实和想象的好像不太一样。

她没有能够立马摇头。

因为她迟疑了两秒。

"没有吧。"她喃喃着，想了想，才重新确定。

"肯定没有，"她这么说，"我没有喜欢他。"

3

路宏江夫妇在路曦回来的一个月后到家。

路朝还是没回家，不过托这两位向路曦表达了他的关切之意，除了上回让她顺走的那本法理学，这回还捎了本汇集法律各类分支的经典案例给她提前预习。

路曦一拿到,当然是好好收起保存了。不过现在她没有时间看,甚至还顶着家里路宏江和吴静萍的两双眼睛,早上下午地往外跑。

盛之行的生日要到了。

作为在两人闹矛盾时总是先败下来的那一方,盛之行早把自己收到二手礼物的郁闷抛到九霄云外去了,接到路曦电话的时候,他好像心情还不错,语气轻快:"喂?"

不过环境有点嘈杂,路曦第一声没听见,他又说了句话,她才接收到,把手机贴紧耳朵:"盛之行?你在哪儿啊,这么吵?"

他静了静,应该是找了块人少的地方:"西西?我跟着我公司的大部队在外面出差呢,在工地上,人特别多。"

"工地?"路曦皱眉,"那……那你后天还回来吗?"

"后天?怎么了?你有什么事吗?"

看来这人果真是忙,忙到后天是什么日子自己都忘了。路曦也没提醒,只说:"就一块儿吃饭啊,欣然也在,你要不要一起啊?"

盛之行答应得爽快:"好啊,我后天绝对回去了,到时候记得通知我,我把赵修齐一块儿带上。"

路曦听他这么讲,悬着的心立马放下了,勾勾嘴角笑得开心:"行吧,那你忙吧,后天见喽。"

盛之行虽然从小调皮捣蛋,常常没个定性,但按路曦对他的了解,起码这个人有一点还是拿得出手的——就是言出必行。

他说会回来,那就一定会回来,办不到的事,他不会答应得这么快的。

心里有了底,路曦就宽心多了。埃菲尔铁塔的纸雕,她早几天就已经完工了,不说多好看,但都是她一点一点照着画纸抠弄出来的,失败了好几次,手指都快做抽筋了。等到时候送给他,一定得讨一大块蛋糕补偿自己一下。

为了这次秘密筹划的小心思不被发现,一直等到盛之行生日当天,路曦都没有再给他发信息或打电话。盛之行虽然对日期不太敏感,但不是个脑筋转得慢的人,她要是联系他太频繁,估计就会提前暴露。

庆祝的地点选在丰河路的一家自助烤肉店,他们之前也一块儿来过,这家店有专门针对过生日的优惠套餐,路曦让许欣然先去订座位,顺便把纸雕也一并放进店里保存,自己则去了不远的那家蛋糕店取蛋糕。

盛之行爱吃甜的,虽没到嗜甜如命的地步,但路曦记得,她以前放在书包里的巧克力基本都是进了他的嘴。她摸摸钱包,还算宽裕,便一狠心,选了个大尺寸的蛋糕订下了。

至此大概就算万事俱备，只等一个盛之行了。

路曦不清楚他现在究竟到家了没，他虽然不记得自己的生日，但沈丽心里却是念着的，晚饭前还专门给路曦打过电话，问他们今晚有没有组织庆祝。

路曦虽然能瞒着盛之行，但对沈丽却是不想撒谎的。她老实交代了今晚的部分计划，在沈丽高高兴兴地应允下，顺带打听到盛之行现在还没回家。

还没回家……

路曦看了眼时间，已经快下午六点了。要按他平常在盛康的上下班时间，现在也应该结束了吧。

许欣然等得都有点饿了，忍不住开口："盛之行快来了没有？"

路曦摇头："不知道。"

"那你快打电话啊，确认一下他在哪儿。"

路曦低头看手机。

其实确认他在哪儿倒不是关键，如果要问，也是问他究竟有没有回来。这家店的地址路曦早上就发给盛之行了，还特意叮嘱过他晚饭前后来，不要迟到也不要早到，他不是没有时间观念的人，真的回来了的话，不会到现在还不出现。

所以按这种情况来看，大概只有一个解释。

"他可能还没回来。"

路曦这么说，心里难免有点泄气，但还是抱着试一试的心态给盛之行打了电话。许欣然凑过来听，屏着呼吸。

电话很快接通，那边无比安静。

盛之行率先出声："西西？"

路曦应了，轻声问："盛之行，你回来了吗？"

又静了好一会儿，才听他回答："还没……出差的时间延长了。"

虽然早有预料，但听见他这么说，路曦最后的紧张还是变为了沮丧，她握着手机一时不知道该说什么，望着餐桌上那个巨大的写着"生日快乐"的蛋糕微微出神。

气氛骤然凝滞下来。

许欣然也听见了盛之行的话，心情由不可思议渐渐转为无声哀怨，后面说了什么话她也懒得听了，摸摸额头一脸无语地坐到旁边去了。

但路曦还在听，盛之行的声音传过来，钻入耳朵："西西？西西？"

他连叫了好几声,路曦才回神,后知后觉地应:"啊?"

"你……你怎么不说话?不会因为我没回去陪你吃饭就不高兴吧?"

路曦想否认。

她没有那么斤斤计较,不会因为他的失约而生气。只是任谁的精心策划被错过,大概都没法高兴起来吧。

蛋糕今天是送不出去了,带来这里的纸雕还得先放回许欣然家,她想象了很多次他看见礼物时兴奋的表情,今天估计也见不到了。

路曦轻轻叹口气。

"我才没生气呢。你赶紧忙你的事吧,等你回来,我再跟你算说话不算话的账。"

亏她还那么相信他绝对说到做到不会失约呢,什么言出必行,路曦今天算是记着了,他连这唯一拿得出手的优点都不作数了!

"嗯,我明天一定回来。"他这么说,最后静了静,又道,"我晚上给你打电话,你会接吧?"

路曦轻哼:"大概会吧,反正看我心情。"

电话挂断,还有一堆残局要处理。

作为生日策划的参与人,没看到热闹的许欣然失落心情不亚于路曦,她趴在桌子旁,捧着巨大的还没拆开的生日蛋糕,无声地询问:"这个咋办?"

扔掉是不可能的,好歹花钱买了,只是可惜今天送不出去,少了那么一层意义。

"你先帮我把纸雕拿回你家吧,我把蛋糕送去蛋糕店,让他们帮忙再保存一天。"

"好吧。"许欣然哀哀怨怨地爬起来,"这盛之行太不靠谱了,你不是说他今天会回来吗?怎么突然就没空了?"

"临时有事吧。他在实习,肯定没那么闲的,总有点突发情况。"

"这突发得可真是时候。"

蛋糕没吃上,饿了一晚上的肚子也没个着落,许欣然找店老板拿回纸雕,小心翼翼地放好,临回家之前想问问路曦待会儿去哪儿吃饭。不过出来的时候路曦先她一步走了,她没来得及问,正好自个儿老妈来电话了,干脆就直接回家,趁机蹭碗面填饱肚子。

为了保持口感,蛋糕能存放的时间不是太久,路曦嘱咐完许欣然,就连

.095.

忙赶去安置蛋糕了。等处理妥当后再出来，她才想起自己的晚饭已经随着破灭的生日宴一起化为泡影了。

在回家之前，看来她还得先找个地方吃饭，否则饿得精神不济，一眼就会被吴静萍看穿。到时候，面临的又是一场无休止的盘问了。

路曦可不想要。

一个人能吃饭的地点很多，但最适合的还是小店的角落。她想了一圈，记起的不多，最后选了家以前常去的、在学校附近的面馆。

丰河路离学校不远，也就几站的距离，路曦不想坐车，就直接徒步过去了。

因为放暑假，这里的小吃街比平时冷清了不少，平常饭点爆满的店铺，这会儿都坐不满，路曦一家家看过去，眼熟的面孔已经见不着了。

上次许欣然带她来过的那家火锅店也开在这里，有几个月了，生意仍旧好着，喜庆的红色装饰物也还没有摘下，从外面透过玻璃看，里面是一阵欢快热闹模样，倒跟别的店气氛不太一样。

路曦也看得愉快，心情好了一点，眼神不由得多停了几秒，等看够了，她才继续往面馆的方向走。只是走着走着，步子却渐渐慢下了，仿佛有什么在背后拉扯着，让她不得不暂停前进的脚步。

她怔怔地，有些恍惚地回头。

她还怕自己看错，那样一堆车里，明明颜色各异，大小样式都不一样，可她还是低下头，认真辨认刚刚一瞬间闯进她眼里的东西。

是赵修齐的自行车。

她又确认了一遍。

的的确确是她坐过后座的，赵修齐的自行车。

于是路曦猛地抬头，再一次往火锅店里望。

而这一次她看见了。

那么多的人，那么拥挤的环境，那么热火朝天、欢欣鼓舞的氛围，她却不偏不倚地没有错过，那个她无比熟悉，但在这一刻不敢喊出名字的背影。

路曦站了不知道多久。

久到她意识里，看见有人撞了撞那个背影的手，然后围坐在一起的他们就齐刷刷地回头，远远朝她看过来。

有赵修齐，有周彤彤，有盛之行，还有程夏。

隔着相似的距离，像是面对一场不久前才有过的会面，同样的遥远，同样的令人猝不及防。只是这一次，路曦身边没有了许欣然，而多了的，是长满尖刺,朝她兜头罩下的层层谎言。

4

路曦逃回了家。

说逃,是因为有人在追。

她不知道是谁在追,只记得她跑到路边拦下了车,连滑两次手才拉开门,绊了一脚坐进去时,身后响起了自己的名字。

她不想去听是谁的声音,也不想做什么回应,她缩着身体往角落钻,在师傅连问了两遍地址之后,才后知后觉地报上句"碧湖郡"。

路宏江和吴静萍都在家,这个点,两人正坐在沙发上看电视,听见动静都往门口瞧。路曦没跟他们对视,低头换了鞋,然后侧过身就往楼上跑。

她跑得极其快,生怕再有什么声音将她喊住,她一点都不想说话,一点都不想面对谁。直到关上门将所有的一切彻底隔绝后,在小小的空间里,她才感觉呼吸终于顺畅,被风吹得闭塞的耳朵也慢慢听见了叫腾的手机铃声。

盛之行的名字在手机屏幕出现。

路曦怔怔地看着那名字跳起又落下,随着一阵又一阵始终不停的铃声,明明灭灭。

她前不久才换过他的来电头像。

之前那一张,路曦记得,是他在太阳底下和赵修齐一块儿打球的照片。那天她正好在场,原本是想拍一朵长得特别像花的云,可正好看见他跳起扣篮,不知怎的,手和眼睛就歪了方向,拍云变成了拍他。

路曦觉得自己没有认为照片里的盛之行有多么帅气,或许只是他投篮的动作行云流水了一些,又或许只是拍下的阳光实在正好,所以她才没有舍得删除,还截去了角落赵修齐的衣角,把剩下的部分当作了他的来电头像。

这样他打电话来找她的时候,她的心情也能好上不少。

那之后不久她就跟着路宏江还有吴静萍出了国,跨国电话不好打,所以互相联系的方式就变成了发信息。他在盛康外比剪刀手笑得灿烂的照片,路曦在相册里存了很久。回 A 城的那一天,她坐在机场候机,就正好把它换作了新的来电头像。

——"那不是发给你看的吗?总不能让你也一块儿不开心吧。"

他是这么说的,她也这么相信,但现在看着,却好像什么都不一样。

路曦没有接电话。

铃声再一次停了，盛之行的头像也再一次暗了下去。

她低下头，手心空空的，指尖却有细细密密的疼痛。

是做纸雕弄出来的伤口。

路曦就又想起她学做纸雕的这些日子。

她其实很少动手做什么，读了这么久的书，抬起手，不是吃饭就是写字，空余时间想做点别的，还得经过吴静萍的同意。她也不像其他女生那样喜欢精品首饰，在以前亮闪闪的小玩意备受追捧的时代，她的房间里摆满的却都是书本和试卷。除了睡觉时常抱的玩偶抱枕，其他床头颜色各异的东西，都是盛之行不知道从哪儿弄来送给她的。

他确实送过她很多东西。

在每个月只有四五块零花钱的小学时代，他甚至攒过一个学期的钱，在她过生日的时候送来一个超大的彩虹棒棒糖。

路曦整整吃了三天。

吃到腮帮子都酸了，吃到嘴唇都磕疼了，吃到吴静萍抓着她一早一晚地刷牙，才终于结束了天天吃糖的生活。后来剩下的那根棒棒也不知道丢去了哪儿，她是想保存起来的，好向盛之行证明，她的确实实在在吃完了。

吃棒棒糖跟学习不太一样，那是甜中带点艰难，想放弃又不舍得，路曦已经很久没有过这种体验了，而最近学做纸雕，这样的感觉又出现了。

她伤了很多次手，不是尖锐的刺痛，而是纸皮割过指头肉的不经意，初时没什么感觉，沾了水，出了汗，就一阵往里钻的涩。路曦也不敢用创可贴，就怕在家吃饭被吴静萍看见。

所以她只能干忍着。天气炎热，伤口疼是疼，但是愈合得也快，结了痂的小疤躲在肉里，不仔细看就看不见，只有碰到的时候才有感觉。

路曦本以为伤口已经好全了。

今天她取了纸雕，拿了蛋糕，打了电话，过程中没感觉到一星半点的疼痛，可就是这一模一样的步骤重新回溯时，她居然开始觉得疼了。

原来那些伤根本没有好。

天渐渐黑了，路曦的手机被打到没电——大概是没电了，她也没去看，反正后来没有声音了。她从地上到了床上躺着，眼前是窗户，看着看着，睡意就慢慢袭来，脑袋里想的乱七八糟的事也就到这儿断开了。

只是有些哀怨还留存着，在睡前一刻，和记忆一起藏在浸湿的枕头里。

"骗子。"

第二天路曦是被吴静萍叫起床的。

她睡到了快中午，早饭错过了，不能再错过午饭，吴静萍敲了好半天的门，见没人应，就直接进来喊人了。

路曦醒过来时眼睛微微肿着，什么都看不清，却下意识地往手边瞟了一眼，手机屏幕还是黑漆漆的，表示它仍旧是没电状态。

"西西？"吴静萍把人从被窝里捞出来，先是瞥到了皱巴巴的枕头套，继而睁圆眼睛往路曦脸上瞧，这一瞧不要紧，一瞧吓一跳，她连忙抬起路曦的下巴，"你眼睛这是怎么回事？"

她边问边捧起路曦的头，左右看了好半晌，直皱眉头："怎么了，西西？是发生什么事情了吗？"

路曦摇摇头。她嗓子有点哑，刚开口发不出声，咳了咳，才应："我做噩梦了。"

吴静萍没有怀疑，松了口气放下心："做噩梦没事，醒了就好。我就说你今天怎么睡得这么晚。来，收拾收拾起床吧，饭菜都快凉了。"

路曦抓着被子："我不饿……"

"怎么会不饿？"吴静萍不同意，"你早饭都没吃，肚子空了一晚上。还有昨天，我听你沈阿姨说了，你不是去给之行庆祝生日了吗？怎么回来那么早，还一进屋就出不来了？"

"嗯……"路曦不想回答，敷衍着转移话题，"妈，你帮我把充电器拿过来一下……"

吴静萍左问右问都问不出个所以然来，叹了口气，干脆也不说了，帮她把手机插上了充电器，起身离开："快点洗漱完下楼，我跟你说啊，这午饭必须吃。"

路曦半靠在床头边，手机开机后一连振动了好几下，一条一条的信息窜上来，全是红色的未接来电。

来自同一个人。

其中还夹着另一个人的消息，是蛋糕店老板发来的。

昨天路曦去暂存蛋糕，只预留了一天的时间，本来今天中午就要取出来的，但老板打不通她的电话，找不见人，无奈只能发短信通知她了。

路曦打开短信，又关掉，沉默了好一会儿，才翻身起床。

她确实忘记这件事了。

想出门,不经过吴静萍同意是不可能的,路曦没感觉饿,但迫于"威胁",只能勉强吃了几口。吴静萍看起来还想多问问昨天晚上的事,但看路曦情绪不是太高,以为她还被早上的噩梦影响着,所以也就不说话了,只间或地给她夹两筷子菜。

今天的阳光尤其烈。

夏天快到尾声,太阳这一年的威力也快散发到头,没给人见识的本领,这时候都该拿出来了。在家里冷气开得足,出了门才知道有多炎热,路曦晒得慌,才走两步就忍受不了,返回家拿了把遮阳伞。

她要去蛋糕店取蛋糕。

想是这么想,做也是这么做,但取了蛋糕呢?其实她还根本没想好要怎么处理。

路曦拿着把伞慢慢地走,思绪放空,明明那么热,叫个车就好了,可她这时候偏偏忘了,什么简单的捷径都想不起,只一个劲地走,越往盛家靠近,伞就越打得低。

盛家和路家是一道之隔,不到五十米的距离,中间是树木和绿植,还有一条特殊的石子路。

石子路旁有一条木椅。

路曦不常坐,但盛之行却常常坐。等她上学的时候,她如果迟到了,他就会捧着书,大刺刺地躺在上面,看得不亦乐乎。

只是那木椅不太长,小时候还勉强能躺,长大了,就放不下他的腿了。

"西西?"

路曦猛地停住脚步。

她抬起伞,眼前铺洒满阳光,火热热的,烫得她睁不开眼,却依然能分辨得清,现在不是想象,木椅上正实实在在躺着个人。

声音也是他发出的。

他那张白皙的脸都被晒红了,不是普通的好气色,而是真真实实的火红,额头上满是汗,鼻尖也冒着细密的汗珠,眼睛下泛着淡淡的黑,看上去不是很舒服。

路曦看愣了,手指猛地一紧。

口袋里的手机这会儿静悄悄的,但之前的记录显示,昨天他打来的最后一通电话是凌晨两点。不喜欢熬夜的盛之行也熬夜了,对着一部只有冷冰冰女声的手机,也不知道他在瞎努力个什么劲儿。

路曦忽然想像平常那样笑话他,想像发现了什么不得了的秘密一样吐槽他,但她酝酿了很久,嘴角的弧度却怎么都勾不起来。昨天的情绪在经过一个晚上早就沉淀下去了,是生气还是难过,对她来说,已经没法再简单地一以概之了。

"不是说会接我电话吗?"

盛之行站起来。

他不知道坐了多久,站起来的时候还顿了顿,缓解腿麻,脸上的汗随着他的动作掉落,滴在了衣服上,显出明显的一道痕迹。路曦没有忍住,低头去看,垂眼的时候,就见他举起手机,黑漆漆的,屏幕都按不亮。

"那怎么一个都不听?"

他的精神不比她好。

像是平常在家不修边幅的模样,头发乱成了一团,衣服已经汗湿了,后背洇了一大块,整个人热腾腾的,仿佛刚从沸水里捞出来。

路曦没说话,就这么静静地看了他一会儿,然后一声不吭,转身继续往前走。

他也跟了上来,隔着不远不近的距离。

路曦是打定主意不理盛之行的。

她不喜欢吵架,也不想质问什么,反正他要骗她,那就让他骗好了,她也没缺根筋少块肉的,身体照样健康。

这是积极的心理暗示。路曦边走边这么做心理建设,她试图忘记昨天在火锅店外见到他们一行人的愕然,也试图忘记粘在她脸颊一整夜湿漉漉的枕头套,她就当作那些情绪都不存在。

可就算这些通通都能忘记,那现在呢?活生生的人就跟在她后面,她要怎么装作五感俱失,自然地走自己的路?

在第N次踢到裤脚快要绊倒的时候,路曦猛地停下了。

她转回头:"你还要跟着我到什么时候?"

盛之行一路都没有说话,直到这会儿才敢出声:"我有话要讲。"

路曦没好气地道:"我不想听,我也不想跟你说话。"

但盛之行不理会。

"我去问过许欣然了,你们昨天晚上的……我都知道了。"他舔舔唇,眉宇间有丝懊恼的神色,"我真的忘记自己生日了,如果我想到你叫我回来是干什么,我肯定不会放你鸽子的!"

他解释得急，好像留给他说话的时间只有这么几分钟："你做的纸雕许欣然也给我了，特别好看！真的！我昨晚就拿回家了，现在摆在……"

　　"谁说纸雕要送你了？"

　　路曦本来没什么反应，听到纸雕被他拿走就不冷静了，攥着拳头，怒气一下就涌了上来："我有说是给你的吗？盛之行你哪里来的自信，凭什么自作主张拿走我放在欣然家的东西？"

　　盛之行闻言微微一愣，路曦也随之紧抿起唇，什么样的吵闹模式他们都会有，但绝没有一种，是像现在这样的语气和态度。

　　路曦重重咬牙，紧捏着伞柄，沉默了好一会儿，别开脸生硬道："我不管。你快点回家去，把纸雕拿出来还给我。"

　　她不知道在看哪里，反正挪开了视线把自己藏在伞下。盛之行看不见她的表情，她也看不见盛之行的表情，只能听着声音——他像是一动也没动。

　　"我昨天中午就回来了，赶了一通宵的实习作业我们小组长才同意，你说的晚上一起吃饭的事情我没有忘记。我给赵修齐打电话叫他一起的时候，人已经在去找你的路上了，结果他忽然说有事要我帮忙，非常急，我以为是出了什么麻烦，所以就过去了。"

　　盛之行过去得很快，想着如果真有什么事，等帮完忙，正好和他一起再去找路曦。只是没想到赵修齐火急火燎说要帮忙的事，竟然就只是让自己陪他一起和别人吃饭。

　　"周彤彤你知道的吧？你来盛康那天也见过。"盛之行解释，"我之前不是跟你说过赵修齐有个暗恋对象吗？就是她。他喜欢人家，但又一直约不到，最近放暑假不知道怎么回事，他们就忽然联系上了。上次他带人来盛康找我，其实就是约饭，想着四个人不尴尬，也好趁机接触人家。但我那回放了他鸽子不是，他叨叨了我好几天，所以昨天我就想着干脆帮他一把，以后就再也不管他这些破事了。"

　　只是谁能想到会这么刚好，阴错阳差耽误了另一件重要的事。

　　盛之行轻叹一声："西西，我真的不是故意骗你的。你看我穿这么好看，能是要去见赵修齐那个毫无审美的家伙吗？"

　　他掰扯了一下衣角，皱着眉头说得无比认真。路曦没忍住，透过伞又去看他，但他的衣服哪里好看，早被汗给浸湿了，分明丑得不行！

　　可她这回说不出什么重话了，视线里他不光脸晒得红，连手臂和脖子也红了。路曦盯着看，后知后觉才发现，那些其实是被蚊子叮咬留下的红疙瘩。

她吸了吸鼻子："那你昨天在电话里为什么不说实话？"

"我敢说吗？"盛之行见她终于放缓语气，连忙回答，"我说了你不也要生气？"

"谁说我会生气？"路曦反驳，"你帮赵修齐，我气什么？我有什么好气的？你觉得我是那么小气的人？"

吵架从没落过下风的盛之行自知理亏，这回不敢辩驳了，乖乖听她像机关枪一样地扫射完，挠挠脖子，嘀咕得小声又憋屈："那不是看程夏也在嘛……你不是不太喜欢她？"

路曦没想到是这个原因，怔了怔，再去想，忽然一时也分不清她究竟是在意什么。

是在意盛之行撒谎骗她，还是像他所说，在意他去参与的那些事里，没有她，却有程夏的存在？

"你要去哪儿啊？"

盛之行的表情还小心翼翼的，但眼睛里挤出点笑，微微弓着身子朝伞下望，见路曦朝他看，他就笑起来："是不是去取蛋糕啊？"

他都知道。

路曦也不意外，许欣然肯定什么都说了。

他走近些，路曦一直没出声，但看样子没刚才那么气了，盛之行也就大着胆子，直接钻到伞下，一把接过伞柄，把自己从太阳下解脱出来，然后推推她，好声好气："西西，我送你去？"

不大的伞，站两个人都显得拥挤，盛之行还有一半手臂是露在外面的，红红的疙瘩更明显了，不知道他到底送给那些蚊子怎样的美食盛宴。

"你什么时候坐在那儿的？"她忽然出声问。

盛之行愣了愣，很快反应过来她什么意思，答："就早上五点多。"

"你昨晚回家了？"

"对啊，把纸……"他说到一半又停住，自觉地把后面的话咽了回去。

路曦却好像没听见一样，看着他眼睛下面淡淡的乌黑："那你睡觉了吗？"

"睡了……但没睡着。"

他躺在床上毫无睡意，睁着眼睛看见日出，实在待不下去了，才从家里跑到木椅那儿坐着。

只要在这儿，他总有办法等到她的。

"神经病！"路曦骂他。

感觉眼睛里进了灰尘，她伸手揉，揉红了，指头也湿湿的，她干脆用力擦掉，愤愤道："两个晚上都不睡觉，你小心猝死！"

盛之行低头看她红红的眼角和鼻尖，明明是挨骂，但一点不觉得生气，只要她不再像昨天那样留给他跑掉的背影就好了。

他轻声笑，把伞往她那儿送："怎么可能？我还没吃你给我买的蛋糕呢！"

…………

生日会白白泡汤，订好的烤肉也没有了，礼物还是许欣然帮她送出去的，她甚至连盛之行当时什么表情都没看见。

路曦哪里开心得起来。

她坐在蛋糕店的椅子上托着腮。

没有地方再去庆祝，于是乎只能勉强将就，盛之行是不在乎的，能有个坐的地方就成。蛋糕店的老板善解人意，一眼就看出路曦今天的心情和昨天大不相同，所以指指楼上，示意他们可以上去一起吃。

大大的蛋糕占了一整张桌子，两人相对而坐，老板送了一个打火机，盛之行正在拆刀叉，路曦则在摆弄蜡烛。

"我帮你。"盛之行朝她伸手。

"不用。"

路曦挡开他，自己小心翼翼地找角度插蜡烛，她避开"生日快乐"这几个大字，找了几处还算对称的地方下手。

盛之行就静静看她。

他不怎么有过生日的习惯。

小时候过过几次，大张旗鼓的，都是沈丽办的，请了很多同学。不过后来他长大了，不喜欢张扬，于是过生日的次数就渐渐少了。沈丽会记得，通常就是晚上给他煮一碗面，送个小礼物，盛敬山也会记得，不过比较直来直去，一个红包就算表示祝福了。

而如果说每年这个时候他还会期待什么，那大概就是路曦送的东西了。

他记得她送过书、送过笔、还送过灯，好像什么学习跟生活用品他都有从她手上拿到过。他原本真的以为，今年自己的生日礼物就是那两个"二手抱枕"了，可没有想到，原来竟远远不是。

"好了，蜡烛插完了，我点火了哦。"

路曦拿着打火机,把细长的蜡烛一根一根点上,盛之行的视线从她指头细小的疤痕移到她的脸上。

火苗蹿上。

盛之行问:"为什么只有三根蜡烛?"

路曦道:"三根就够了。你总不能要我插十九根吧?那样不好看。"她解释,"而且,三根蜡烛,一根一个愿望,你可以许三个。"

"三个愿望?"

"嗯。"

楼上没有人,但窗户都是开着的,也不能擅自关上,氛围感或许差了点,不过步骤和讲究一点都不能错。路曦端正坐好,提醒他:"你先许愿望,然后一次吹一根,别多吹了。"

盛之行闭上眼:"好。"

阳光大好,细密地填满整个空间,不过只是种仪式的许愿,此刻也被渲染得神奇又有魔力。

他很快许完了愿,然后一低头,把三根蜡烛都吹灭了。

路曦本来还在等他许下一个愿望,但见蜡烛全灭就瞬间傻眼了,急得差点没跳起来,她咬牙:"盛之行!我不是跟你说了吗?吹一根!一次吹一根!你这样白白浪费了两个愿望!"

盛之行却道:"我不需要那么多愿望。"

他又把视线落到她的手指头上。那些伤口,他再清楚不过是怎么弄出来的。

"西西,我跟你保证,以后绝对不会骗你了。那你也答应我,不要再生我的气了,行不行?"

他把蛋糕上的蜡烛一一拿出,放到旁边整齐地摆好,长长的睫毛落下又抬起,双眼漆黑:"我只有这个愿望。许一次,还是许三次,没有区别。"

路曦有些怔然。

她觉得自己还是少讲了些东西,盛之行不懂,她应该提前告诉他的——生日愿望如果讲出来,是会不灵验的。

但又能有多不灵验呢?

路曦去想,发现居然讲不出一条可以支撑的理由。

而后才终于发现,原来这么多年,他们之间,早已有太多太多的规律,都从不曾被遵守过。

第五章 / 烟花
你不是想念咱们这儿的烟花了吗？

1

路曦是被热醒的。

梦里太阳的温度一直围绕包裹，火辣辣的光线从窗户照进屋里的每个角落，黄灿灿一片，却烫得人坐立不安，她没忍住，一个鲤鱼打挺躺了开来，于是双目一睁，场景瞬间天旋地转，灭掉的蜡烛不见了，眼前的人也消失了。

晴朗明媚的夏天是过去，白雪皑皑的冬天才是现在。

路曦揉了揉太阳穴，顺便擦了下额头上被厚被子闷出来的汗。

她已经很久没梦见过以前的事了，想来想去要说原因，还得是昨晚和盛之行聊的那么一通。

——"你记得吧？我说过的，不会再骗你。"

她哪还记得。

那么久之前的事，他不说，她早当自己忘记了。

回家这么多天，日子过得像踩点一样准，刚开始路曦还不习惯，但越过就越有以前上学那会儿的味道。她这边定的闹钟刚响没过五分钟，门口老妈的脚步声就响起了。

路曦正在穿衣服，听见敲门声应了句，吴静萍见她起了，就没进来，只叮嘱让她穿得厚一点。

路宏江教授已经在餐桌边坐好了，他戴着眼镜，隔着有三根筷子长的距离在看报纸。

"西西,你一会儿有事情做吗?"吴静萍问。

路曦刚拉开椅子,挽起袖子准备剥鸡蛋,闻言摇摇头,她一个待业在家的人能有什么事情做:"没有啊。怎么了?"

"没什么大事,就是一会儿我要跟你沈阿姨去采买年货,你哥说有份文件要用,在他房间里,你要是没事做,就帮忙送过去吧。"

"文件?"路曦一愣,"哥回过家了?"

朝阳事务所位处丰河路,离家不算远,但路朝不论在学习还是工作上,都是个争分夺秒的人,对来回的车程时间看得格外重,所以不怎么回家,加之成了盛康的法律顾问后,貌似就更忙了。路曦听说他在盛康附近有房子,也经常在事务所里过夜。

"回来了,就昨晚。"吴静萍道,"那会儿你都睡了,所以没见着。"

路曦回想了一下,昨天晚上她确实挺早就睡了。她也不是多困,但不晓得怎么回事,就去盛家吃了顿饭,看了场喜剧电影,反而精力下降,回来躺床上想玩会儿手机,居然不知不觉就睡过去了。

"文件就在桌子上,你待会儿进去应该就能看见了。"

"知道了。"路曦咬了口蛋,"是送去事务所?"

"你哥也没说清,可能送去盛康,你出门时记得打个电话问一下。"

路曦嚼了两口,思索着,眼神瞟向路宏江:"那老爸今天干什么?"

"怎么,你还想让我帮你跑腿?"

路宏江放下报纸,抬起头隔着眼镜瞥向路曦。

路曦赶忙摆手:"我哪敢啊?这不就是随便问问嘛。"

吴静萍在旁边听得笑了,拿手一拍路宏江,说:"干什么?你还吓唬你女儿呢?"

路宏江也笑起来,但口气不善,一副训学生的模样:"说说看,这回来几天了?工作也不找,再在家待下去,奋斗的劲头都快消磨光了。"

"怎么会呢?我也就偷懒这两天。"路曦眨眨眼,"过完年我就工作去了。"

路宏江本来也不是真的催,闻言还挺好奇,多问一嘴:"找好地方了?"

"还没,不过我出手,肯定马到成功。老爸,你就别瞎操心了。"

"行,不操心。"路宏江笑,"你现在这架势,倒是有点我当年工作的风范。自信,挺好。"

以前的事说过千百遍了,路曦听着不烦,吴静萍也要听烦了,她打断这两人,把杯子往路曦手边推了推:"喝牛奶。"

路曦接过喝下，吴静萍把路宏江摘下的眼镜收起来，边坐下边道："西西，要妈看，你可以先去你哥那儿学习学习。有这个条件，你如果真要自己去外头找工作，提前积累点经验也不错。"

路曦撇嘴："不用了。"

她没多说，但路宏江看得出来，朝着吴静萍揭穿道："她这是不想走后门呢。"

"这哪算走后门？"吴静萍不同意，"妈是让你进去学习，又不是让你进去争什么职位，再说你想走后门，你哥哥也不一定会同意呢。"

路曦摇头："真的不用，而且我也不是因为什么后门不后门才不去的，就只是觉得……这样的关系在一起工作不自在而已。而且，A城律师事务所那么多，我又不是找不着工作的地方了，为什么非要跟哥挤在一起？"

职场上说长道短的那么多，虽然不管讲的是好是坏，但对工作没有影响是不可能的。与其之后把时间浪费在处理这些问题上，不如一开始就做好避开的准备。

"这怎么就不自在了？嘴长在别人身上，功夫却是我们自己下的，做出成绩了，还怕他们说三道四？"

这种事情仁者见仁智者见智，说服别人不太可能，何况眼前这位还是自己老妈。路曦不打算多争论，想着打个马虎眼忽悠过去。她朝路宏江挤挤眉头，让他也不要再说了，然后勤快地剥了个鸡蛋，送进吴静萍的碗里："好了好了，我知道了。快吃鸡蛋吧，吃了美容，对皮肤好，一会儿你不是还要跟沈阿姨出门吗？"

吴静萍笑看路曦一眼，这么殷勤地转移话题，她也懒得揭穿了，夹起鸡蛋："行，就让你搪塞我好了。"

早饭吃完，路曦就准备出门了。

路朝的文件确实就放在桌上，一进屋便能看见。她将文件揣进包里，又回房间拿了条围巾围上。

下楼的时候，吴静萍正在和沈丽通电话，采买年货的事本来上个星期就该进行了，不过两人有点事中途耽搁了，就到现在才约。路曦比比手势示意自己出门，吴静萍点点头，不忘用口型提醒让她打电话问清楚路朝人在哪里。

车库里有路曦的车，是早几年她考过驾照后路宏江给她买的，但后来一直没有开。原因是路曦在德国读书的时候，开车出了点小事故，虽没造成什么严重的后果，但还是留下了点心理阴影。所谓一朝被蛇咬，十年怕井绳。这事过去还没几年呢，所以她能不碰车就尽量少碰好了。

路曦喊了辆出租车，等待的间隙，她给路朝去了个电话。他说是在忙，人在事务所，不过文件要送去盛康，不客气地让她代劳，连个跑腿费也不打算给。

路曦深感这人是故意的，但又找不出什么实质性的证据，没什么攻击力地抱怨了他两句，最后还是乖乖任劳任怨去了。

文件她没打开看，作为同样修学法律的一员，保密性意识就像天性一样刻在脑袋里，一直到下车，路曦连封皮都没瞟过几眼。

不用上楼，文件送去前台就可以。

路朝是这么说的，路曦也就这么实施了。前台接待的人接过文件，路曦按路朝说的，朝她报了个名字，然后就见她礼貌地微笑，声音甜美地说了句"好的"。

现在是上班时间，闲来无事的路曦当然不敢打扰忙碌工作的人，东西送到，她也就算顺利完成任务了，目光四下扫了扫，最后拉紧围巾，把手揣进口袋里准备打道回府。

出旋转门的路上正好经过下楼的电梯，门打开时有人出来，第一眼路曦还没认出，多看了一下才后知后觉，于是下意识走慢了些，落在她的后面。

是何心韵。

她穿着修身显气质的职业装，盘起头发，露出细长的脖子，转头说话时眼尾轻垂，微微含笑，整个人恬静又优雅。

路曦其实对她不太有印象了，只记得是同一届的大学同学，好像两人还一起参加过社团活动，也许说过话，也许没说过，毕竟自己在A大只待了不到两年就出国了，哪还能对偶然认识的人记得那么清楚。

倒是盛之行，居然还记得人家，看来他为了相亲做过不少功课啊。

何心韵似乎在和旁边的人讲着什么，直到出了盛康还没停下讨论，和她说话的男子西装革履，拿着公文包。路曦瞧着第一眼，不知道怎么回事，竟觉得他像个律师，只是往那人脸上看时，又觉得不太相衬。

他比一般的男人白了不少。

大概是身边有位律师家属，在路曦的想象里自己的同行都应该和路朝差不多样子，严谨、冷静，皮肤是健康的小麦色，工作时候戴着眼镜一丝不苟，平常生活里开开玩笑，也都是没什么营养的冷笑话。

而像这种皮肤亮了一个度,女孩子口中"小白脸"模样的人……路曦想不出能与之相配的工作,但有那么一秒,她的脑子里忽然浮现出盛之行的身影。

她愣了愣,眨眨眼又往前望。

何心韵已经走了,那个男人却还在,他站在花坛边,单手拿着手机在看。路曦皱皱眉头,朝前刚走几步,他就抬起头掏了车钥匙,往停车的地方走去。

路曦瞥到了正脸,但还是有点模糊,视线又随着那人的背影跟了一会儿,直到彻底看不见了,才最终收回。

2

碧湖郡的除夕夜灯火通明。

路朝难得回家,四个人就着屋里挂的大红灯笼围了一桌,其乐融融吃了顿年夜饭。好不容易不被唠叨,路曦也胃口大好,吃了一大碗面条,撑得倒在椅子上动都动不了。

路宏江和吴静萍有看春晚的习惯,饭吃完就坐去沙发了。路曦在玩手机,朋友圈里一片红红火火。

路朝从刚才起人就不见了,这会儿不知道从哪儿冒出来,捧着一杯热乎乎的茶,边喝边坐下,往电视机那儿瞥了一眼:"不感兴趣?怎么不过去一起看?"

路曦哪能感兴趣,那都是小时候看的东西了,人越长大,就越在电视前坐不住。她摇头:"不要。"

"那出去?"

路曦一顿,扬眉:"什么意思?"

"这片禁烟花,不看电视的话,带你出去到别地转一转,不是在家无聊吗?"

是挺无聊,但路曦又低下头,还瘫倒在椅子上,拒绝道:"不用了,我懒得动,这两天陪老妈布置家里累得慌。"

春联是路宏江自己买对联纸回来写的,作了好几副,路曦陪他挑了一上午,好不容易挑出一份,贴还得她亲自来,于是又忙活了一通。紧接着就是打理清扫、做菜摆桌连轴地转,现在总算休息,她是不想再走路了。

"行,不出去,那就正好和我聊聊。"

"聊什么?"

他喝了口茶，神情悠哉："妈前几天问我，事务所里有没有优质的单身男青年。"

路曦瞪圆眼，一下来力气了，扣住手机挺直背："什么情况？"

这反应比刚才令他满意。

路朝笑："就是逢年过节介绍对象的情况。"

路曦闻言直头疼："妈怎么也开始搞这个了……"

"必然历程，人总要经历的。"路朝倒是看得开，"怎么样？自己有看对眼的没？别到时候我介绍了，还闹出乌龙就不好了。"

"乌龙个鬼。你别瞎掺和，妈问你，你说没有就行了，我才不用你们介绍。"

路朝一眯眼："不用介绍？"

他这表情像极了发现新大陆的刺激，路曦抿唇，岔开话题："我的意思是我暂时没那个想法。"

路朝也不知道信没信，但嘴上是放过她了："你感情的事我不多管，既然你说不要，那我回头就跟妈说没有好了。"

路曦一合掌："多谢您手下留情！"

作为同样单身的人，只有共同体会过这样的处境才会换位思考，路朝帮着她路曦倒不稀奇，就是有点没想通："哥，你说你还比我大好几岁呢，怎么妈都不催你啊？"

"我谈过，只是不合适分了而已。"路朝看她，"而且你要明白，在恋爱结婚这件事上，不管别人怎么说，其实大家心里都清楚，年龄方面，女孩子总归是更吃亏的。"

路曦没话说了，无意识地捏着手机壳。路朝陪她安静地坐了半分钟，问："不然给你也来杯茶？"

路曦还没回答，桌上的手机忽然振动了一下，是盛之行的短信：快出来！十分钟后家门口见。

这么突然，也没给人个准备时间，甚至连思考都来不及，但在见路朝要起身时，她还是反应极快地拦住人："不用了！"

"我要出门……不喝茶了。"

路曦说到一半忽然心虚，因为她想起自己刚才分明用嫌累的理由拒绝过路朝。路朝自然也记得，意味深长地看了眼她的手机："盛家那位？"

"嗯。"

他笑笑，收回眼神："知道了，去吧。早点回家。"

路曦站在两家中间的石子路那儿等。

红飘带和小灯笼早挂上了，远远望去，这一条道都是艳丽火热的红色。按惯例来讲，最近四五天碧湖郡都会彻夜长亮。

"之行哥哥快点回来！"

小孩子脆亮的声音无比清楚，穿过这么远的距离还能传到路曦耳朵里，她转过去看，盛家里边一片热闹，门开了一半，盛之行正从里边钻出来。

"好嘞！你乖乖看电视，我一会儿就回来陪你玩游戏！"

他边哄着小孩，边跳下台阶往外跑，抬眼看见路曦，眯起眼笑，朝她招招手。

路曦一直看着他，直到人在眼前，才别开脸，把手放进口袋里："你给我十分钟，自己还迟到？"

"这不是被小孩子缠住了嘛。"

"行，这个算你有原因。不过……你这还'哥哥'。"路曦又开始踢脚底下的石头，吐槽，"都多大了，好意思吗？"

盛之行闻言笑了："不管多大，我们俩就是一辈的，不喊哥哥喊什么？"

盛家家大业大，盛老爷子听说生了六个儿子，小时候夭折了一个，但不耽误人丁兴旺。盛敬山是族里最大的，老爷子去世之后就负责组织家族事务了，这几年的除夕夜，基本都是次次齐聚，一大帮人在盛敬山家中过的。

路曦就和他不一样了，没这么多叔叔婶婶和弟弟妹妹，她倒是知道自己有个姑姑，不过很早之前就离开A城定居国外了，好多年没再见过。

"白让你占便宜了。"

占没占便宜盛之行不知道，但见她脖子空空荡荡倒是真的。这么冷的天，她倒是学会了当个女超人。

"上次在阳台吹冷风，今天又当光脖司令，怎么的，下次是打算赤膊上阵了？"

路曦一愣，这才感觉到一阵寒风从衣领处钻进来。刚刚她还没感觉，出门时匆匆忙忙，等了这么久也没反应过来，原来自己连围巾都忘了戴。

"不是最怕冷？这也能忘？"

厚重又暖和的温度涌上，呵出的白气都随着他的动作有了形状。盛之行把自己的围巾解下给路曦戴上，圈了两圈后恶作剧一样用力紧了紧。

"哎——"路曦瞪他。

他倒笑起来，得逞一样："让你长个记性。"

路曦拍开他的手："我才不会跟你客气。"

"不用你客气。"盛之行对这个才不抱有什么期待，"在这儿等我，我去把车开过来。"

路曦点头，就留在原地等他。盛之行穿了长款的大衣，走起路来衣摆随风轻扬，颀长的身形和印象里相差无几，只有肩膀好似变宽了不少。

碧湖郡这一片都划在了禁燃烟花的区域里，多了安宁，却少了世俗的乐趣，五彩缤纷的欢声笑语才是春节里最有记忆点的地方。

盛之行一路开车，还没到目的地，远远地就能听见震耳的鸣声和众人的欢呼，天上是彩色绚丽刚燃起的焰火，底下是乌压压分帮结派的人群，将各条通道都围得水泄不通。

"还是出来晚了点。"停车的地方不好找，盛之行绕了两圈才勉强停好车，边解开安全带边道，"快，咱们也赶紧过去！"

路曦还有些蒙，边跟着他小跑边愣愣地瞅着前头："这……这个广场什么时候能放烟花了？"

"去年刚批的。"

人挤人还要点技巧，盛之行走在路曦前面，找了个空隙侧身进去，回身拉路曦时，她也低下头，小心翼翼地钻进来。

"你才刚回来，没听说也正常。"

路曦确实没听说。

她这几年在德国读书，春节时候都有回来，还像以前读书时一样，跟许欣然一块儿吃吃饭，到盛之行家看看电影，但烟花却很少再看见了。小时候有偷放的那种小玩意，也很多年没再玩过了。

临湖一圈全都塞满了人，来得晚，就不能再往前挤了，最后两人停在人群中间，刚好站定，新一轮的烟花就又燃放了。路曦朝上看，一片光圈将整个天空映照得五光十色，不像是黑夜，而变成将醒的白日了。

热闹的氛围最能传染，路曦很快就看得入迷，不知不觉也跟着周围的人一起欢呼起来，连口袋里的手机响了都听不见，还是盛之行眼神好，低头时一下就瞥见她口袋里有东西在亮。

于是他凑近些，在路曦耳边放大了声音："你手机响了。"

路曦没听见，但感觉到他的靠近，侧头疑惑地看向他。盛之行对上她询问的眼神,笑了笑,直接探手伸进她的口袋,两根指头就把手机夹出来了:"它响了。"

他做的是口型,但因为离得近,不难看出他说的是什么。路曦点点头,将围巾扯松了些,接过手机:"喂?"

电话那头也很吵,不过许欣然的声音更亮,极具穿透力的:"西西!你在哪儿啊?"

烟花还在放,路曦跟许欣然报了地址,下一秒就听见她欢欣鼓舞,高声连连:"啊!太好了!我刚好也到了,你在哪个位置?我现在就过去找你!"

路曦闻言往四周望了望,虽然一眼望去皆是人,但好在附近还有那么一两个比较有标志性的建筑,她简单描述了一下,许欣然应该也听懂了:"我马上来!你千万别走啊!"

许欣然说过之后就没再出声了,不过电话仍通着,有一阵接着一阵"呼呼"的风声传来,应该是许欣然在小跑。

路曦没挂电话,就先这样保持联系,天空上又炸燃了几个,像雷声一样,路曦忽然好奇,转头问:"喂,你怎么忽然带我来看这个了?"

盛之行耳力比路曦好,一下就听见了,答:"你不是想看吗?"

路曦一怔:"我想看?"

他没再说了,指指她手机,反问:"许欣然?"

"嗯。"

"行,正好她来,那你们一起看吧。"盛之行耸耸肩,"我也就只有这么一会儿的时间,现在得赶紧回去照顾我家那帮小孩了。"

"你现在要回去了?"

"嗯。"

来也匆匆去也匆匆,大忙人都不过如此。盛之行掏出车钥匙:"这个给你,一会儿开回去还我就行。"

路曦没接:"不用,你开回去吧。"

盛之行挑眉:"不是说不跟我客气?"

"谁跟你客气?"路曦撇嘴,"是我开不了。"

盛之行一顿:"为什么?"

在德国开车出事故这件事路曦没跟别人说过,盛之行自然也不知道,倒不是多大的意外,路曦也就轻描淡写:"以前开车追尾撞了一下而已,没什么大问题。"

盛之行才不信她的鬼话,没什么大问题会说自己"开不了"?他狐疑着,想再问清楚点,但家里的电话紧接着就打来了,不用接也知道是谁。

路曦见状,正好顺势赶人:"快回去吧!欣然马上来了,我一会儿自己打车回家就行了。"

大概是心有灵犀,保持着通话的手机里,许欣然突然复活,开始连声叫她。路曦赶忙仔细听,边应边冲盛之行挥手,让他赶紧走。

"喂?"

"西西,我到这附近了,你把手机手电筒打开吧,晃一晃给我指个方向。"

路曦照做,开了电筒举高手机往远处晃,人潮似乎散了一些,她还能看见盛之行往外走的身影。

"啊!我看见你了!等着我,马上到!"

许欣然高兴极了,茫茫人海里终于找见熟悉的人,她开心得不像话:"西西你看我聪明吧?一早就猜到你今晚会来这儿,特地过来蹲点找你!"

一早猜到?明明她都不知道自己会到这儿来。

"你怎么猜到的?"

许欣然扬扬得意:"我多关注你啊,你发的朋友圈我可一条不落全点赞了。你自己忘了?前一年你还在德国的时候不是发了动态,说你想念咱们这儿的烟花了吗?"

散开的人群重新聚集,新一轮的热闹又开始了。

许欣然见路曦半天不说话:"西西?喂?你在听吗?"

她在听,只是过了好几秒才想起要回答。

她关掉手机的电筒:"哦,我在。"

3

和许欣然一起看烟花的后果就是,一直到凌晨路曦才得以回家。

路宏江和吴静萍早都睡了,家里没半点人声,路曦只能蹑手蹑脚地上楼。经过书房见里面灯还亮着,她也不敢进去,就悄悄地绕过,回屋关上门后才松了口气。

她没什么睡意,大概是出门了一趟,整个人都精神不少,躺在床上翻来覆去,脑子里都是烟花的颜色。

她去翻自己的朋友圈。

她确实是发过动态的,在一年多之前的圣诞节。

.115.

路曦记得那一天似乎从早上就开始下雪了，银装素裹白雪皑皑。德国的圣诞节开始得早，大家进入庆祝的氛围也很快，他们不怎么像中国人过春节那样喜欢往街上跑，大多有专门的室内集市，不然就是待在自己家里办篝火晚会和朋友还有家人庆祝。

她那时候没留在学校，跟着一位认识的师姐一起回了住所庆祝。圣诞节不像春节，没有放烟花的习惯，只有装饰美丽的圣诞树和旋律洗脑的圣诞歌。

当时好像是喝了几杯吧，两人聊东聊西，就说起了中国的春节，路曦也因此心念一起，想到了小时候放过的烟花和爆竹。

不过也就是那么一想，后来她自己都没太关注了。

动态的记录还有显示，许欣然给她点过赞，其余零零散散还有些大学认识的同学，不过没有盛之行的名字。

他那人确实不怎么玩朋友圈，本来就具备工具属性的微信在他手里无疑就是彻彻底底的"工具人"。

路曦之前有幸见过一回他的微信，通信名单里一排都是工作打头的备注，划了好几下都找不见她自己，最后慢慢没了耐心，干脆点去聊天栏看，不过中途被盛之行抢走手机，也就不了了之了。

他还看她的朋友圈了？

路曦不眠不休思索了半天，得出这么一个结论。

不然他怎么知道她想看烟花？

但她转念一想又觉得这实属稀奇，按盛之行的个性，还会做好事不留名？带她去看烟花还装得高深莫测不声不响的，难道不该像以前那样，高调吆喝着找她也要份回礼吗？

路曦没想明白，闷着头钻去了被子里。躺了又快十分钟，睡意终于慢慢涌上，快进梦乡之前，她才忽然想起，盛之行这个人，"白嫖"了她的朋友圈，也不晓得要点个赞。

大年初一和初二拜访亲戚朋友，路曦跟着去，掏了几个红包，收回来几大袋糖果。她吃了两个，甜腻得慌，就没再动了，存好放在了卧室里。

初三是市图书馆开馆的日子，路曦计划好今天要去。她前几天就整理好了工作简历和一堆面试资料，不过还有些法律上的专业英语词汇问题需要解决，再加上之前有几个典型案例她还没完全参透，所以趁着现在有时间，便去一趟图书馆。

语言类阅览室在西北角二楼,路曦走楼梯上去。相比平常,这里算冷清了不少,没几个人在,她绕过座位区往书架处走,记忆里查询的时候显示她要找的书是在18栏。

18栏……

路曦按图书编号一个一个找过去,书在比较高层的位置,她看了一圈才发现,但周围没有三角凳,有可能是被搬到别的地方去了。

书只剩一本,周围还留有空隙,路曦估算了一下距离,踮脚去够,试了几次,但偏偏都差么一点没拿到,手已经酸得不行,于是她泄气了,还是老老实实去找三角凳。

"这本书吗?"

路曦一停,闻声看去,自己要找的那本书已经被人轻易拿下了,他边朝她递过来边询问。

路曦把目光从对方的脸上移到书上,愣了愣,接过后点头道:"嗯……谢谢。"

他松开手:"你是法学专业?"

"是的。"

"那我推荐你可以用这本。"

他似乎挺熟悉书的位置,扫了两眼就抬手将一本深蓝色封皮的书拿下,书名是金色全英文的:"《汉英中国法律词汇手册》,这本的注解更清楚多样化一些,比较实用。"

路曦有些意外,对于对方主动推荐的举动。

靳阳等了片刻,见她一直不接,笑笑:"不用这本也可以,只是想学深学精一点的话,这本对你的帮助会更大一些,也可以有效地节省时间。"

路曦没有拒绝的意思,见他误会了,连忙接过,解释:"不是……谢谢,我刚才只是在想,你是不是……这两本都看过?"

他笑道:"不比比货,怎么知道谁更物美价廉一些?"

果然如此,路曦没有想错,她也笑笑,道:"那我就听取前人的意见好了。"

换了要借的书,之前拿下的那本靳阳也顺手帮她放回原位,然后折返去取了自己的。路曦瞅了一眼,也是法律专业的书,不过比她高阶,全英文版厚厚两大本。

路曦和他一块儿走,避免冷场尴尬,也就顺便聊起来,问:"你是……

律师？"

靳阳点点头："嗯，律师。不过刚上道还没几年。"

"你已经很厉害了。"路曦笑，指指他手上的书，"这个我反正是啃不了。"

真心实意的夸奖，靳阳也没谦虚，只是解释："我小时候一直生活在英国，所以在语言基础方面还算过关。"

语言过关，但专业知识也要过硬，才能看得了这样的书。作为刚从学校脱身没多久的"读书狗"，路曦对这个再明白不过。

所以她还是对对方抱有钦佩的。

去办理借书手续的路上刚好要经过她准备借阅的另一本书，于是路曦就停下在书架上翻找，因为看编码看得比较认真，直到她把书拿下，才注意到那位律师还在一旁，正低头静静地看自己的书。路曦微微一愣，走过去，他便也把书合上，朝她淡淡笑了笑，随着她动身。

路曦这才确认，他是在等她。

"这就是你今天全部的收获了？"

路曦点点头："我借这两本就够了。"

"嗯。"靳阳认同，"看书就像吃饭，不要操之过急才好消化。"

他似乎总能说点道理出来，在路曦听来也言之有理。负责办借阅手续的工作人员把书拿过录入电脑，两人就一前一后地等。路曦率先办理好，也同他一样在一旁没走，待他也结束之后，才一同出了市图书馆。

"每个阅览室有两个三角凳，一般会放在东、西两个角落，以后你如果要拿比较高层的书，还是踩那个比较安全，踮脚拿存在重心不稳的风险。"

这个人像是真跟他自己说的一样，或许是因为在英国生活了很多年，言行举止间都透着股难以模仿的、专属于英国绅士的气质。路曦对他今天的帮忙心怀感激，认真接受了他的建议："我知道了，谢谢你。"

回到家是下午三点多，拎着两袋东西按密码进门的时候，因为天气冷手冻得慌，路曦点错了一个数字，输了两遍才成功，进门时还被绊了一跤。

二老近几日常穿的鞋不见踪影，瞧一眼就知道他们不在家，路曦动作也就大了起来，没太在意地撞出了几下响动。

沙发那儿却探出个头。

"这是跟你自己家什么仇什么怨？要拆房子了？"

突如其来的说话声音吓得路曦一抖，她这才看见不知道什么时候进来的盛之行："你什么情况？"

"这话该我问你吧？"他明显情绪怏怏，一副被吵醒的模样，"怎么不接电话？我打了好几通。"

路曦去拿手机看。

"啊，我静音了，刚才在图书馆。"她这才想起，"出来后忘记开了。"

盛之行很快又颓丧下去，窝在沙发的一角，埋头在手臂里："好不容易放个假，这回白白浪费一下午。"

路曦哪能知道他要过来，过年前就听说他一直在忙工作的事，最近又赶上拜年，以为他又要奔波忙碌呢，没想到竟然偷得空了。

"你放假了？"

"谁春节还工作？"他抬起头，一副"你不工作果然不知道"的样子，眼皮叠了厚厚两层，眼珠子乌黑发亮，"怎么着也得等初七之后吧。"

"那这不是还有还几天假嘛……"

盛之行眯眼哼道："拿结果推过程——这是你不接电话还理直气壮的理由？"

"行，不是。"路曦见他都不躺着了，坐起来一副说正事的模样，赶紧敷衍过去，放下包往屋里走，"看你火气这么大，还好我早有准备。"

她的准备自然是投其所好，几大袋甜甜的糖果最能让人心情变好，路曦大方得很，把东西丢到盛之行怀里："喏，送你的。"

盛之行掌心硌得慌："这么多糖？"

"嗯，去拜年时亲戚送的，吃不完，分点给你。"

这是想把他的牙都吃到掉光吗？

"你的好意我心领了，但为了健康着想，我还是拿回去分给家里那帮小孩吃吧。"

路曦当然是没想要盛之行一个人把这些全都解决，他家里小孩多她是知道的，分给他们自然可以。不过她也没忘提醒："小孩子的牙齿很脆弱的，别给他们吃太多，容易蛀牙，分一些就好了。"

盛之行点头，从沙发上站起，拖鞋放到了另一边，他低头找了一圈才看见："什么东西拿了那么多回来？"

路曦往桌上看："大白菜啊，刘婶送的，她不是自己家种这个嘛，不是年年都送？"

刘婶先前放假回家过春节，今早才回的A城，拎了一麻袋的大白菜，像往年一样分给盛家和路家。

盛之行被她这么一提醒，才想起来："是了，我倒忘了，待会儿还得先回家看看刘婶。"

路曦听他话里意思："刘婶不是早上就回你家了？你早上没见到她吗？"

"没有。"

盛之行摇摇头，说："自三十晚上之后我就没住碧湖郡这儿了，都在江园。"

江园是盛之行在市区住的地方，靠近盛康，路曦听自己老妈提过，因为路朝工作时候住的地方也正好在江园。他比她早归国几个月，什么都早早计划好了，过年前那段时间他都在那儿，也是她回来了，他才在碧湖郡住了几天。

只是现在才大年初三，路朝那个工作狂都还没开始工作，他怎么这么快就搬回江园了："为什么不住这边？"

"工作要用的那些资料都在江园，回去住更方便些。"他说完不忘补充，"而且可以逃离我妈的唠叨，何乐而不为？"

"你还嫌阿姨唠叨。"路曦说到这个也头疼，"那我岂不是更得逃跑了……看来我也要想个办法搬出去住。"

盛之行毫不客气地把快乐建立在她的痛苦上，闻言笑得欢："你又被阿姨说了？"

"不是。"

路曦顿了顿。她站累了，在沙发边沿坐下，往后靠，顺便拿了个抱枕圈在怀里，一时没声音。

盛之行何其有耐心，也不出声，就等着。静了好一会儿，路曦才道："我哥跟我说，我妈好像动了要给我介绍对象的心思。"

他是她从小到大无话不谈的好朋友，跟他说这个理所当然。只是面对面时，路曦到底没敢直视他的眼睛，她只盯着怀里的东西。

大概过了两三秒，路曦听见他轻笑："看来咱俩都逃脱不了这个命运。"

什么命运？相亲的命运吗？

路曦没问，只是更沉默了。她垂着头，感觉到盛之行好像在看她，不过她没有抬头，也不是很想抬头，就轻轻叹了口气，下巴抵住抱枕。

"我才不会轻易妥协。"

她说，"我都还没开始工作呢，指不定以后会遇上什么样优质的男人。我妈就咸吃萝卜淡操心，有什么好担心我嫁不出去的……要是我真到了这种地步，那到时候再听她的也不迟。"

"嗯。"盛之行淡声应，"放心吧，你能嫁出去的。"

路曦一愣。

"你看看你，长得不赖，家境不错，又是个高学历海归，正常点的男人看到这种条件，起码都会多瞧两眼吧？虽然你吃饭吧唧嘴，睡觉又打呼噜，有时候脾气还不好，但总体而言，还算个不错的交往对象。"

他说话时表情认真，甚至中途还掰着手指有模有样地讲，路曦差点就当真了，但听到他后面的话就立马回神，知道他又在不正经，气得一咬牙，把怀里的抱枕朝他扔去："盛之行！"

他一把接住，然后破功，闷头笑得开心。

路曦瞪他："你再敢乱说信不信我捶爆你？我什么时候吧唧嘴、打呼噜了？"

"那脾气不好是不是真的？"

路曦冷笑："行，是真的，你就站着别动，看我揍不揍你！"

她说着要起来，盛之行见状立马举双手投降："好好好，都是假的，是我乱说好了吧？"

路曦才不理他的卖乖："抱枕还我！"

盛之行朝她过去，抱枕是放下了，却归还了原位，返身回来拉住了路曦，一把将她从沙发上带起。

他的手热热的，握了一下就松开："走吧，出去吃个饭。"

按盛之行的话说，他已经有两天没好好吃过饭了。

盛家春节一直很热闹，一大家人围在一起，说的聊的一大通，他不参与想先走都不行，硬是被留在原地无聊到逗小孩。

路曦把面碗里的花生挑了扔到盛之行那里，他舀起吃，一嚼一嚼发出清脆的声音。她也吸溜了口面，品着味道："你不是挺能瞎掰的嘛，还会怕你那些阿姨？"

盛之行不反驳自己巧舌如簧的形象，只解释："瞎掰也得看聊的什么，你试试看被一帮人催着谈恋爱是什么感受？你不是才被你老妈说就已经受不了了吗？"

路曦没得回嘴，也不知道盛之行是被一帮人围攻着说这个，她想想自己，勉强还能设身处地地怜惜一下他："行吧，算你有道理。"

她扒拉了两下筷子："不过你不是说……你有发展对象了吗？怎么还能被催？"

盛之行嘲笑她："你以前语文第一都是白考的？'发展对象'和'女朋友'是一个概念吗？我爸虽然给我介绍了何心韵，但我跟她也只不过见了一面，八字都没一撇呢。他们催，就是想让我多和她接触见面，早点把这事成了。"

什么时候也能轮得上他来嘲笑自己的语文水平了，路曦无奈地扶额。她当然知道这两个词的区别，只是忽然下意识的，刚才就那么问出口了。

她很快纠正自己的错误，转问起："那你什么想法？要见面吗？"

问完她就低头吃面，像只是随口打听的八卦，对方回不回答她都无所谓。而盛之行好像也没多在意，稀里糊涂两人就沉默了一会儿，再讲起话时，是他用筷头敲她的碗。

"我突然想起有个事要问你。"

"什么？"

"你在德国出车祸的事情，怎么回事？"

路曦没想到他会提起这个，忽然有点后悔那天自己跟他坦白了，她不应该说的，省得这个人又笑话她手脚笨只会死读书。

但情况似乎和想象得不太一样，他没有嘲笑她，看起来还有几分认真，在等着她回答："你不是一向开车都很小心？"

她是很小心，但马有失蹄，人有失足，再小心，都能有被祸祸到不小心的一天。

"就有点事着急了下，失误而已。"

盛之行哪会相信她这么敷衍的回答，不过听出她那么点不想讲的意思，所以换了个方向："是什么时候？"

"就……两年前吧。"

两年前？

A城这边没什么事，德国她读书的地方也没见有什么大新闻，盛之行回想着，他倒是那一年代表学校参加设计比赛，从格拉斯哥飞到了北威州，本来说要和她一块儿吃饭的，结果还莫名其妙被放了鸽子。

该不会就是那时候吧？

"是十月份，我邀请你来参加我们庆功宴那之前？"

"嗯，差不多。"路曦自然记得，果断承认了，"你不是信誓旦旦说比赛一定能赢嘛,我就答应你要去庆功宴喽,但没想到出了这个事故,跟对方协商解决了好几天,参加你庆功宴的事自然就泡汤了。"

原来还真有来不了的原因。

盛之行的记忆慢慢被拉回,他想起飞北威州的那一天,自己上飞机前,是多么兴高采烈和满心期待。

那是他第一次去德国,也是他第一次踏足她读书生活的城市。英国和德国之间隔了整整一个北海,语言不同,人文环境不同,唯一相似的是,它们同样气候温和。细密水滴落在伞面上时,他偶尔会想,她那儿是不是也开始下雨了。

庆功宴那天就是这样的天气。

白天还好好的,夜晚就下起了雨。他给她打了很多通电话,但都没人接,发的短信也石沉大海,整整三四个小时,从傍晚等到深夜,他甚至以为她出什么事了,但在他急得想离宴出去找人时,收到了她的消息:我有别的事来不了了,你和你的朋友庆祝吧,恭喜啦!

跨越一整个北海的旅程,不过短短两个小时,可他想见她却比坐飞机更加困难,那一次他们没有见上面,他在北威州待了一个星期,最后又像来时一样安静地回去了。

"那你怎么不说?"盛之行问。

"说了有什么用啊。"路曦挑眉,"你会德语?你能听得懂那人说什么?"

盛之行认真思考:"我不会,但谷歌翻译会。"

路曦笑出声,嫌弃地嗤了下。

盛之行也笑,双眼亮亮的:"喂,我说真的,不是知道我在你附近吗?为什么不找我帮忙?"

"你那几天不是忙着比赛嘛,之后又要庆功什么的,我才不想打扰你呢,免得你又有理由敲诈我。"

"我就这么恶劣?"

"嗯!"路曦控诉,"恶劣极了。你忘了,是谁大晚上发鬼图给我看的?"

盛之行倒忘了还有这茬,没想到她这么记仇:"那个……嘿嘿,我周围都是男生,他们又不怕这个,只好发给你玩玩了。我不是还提前温馨提示,预警了有高能吗?"

"哦,你还真是贴心呢。"

他的预警就是两个坏笑的表情,中间间隔了都不到半分钟,那张鬼图虽说不算太恐怖，但也不是适合大半夜看的东西，路曦差点就从被窝里蹦出来，给他打视频骂了一通才勉强入睡。

"那个是我室友自己做的图片，还有GIF（动图）版的呢。不过为了你的小心脏着想，我就没有发给你了，赵修齐和许欣然代替你收了这份大礼。"

路曦无语："你怎么还没被人揍？"

"我在英国，他们俩又揍不着我。"

还是这副欠扁的模样和语气。面碗见底了，路曦按照习惯吃得精光，然后放下筷子，若有所思地开口："喂，我跟你说，我今天遇见了一个人。"

盛之行目露好奇，路曦就把她在图书馆的事跟他讲了一遍。他没什么反应，似乎认为这没什么好稀奇的，这世界上愿意热心帮助别人的人多了去了，但路曦想强调的却不是这个。

"你知道吗，我之前见过这个人。"

"你见过？"

"嗯，还在读高中的时候。"

那天在盛康匆匆看了一眼，她原本没认出来，因为已经过去很多年了，但阳光下他发白的皮肤，不免让她想起自己曾拿他和盛之行比较过，一旦有了启动的开关，想起一个人就再容易不过。

"我和欣然以前去过他亲戚的火锅店吃饭，他那时候来帮忙当过服务员。"

"那么久之前见过的人你都认得？"

路曦肯定不会跟他细讲自己为什么认得，就问："神奇吧？"

盛之行没搭话。

路曦见状就放大招了："关键还不止这个，之前我去盛康也见过他。"

他抬头。

"他跟何心韵好像认识。"

"So（所以呢）？"

"你真没劲。"路曦懒得跟他说了，果然这种八卦还是和许欣然一起讨论比较有趣，"没什么So不So的，赶紧的，去付钱走人了。"

夯毛的时候比聊别人生动多了，盛之行笑，掏了手机去付账，边走边对她说："你管他跟何心韵认不认识呢，你们俩指不定都不会再见了。"

路曦本来也是这样想的。

但不知道盛之行是不是"毒奶"（反向预测）专业户，本来一件概率极低的事，从他嘴里过了一遍，就忽然悄无声息地发生了。

初七之后是上班人的"天堂"，大家都陆陆续续恢复了工作，路曦作为待业在家二十几天，早已拿下法考证的大活人，已经成了吴静萍嘴里"十恶不赦"的剧毒懒虫，她要是还不出去找工作，估计能被成吨的口水淹死。

在路朝和她自己多日的研究之下，路曦成功地在网上投递了几份简历，这几家律所在A城都算是赫赫有名，当然还有几家起步较晚，不过这几年势头挺猛的，对她这样有理论但无实践的实习新人，应该会有更多的包容度。

面试通知在投递完简历的几天后就前后发来了，路曦挑选了几家，排除掉时间相撞的，然后按律政人的装束打扮了番自己，确认状态还不错后就拎包出门了。

过程还算顺利，问的问题不算刁钻，但有几位另辟蹊径的面试官挑选的并非大陆法系的问题，路曦也按照自己的理解，都一一做出了解答。

她对自己的表现还算比较满意。

结束时候阳光正好，途经路段也正好在丰河路，路曦本来想找许欣然见个面，但意料之外却碰见了靳阳。

他和那天在图书馆的打扮完全不一样了，今天是和在盛康时候见到的一样，穿着正正经经工作的西装，不说话时异常严肃。见到她，他也很意外，而后才笑起来，又恢复了那天绅士温和的模样。

"是你。"

路曦也打招呼："嗯，好巧啊。"

她的打扮有点明显，他一下就猜出来："是来面试吗？"

"对，刚刚结束。"

"还顺利？"

"勉强可以。"

不是熟悉的朋友，但因为上一次的缘分，这次见面聊天两人变得自然多了。路曦对他抱有曾经那一面之缘的滤镜，不像对其他男性那般拘谨，又因为相同专业的关系，于是就说了点刚才面试的事。

"英美法系确实和大陆法系有些不同，也许那个面试官对你的能力范畴抱有足够的期待。"

"那我应该感谢他的肯定了。"

靳阳闻言淡笑，问起："所以你这次的面试方式是广撒网？"

"嗯。"

他若有所思，似乎还有点不理解："那怎么会错过我的事务所？"

路曦被他问得一愣，这才发现两人聊了这么半天，她知道他是律师，但不清楚他到底在哪里工作。

"或许……我去了，但你不是面试官？"

"怎么会？"他道，"来我这儿实习的人，怎么能够逃脱我魔爪的监控？"

他语气轻松，面上还带着笑，看起来不是很在意的模样，但路曦清楚，她自己撒网的那些事务所，基本在A城的排名都数一数二，没选上和最后排除掉的那些，是她一开始就没看上的。没面试到他那里，就等同他一早便被她放入了淘汰名单。

如果对方是她不认识的人，也许这样的做法无可厚非。每个人都有权利做益于自己的选择，优胜劣汰是市场竞争的规则，没必要觉得这有什么。但一旦换了角度和对象，当对方变成了某个帮助过自己的人，这样的感觉就甚为不好了。

靳阳见路曦一直不说话，多多少少猜出自己方才的话或许给她带来了一点负担，于是笑笑，主动递出名片："看来你没有明白我的意思，我这是想要挖人，请你来我这儿面试。"

路曦没有想到话锋一转，自己都还没开始工作，就要被人"撬墙脚"了，她不敢相信："你开玩笑吧？"

"当然不是。"他道，"那天在图书馆，其实我看见了，你另借的那本书是《论日德民法》。"

法系有不同分支，每个国家在历史渊源和制度现状过程中都会慢慢形成自己的特点。德国和日本与中国一样同属大陆法系，在很多方面其实都有共通和借鉴的点，想必她那天去借这本书，就是为了更好地研究中国的法律。

"我欣赏主动提升自己的学生，而且你作为有留学经验的高潜质人才，我必须为我的工作室努力挖个墙脚。"

路曦被他说得都不好意思了，挠挠后脑的头发，礼貌性地笑。靳阳探进口袋，摸出来一张烫金名片："你可以考虑一下，如果愿意，欢迎随时来找我。"

路曦接过名片，一边感叹这小小东西的制作精良，一边赞赏他为工作尽心尽力的态度，她低头扫过上面那用加粗宋体印刻出来的名字："靳……律师？"

靳阳笑："你暂时还不需要这么称呼我，叫我靳阳就可以了。"

路曦不好一直盯着名片看,扫见名字后就把它拢在掌心:"好。"

"这个'好'是答应考虑看看了?"

路曦笑:"嗯。"

其实用"考虑"这个词也不太恰当,路曦从接过他名片后,心里那个天平就渐渐倾斜了。她觉得自己或许可以前去一试,当初没选中他的事务所,也许真是条漏网之鱼也不一定,说不准她是收到面试通知,但因为时间不协调才放弃了。

路曦不是个过于随心所欲的人,但工作的事上,她还是认为,不仅环境氛围要好,身边一起的人也得需要聊得来,如果对方是靳阳,感觉倒还不错。

于是她就怀着这样的心情,在心里把之后的工作计划又规整了一遍。手心里他给的名片触感极好,路曦无意识地摩挲了两下,才想起来该看一看他的事务所到底在哪儿。

然后她便低头。

只一眼,然后所有疑问的答案就都揭晓。

路曦终于知道为什么自己的面试名单里少了他。

她看着名片右上方工工整整的几个大字,额间突突直跳。

——朝阳律师事务所。

4

路朝接到路曦电话的时候,正在和他在盛康的工作团队一起开会。

他挂了电话,对方很乖,没再继续打来,甚至连条短信也没发来。路朝专心致志地处理完一系列事情后,才揉揉太阳穴回拨了电话。

路曦很快接起。

"什么事?"

"哥,你在工作?"

这个点是该下班了,不过他的事才刚刚处理完,路朝道:"结束了,你有什么事就说吧。"

那边静了会儿:"那我就在电话里说了。"

"嗯。"

"也没什么大事,我就是想问一下,你的事务所,我记得你之前说过,是跟别人合伙一块儿办的对吧?"

难为她还记得,路朝自己都忘了他向她提过这一嘴:"没错。"

"那……你那个合伙人叫什么名字啊?"

路朝倒不是多好奇她怎么忽然问起这种事,也就随着常人的思维,顺嘴反问:"你打听这个干什么?"

电话那边的路曦早就瘫倒在房间的床上了,面前正摆着那张烫金工艺的名片,其实事实真相已经很明了了,但她还是想要给自己一个痛快:"就好奇啊,你的合伙人应该很厉害,指不定我听过他名字呢。"

"你一个刚留学回来的人,能听说过人家名字?"路朝无情地嘲笑她,揭穿她这蹩脚的理由,但最后还是说了,"他叫靳阳。事务所的名称,就是取的我跟他的名。"

"哦……"路曦彻底败了,认命地把头塞进被子里,闷闷地说,"我知道了。"

这下是完全没戏了,本来还想着跟那人那么聊得来,加上挺有缘分,在一起工作说不定很合拍,但谁能想到,他居然就是路朝工作这么多年的合作伙伴。

她哥的事务所,是她没找工作之前就排除在外的。

路曦这边还在惋惜,路朝那儿见她半天不说话,猜想着是这个话题结束了,于是转问起别的:"听说你想从家里搬出来?"

"嗯,工作之后就不好住家里了,不方便。再有,可以少听些老妈的唠叨。"

"那找到住的地方了吗?"

"还在看,暂时没有决定。"路曦问,"怎么,你有好的推荐?"

路朝远眺窗外,眼睛的疲劳缓解了些,他点点头:"有,你要来吗?"

路曦莫名:"哪儿啊?"

"我家。"

路曦自然知道他说的"我家"不是他俩共同在碧湖郡的家,而是他买在江园的那栋房子。只是他不是一直都喜欢独居吗,怎么会突然喊她过去?

"下周盛康有期工程准备开始,但开始前需要现场考察和工作记录,合同和后续工作我需要协同跟进,所以到时候我会跟大部队一块儿去出差,大概要花两周时间。这两周你可以提前收拾下住我这儿,到时候找到房子就直接搬进去。"

路朝难得会做这种大善人的事,路曦求之不得呢。她早就不想在碧湖郡和市区两头跑了,搬到江园就万事皆好,特别是还没人管着。

"那我下周就搬去你家了。"

"我走之前会给你打电话,家门密码是我手机号后六位。"

"行,多谢老哥。"

路朝笑她:"客气。"

搬家要说麻烦也麻烦,但这么多年国内国外跑,路曦还算比较适应。

她听了路朝临出差之前给她的建议,只拉了一行李箱的东西,反正到底离家不远,如果真有什么急要,大不了再回去一趟就是。

于是她就只带了些书籍资料、衣物和护肤用品,其他日常生活要用的,准备去一趟超市直接买。路朝的卧室她没动,乖乖拖着自己的物品进了客房。

床意料之中只干巴巴地铺了层床单,连被子和枕头都没有,路曦翻柜子去找,勉强寻出一套可以用的,忙活了半天铺好,她已经有点累了,然后才将自己带来的东西规整放好。

家里的锅是开过火的,但冰箱里半点食材都没有,路曦这么多年在国外留学,虽然没有混得一门好手艺,但起码普通的菜是会煮点的,不至于完完全全像以前那样,只能等别人来喂食。

把要买的东西列了一个表,路曦确认好目标后,就揣着手机出门了。

超市就在江园几百米的地方,路曦只走了一会儿就到地点了。她一边拉了推车,一边感叹这地方地理位置着实不错。

难怪盛之行和路朝都看上这儿。

拿了牙刷、牙膏和毛巾,路曦顺着物品摆放的次序,紧接着又挑了沐浴露和洗发精,选的是常用的那类牌子。

日用品挑完,接着就是去买菜。路曦会做的不多,来之前已经想好,就先买一两个番茄和鸡蛋,顺带加个白菜,回去试试手再说。

她往蔬菜区走。

这个点快到中午了,正是人多的时候,她绕了几步路给迎面来的人让道,目光在颜色鲜艳的各类蔬菜上头环视,刚找到番茄的位置,就听见身后有熟悉的声音传来。

那声音很低,语气也很淡,跟平常和她说话时不太一样,但路曦就是一下子听出来了。她愣了愣,转回头去看,果然没有错,说话的人正是盛之行。

他还没看见她,像是和她一样,刚从另一片区域逛过来,不过如果只是单纯的偶遇也许路曦这会儿就上去了,还能蹭他一回让他帮忙付个钱,但偏偏不行。

因为他不是一个人来的。

何心韵在盛之行说完之后接过话，同样声音也不高，面带笑容。路曦本来还拽着手推车，但一下就反应奇快，扯了脖子上的围巾挡住下半张脸。

但盛之行在下一秒便发现了她。

他似乎也是一愣，意料之外地看见她出现在这里。路曦和他对视上，黑溜溜的眼睛眨巴着，很快掩耳盗铃一样扭回头，仿佛她假装看不见，他就也能像被施魔法一样，忘记这一秒的记忆。

刚到这蔬菜区没两分钟，路曦就又推着车从出口溜走了。她本来还走得挺慢，之后到空旷地了，就开始小跑起来，衣角和扎起来的马尾都随着步伐一蹦一跳，像极了受惊逃跑的小兔子。

"还真是挺巧的，没想到今天逛超市会碰见你。"

盛之行收回目光，何心韵正盈着淡淡的笑，他看着，就又想起刚才那丫头藏在围巾里见不得人的样子，不由得好笑，他回她道："嗯，是挺巧的。"

没买菜的后果就是没饭吃，路曦不想点外卖，干脆就去了楼下便利店买泡面。虽然路教授叮嘱过她这个玩意吃多了不健康，但偶尔拿来充充饥，应该没太大关系吧。

她锅也懒得用了，就放在面桶里泡，然后把电脑搬出来，找了部喜剧综艺，刚点开要看，门铃就忽然响了。

她只好重新暂停。

路朝已经出差，现在肯定不会回来，就算真的回来，也不可能会按门铃，所以路曦没有第一时间开门，而是凑到猫眼上往外看，但她没有看见一个人，仿佛刚才门铃响只是错觉而已。

但她很确定自己没有听错。

所以她犹豫了一下，出声问："谁啊？"

没人回答。

路曦等了一会儿，见还是没动静，打算往回走去沙发。

但门铃忽然又响了。

她这回眉头一皱，握紧手："谁？"

大概是听出她紧张了，门外那人也不继续逗她了，说道："是我。"

路曦一呆，三两下过去打开了门。盛之行正抱着手臂，优哉游哉地看好戏。

"你神经病啊？"

路曦被他这一番操作气得不轻，拉着门把想直接给他个闭门羹。盛之行哪能同意,脚一放挡住了她的动作,笑嘻嘻地赔罪:"别生气啊,逗你玩呢,这不是出声了吗?"

"无聊。"

路曦懒得跟他争了,拖鞋也不给他拿,就背身往回走。盛之行进了屋,乖乖关门,瞥见路朝的拖鞋,一思索,毫不客气地穿了。

"吃泡面呢?"盛之行扫过她那桶经典的康师傅牛肉面,挑眉,"不是去超市了,怎么也不买点菜回来?"

路曦就知道这个人准没安好心,不然没什么事还特地跑过来难道是对她嘘寒问暖吗?

她冷笑:"看见了个'辣眼睛'的人,所以没有买菜的兴致了。"

盛之行笑出声:"给你辣撑着了?"

"差不多!"

"哦……"盛之行点点头,坐到桌子边,"撑着了还吃什么泡面,拿来给我填填肚子吧。"

他作势要吃她的泡面,连盖子都揭开了。路曦见势不妙,赶紧上去抢,盛之行拦她:"哎哎哎,你饱了还吃什么,小心成饭桶啊。"

路曦用力踢他一脚:"拿来吧你!烦人!"

盛之行本来也没真的要抢,还怕给她弄洒了,被踹了一脚后就安分了。路曦夺了泡面挪去沙发上坐着,继续看她的综艺。

她才不是什么特别沉得住气的人,盛之行心里了解,不过有那个花花绿绿的电视加持,估计还能让她撑个十几分钟不说话。于是盛之行也不再等了,自己问:"你就不好奇我怎么知道你在这儿?"

路曦没说话。

"没事,你不好奇,我告诉你。"盛之行道,"是你哥让我来照顾你。"

路曦眨了眨眼睛,这回有反应了:"我哥让你来的?怎么可能?"

她和盛之行是青梅竹马不错,但路朝跟他们俩隔了将近两个代沟,小时候又高冷得不行,从来不和他们混一块儿。再加上盛之行以前那个皮样,路朝哪里会让他来照顾人。

见她还一脸认真,盛之行差点笑出声:"你也知道不可能啊?我就是瞎说而已,你还真信了?"

路曦:我可真是个大傻子!

"碧湖郡附近又不是没有超市,你能来这儿买东西,还买了一堆生活用品,不用猜也知道你搬附近来了,不是你哥这儿又能是哪儿?"

"嗯,你说得都对。"路曦敷衍,"大侦探'盛摩斯'行了吧?"

"盛摩斯?"盛之行品味了下,"我看不太行。"

他一张嘴不饶人的,路曦电视都看不下去了,想着干脆还不如把泡面给他吃,起码还能安静一会儿。

"你过来干什么?说正事,没正事赶紧回你家去。"

"我当然有正事。"

盛之行还是那副懒懒散散地瘫在椅子上的模样,看着她:"喂,刚刚在超市你为什么看见我就跑?"

路曦按着快退键,倒回去看刚刚漏看的内容:"谁跑了?我本来就要去结账的。"

"是吗?"

"当然。"

盛之行看上去没有非要探究的意思,但一双眼却在问过之后还盯着她。路曦努力想把注意力放在电视上,偏偏余光里他又太惹眼,不自在了几秒,她一咬唇,盖下电脑:"你的正事呢?就是这个?"

盛之行似笑非笑:"你觉得呢?"

好一个大阴阳师,说的话叫人完全听不懂。

路曦被他弄得泄气,起身从沙发爬起来去客房,出来的时候手上拿着叠好的围巾,凑到盛之行旁边,一把揪住他领子:"起来!送客了,你已经严重打扰我进食了。"

盛之行没挣扎,被赶小鸡一样推到了门边。在路曦督促他换鞋的时候,他才正经起来,表明今天的主要来意:"过两天你有时间没?赵修齐组了个聚会,晚上在大鸿,一起去?"

"赵修齐?他又干什么,这么突然?"

"不是突然,是'蓄谋已久',庆祝他订婚。"

路曦双眼慢慢睁圆:"他要订婚了?"

赵修齐谈了个女朋友她是知道的,反正有许欣在她不愁自己是"2G网"。但似乎他们恋爱也才一年多吧,听说是工作之后认识的,没想到这么快就要订婚了。

"嗯,他说订婚之前聚一聚。我猜着,他就是想炫耀一下自己有未婚妻。"

"很漂亮吗?"

盛之行思索："唔……跟你比的话……"

他静了好半晌，认认真真地瞧了她一通，露出大白牙："那绝对漂亮啊！"

路曦咬牙："赶紧滚！"

狗嘴里吐不出象牙，她本来也没要听什么漂亮话，但见他这样就觉得不管听到什么都想揍他一顿。盛之行被打了一掌，龇牙咧嘴蹲下身去穿鞋子。路曦还不解气，又扯了把他厚厚的头发，最后道："你的围巾，也给我拿走！"

除夕夜他给的围巾，路曦也是昨天整理行李的时候才想起来还没还，亏她之前还特意找了个大晴天又洗又晒，早知道直接扔垃圾桶了。

"没手拿呢不是，你直接挂我脖子上吧。"

他今天来没围围巾，低头穿鞋就正好露出一长截空的脖子。

"麻烦。"

路曦这么吐槽了一句，但还是低头给他围围巾了，她才不像他那么敷衍，随便挂脖子上就算完事。

因为盛之行是蹲着的，路曦想给他围就也得弯下去些。她拿着围巾一头从他下巴处绕过，整整齐齐环了两三圈。

盛之行的原话只是让她帮忙挂在脖子上，但路曦的手从他下巴擦过两三次，他却也安安分分待着不动，等她动作差不多好了，他才慢慢起身站直。

路曦还在纠结围巾翻过角没整好的那一块，认认真真弄好了才放心地松手，只是抬起眼时她明显愣了一下，后知后觉他们一下拉近的距离。

盛之行正低头看她，接受她仿佛举手之劳一样的照顾，只是安静蔓延得不太合时宜，总应该有谁做点什么来打破。

"哒——"盛之行很快痛苦地皱起眉头。

路曦松开扯住围巾两端的手，笑得志得意满："这是回礼。天下哪有白吃的午餐，也给你长个记性。"

盛之行当然知道她指什么，没想到过了这么多天，这丫头还记得那晚自己的话，果然是小气又记仇。

他松松围巾调整呼吸，再看时她人早就转身往里走了，只留给他个看不见表情的背影。

"记得带上门。"她叮嘱。

盛之行见她重新打开电脑在沙发上坐好，没再往他这儿看一眼，便也很快转身打开了门："知道了。记得空时间，我到时候来接你。"

第六章 / 酒后真心
"你跟谁告白过吗？"

1

靳阳的名片在路曦的桌上放了两天，她迟迟没动。面试的有一家公司已经发来 offer（录取信）邀请她入职了，路曦惆怅地盯着信息内容，心里完全没有最开始料想的那样高兴。

人就是因为能思考，所以才跟普通的动物不一样。路曦清楚自己到底在烦恼什么，所以才更加为这个惋惜不已。

不过容许她胡思乱想的时间也不多了，今日事今日毕，赵修齐今晚的聚会，消息早在好几个小时前就散布在各大聊天群里了。

真是高调。

路曦回忆了一下高中的时候，当时还真没看出来赵修齐谈恋爱后会是这种风格。

如果真要说谁是……盛之行的模样在她脑子里才过一秒，手机就猛地振动起来，像拨浪鼓一样将她摇醒。

想什么来什么。

路曦没觉得心虚，清清嗓子接起电话，听盛之行干脆利落地说："我在楼下了。"

她一愣："你已经到了？"

"嗯，正好办完事直接来接你。你收拾好了吗？"

她哪里有这么快，跟约好的时间还有差不多两个小时。路曦坚定地摇头：

"没有!"

盛之行似乎猜到了,语气毫无起伏,平淡道:"那你整理吧,我就在楼下等,你好了下来找我。"

他向来等她都没什么怨言,比接受午餐只有菜没有肉还要容易。路曦不知怎么的就忽然想起以前上学时候,他也是这样静静等在家外那条石子路,笑嘻嘻地看她怎么兵荒马乱地出门。

"盛之行……"她突然出声。

声音小得如同蚊蚋,盛之行都以为自己听错:"西西?"

"嗯。"路曦应,说道,"你要不然上来等?我可能得挺久……"

路曦也是权衡之后才做的这个决定。虽然知道他是个话痨性子,把他招上来估计又没得安宁,但前思想后自己在他心里估计都贴满"迟到大王"这个标签了,为了挽救仅存的那一点形象,还是大方地做点好事吧。

路曦不知道盛之行听见没,但过了好几秒都不见他有回答,刚想再问一遍,就听"嘀"一声响,是车子上锁的声音。

"好西西都这么邀请我了,那哪有拒绝的道理。"他笑得开心,"记得帮我提前把门打开一下。"

路曦拿着手机,一时间又好气又好笑,什么话都懒得说了。她重重按下红色的挂断按键,愤愤道:"得寸进尺!"

又一次成功蹭进路曦的住所,盛之行的狐狸尾巴差点没翘上天。

他躺在路曦这两天吃饭常坐的沙发上,伸着长腿看她捧着电脑忙前忙后,临要出门还有工作处理,颇有点成为路朝那样的工作狂的潜质。

"对,学姐,你发的文档我看过一遍了,翻译有问题的地方我修改过了,不过用的是红色标注,一会儿我发给你,你再看看有没有其他问题。"

路曦回国后暂时没有工作,这几天接触的东西都跟在德国实习那段时间差不多,就是翻译文档,还会帮忙整理归纳。路曦的这位学姐就是先前在圣诞节将她领回家的那位德国美妞,不久前她和男朋友一块儿开了工作室,路曦就偶尔帮忙解决棘手的中文难题。

盛之行听不懂德语,只觉得叽里咕噜很费脑筋。他本来躺着就占地方,突然动起来又像条蚯蚓,路曦边打语音电话边伸手抽了他一下,眼神示意他快点坐好。

于是盛之行只能爬起来,盘着双腿仰靠沙发。路曦坐在比他稍微靠前一点的位置,他这个角度看过去,能瞅见她莹白的耳垂和说话时一动一动的脸颊。

她这通语音电话聊了很久,久到盛之行都快要听睡着了。果然外语是催眠的独门良药,他觉得自己有必要怀疑一下,她叫他上来等她的真实目的。

"嗯,我知道了学姐,另一份资料重合的地方我会再删减的,这个就没问题了吧?"

正讲话间,腿上一轻,路曦低头看,盛之行光明正大地将她的电脑搬走,打开自带的纸牌游戏玩了起来。

她一时哭笑不得,但还得认真地和学姐聊完剩下的内容,总算结束后盛之行都开了好几把游戏了,正玩得热火朝天。

"行了你,还玩上瘾了。"

路曦抢过电脑,不留情地关了他的游戏。盛之行也不介意,又重新靠向沙发:"你还说我,也不看看你自己打了多久的语音。"

哪有多久,也就半个小时。

"所以你就这么幼稚?还玩纸牌……"

盛之行轻哼:"男人至死是少年,玩纸牌游戏怎么了?"

路曦一盖电脑:"行,没什么,你最少年了。快起来,我梳个头发,咱们可以走了。"

路曦的效率也就体现在打扮自己上了,她的妆在盛之行来之前就化好了,挑衣服也没那么多心思,能保暖不感冒就行。她简单扎了一下头发,免得一会儿被风吹得乱糟糟的。

盛之行提前了两个小时来接她,他们却还迟到了十分钟,原因是路上刚巧遇上堵车,就跟路曦回国那天一模一样。

今天没下雪,但温度照样很低。盛之行停好车,心无旁骛地往楼上7666包厢去,路曦却内心悲催,已经开始盘算一会儿怎么躲酒了。

果不其然,一屋子到了的人都嗨上了。大鸿是自助式KTV,饭菜没上,他们先唱起歌来,路曦本来想趁着人多混乱先溜进去,但刚走进门,就在黑暗里被眼尖的人认出来了。

"西西来了!盛之行也到了!"

什么人眼光这么毒,路曦还腹诽着呢,一扭头看后头那位大摇大摆,才意识到不是自己被看见,而是盛之行顺带卖了她。

他实在太显眼了。

"来啦？来来来，老惯例，迟到罚三杯先啊。"

赵修齐作为今晚大头，还不见人影，过来主持场子的是以前与他们一块儿打球的球友，和盛之行关系也好，勾着他的肩膀往他手里塞酒瓶子，笑道："你就别麻烦我给你倒了，自己干吧。"

他的手是拿来服务美女的，显然路曦在他的这个范围里。杯子稳稳当当地放好，他倒满放在吧台上："不能耍赖哦。"

众目睽睽怎么耍赖？

路曦头疼，这回国之后来大鸿总共也就两趟，趟趟都给她赶上要罚酒，这中奖的概率百分之百，要是她买彩票能有这运气就好了。

"行，我喝，不耍赖。"

火辣辣一杯下肚，上次喝酒的记忆又被勾起来，路曦吐着舌头，感觉酒从她空荡荡的胃里流过，像火一样烧了起来，真是抓心挠肺。

"哇哇哇，主角来了！"

作为今晚最受关注兼请客的某人总算姗姗来迟，算是分走了众人投注在路曦身上的注意力。她舔了舔唇等着辣味消化，闻声也往包厢门口看。赵修齐一身黑色的西装，不知道的人还以为他一会儿就要去结婚。

大家都是高中同学，虽然分开挺多年，但好歹有一起参加高考的革命友情在，起哄起人来那是毫不留情。赵修齐这身装扮，再加上他旁边众人感兴趣许久的女朋友，两人当即就被围住，像极了出场表演的珍稀动物。

路曦看了这场面也忍不住笑，心里一样在打趣赵修齐，只是她更想看看他的女朋友是什么模样，可惜这会儿被一堆人给挡了个滴水不漏。

"你看吧，我就说了，他肯定是来炫耀的。着急忙慌当猴子，没赢过一样。"

谁出来玩还穿那种衣服，搞得像什么正式会谈。盛之行不留情面地吐槽，哼笑着揭穿赵修齐的小心思。

路曦悠悠地接话："在谈恋爱这个事上，你别说，他还真赢了，起码人家是最早订婚的。"

她说的话没有错，所以听盛之行半天不回话也没奇怪，只是玻璃杯撞击发出的清脆声音还是很快吸引了她注意。路曦回头，本来倒满的两杯酒早就空空如也了。

她微愣："喂……你都喝了？"

盛之行还在品味嘴里的味道："怎么大杨给我和你的酒不一样呢……"

路曦不知道他酒量如何,但一下喝了这么多估计胃里怎么都不好受。她皱眉:"可能度数不同吧……你还好吧?"

盛之行笑:"好得很。"

他不是喜欢逞强的人,打小还经常趁着受伤难受装可怜。路曦打量了他一会儿,见他表情确实没有什么太大的变化,才说道:"你干什么呀,我又不是喝不了,哪用你帮我喝。"

"好好好,你当然能喝,女强人。"盛之行睨她,视线往下,"但也得是在填饱肚子的前提下吧,你出门前我记得可没吃东西。"

路曦确实没吃东西,但她扬扬眉头:"那你……"

"我当然垫了两口。"他笑得得意,"这就叫先见之明。"

眼见自吹自擂就要开始,路曦紧锁耳朵退开一步,那边众人刚好欢呼完,也不知道讲了什么,然后被围观的赵修齐就领着他女朋友往吧台方向来了:"你们两位,面子比我还大啊。"

盛之行回道:"这不为了恭候你来,我还提前喝了几杯以表诚意吗?"

"少来,他们早告发你了,这么重要的晚上还迟到,我看罚三杯都不够。"

他指责完盛之行,转头看见路曦,盛情一笑,开始介绍:"这个是我未婚妻,鹿羽。这位是我的高中好友,路曦,小名西西。"

他说着凑近鹿羽:"也是我跟你说过的,盛之行的小青梅哦。"

人是近了,但声音完全是漏的。路曦听得眉心一跳,刚想瞪赵修齐,就见鹿羽伸手过来,友好地问候:"你好,我很早就听修齐提过你了。"

路曦连忙回握:"你好。那个……你也姓'路'?"

"'小鹿'的'鹿',跟你不一样。"赵修齐拉过鹿羽,"别想碰瓷啊。"

……这是能少块肉吗?

虽然不当同学这么久,但路曦对赵修齐的嫌弃还是半点没减少,不过看在今晚是他主场的份上,她就大人不记小人过了。

鹿羽看起来像个很好相处的人,脸上始终挂着温温柔柔的笑,别人找她说话都耐心地回,路曦也和她聊了两句。不过盛之行没参与,他们是早就见过的,没什么好说,所以他干脆出去给大家拿东西吃了。

吃饭时包厢里还算安静些,虽然有很大的背景音乐,但没有各说各话的嘈杂人声,路曦安安分分地填饱肚子,期间跟许欣然聊了会儿天,快吃完时已经有半数的人开始调设备选曲目准备唱歌了。

许欣然耐不住寂寞,自然加入唱歌队伍,路曦对自己的歌喉向来没什么自信，拒绝了她极力的邀约，留下来收拾东西清理桌面。

经典男女对唱曲目《今天你要嫁给我》会迟到但不会缺席，赵修齐和鹿羽双双被推到麦克风旁，饶是屋里光线再暗，路曦都感觉自己能看见鹿羽那红透了的脸颊。

她笑着轻叹，回头发现另一位看好戏的人早在沙发角落坐好了。今天他倒没睡，但和上次在这包厢一样，脱了外套，手垫在脑后不说话。

"干什么，在这儿沉默装高手啊？"

她坐到盛之行旁边，拎起他外套放旁边。盛之行悠悠闲闲，看着大屏幕："我是高手还用装吗？"

"吹牛高手确实不用装，你就是。"

他笑笑不说话。

"怎么不去加入他们？我记得你以前挺爱玩这个的。"

"唱歌疲劳。"盛之行道，"在英国也经常玩，现在腻了。"

乍听他说起英国，路曦才忽然有点怔怔然。

从小年前到现在，这么些日子相处一地，差点让她都忘记了，其实他们打从大二各自出国之后，已然有将近五年的时间是分开的。

虽然每年春节他们都固定会回家来，也会约好时间见面，不忙的时候，还偶尔打打视频电话互相发信息。这样没有断过联系的生活，让路曦心里总觉得他们两个其实从没有分别过，但事实却是，他们在对方的生活里早空白了很多年，哪怕现在重逢，依旧是错过很多很多。

路曦一时不知道怎么接他的话，便只好拿下午他在她家说的话来回答："你不是说'男人至死是少年'吗？这么快就玩不动了。"

这话听起来像嘲笑，要按盛之行以前的性格，早就受不了要跳脚反驳了，但他现在只静静坐着，似有若无地扬了下嘴角。

"心是少年，但身体会懒啊。"

"我看你的心也不是少年，说的话这么老成。"

路曦呛盛之行，他的笑意却更浓了。他还盯着前面的屏幕，闲闲道："心落在以前了。"

他的话没头没脑，掩在背景音乐之下："还没有找回来。"

2

唱歌唱了两个小时，渐渐有些人开始躲起来玩手机了。赵修齐深情哼唱完点的最后一首歌，抛弃麦克风转回来活跃气氛。

聚会游戏有很多，他选了一个相对简单的开场，本来在各忙各事的众人又重新聚拢，路曦也被许欣然拉了过去。

讲规则的是刚才罚酒的大杨，他声音洪亮字字清晰，路曦却听得眉头紧皱，最后拉住许欣然："我不参加这个行不行？"

许欣然闻言，赶紧一把拽住她："那怎么可以？你都不唱歌了，玩游戏绝对别想跑。"

路曦不是想跑，她解释："下一个游戏我再玩吧，这个……我不擅长。"

"谁说不擅长？"

赵修齐耳力忽然变得尤其好，隔了两个人的距离还是能听见她说话，他笑意吟吟地把酒瓶子往她旁边塞："不准走啊，不擅长才要玩，不然谁挨这个惩罚。"

游戏是拍七令，每个人逆时针报数，到带七或者七的倍数的数字时拍下一个人的后脑勺，没拍或者念了违规数字的就要罚酒。

路曦很早之前跟他们玩过几次这个游戏，没有例外的满盘皆输。她天生就对数字不太敏感，尤其七的倍数实在难记。

逮着了个软柿子可以捏，众人怎么可能轻易放过，纷纷都喊着不准路曦走。盛之行也在其中添油加醋，路曦苦笑着认命，见他朝她招手，咬着唇往他那儿挪了一个位子。

盛之行把原本在他旁边的某位大哥赶走，拉了路曦坐下后幸灾乐祸："还那么菜吗你？"

路曦咬牙："人总有不擅长的东西。"

"那我就拭目以待你的'不擅长'了。"

玩了两轮，路曦不负众望地输了两轮。她小心翼翼地躲着含七的数字，但到倍数的时候又怎么都反应不过来，只能在众人的监督下把之前作弊躲掉的两杯酒重新喝进了肚子里，小脸一下就开始泛红。

新的一轮又开始，盛之行压低声音嘲笑她："看来你得感谢我刚刚帮你喝了那两杯，让你能在这个游戏多撑一会儿。"

路曦揉眉头："你与其让我感谢你这个，不如想想怎么帮我结束这个游戏，那样我会更感谢你的。"

她费力记着数字，努力不重复刚才的失误。眼见快轮到自己，她本来还有点紧张，不过有位女生一着急，拍后脑变成了拍脖子，于是就顺利结束掉了这局游戏。

"怎么回事？怎么还有人抢我们西西的酒喝呢？"

赵修齐欠揍地调侃，引得一堆人哄堂大笑。那个女生也有些不好意思，倒了杯酒迅速灌进肚子里。

"再来再来。"赵修齐道。

"不玩这个了。"

盛之行却打断："没什么挑战性。"

"哟——"

一群人立时起哄，不嫌事多地向路曦告状："西西，盛之行他瞧不起你！"

路曦抱拳求饶："那就瞧不起好了，各位别拿这个游戏折磨我了。"

这两人一唱一和，周瑜打黄盖，别人还想"挑拨"呢，赵修齐却看出来怎么一回事了，这不就是变着法的不想受惩罚嘛。

不过看破不说破，谁让他心地善良呢。他大手一挥："行了行了，换别的玩吧，这游戏有西西在，确实没什么挑战性了。"

大家伙也没什么意见，就开始提想法接下来玩什么。有人说了几个选项，其中有一个联谊常玩的游戏被选中，于是知识广博的大杨就又开始介绍规则。

路曦没听说过这个游戏，所以听规则听得特别仔细。大概就是转盘转到谁，谁就被指定要回答问题，只是问题只有回答的人才能听，别人如果想听，就要通过喝酒来作为交换，而如果被指定的人不想回答这个问题，也需要通过喝酒来抵消。另外，如果没有人愿意喝酒来听这个问题，那就说明众人认为问题的吸引力不够，得由问问题的人来接受惩罚喝酒一杯。

听起来还有点复杂，大杨便又解释了一遍，确认过在场的人都会之后，他就把转盘放上桌了。

"这个随机啊，谁转都可以，纯比运气的。"

有好几个人跃跃欲试，排着队准备转转盘，不过按游戏顺序，还是得先问中奖的人问题。

赵修齐好运气地成了今晚的开门红，连中两次。发问者是大杨，他自告奋勇，满脸都闪着八卦的光："我来我来，各位亲们，今晚保准把你们想知道的都问出来，就看你们有没有那个胆子喝酒了啊，可别全卖我一个人！"

他说着就凑去赵修齐耳边，因为离得太近，还被后者嫌弃。赵修齐掏掏耳朵："大杨！我说你问问题就问问题，往我耳朵里吹气是什么意思？"

"哟哟哟——"

"你们大庭广众搞什么？"

大杨气笑，知道这小子有意报复他，干脆也不留情面，专挑刁钻的问。但赵修齐是什么人，没脸没皮惯了，什么问题都敢回答，有的简短的一两个字或语气词都引得大杨神色暧昧，于是有人就兴奋了："我喝我喝，大杨快说，你问了他什么问题？"

"哎，这就跟你说！"

那人喝了一杯，大杨就俯身过去，还没几秒，两人神色精彩地一道起哄，像是知道了什么大秘密。这就不免引得众人好奇心起来，纷纷都喝酒要听。大杨眼见报复的计划成功，大手一挥："好好好，你们这是都喝了，那我就不一个一个说了，直接告诉你们！"

他是故意耍赖，分明还有人没喝酒，赵修齐想拦也没拦住，大杨双手一捂在嘴边做了个小喇叭状："哎！我问他跟咱们小嫂子在一起的时候，有没有做过彻夜不睡的运动噢！"

这种八卦无疑他们都爱听，当即就有人放下酒杯吹起口哨了。赵修齐这边还板板正正忍着笑，鹿羽却是不好意思地低下头。路曦的脸不知为何也红得慌，伸手揉揉额头："这赵修齐真是什么都敢回答。"

"那也得亏大杨敢问。"

盛之行也在插着口袋"吃瓜"，乐得看热闹。路曦看他一眼，心有担忧："你说他们这样还做得成朋友吗？"

盛之行笑得眼睛都弯了："瞎操心。"

路曦闻言想了想，还确实是自己担心得多了，不过她倒忽然想起一事："喂，盛之行。"

他低头："嗯？"

"你还记不记得……周彤彤啊？"

盛之行似乎是想了一下，才从记忆深处把这个名字挖出来，他看她："怎么忽然问这个？"

"没有。"路曦压低声音，"她大学不是和赵修齐在一片区吗？我记得我出国前，他们好像关系还不错，怎么现在……没有在一起？"

"谈过，分手了。"

路曦也就突然想起才问，毕竟出国之后那些事她都没再关注了："哦，好吧。你当时不是说赵修齐很喜欢她吗，但我之后也没听他提过人家了。"

"分手是他主动说的，怎么可能还提起人家。"

路曦听得一愣："你是说……赵修齐提的分手？"

"嗯。"

这个答案在路曦意料之外，她没有想到，当初那么喜欢人家、为了对方心态消沉还猛练篮球的赵修齐，竟然会是主动提分手的那一个。

"为什么？"

盛之行耸肩："还能为什么，就不喜欢了啊。"

路曦动了动唇，其实还想问，但又觉得这到底是别人的感情生活。也许想起来觉得有点不可思议，但现实生活里这样的例子屡见不鲜，很多人在一起后又觉得不合适，于是无论以前多么相爱也就慢慢平淡了。

盛之行见路曦不说话，转头就瞧见她一脸深沉，估摸着又想七想八去了。他抓抓她的小马尾，引得人注意之后，说道："你别脑补什么大戏了。分开的理由就那么简单，赵修齐以前是很喜欢人家，但他觉得周彤彤不喜欢他，久而久之，肯定就没法再坚持下去了。"

原来是这样吗……

路曦撇嘴："那周彤彤不喜欢他，为什么还要和他在一起？"

盛之行这就更不清楚了："好奇、新鲜？都有可能。"

"还能这样吗？"路曦这会儿开始给赵修齐鸣不平了，但还是不忘损他一句，"这赵修齐脑袋也不好使。人家喜不喜欢他，他难道自己感觉不出来吗？"

盛之行没有接话。

他低了低头，拿过手边的饮料在喝。路曦看他沉默，就也没再问什么。只是静了两秒，忽然又听他说道："总有人开窍晚，他算幸运的那个了。"

路曦感觉他似乎话里有话，皱了皱眉。

幸运？还有谁是不幸运的吗？

"盛……"

她刚想要叫他，突然就被许欣然捏了一下手臂，她转过去，就见桌上的转盘停下，指针直直朝向盛之行。

"哟，好兄弟，今晚陪我一块儿中奖啊。"

赵修齐喜笑颜开，大跨步走了过来："好不容易找个机会撬你的嘴，你们谁都别和我抢啊，这个问题我来问。"

没人要和他抢，赵修齐便作法一样吹了吹手掌，拢成一个耳朵状凑近了盛之行。

赵修齐是在盛之行左边耳朵发问的，而路曦就坐在盛之行右手边，盛之行侧过头来，两人刚好对视。路曦不知道赵修齐问了什么，但见盛之行表情一直很淡然，看着她，眼睛眨也不眨。

"算有吧。"

他最后的回答是这个。

模棱两可的三个字，却引得赵修齐嗷嗷直叫，像是总算打听出什么不得了的消息。没人知道这表现是不是演出来的，但都存了捉弄赵修齐的心思。

"我们都不问，都不感兴趣，这酒你就自己喝。"

大杨一说完，很快就有人接："没错！你这家伙最能演戏，是不是与盛之行合伙儿骗人都不知道，我们才不问！"

没人问就得赵修齐自己喝酒，他痛心疾首，表情纠结："你们这些人，'吃瓜'都这么不积极？喝杯酒而已，我能骗你们不成？"

赵修齐有没有骗人路曦不懂，但以她对盛之行的了解，那反应不会出错……大概只是这么一个感觉闪过，却让她的心猛地跳了起来。

"我想听。"

她像小时候回答问题一样举起手，在一群人朝她投来目光时又慢慢放下，拿过桌上的杯子倒满酒，重复了一遍："我想听。"

场面有一瞬间的安静。

赵修齐不说话，盛之行也不说话，两人都同时用一种沉默的眼神瞧她，这更让路曦眼皮直跳。

她仰头喝尽杯里的酒，辣得想伸舌头，但忍住了，只抓抓腿下的沙发："赵修齐，你快过来说啊。"

赵修齐这才终于动了，低头觑了盛之行一眼，跳过来："这就说，这就说。"

旁边捉弄赵修齐没成功的大杨一伙人纷纷叹气，哀怨路曦不该横插一脚把他给救了，反正以她和盛之行的关系，真想知道的话，等会儿私下里问还不容易。

许欣然倒是不在意捉不捉弄赵修齐的事，悄咪咪凑过来也想听八卦，但被赵修齐一把推开，警告："想听要喝酒的，请遵守游戏规则！"

于是许欣然就臭着脸挪开了，赵修齐凑近路曦耳边，没敢离得太近，只用一种刚刚好的距离，轻声地说着话。

路曦抬眼看盛之行，他还是和没回答问题之前一样，置身事外仿佛只在看热闹。也许就是这副"没什么"的表情，让众人都对他的秘密不感兴趣。

路曦低下头。

她也不知道自己抽什么风，怎么突然这么想不开要打听盛之行的事，也许跟大杨他们一起捉弄赵修齐才更有意思。

只是有一点路曦觉得他们想错了。

就是因为她和盛之行之间的这层关系，有些事，如果她不去争取，也许就永远没有知道答案的那一天了。

3

大概真是喝酒该配点花生米，路曦分明也没多喝，但最后散场的时候，总觉得脑袋晕乎乎的。

时间很晚，大家也都玩尽兴了，赵修齐是个马上要订婚的人，憋着一肚子想说的话，都趁今晚全"倒"了。路口分别的场面浩浩荡荡，生怕引不来路人的注意。

路曦站在树下和许欣然说话。江园离丰河路很近，两人顺道一起回家没太大问题，但邀请的话刚说出口，才想起这人是有男朋友的。果不其然，许欣然立马眉目含笑，推辞说马上她家那位就来接了。

路曦才不想莫名其妙吃狗粮，本来今天喝酒就差点喝撑了，摆摆手，连见她男朋友都没兴趣，转身便无情离开。

代驾很快来了，路曦先上车等，她其实已经有点困了，刚沾到座椅就不免昏昏欲睡，眼前一会儿黑一会儿白，明暗交错的。也不知道过了多久，周围才真正静下，她终于有了坐在行驶车辆上的真实感。

"喝醉了？"

路曦迷迷糊糊地睁开眼睛，才发现自己已经在回去的路上了。头刚刚磕到车窗颠了一下弄得她脑门疼，她伸手揉了揉，否认："才没有。"

盛之行轻笑。

代驾来了之后，他不过多和赵修齐聊了两句，上车后就见她仰靠座椅睡得香甜，如果不是嘴巴闭得算紧，恐怕哈喇子都要流下来了。

"那这是几？"

他伸出指头在她面前晃了晃。

路曦相信自己没有喝醉，只是这个人的试探让她不爽，他分明是在怀疑她的酒量！

她皱眉，一把按下他的手："你很烦。"

路曦没使多大的力，但盛之行是没有防备的。他的手被按住，落下的地方正好就是她的大腿，盛之行吓了一跳，缩手去躲，虽然反应很快，但还是碰到了，隔着一条裤子，指尖顿时擦出泛麻的感觉。

路曦毫无所察，就看盛之行突然不说话了，她的耳边顿时清静，于是语气缓和，也不按着他的手了，说道："你安静点。"

盛之行哪还敢再说话。

他缩回手，揣到口袋里。车又静静地开了两分钟，直到身边有轻微熟睡的呼吸声传来，他才敢把视线从窗户转回来。

路曦又睡着了。

盛之行看了会儿她安静的侧脸，心里知道已经不用问了。

她看来是真喝醉了。

车停在江园，钱已经付给代驾师傅了，盛之行让他暂时等一会儿，然后小心翼翼地摇了下路曦的肩膀。

她睡得其实挺浅，他都还没说话，她就已经有醒来的趋势，盛之行便顺势而为："到家了，起来吧。"

路曦眯着眼睛往窗外看，这灯火通明霓虹闪烁的地方，不用多想就知道是在哪里。睡了一觉舒服了点，但头还是一抽一抽地疼，她摇摇脑袋，对盛之行说："你回去吧，我让师傅送我去碧湖郡。"

"怎么突然要回去？"

她解释："我头有点疼。之前有几回喝酒也这样，得喝点解酒汤，不然明天就起不了床了。"

她倒是对自己有清楚的认知。

盛之行不免发笑："那你还要喝酒？不喝不就没事了？"

他这话的既定前提是将她头疼的原因锁定在了她主动要喝的那杯酒上。路曦沉默了下没有反驳，只是提醒："玩不擅长的游戏我能有什么办法。"

盛之行看了她一眼，问道："所以你回碧湖郡只是为了喝解酒汤？"

路曦点头。

她本来也不想大晚上回去，指不定碰见老妈还要怎么被说。但第二天头疼的感觉更不好受，大不了等她回家装装傻，糊弄一番，早点逃进房间里就是了。

"江园这儿不能喝？"

"怎么喝啊？我才搬过来没两天。"

路朝根本没在家里留食材，而她自从那天去了超市撞见盛之行跟何心韵之后也就没再去了，这几天基本都是吃泡面和外卖，从哪儿凭空变来原料做解酒汤。

盛之行很快领悟了她的意思，只是却也没有下车让师傅送她走。他拿出口袋里的手机按亮看了看，很快决定："那去我家吧，我弄解酒汤给你喝。都这个点了，你这一身酒气回去，不得被阿姨说？"

路曦闻言愣了愣，脑袋都变清醒了些："啊？"

"啊什么？"盛之行说一不二，已经解了安全带，打开车门，回头盯着她，"快点下车。"

像是真怕她逮着师傅非要回碧湖郡，盛之行一直盯着人下来了，才关上他那半边的车门。外头可比车里冷多了，路曦缩着脖子直哆嗦，但什么话也没说，跟着前头那人往里走。

他住的地方和路朝那儿只隔两栋楼，走路不过几分钟的距离，路曦便眼睁睁看着自己路过了本该回去的地方，进了另一栋陌生的高楼。

盛之行住十九楼，一层两户，不过他这儿是打通了的，便显得更加宽敞。

路曦还没来过他现在住的地方，但进门前脑袋里已经有过想象了。她犹记得他在碧湖郡家里的房间是所谓的北欧简洁风，那是他以前最喜欢的风格。

只是……当他真的打开门，路曦才晓得"截然不同"这四个字的冲击力究竟有多大。

"你改画风了？"

路曦呆呆地脱鞋，眼睛扫视过他家的客厅和厨房，完全家居风的装修和暖系的色调。如果不是他刚刚就在她的面前按密码进门，她都要怀疑他是不是带着她进错家了。

"怎么了？"盛之行弯腰换鞋，边反问边从鞋柜里掏出一双淡粉色的拖鞋，放她脚边，"这风格不行？你不是说过我之前的房间像个性冷淡的人住的？"

没想到他居然这么记仇，当时她不过就是吐槽，他还一直记到现在。路曦撇撇嘴，心里边腹诽，边穿上拖鞋往沙发走："风格还行啊，反正我觉得比你之前那个好。"

盛之行带上门，领着她去沙发坐下，自己则进了厨房洗手。路曦还在到处看，从左右到上下，最后离开天花板，落到脚边。她动了动自己的脚趾，粉嫩嫩的拖鞋上还有两只兔耳朵，一蹦一跳的。她眨眨眼，不自觉地笑，转头按亮了旁边的小台灯，黄色的灯泡亮盈盈的，像萤火虫鼓鼓的小肚子。

　　解酒汤有好几种，盛之行翻开冰箱看，考虑了下手里头的东西，最后决定给她弄一杯西红柿汁。

　　他先是挑了一个又圆又红的番茄，然后将壶里剩余不多还烫的水倒了出来，准备先泡两分钟好剥皮。等做完这些简单的步骤后，就把许久没用的榨汁机找了出来，研究捣鼓半天，才上手处理。

　　榨汁的声音不小，但客厅里路曦一直没说话，盛之行以为她耐心在等，不过等他端着杯子出来才知道，原来她竟是闭上眼睛了。

　　盛之行哭笑不得，从回来路上到家里，不过半个小时，她都已经睡着三次了。他原来都不知道，她居然还会这么乖，喝醉之后是现在这个模样。

　　他晚上工作时候常用的台灯被她打开了，淡淡的微光照着沙发一角，她的头就靠在那附近，侧着身子躺，弯成了一只小虾。

　　盛之行看了她一会儿，放轻脚步走过去，脑袋里盘算着，他这回如果再喊醒她，不知道会不会挨一顿揍。

　　"西西？"

　　但没办法，人总归是要叫醒的，不然解酒汤不喝，她明天还要头疼。

　　"西西？"

　　盛之行又叫了一声，以为她是睡熟了。

　　没承想路曦慢慢睁开眼睛，双目比在车上那会儿清明一些，只是脸更加红了，语气也有点飘："干什么？"

　　"还能坐起来吗？"

　　盛之行正问着，路曦已经主动盘腿坐好了，视线移到桌上那杯红彤彤的果汁："西红柿汁？"

　　"嗯。"

　　盛之行拿过递给她，等她接了后，道："这个也能解酒。"

　　路曦以前没怎么喝过这个，尤其在喝酒之后很少尝试。她嘴里其实还留有酒的味道，只是加上西红柿汁淡淡的清甜后，那味道就好像慢慢不见了。

　　她没有喝完，因为实在仰不起头了，脖子酸得很，没什么力气又要躺下去。盛之行刚把还留着底的杯子放到桌上，转头见路曦又是几分钟前的姿势，不过占的地方小了点,像是给他留了能坐的位置。

这时候的她确实比平常可爱。

盛之行暗暗地笑,也没坐,而是绕了两步过去把那盏台灯关掉了。暖黄色的光一下消失,反而还显得客厅更亮了。

路曦皱了皱眉,睁开眼无声地表示不满。

她的脸红彤彤的,这时的眼睛里带上了方才没有的水汽,明明已经很困了,但因为光线刺得不舒服,所以还强撑着没有睡。

盛之行在她面前蹲下身,微微低头和她的视线保持平齐。路曦也看着他,只是这看慢慢变成了瞪,良久之后憋出几个字来:"关灯。"

盛之行逗她:"我不关呢?"

她的眉头骤然蹙紧,像是听到了什么不可思议的话,在和盛之行瞪视无果之后,她一闭眼睛,生硬道:"那我也能睡!"

说完似乎今晚真就这样了。

盛之行咧嘴笑,还想再逗她,但见她忽闪忽闪的睫毛和眼皮下乱动的眼珠之后,又决定不这么做了,轻叹口气:"要不要去房间睡?"

路曦安静了很久,最后从喉咙里挤出一点音节:"嗯。"

像是无意识地答应,她甚至连手指都没动一根。客厅的暖气将温度维持在刚好的舒适地带,盛之行低下头,声音也不自觉地低了:"我抱你进去?"

她又安静了很久。

就在盛之行以为她不会回答之后,忽又听见轻轻一个字:"好。"

她在看他,还是一双湿漉漉的眼睛。

盛之行知道她喝醉了,解酒汤的功效没有这么快发挥,也许她只是听见他说话了,所以下意识地应了一句"好"。

那他也就这么听了吧。

盛之行把手从路曦的脖子下穿过,触到皮肤时能感觉到她浑身都散发着热,像一个小火炉一样,在冬天不断燃烧,温暖着冰冷的空间。

她很轻,好像一点也没变。盛之行不知道自己从哪儿得出的这个结论,只是这确实是他心里涌上的第一个念头。他抱着她走了两步,然后才终于想起来,他们也曾有过挨得这么近的时候。

是在很多年前,那条回家必经的小路上,她趴在他的背上,和他说了很久很多的话。

房间里盛之行没再重新开灯,想睡的人不喜欢太亮的光,所以他也就只借着客厅的光源把她抱到床边。

路曦一直睁着眼,这次坚持的时间长了不少。从客厅到卧室,再到她的手从盛之行的脖子处收回,他把她放到床上,理好衣服,拉好被子,最后抬头看她,她的眼睛一下都没有移开,只静静看着他。

"盛之行。"

她忽然叫他。

盛之行顿了一下,半俯着的身体没有直起,他还离她很近,就听见她问:

"你跟谁告白过吗?"

4

早上醒来路曦没有头疼,但就是突然一下不知道自己在哪儿。

陌生的床和房间,路曦坐了有半分多钟,许多零星的碎片记忆才慢慢浮现,身上只少了件厚厚的外套,没换睡衣,却也睡得安稳无比。

盛之行在客厅拿着电脑敲击键盘,正在做他的第五十一页PPT。背后开门的声音响起,他转回头看,某人正光着脚乱着头发,睡眼惺忪,握着门把默默瞅他。

"舍得醒了?睡得跟猪一样沉。"盛之行不留情面地嘲笑路曦,指了指自己旁边,"喏,你的拖鞋,赶紧穿上去刷牙洗脸,然后吃早饭。"

他什么都准备好了,桌上是三明治跟牛奶,简单又方便。路曦看了一下,迈开脚走到他那儿穿鞋,还是那对一蹦一跳的兔耳朵,路曦咬了咬唇,又望着盛之行。

"干什么?"

盛之行见她穿了鞋后一动不动,还一副欲言欲止的模样,挑挑眉示意她有事说事。

但路曦犹豫了一会儿:"没什么。"

她说完之后就趿着拖鞋转身往浴室去,盛之行本来还想贴心地给她指个路,没料到她都不需要他说,居然就那么准确无误地开门进去了。

盛之行暗暗发笑,果然这就是所谓的傻人有傻福。

他继续做PPT,空间很安静,可以听见浴室里细微的水声,房子里不再只有他,而是处处充斥着另一个人的气息。

路曦很快洗漱完出来,盛之行还在忙工作,路曦瞥了一眼,屏幕上是一堆她看不懂的建模和3D设计图,配合着幽蓝色的背景板,怎么看都有种灵

.150.

异的感觉。她觉得这种颜色令人不太舒适,转回头坐到了餐桌旁。

三明治是盛之行做的,路曦以前吃过,总觉得和外头卖的味道不太一样。她闷头咬了一口,使劲地嚼,然后拿过牛奶,喝了一大口。

"喂。"

盛之行正在画图,低着脑袋神情认真,但他似乎总能在忙碌的时候分出心神,就这样还听见了路曦叫他。

他应了下:"嗯?"

"你家……怎么会有女士拖鞋啊?"

"你刚才想问的就是这个?"

路曦一愣,否认:"才不是。"

他这么一句,反倒把说话的主动权抢走了。路曦没有再开口,就专心吃她的早饭,直到杯子里的牛奶见了底,才听他回答:"家里有肯定是我买回来的,总不能是天上白掉的吧?这还用问?"

路曦一阵无语。

是她该反问这还用说吧?她难道不知道是他买回来的?

两个人打谜语一样说了半天话,什么有营养的也没聊出来,路曦有点被气到,本来打定主意不搭理他了,但转念一想,好歹自己霸占了他一个晚上的床,还喝了一碗几块钱的解酒汤。她可不是什么没心没肺的人,昨晚的事情她都还记得呢。

"你昨晚在哪儿睡的?"

其实沙发边上放着薄被,枕头也有被枕过的痕迹,路曦这么问不过就是确认。在得到盛之行肯定的一指头后,她沉默了会儿,道:"你家这么大,连个客房都没有吗?"

"有,只是没收拾。昨天我伺候你都要累瘫了。"

"你别乱说。"路曦瞪他,"我哪有醉成那种样子?我对我的酒品可是很有信心的。我以前同学都说过,我喝醉之后安静得很,扔在一边不管都没事。"

"所以你觉得我和你那些同学一样,能把你扔在一边不管?"

盛之行反问,语气淡淡的,说的却像是多么有理由的话。路曦一时不知道该怎么回,低下头戳着光溜溜的盘子。

"其实我是有工作,本来也没准备睡太久。"盛之行又说。

路曦不确定他昨天到底几点睡的,但想来应该是熬夜了。她忽然又想起以前上学时候的他，明明很爱玩，但从来都不熬夜，作息健康又规律。

"你怎么变得跟我哥一样工作狂了……"

她轻叹，但又了解这已经无法避免。成年的人和小时候哪能相同，很多习惯早在不知不觉间悄然改变。

"跟你哥我肯定是比不过的，我还没到他那种程度。"盛之行转过电脑给她瞧，指指上头，"喏，只是最近要赶的设计稿很多而已。"

路曦不是太懂建筑方面的事，但也常听说以前盛叔叔忙工作好几天都不归家。她远远又看了眼电脑，背景色还是那么可怕。她别开头："你就这么给我看你的设计稿，不怕泄露机密什么的？"

"还没定的草稿而已。况且，你连我小时候跳马裤裆裂开这种糗事都没到处说，在这点上我对你还是很信任的。"

路曦真是一点都听不出他话里有夸奖的意思。

"你真是不害臊！"路曦道，"还自己提，生怕我想不起来吗？"

他笑："我知道你记得的。"

路曦噎了一下，心底顿时有个角落在慢慢泄气。她抿着唇，抠了会儿手指头，起身往他那儿去。

"你这什么设计图啊？"

路曦摆出闲聊的姿态，盛之行笑了笑，抓过薄被递给她。其实一点也不冷，但路曦还是接过了，摊开盖在腿上，然后说出了自己一直想吐槽的话："为什么弄这么难看的背景板？"

"难看吗？"盛之行早习惯了，一点不觉得有什么，"这种颜色，视觉清晰，线条明确，标的数据也显而易见不容易看错，我之前对比选了好久的。"

"我懂了，这就是你的审美。"

盛之行莫名中枪："这也行？"

"嗯。"路曦憋笑，但没再逗他，眼见他信以为真要换背景颜色，连忙拦住，转问，"这是什么大工程吗？怎么弄了五十多页？"

"这还不算多呢。"盛之行道，"不过确实是个大工程。"

信峰一期的项目其实很早之前就开始筹备，位处城东，地皮的买卖争了将近三年。卖出之后规划和开发也花费了很长时间，盛之行当时还在国外，但一直都有听说这栋新大厦建设的事。盛康作为A城赫赫有名的承建商，盛敬山自然是不会放过这次机会。

"你是准备竞标？"

"不是我，是我们。"盛之行纠正，"这次争取这个项目，公司里很多团队都有参与。不过虽说我是总设计，但手底下有很多人不太满意。我理解他们，毛头小子靠着层关系，他们瞧不上再正常不过。"

盛之行虽出国留过学，建筑设计上的奖项大大小小都有拿过，但毕竟实战经验不足，跟公司里待了很多年的老员工没法比。这次这么大、这么重要一个项目，交由他来当总设计师，自然导致出现很多不满的声音。

路曦当然明白职场上这些问题，反正系着层关系，不论你做得有多好，在某些戴着有色眼镜的人眼里，总会是漏洞百出，因为他们从一开始就给你判了死刑。

"是盛叔叔让你负责的？"

"嗯。"盛之行轻嗤，"我刚回国第二天，我爸就把我叫去聊了老半天的话。当时我就觉得不对劲，果然，他就是看我日子过得太舒服，想趁机整我一顿。"

路曦知道他在开玩笑："看来盛叔叔很肯定你的能力啊。"

"他肯定个鬼。"盛之行冷哼，"我看他是想做媒人想疯了。"

路曦一愣，没听懂："媒人？"

盛之行看她一眼，解释："这个项目是何氏的。"

路曦没吭声，脑子里绕了个弯才想明白这个"何氏"是什么意思。然后她点点头："所以……你觉得盛叔叔是想撮合你跟何心韵，才让你当总设计师的？"

盛之行确实这么想过。

他刚回国那段时间，在盛康都还没混个脸熟，盛敬山就把他拉进了刚启动的信峰一期项目。他本以为盛敬山是让他来学习的，结果转头力排众议让他直接成了众矢之的，之后还状似语重心长，有用的一句不说，反倒是让他有空多跟何氏的千金见见面。

真是让盛之行想把他老爸想得善良点都没法子，心里气得那叫一个牙痒痒。

"我觉得盛叔叔还是帮着你的。他可能也想着，一旦你做成了这个项目，公司里那些老前辈不是都会对你刮目相看吗？而且，你本来也有这个实力啊。"

盛之行闻言勾起眼尾，笑眯眯地道："好西西，你这么相信我啊？"

路曦"嘁"了一声："我是相信盛叔叔，他才不会拿这么重要的事情开玩笑呢。"

盛之行对她的话笑而不语，转回头继续捣饬他的电脑，没一会儿嘴里又开始念念有词："管我爸是什么想法，反正公司进了，项目也接了，流言也都照单全收了，与其在意那些话，不如等做出成绩了，再回头狠狠打他们的脸。"

"乐天派就是好，"路曦挺羡慕他的态度，"没心没肺的。"

盛之行眼里很快焕发出像狐狸一样的笑，瞧她："喂，这个项目……你想不想一起？"

路曦一时没反应过来："啊？"

盛之行说的可不是单纯的玩笑话，他把电脑搬到一边，腰挺直坐正了点："路曦同学，我可听说了，你因为不想被非议，所以拒绝了你老妈进路朝的事务所的提议，正在自己四处找工作呢。"

"我妈这种事都跟你说？"

"那是，你当我这么多年阿姨都白喊的？"盛之行幸灾乐祸。

路曦捂着额头无言以对，好半晌才摆手道："你可别想着帮她来当说客。"

"我没有啊。"盛之行摊手，"这种事我怎么可能干，有闲情逸致让你去你哥那儿，不如把你挖来盛康使唤，那更划算不是？"

她怎么越来越听不懂他什么意思了。

"有背景是有背景，能不能干出实绩靠的是真本事。这个信峰一期的项目既然我爸给我了，那我为什么不当个翻身仗来打？你不是也不想被说闲话吗？那不如跟我一块儿。两个臭皮匠呢，半个诸葛亮总能顶了。"

路曦费了点劲总算听懂他的意思了："你这不还是帮着我妈，想让我进我哥的事务所吗？"

"这个是看你选择啊。"盛之行才不认账，巧舌如簧，"你跟我一起又不止进你哥的事务所一个选择，虽然盛康和朝阳有合作关系，信峰一期的项目会一同推进，但如果你想直接来盛康上班，当我的私人律师，那也不是不可以。"

好家伙，原来打的主意在这儿呢！

路曦冷笑着给他一拳："想让我给你打工？做梦去你！"

"哎哟——"盛之行吃痛，缩着手臂靠在沙发上笑，笑了一会儿又看着她，轻声道，"我就是想跟你说，不用太在意别人的偏见。就像你相信我能做好这个项目一样,我也相信你的能力。"

他认真时眼中总带着淡淡的亮光,路曦没法在此刻否认他,心脏绵绵地被灌了一碗鸡汤,她低头道:"肉麻。"

"噢,原来是我肉麻。"盛之行恍悟般,"带了个醉鬼回家,尽心尽力地照顾,给床睡给饭吃,还给解答疑惑,最后只是明白了,我居然是个肉麻的人啊……"

路曦笑得不行,肚子都开始抽抽了,她又给了盛之行一掌:"你神经病啊?"

"噢,原来我还是神经病呢!"

"盛之行!"

路曦掀开盖着的薄被作势要起身,盛之行就压住两个角让她像只鸟一样扑棱着挣扎,笑着说她:"干什么?胡搅蛮缠,还想动手啊你!"

好一个胡搅蛮缠,路曦冷笑了下,当即把手从缝隙里伸出去,但无奈比速度她向来要慢盛之行一截,她还没掐人呢,就反被制住了,他靠过来半俯着身,眼里泛着盈盈的光。

离得近,呼吸里有熟悉的气息,飘出一缕,就能触动敏感的神经。路曦骤然一顿,挣扎的动作就猛地停下了。

盛之行也是意料之外,以为是自己掐疼她了,松开手想退让一步,但没承想,她的手就这么顺势溜了出来,温凉柔软的指头一把攥住了他的手臂。

他一愣。

"盛之行!"她突然看着他,"我昨天晚上……有问你什么奇怪的问题吗?"

路曦不知道自己为什么问得这么急切,但如流星一瞬而过的记忆却像警钟一样在她耳边敲打。她紧紧盯着眼前的人,嘴唇不自觉地闭紧了。

"有啊。"

他却应得那么轻松。

路曦皱了皱眉,一时又有点不确定了。

空气安静下来,盛之行虽没再打开他的电脑,但他们也不可能一直这么坐下去,于是他站起身,本来想倒杯水,但正好手机响了。他停下拿水壶的动作,探手去口袋里。

"那你回答我了吗?"

路曦又出声,揪着薄被的一角,面色犹豫。

盛之行沉默了一会儿,点点头,按下手机的接听键:"当然。"

第七章 / 哄人
"女朋友"生我气了

1

路曦始终没有想起来那天晚上她到底问了盛之行什么话。

一段记忆的丢失有好有坏，导致的原因也很多，只是路曦虽然知道自己喝了酒，但她没觉得自己已经醉到能忘记事情的程度。

她明明都有印象。

她跟着盛之行去了他家，她表扬过他新的装修风格，她开了那盏亮如萤火虫的台灯，她还喝了解酒的西红柿汁，她……

之后呢？之后她就有些想不起来了。

路曦懊恼，这种无力的感觉着实不好受。

租房子的事最近有了不小的进展，中间出力帮忙的自然少不了许欣然这个小灵通的功劳，拜托给她不过一个星期时间，她就揣着战果回来报告了。

"这个小区房子特别好，我有个同学也住在那里。那天我亲自去帮你看过了，风景地段都不错，离你现在住的江园也就两条街距离。你不是马上要在市区工作了吗，我都给你考虑进去了，绝对方便！"

"离江园就两条街？"路曦咬着吸管，看着手机上屋子室内的照片，"那不是离丰河路也很近？"

"对啊，离丰河路近，那就是离我家近啦。你看我对你多好，以后你想来我家蹭饭，大门都随时给你敞开！"

离丰河路近……

路曦没怎么听许欣然后头的话，若有所思地考虑着这几乎得天独厚的优势位置。她看了眼放在一边的手机，上面还没有任何的提示。

"那你把联系的电话给我吧。"

许欣然一脸骄傲："放心吧，我把房东的号码拿到手了，到时候你直接跟人家谈，还能省中介费呢。"

路曦抱拳："还是你厉害，这柠檬水我没白请你喝。"

"好西西，你跟我还客气什么。"

只是嘴上虽然这么说，要真有报酬谁还不要。许欣然眯着眼笑了好一会儿，贼兮兮道："哎，好姐妹，是不是该分享八卦啊？"

路曦正在存她发来的房东电话，闻言头也没抬："什么？"

"就前两天赵修齐那个聚会，怎么回事？你喝酒换来的小秘密，怎么回去之后就没声了？"

路曦一愣，装傻："什么小秘密？"

许欣然认识路曦多久，真不知道还是假不知道的表情她一眼就看出来了。她冷哼一声，放下柠檬水："好啊你，果然是故意不跟我说的！我们的革命友情呢？被盛之行这个家伙阻挡了吗？"

路曦哭笑不得："你这什么跟什么啊？"

"怎么了？我说错了？那你还不赶紧从实招来，大不了我也喝杯酒喽。"

说起这个许欣然还来气，虽然她想听八卦心切，但还是知道遵守游戏规则的。看路曦听完赵修齐的话后一阵沉默，她就觉得有点不对劲，只是等她举手准备喝酒的时候，不知道哪个小崽子转起了转盘，偏偏还指向了她，于是秘密没打听到，就被一群人胡搅蛮缠地问倒了。

她这回很干脆爽快，只是路曦却连犹豫一下都没有，直接拒绝："现在喝不算数了。"

许欣然咬牙："你真是重色轻友，亏我还帮你看房子呢！"

真是吃人嘴软，拿人手短。

"那我猜一猜，你就说猜得对不对总行了吧？"

路曦叹口气，她都被说成重色轻友了，哪里还敢再拒绝。

"行吧，你猜吧。"

"那我猜猜看啊……"

许欣然发挥想象力，再结合那天盛之行简短的回答，喃喃："'算有吧'？有什么？"她咬着嘴唇，思考半天，忽地一拍桌子，"西西！赵修齐问的该不会是他有没有喜欢谁吧？"

这个可能性确实很大，毕竟以赵修齐的性子定会抓住每个机会打听人家私人秘密。许欣然双眼放光，直问："是不是，是不是？"

路曦揉揉脑袋："算是吧。"

许欣然有点失望："你怎么也这么模棱两可的，是就是，不是就不是。"

"就……虽然猜得不准，但意思差不多了。"

许欣然知道再问估计也打听不出更详细的了，两手交叠趴在桌上，吐槽："反正你从来都向着盛之行那一头。"

路曦瞅着她："干什么？这是什么新的苦肉计吗？"

"不是！这是对你的控诉！"

路曦自觉无力反驳，不是找不到理由，而是许欣然从高中开始就一直秉持着这个观点不肯动摇。路曦也不知道自己究竟是做了什么让她这么认为，反正印象里，自己绝对没有什么事都向着盛之行。

手机适时进来一条短信。

路曦还在组织该用什么话安抚对面这颗"受伤"的心灵，但乍一打开信息，忽然就双眼放光，从凳子上跳了下来："欣然！"

许欣然吓了一跳，捂着心口："干什么？"

"我有事，得先走了！"路曦转身拿过包，朝她挥手，"有空再见面啊！谢谢你给我找的房子，搬完家我请你来做客。"

这么火急火燎，许欣然还没反应过来，就眼见她人奔到了店门边。

罢了，本来还想问她什么时候有时间能见见自己的男朋友呢，现在看来，计划又得推迟了。

"知道了。你别着急，路上小心！"

本来和许欣然一起喝奶茶的店就在丰河路，所以赶赴下一个见面地点其实不用太着急，只是收到短信时路曦心里难免有点激动，走了一段路心情才稍稍平复下来。

靳阳就坐在咖啡店靠窗的位子，他穿过透明的落地玻璃和到达的路曦打了个照面，他淡淡地笑，路曦也礼貌地颔首，然后迅速推开门，往他的方向走了过去。

"你很快。"靳阳道。

"其实我就在附近。"路曦笑笑，晃着手机，"我总有种感觉，今天就能收到你的消息。"

靳阳闻言低头揉了揉鼻梁:"抱歉,我昨天实在太忙了,今天才顾得上回复你。"

"啊……我不是这个意思。"路曦摆手,"我是想说,本来这种通知不都得等上两三天吗?但你已经快很多了。"

靳阳笑笑,他这两天确实忙得焦头烂额,今天早上才发现她发来的信息,然后又把手头剩下的一点小尾巴给处理了,这才有时间出来见她。

他有点好奇:"我能问问吗?是什么原因让我成功撬动了墙脚?如果你可以给点提示,以后我在事务所的人力资源招揽上,应该能提高不少效率。"

路曦是昨天下午向靳阳表明的态度。

她翻出那张在家里桌上放了好几天的名片,将那串盯着看过很久的数字一个一个地输入手机,在回绝了各方向她发来的 offer 之后,正式对靳阳表示愿意去他那儿进行面试。

这次的决定她考虑了很久,如果想好要加入,她没打算对自己的上司有所隐瞒。

所以路曦坦言:"也不能算有什么特别的原因吧。就是我自己过了心里那关,觉得就算被别人说靠关系也无所谓。反正工作嘛,做出成绩,就是堵住别人口的最好方式。"

在进行过一番激烈的思想斗争之后,最终留存在她脑袋里的念头不是退缩,而是对挑战莫名兴奋。她突然对未知的前路没有那么害怕,因为心里总有个声音在不断地对她说:我相信你的能力。

只是诚实归诚实,在靳阳这儿还没那么好消化。他听过路曦的话之后,先是一愣,然后才似有所觉,抓住话里的重点:"靠关系?"

路曦笑得有点不好意思:"其实有件事我还没告诉你。你有一个合伙人对吧?路朝,嗯……他是我的哥哥。"

靳阳面上渐渐露出惊讶,有意料之外也有恍然大悟,毕竟这么有缘分的事着实少见,路曦想他大概能明白自己当时知道真相的心情了。

"我也是在你给了我名片之后才发现的,当时我还特意去找我哥求证了。"

"原来如此。"靳阳了然,"难怪我的事务所没能进得了你的面试名单,原来从一开始就被排除在外了。"

"你不会还在介意这个事吧?"

靳阳摇头:"怎么会,毕竟事出有因。"

他能够理解每个人对于这一方面的抗拒，毕竟不是谁都有一颗强心脏可以面对流言蜚语。哪怕角色换作是他，他都未必能够很好地说服自己。

"每个人都有自己的顾虑，你现在愿意来，我已经很高兴了。等过几天路朝出差回来，我再带着你去他面前走一趟。那时候，我肯定很有面子。"

果然合伙人就是不一样，在她老哥面前敢肆无忌惮的人可太少了。路曦朝他比了个大拇指："你厉害，不过在那之前我得想好怎么跟他解释，不然不知道得吃他多少眼刀。"

靳阳有些意外："不是他劝你来的？我以为你是听了他的意见。"

"那才不是。"路曦耸肩，"我哥看起来像那种会语重心长好言相劝的人吗？"

靳阳认真思考："确实不像。不过我觉得对你，他应该还是有耐心的。"

路曦不知道有没有，但到现在为止这种事还没发生过，所以她还是坚持自己的观点："算了吧，他耐心起来我才害怕。"

两人相视一笑，这种背后说人坏话的感觉居然不差。

"所以你是听了其他朋友的建议？"

路曦喝了口咖啡："算是。一个……很好的朋友。"

靳阳点头："那你这位朋友应该很信任你。"

路曦又想起自打做好决定后，就一直萦绕心底不散的那个声音，她低下头："就那样吧。"

话虽这么说，但靳阳没有错过她唇畔扬起的那道微小弧度，淡笑："你也很信任你朋友。"

路曦听着怔了怔，但并没有出口反驳。她闻着近在咫尺的浓郁咖啡醇香，忽然感受到的却是每次跟那人坐在一起，他身上清爽浅淡的肥皂味道。

"好了，午休时间结束，我该回去忙了。下周一，你可以来正式入职。"

路曦从靳阳的说话声里猛地回神，随着他站了起来，有些意外："入职？我……不用面试了吗？"

"你已经通过面试了。"靳阳回道，笑，"从你接过我名片的那一秒。"

2

许欣然给路曦找的新住处她很满意。

房东是个好说话的中年女人，身材丰腴，性格温和。路曦从跟她见上面到商议条款、签订合同不过只用了短短几个小时，然后第二天搬家的事便顺利敲定。

这一次跟去路朝家借住不一样,毕竟新家就是自己以后在市区的落脚地。路曦再次写了满满一张纸,把所有未来需要用到的东西都提前备好。

采购和搬家用了一整个周末,直到周日晚上她才终于闲下来,但周一跟靳阳约定好的事情她没忘,于是匆匆泡了个澡,填饱肚子就上床休息了。

临睡前,她还记得提醒自己。

对了,不是靳阳了。

以后是靳律师和靳老板了。

路朝在出差两个星期后准时归来。

此时路曦已经入职,由所里人事部的员工帮忙处理手续,她没见到靳阳,听说是去见客户了,连轴转了好几天,基本都早出晚归。

她没什么意外,毕竟有先例在,路朝打从开了这个事务所,基本就没有能够闲下来的时候,身为这种工作狂的合伙人,估计靳阳连轴转的实力也不容小觑。

路朝在下飞机后给路曦打了电话,一是提醒她这个时间不适宜在他家里做些奇怪的事,二是正好询问一下她找工作的进度。

面对自己老哥官方得不能再官方的谈话,路曦深呼吸了几次做足心理准备,然后异常郑重地对他开口:"哥,等你回家,我有件很重要的事情要和你说。"

她这么说完后就屏息凝神等着回复。

那头安静了几秒钟,随即路朝的声音传来,比她还要严肃上几分:"好。"

像是做足了准备面对狂风巨浪一样。

路曦无奈,挂电话前还是解释:"也没那么重要,你别太紧张。"

重不重要不是她说了算,最后的评定权还是在听的人手上。路曦下班之后就去了江园,路朝在家,应该是刚洗完澡,虽然穿得人模人样,但头发还有几绺没干。

"什么事?"

桌上摆着一沓文件,他拿着笔正在龙飞凤舞,应该是特意为了等她来,不然依路朝的性格,是断然不会在吃饭的桌子上就这么处理公务的。

路曦拉开椅子坐下,没回答他的问话,倒是主动关心:"哥,你这次出差还顺利吗？"

路朝没说话，遒劲的笔力在纸上书写下最后的句号，然后笔盖一套，他坐正抬头："说正事。"

路曦一抿唇，咬牙："我找到工作，并且已经入职了。"

路朝点头："嗯，这是好事。"

"是你的事务所。"

"嗯，妈很高兴。"

"我……"路曦话头一顿，愣住，"啊？"

路朝忽地一笑，反问："啊什么？你以为我只是个挂名老板？事务所进了什么人，难道我会不知道？"

他人虽在千里之外，但收到消息不过转瞬一秒。

路曦没想到他已经知道，沉默了会儿眉头慢慢皱起，看着他欲言又止。

路朝怎么可能看不出来她在想什么，伸手轻轻敲了敲她的脑袋："别胡思乱想。你进事务所的事我没插手，只是靳阳秉持好伙伴的原则，在收你入门之后来跟我知会了一声。"

他说着又轻哼："当然，还有炫耀的成分在。"

路朝的话很好地解除了路曦的顾虑，还顺手勾起了一把她的小愧疚。毕竟一开始她拒绝了自己老哥的邀约，后来兜兜转转又从别人手底下进来了，怎么看这做法好像都不太地道。

"嘿嘿。"路曦赶忙赔笑，"我知道你不介意的，对吧？"

"是不介意。"路朝道，"'殊途同归'而已，最后的结果都是你成了我的员工，以后工作上犯错，我是不会对你手软的。"

路曦举白旗："行行行，你最铁面无私了。"她嘟囔了两句，又想起刚才他说的话，"对了，妈也知道了？你告诉她了？"

"嗯。妈关心你找工作的事很久了，我先跟她说，好让她放心点，也让她暂时不要打扰你工作。"

"哦，那好吧。"路曦了然，"我晚上有空再跟她说几句吧。"

路朝点头，路曦这趟过来的事也算解决了。她看了眼厨房，想着说不定能蹭顿饭，于是没有走，嘴上闲聊："你既然都知道我进你事务所了，刚才在电话里为什么还那么严肃？"

路朝瞥了她一眼，回答："因为有需要严肃的事。"

路朝从不空口说话，他凡事严谨讲求证据。桌上的文件被他从中间翻开，夹着的是一份独立的密封袋。

"这个要交给你来完成。"

密封袋上什么也没写，路曦看不出来是什么，只是瞧着路朝的表情，她心里隐隐有种不太好的预感。

这遭来江园，怕是羊入虎口了。

"你知道的，我是盛叔叔的法律顾问，基于此，盛康在一定程度上，等同于把所有与法律有关的事宜都外包给了朝阳。我先前也插手过不少他们建筑合同上的事，大多双方都不会产生太大的问题。"

路曦听出一点意思："是这回有事发生了？"

"是有事，先前的合同因为另一方违约的关系，现在出现了问题，盛叔叔想让我出面处理。"路朝没有讲得太详细，只简略解释，"现在他们的代表人不在A城，我去解决需要花费一点时间，但盛康下个星期有个项目即将启动，本来是我要参与，但现在情况显然不允许。所以我跟盛叔叔商量了一下，想让你代替我去。"

"我？我怎么代替你去？"

"这次的项目盛康很重视，原定计划是我会全程跟进，但现在我归期不定暂时去不了，本来是准备推荐别人的，但盛叔叔听说了你在朝阳，所以就点名想让你来了。"

盛叔叔会知道她在朝阳路曦不意外，毕竟以她老妈和沈阿姨那么要好的关系，什么事都能拿她说一嘴。只是她依旧意外，还有点犹豫："盛叔叔想要我来吗？可是我除了以前在德国实习的经历，其实还没有真正接触过什么大的case（项目）。"

"没事的，我会另外派人帮你，有什么不懂的，就多问问。"

路曦仍还有点迟疑，但并不想错过这个能锻炼自己的机会，何况盛叔叔那么相信她，她也不好退缩拒绝。

"那……靳律师不一起吗？"

"他自然要参与，"路朝道，"只是他负责的另有其人。如果你中途遇见什么问题实在解决不了，直接来找我就可以。"

路朝没明说，但避讳的意思巧妙地转达了。路曦点头表示明白，低头看了眼密封袋，思索了下，打开："那趁你现在还有空，不如先给我指点一二吧。"

路朝没拒绝。

他把桌面上其他的文件收拾好,拿过手机看了眼时间,询问她:"我点外卖回来,你留下来吃完再走?"

路曦正有此意,小鸟啄木般点头:"好!"

路朝笑笑,转身去打电话订餐,路曦就自己动手翻看。封皮是空白的,她掀过去想看内容,但才看到第一页就目光顿住,像被什么击中一样地停了手,没有再往下翻。

路朝打完电话回来,就看见路曦坐着发呆:"怎么了?"

路曦问他:"你说盛康下个星期要启动的项目,是信峰一期?"

"怎么,你知道?"

路曦一时无言,好半响才答:"盛之行跟我说过。"

路朝看她一眼,把倒好的水放她面前:"信峰一期是何氏主张开发的,邀请了几家业内有名的企业进行招标。不过说是邀请招标,但实际上都会有更倾向合作的对象。他们先前已经跟盛康合作了不少项目,想来何董是心有所属的。"

"那这个招标还有什么意义吗?"

"有没有意义,这个和我们没有关系。"路朝没说她太天真,也许她知道市场的竞争残酷,但内心仍还保留几分对公平的渴望,"一方出钱,一方做事,很多事不是争取就能得来,但不争取就绝对没有机会。何氏想跟盛康合作,但盛康也得能交得出令他们满意的设计,否则这么拙劣的'一个愿打一个愿挨',说出去难免沦为笑柄。"

路曦捏着写着"信峰一期"四个大字的纸张沉默,她想起之前盛之行和她提起这个项目时誓要打破流言的信心,想起他眼中闪烁着的亮光和那五十多页的PPT。他大概早就知道这莫大幸运背后的不公平,但依旧平心静气地做好自己手头的事。

那么既然他可以,为什么她不可以呢?

"我知道了。"路曦长长地舒出一口气,表示,"我会好好干的。"

"期待你的表现。"路朝挑眉,"毕竟输人不输阵。何氏的主场盛家那小子靠着女人有点优势,你跟他一起工作,可不能落了太多下风。"

这种稀奇古怪高深莫测的话的确是路朝的风格,换作平常路曦便直接当作没听见了。但这回她忍了又忍,到底是按捺不住,皱着眉,声音有点僵硬:"你什么意思?"

路朝晃晃手机,面容含笑:"意思就是——你的饭到了。"

3

　　信峰一期项目在城东进行，采购方已经提前下达过这回竞标的条件、配套和补充要求。盛康内部在一年前便着手征集资料和符合这一次设计理念的图标以及大厦模型，只是最开始通过的方案后来由于有抄袭的嫌疑被否决，所以归国之后的盛之行，便顺理成章接过了这一系列进行到半途的工程。

　　按照之前开会盛敬山的意思，设计自然需要灵感和启发，既然项目在城东进行，那么不如直接让整个设计小组前去，一来防止有人浑水摸鱼搭便车，二来在行动上能够表示诚意，对另外几家竞标方先来个下马威。

　　这个提议一出，设计小组的人没什么意见，本来他们就天天待在盛康，这次能换个环境看风景找灵感当然乐意。

　　而另一边其他参与竞标的几家公司也听到风声，自然不会甘于落下风，且这趟去也能顺道盯一下盛康，防止他们跟何氏有过多的信息交流。

　　路曦收到消息是在前一天的早上，由路朝亲自发邮件通知的她，那会儿他人已经在离开A城的路上了，但该嘱咐提醒的一句没少。

　　路曦其实也清楚，虽说她这次去是代表朝阳律师事务所参加信峰一期的项目，但实际上只需了解运作流程、负责双方交涉，以及跟盛康的人处理好关系即可。其他内部核心的机密能远离则远离，否则在这种事情上出了什么问题，可不是她一个人能负责解决的。

　　她表示明白之后，白天工作结束便回家收拾行李了。这次去起码得待几个星期，且路朝说派来帮她的人，因为有事还得晚两天才来，她想了想没人作伴，东西得自己带齐点，于是又开始忙忙碌碌，边收拾边有种整日奔波操劳的沧桑感觉。

　　大部队派了车，第二天一早就等在盛康楼下，路曦作为唯一的外来人员，自然得主动赶车不能迟到。

　　她拉着行李来时，车上已经三三两两坐了人了，有一位应该是专门负责点名的，见到路曦这张生脸便猜出她大概就是朝阳指派过来的律师，边热情地招呼边帮她把行李放好。

　　"你上车后随便坐，可以挑个靠窗的，方便看风景。"

　　路曦笑笑道过谢，又和她说了两句就上车了。她确实喜欢坐在窗户边上，能看风景又安静些。只是这回到底是跟一帮不认识的人一块儿，她就没挑前面,而是往最后面去。

等待的时间有点久,陆陆续续每隔几分钟都会有人上车,他们或是在谈天或是在说笑,气氛仿佛一下热闹了起来。路曦刷着手机微博,偶尔抬眼看一看,没人往后看,也没有人注意到她。

也是,大家都是忙碌的打工人,能偷得一会儿放松的时间,哪还会去费心思观察周围的人。

于是路曦也就不玩手机了,掏出早就准备好的耳机放进耳朵,找了首舒缓优美的歌曲边听边闭目养神。

柔和的音乐像小河一样流淌,舒服得人直冒困意。路曦看不清眼前景色,只觉得自己像坐在一条小船上,摇摇晃晃吹着凉风往前去。

"唰——"

不大的一点声音,但因为靠近耳边,所以听来格外清晰,路曦睁开眼睛,意料之外地看见面前竟横着一条胳膊,正从窗户边收回,长长的手指上还有阳光在跳跃。

她愣了一下,侧头。盛之行也没想到她戴着耳机还能听见,动作一顿,收回手:"吵醒你了?"

路曦没回答,呆呆地看了他好一会儿,才说道:"你怎么会在这儿?"

这问题实属有点傻了,盛之行的表情顿时玩味起来:"你上的可是我们盛康的贼车,你说我怎么会在这儿?"

路曦当然知道这是盛康的车,也清楚这个项目他无疑会在,但来之前还真没想过他会和他们一起挤在这种路程长达两个小时的中巴车上,所以乍一见,才分外惊讶。

盛之行像是看穿了她心里所想,冷哼一声,双手环抱:"你在心里是把我想成什么大少爷人设了?"

路曦心虚一笑:"不是大少爷,是霸总,霸总行了吧?"

盛之行狠狠皱了皱眉头:"我要吐了啊。"

路曦抿嘴笑,把耳机摘下来塞进包里,转头看见上车时自己开的窗户被关了,问:"你很冷吗?"

盛之行淡淡地瞥了她一眼:"嗯,有一点。"

"那好吧。"

路曦没再重新打开窗户,暖意一点一点在身体里聚集起来。她没了困意,就这样和盛之行闲聊起来,他也很悠闲,并且瞧起来心情还不错。

他们此行的目的地，是距离开发地不远的香兰大酒店。整支小组队伍会在酒店里暂住上一段时间，大概持续到竞标开始前不久，工作时间没有太硬性的规定，但每隔三天需要集中开一次会议。

在车上负责登记名单的那个女孩也随着他们到了酒店，不过在交接完任务和分配完房卡之后就回程离开了。其他的人在大堂里领取各自行李的时候才发现路曦，纷纷上前来友好地跟她打招呼。

路曦回应过他们，忽然才想起有哪儿不对劲。等到总算能够上楼休息时，她才暗暗拽了盛之行一把，把他拖到人群的最后面。

"对了，你怎么知道今天我会来的？"

她想起他刚刚在车上见到自己，眼里分明半点惊讶都没有。

盛之行如实道："我爸给我打过预防针了。"

路曦半信半疑："喂，你真的没跟盛叔叔说什么吧？"

他满脸疑惑："我要说什么吗？"

路曦犹豫着没讲话，盛之行见状掐掐她的脖子，眯眼："你该不会以为是我让我爸喊你来的吧？"

"才没有。"她缩了缩，拍他的手。

"你别想太多了。"盛之行拿过她的行李箱，推着，"我比我爸还晚知道你进了你哥的事务所呢。怎么，之前你不是说不愿意，突然就打通任督二脉想通了？"

路曦没有解释，电梯正好到了，她进去之后按了楼层。因为人多，两人就没再说话了，安安静静地过了十几秒，才人挤人地走出来。

他们俩的房间在同一楼层，但住的位置一个偏东一个偏西。盛之行说要先去路曦房间，帮她把行李拿进屋。

"我自己弄就行了。"

还有同住一个楼层的人，之前不认识他们，现在见两人关系如此亲近难免多看几眼，路曦虽然跟他们还不熟悉，但脸皮不至于厚到盛之行那样可以将他们视若无睹。

"顺手而已，我还有话没讲完呢。"

路曦闻言作罢，不再费心思关注别人："什么话？你赶快说。"

正好到房间外，路曦拿房卡开门，盛之行没跟进去，只停在门口，把行李箱让给了她，倚着墙："晚上带你出去逛逛？城东这儿你很少来吧？"

城东路曦确实很少来，她点点头，想同意，但又犹豫："不是来工作的吗？"

"工作明天才正式开始。"盛之行道，"而且，何氏的人一天不来，你又去哪里找事情做？"

她虽说是作为盛康的法律顾问与他们一道前来，但真正要交涉的对象是跟盛康有利益牵扯的何氏还有未来的施工方，现在两方的人都不在，她除了每天象征性地参与一下会议，然后看看书消磨时间，其实根本没多少事情可做。

路曦不免有点沮丧："对呀，就是没事情做。"她垂着脑袋，"感觉我像条咸鱼。"

盛之行轻笑出声，抬手摸她的脑袋："咸鱼现在可以回房间翻个身了，拍拍肚皮照照镜子，看看能不能变成大美女，让我晚上带出去游街。"

路曦拽开他的手，恶狠狠地给了他一脚："滚！"

盛之行不出意料地被轰走了，但也不出意料地厚着脸皮准时蹲点。酒店有专门的供餐，路曦是在房间里吃的，给另一个晚了几天来的小伙伴去了消息，顺带向她要了些工程签约上的文件看，边研究边吃饭，断断续续也磨蹭了快一个小时。

盛之行没给路曦打电话，而是直接过来找人。他按了两下门铃后就没声响了，在外面无声无息地等开门。

大约过了五六秒，里头的人应声出来。

"挺有觉悟，收拾好了？"

已经三月份，天气不再那么冷，围巾、手套之类保暖的家伙都功成身退了。路曦没穿黑白色的工作装，而是换了件宽松的连帽卫衣，手揣在梯形一样的口袋里，扎了个简简单单的麻花辫。

"勉强算吧。"路曦反手关上门，"除了文件没看完，聊天没聊完，电视没追完，其他的……都算是收拾好了吧。"

盛之行也换了衣服，是件灰黑色的外套，没有帽子，显得人异常挺拔。

"唔……看来是收拾得很妥当了。"盛之行了然地点头，"那走吧。"

两人互不接招，斗着嘴往电梯去。下到一楼，外面的天还有些微亮光，是陌生又热闹的环境。路曦这才恍惚想起这里不是熟悉的市区，问："对了，你的车没开过来，我们怎么出门？坐公交？还是地铁？"

盛之行疑惑地看她："你怎么知道我在这儿没车？"

"你在这儿能有车？"路曦吃惊，"你租车了？什么时候？"

他们明明才到没几个小时吧?

盛之行笑而不语。

路曦才没空和他打哑谜,撞了他两下胳膊见还是没反应,干脆自己动手,照着他外套兜里就探进去,右边空空如也,连粒灰尘都没捞着。

她催他:"转过来点。"

她又想去摸他左边口袋看究竟有没有车钥匙。

但盛之行没给她这个机会。

他拉住她左手止住动作,另一只手隔着口袋握住了她还没来得及抽出来的右手,她顿了一下,所有的动静都停下。

"别乱摸。"

他低头说话,路曦眨眨眼,见他的目光从她脸上缓缓下移,扬起她熟悉无比的狡黠笑容:"车在你身上呢。'路11'。"

4

"就这?"

路曦迈着腿健步如飞,边在人群里穿梭,边愤愤地吐槽道:"跟你出来逛还得我自己走这么远的路。"

两个人从酒店散步到夜晚热闹的小吃街,统共也不过十分钟,其实路程不算远,否则路曦才不会平白无故找罪受。

盛之行哼笑着呛她:"怎么,嫌累?那你现在掉头回去呗。"

"你当我傻吗?"路曦瞪他,"那我过来的路不白走了?"

抱怨归抱怨,既然出门,哪里有空手而归的道理。更何况城东这儿的小吃街路曦确实没逛过,夜晚闪烁的光和周围店里传出来的柔和音乐声着实搭配。

天已经黑下来了,罩着朦朦胧胧的月色,学生和情侣变多,成双成对地填满每个空隙。

"我们往这边走吧。"

路曦弯弯绕绕找了条停了好几辆车的路,好在没有完全堵住,给人穿行还是绰绰有余的。她扯了下衣服避免被后视镜挂到,转头:"盛之行,快点。"

"知道了。"

盛之行三两下就跃过来了,盯着黑漆漆的路面:"你小心点脚下,别滑倒了。"

穿过这块好几个小摊密集的点,烧和烤的味道混合起来,浓浓的焦炭味外裹着的是令人难以忽视又欲罢不能的臭味。路曦双眼扫视着,很快发现目标:"臭豆腐!走走走,我们过去吃那个!"

盛之行跟在她后面,本来只差了几步,但人实在有点多,一会儿没跟上就被插队,很快落了一大截。

"快点啊!"

路曦站在烟雾缭绕的小摊前不停招手,盛之行只能拢紧外套,人挤人朝她跑过去,步伐艰难,像极了做贼心虚的小偷。

"你看你这个傻样儿。"路曦忍不住笑,从口袋里掏手机,"我给你拍一张好了。"

盛之行怎么肯,一把抢过她手机。路曦伸手夺,他勾唇一笑,朝后丢进了她帽子里:"想干坏事,没门!我会让你得逞吗?"

路曦瞪他,扯帽子拿手机:"说不过就动手,不是君子行为!"

"我也没说我是君子啊。"他耸耸肩,"君子又蹭不了吃的。怎么说,你请我一份臭豆腐呗。"

"葛朗台!"路曦冷哼,但还是转头示意老板,"我要两份,一份加辣、一份不加。"

"好嘞!"

老板爽快地应了,他们点完就退开,让后面排队的人上来。

明明才吃过晚饭不久,还没到饥饿得急需夜宵的时候,但闻着这股"臭味",路曦只觉味蕾被完全打开,必须要塞点什么进嘴里解解馋。

"瞧你这模样,一会儿别流口水了。"

小摊边上有塑料凳子,盛之行拉着路曦去坐下,拿了双没开封的一次性筷子,往她头上敲:"让人以为你偏瘫。"

"瞎说什么!"

越是放松时这个家伙就越口无遮拦,路曦斥他一句,夺过筷子,塞自己怀里不让他玩。

盛之行扬唇笑得欢,她抢了一双,他再拿不就完事了?不过这回他没再敲她了,放在手里边转边等。

臭豆腐是拿纸质餐盒装的,老板很快就完事递上。路曦打开自己那份,汤面上都漂着一层红红的辣椒油,盛之行看得直皱眉:"这么辣?你行不行？"

路曦拆开筷子，夹了一个："你要不要试试看？没那么辣的。"

盛之行赶忙摇头："不了不了，我还珍惜小命呢。"

大概人真的只能偏好一种口味，盛之行从小喜欢吃甜的，对辣椒没有什么接受能力，一吃就脸颊泛红舌头打结。

"锻炼锻炼啊，你看你不吃辣椒，会错过好多美食。"

"留得小命在，才不怕没机会吃。"盛之行说得头头是道，夹了一块不辣的塞嘴里，低头猛喝汤。

"行了行了，你吃慢点。"

路曦扯他的手，不让他再继续狼吞虎咽，从凳子上起身："我们边吃边逛吧，你等等我，别跟饿了百八十天一样。"

盛之行好笑，拿着餐盒起身："行……随你。"

他既然答应，也就确实放慢了速度，只偶尔才夹一块，然后喝一喝热乎乎的汤。倒是路曦四处张望左顾右盼，捧着盒"臭烘烘"的吃食，到人家各处摊前溜达来溜达去，什么都看一眼，但又什么都不买。

"你真是不怕被人嫌弃啊。"

盛之行嘲笑她，把所剩无几的纸盒扔进不远的垃圾桶里。路曦回头，也把纸盒塞给他，又很快转回脸，嘴里含混不清："帮我也扔一下。"

盛之行扔是扔了，但一双黑溜溜的眼睛却在路曦的后脑勺上打转，他拽拽她的卫衣帽子："喂，你转过来一下。"

路曦没动，继续往前："有事就说。"

盛之行已经开始发笑，但好歹忍住了，语气故作平淡："你这样我怎么说？你得过来才能听清楚啊。"

"我这样就听得很清楚。"

路曦说什么也不转头，挣开他的手还把帽子兜头套上了。盛之行这下乐了，三两步窜到她面前，低头看她脸："别躲别躲，来我看看。"

路曦低头："没什么好看的，我……"

但她的力气哪有盛之行大，拉扯中就让他给得逞了。两边脸都被他的手紧紧裹住往上抬，路曦挣扎着，但无果，只能闭紧眼睛认命地放弃。

"噗……"盛之行大笑出声，"你这是吃成香肠嘴了啊。"

肿得红通通的，再抹点油，串根钎子，估计能直接放烤箱里卖了。

路曦推他："一边儿去你……"

盛之行没有松手,想好好再看看,但无奈路曦一直挣扎,只能妥协相劝:"好了好了,不闹你了,给我看看,别真吃出毛病来了。"

他放软语气,路曦的劲也就莫名其妙消失了,她耷拉下肩膀,嘴里嘟囔:"这老板也放太多辣椒了吧……"

盛之行闻言闷笑,显然还在幸灾乐祸,动作却放轻了,没再捧着她的脸,而是转为一只手固定,然后细细地瞧,顺便探着她面颊的温度。

他的手太热了,路曦有点不习惯,往后缩了缩,但立马被盛之行按住:"别乱动,还没检查完呢。"

"有什么好检查的……"路曦不自在地攥了攥衣角,"我好得很……"

"哼,你再说?"盛之行睨她,"上一次这么说的人可是在医院里躺了好几天,上课缺的笔记还是找我借的呢。"

路曦人生里唯一一次住院,就是在上高一的第二个学期。她也是像今天这样吃了一份夜宵,吞了几个火红的小辣椒,结果当天晚上就闹肚子,疼得受不了直接被送进了医院。

这种事太丢人了,路曦根本就没好意思提起,但无奈住院得跟学校请假,她缺的课还得找人帮忙补上,再加上吴静萍的一番唠叨,就是盛之行捂住耳朵,这消息也得传到他那里去。

"那是意外,小概率事件而已。"路曦嘴硬。

"不预防小概率的意外,你还指望在大概率下逃出生天吗?"

盛之行瞥她一眼,见她还能生龙活虎地跟他滔滔不绝,应该是没什么大事。他松开手,问:"肚子真不疼?"

"不疼,"路曦强调,"真的不疼!"

盛之行敲她脑门:"皮厚!"

"姑娘,姑娘——"

路曦本想还手,忽然间听见有低哑的声音在呼喊,她顿了顿,回头看,是一个推着花车的白发老奶奶。

她虽然看上去年纪很大了,但模样还是精神的,笑脸盈盈,在路曦面前停下,伸手招呼:"姑娘,来买朵花送给男朋友吧。"

路曦闻言眉心一跳,盛之行也有点意外,但他很快抿紧嘴角,一副想笑但忍住的样子。

老奶奶还在尽力招揽客户:"姑娘啊,今天是白色情人节,上个月这个时候,小伙子肯定送你礼物了吧?这个月该轮到咱们回礼了。你看一来一去,这样感情才能长长久久不是?"

路曦哭笑不得,敢情这是把他们当作情侣了。老奶奶虽然语气慢,但动作灵活十足,花束都给展示了,有玫瑰、勿忘我、百合之类,还有众多小花店里常见的满天星。

"看看喜欢哪一种?"

路曦摸摸额头,纠结地想拒绝,但话到嘴边又说不出口,只能猛一撞盛之行的胳膊,瞪眼无声示意:看你惹的麻烦,还不赶紧解决?

要不是他在大马路上对她动手动脚闹来闹去,别人能把他们当作情侣吗?

盛之行龇牙咧嘴地捂住胳膊,朝她无奈地摊摊手。路曦不理这些,别过脸假装看不见。

他又好笑地看了会儿她的侧脸,面颊白白净净,但染了莫名的红晕,大概刚才臭豆腐的辣意还没完全消去,这会儿就直接显在脸上了。

她不回头看他,他就干脆兀自低头笑起来,扫了眼满车的花,说道:"奶奶,我女朋友生我气了,所以还是我来买花送给她吧。"

路曦猛一回头,却并非因他的话而生气愤怒,只是愣愣地看他冲着自己挑眉耍宝。

她有多久没见他这样了。

语气、神态、模样,都和过去记忆中的他完全重合。不是家庭影院里他泛着微光模糊的侧脸,不是大鸿包厢里他落于人群没头没尾的沉默,更不是他谈起分手开窍时平静的淡漠,现在的他才像是他,那个睡着时孩子气,醒来时成少年的他。

"要不要啊,'女朋友'?"

盛之行含笑问她,手里的钱却已经递出去了。

老奶奶喜笑颜开,挑了好几朵水嫩嫩的:"女朋友生气了就是要哄,她们说是气啊,那心里不得在乎你才会这样嘛!"

盛之行接过花,低头笑得开心,眼尾挑起看着路曦,眸子里闪着发亮的光。

路曦早已说不出话。

她的心跳在慢慢地、慢慢地加快,一点一点,仿佛深种的芽,在今天终于得以开出花来。

第八章 / 他的承诺
做不到的事情，最好还是不要说的好

1

几百年收不到一次的花，因为一次乌龙，竟就这么拿到了手……花花绿绿，还挺好看，就是没有合适的花瓶。

路曦左看右看，上楼回房之前，背着盛之行偷偷去买了瓶矿泉水，想来想去，也就只能这么凑合了。

城东的环境还算不错，清晨起来，酒店房间里洒满了温暖的阳光。路曦长长地伸了个懒腰，揉了揉惺忪的睡眼，抬头眯着眼往窗户那儿看，很快便又收回目光，低头笑笑，穿鞋去卫生间洗漱。

信峰一期的工作今天正式开始，早上九点是定好的开会时间，路曦准时到达。屋里已经有负责安排的人在分发茶水了，她简单打过招呼，然后就坐到自己的位子上。

来这儿之前路朝已经跟她说过大概，反正她不参与讨论，任何设计和施工专业方面的问题都不用插手说话，来开会只是作为法务工作人员，这一层身份，只需要她做好自己需要的笔记即可。

于是她就认认真真，揣着自己的小本子和签字笔，坐在长桌的最角落里等人来。

九点一到，会议正式开始，率先讲话的人正是盛之行。

虽然今天是小组开工的日子，但因为不在盛康，各自设计和外出的工作并非在正式的环境里，所以每个人其实都还算放松，不如在公司里那样正襟危坐。

盛之行今天也没穿西装，而是简简单单的内搭加运动外套，只是说话时神情认真，路曦听着，竟也忽然想不起他平常皮呼的那股劲了。

还算是有模有样的。

开会时间持续了一个多小时，该说的说完，解散后大家就都各自回房了。有的人没回去，一般是要出门或者是无事可做，路曦大概就属于后者，合上小本子后，她就闲得发慌，走在最后面看盛之行跟另一位同事喋喋不休。

他们聊了有一会儿，最后拐过大厅不见了。路曦跟着过去，刚过墙就吓了一跳，这盛之行不知道动了什么歪脑筋，不出声做贼一样站着不动。

"跟踪我呢？"

路曦皱眉："什么跟踪，路是你家铺的？"

"真冲啊你！"盛之行朝她招手，"快过来，让我闻闻你早上是不是吃大蒜了。"

"去你的！"

盛之行笑，指指电梯："我上去放个电脑，一会儿一块儿吃午饭？"

"这么早？"

"不早了，准备准备也十一点多了。"盛之行道，"我下午要去趟场地，太晚吃饭来不及。"

路曦了然，想了想，说："那我们点外卖吃吧，你也不用上下楼了，顺便省了去店里的时间。"

盛之行不置可否，转身往电梯那儿去。路曦小跑着跟上，已经开始掏手机了。

"怎么突然这么好心？还知道为我考虑？"

按了楼层，盛之行悠悠发问，见路曦埋着头一副认真模样，不免好奇地去看，这不看不要紧，一看还吓一跳。

"螺蛳粉？"盛之行一愣，"你要吃这个？"

"对呀，这家搞活动，我看了，有优惠。"路曦竖起大拇指，悄声道，"而且味道特别好！"

还没回国两个月就知道人家味道好，想来是先前吃过几次了。盛之行没意见，就是想起昨晚那碗臭豆腐，评价道："没想到你口味还这么重。"

小时候喜欢吃的东西，现在居然还喜欢着。

"这叫什么口味重……美食你懂吗？要知道享受。"路曦轻哼，"给你点了份不辣的,不过吃这个有些人容易上火,你记得之后要多喝点水。"

电梯到了,门缓缓打开,盛之行往东边自己房间走,但路曦俨然没有往另一头走的意思,他顿了顿,眯眼:"你什么意思?"

路曦抿唇笑:"味道大,咱们去你房间吃。"

…………

盛之行忍着冲天的味道让路曦在他屋里蹦跶了一个小时,最后东西吃完,饭盒一收,二话不说就准备把她丢出去。

路曦对他这翻脸不认人的行径早已看淡了,语气心痛但面色平淡:"真是翻脸不认人哪。"

"放心吧,你就是化成灰我都认得你。"盛之行推她去门口,"赶快回你屋去,我马上也要出门了。"

路曦"嗒嗒嗒"几步去到门边,出去前不忘先瞅瞅有没有路过的同事。虽然她自己身正不怕影子斜,但毕竟其他人不懂,误会了就不太好。

好在并没有熟人在,她三两下就窜回自己房间。下午没有出门的打算,路曦干脆洗了个澡,踏踏实实地窝在屋里做事。

盛之行的信息在之后到达——看场地要忙活两天,大概后天有空。记得空好你的肚子,到时候领你去尝尝鲜。

后头跟着的是一家火锅店的定位。

就在城东,且是离小吃街不远的地方,路曦那天去逛都没注意,也不知道他是怎么发现的。

她抿嘴笑笑,扑在床上,划拉了会儿发了个"OK"的表情包过去。

何氏的人不知道什么时候过来,但据项目小组传的消息来看,估计得等设计进行到半途才会出现。路曦有些无力,这说得好听自己是轻松,但实际上不过就是来划划水。

只是这个消极的念头在她脑袋里只过了一个晚上,第二天就因为另一位同事的到来而被打破。

先前路朝说派来帮她的人因为家里有些事情,所以推迟了过来酒店的时间,路曦本来算着,应该是明天才来,不过今早她却忽然收到消息,说是差不多中午会到,于是她连忙下楼去大堂等着,以便帮忙一起拿行李。

来的时间大差不差,正巧是饭点时候。

路曦大老远就看见有车过来,本来还在张望,但一看下车的人,就立马摇手招呼，兴奋道："宁宁姐！"

胡宁宁不算事务所的老人，但确确实实是比路曦早进朝阳一年多，再加上大了她三岁，喊声姐绝对没毛病。

"怎么在这儿等着了？"

路曦推过她手里的箱子，笑："我来接你啊。"

"我哪用你接？"胡宁宁轻拍她的手，自己又重新拿过行李箱，问，"吃饭了没？"

"没吃呢，等着跟你一块儿。"

胡宁宁笑着睨她一眼："你就知道是我来？"

路曦笑笑不说话。

她进事务所时间不长，人际交往的圈子并不大，跟周边人混熟基本都是靠请教问题和闲聊八卦，胡宁宁算是前一种。

大概是见到了还算熟悉的人，路曦一下就对这次工作有了巨大的信心。她边和胡宁宁聊天寒暄，边在心里想着待会儿必须得给路朝送一个大红包。

因着时间正好卡在饭点，于是两人就在酒店先吃了顿饭。不过胡宁宁这趟来可不是空着手的，顺道捎上的还有老板给她的一大沓资料。

"本来该给你发电子档的，不过这份打印的有很多手写笔记，所以你就看这个吧。电子档如果你有需要，我另外再发给你。"

两人的酒店房间是挨着的，吃过午餐就一起上楼了。这会儿路曦坐在人家屋里的凳子上，埋头在认真翻阅："没事，我喜欢看纸质的。宁宁姐，这都是你写的？"

"有我写的，还有其他人的。都是以前相似的项目，拿来给你取取经。"

路曦虽然此前自己也做过功课，但这些材料的珍贵性不言而喻："谢谢宁宁姐。"

她道过谢后又看了会儿，然后才想起来要问："对了宁宁姐，你不是原本明天来吗，怎么今天就到了？"

"事情处理完了就过来了。"胡宁宁解释，"没什么大事。况且你一个人在这儿，跟盛康的人又不熟，我不太放心。"

路曦有点感动，但又有点心虚，所以不好隐瞒，说道："其实没有不熟……还是有认识的人的。"

"看来是我多想了。"

路曦抿唇笑："没有没有，下次也带你认识一下。"

胡宁宁一扬眉，轻轻点了点头。不过路曦脑筋一转，想起盛康和事务所合作那么多次，指不定她早就见过盛之行了。

路曦边想边觉得有这种可能，也就决定暂时先不提这个事了，转问起："宁宁姐，靳律师什么时候来啊？"

之前和路朝问起这个，他一副讳莫如深的样子，路曦其实也没有多好奇，不过现下闲聊，问问别人应该没什么问题。

"不太清楚，应该没这么快。"胡宁宁问，"怎么了？你找他有事吗？"

"没有。"路曦摇摇头，试探着，"就是奇怪，他怎么不和我们一块儿？"

"靳律师很忙的，哪有咱们这么清闲？"胡宁宁笑，又道，"更何况他负责的人还没来，他也没必要到得那么早。"

这话的内容有点多，路曦眨了眨眼，问："宁宁姐，你这是……知道些什么？"

胡宁宁闻言瞅着路曦看了会儿，半晌算是了然。她笑笑："看来你还不知道，靳律师是何氏的法律顾问。"

路曦确实不知道。

她愣了愣，这才恍悟过来那天路朝神秘莫测的模样是为何。

"原来如此……"

路曦喃喃，脑海里有画面出现——从盛康的电梯里出来并肩而行的男女。

难怪，难怪，他会和何心韵认识。

2

靳阳在翌日抵达酒店。

他是开车来的，东西带得不多，一身长风衣形容潇洒，坐在大堂的休息处边看东西边饮咖啡。

路曦是下楼吃早餐时发现他的。

本来还不确定，不过就是余光一瞥，但这一瞥着实有点眼熟，让她不由得停下脚步多看了两眼，然后才惊讶地确定，这人的确是她的老板。

"靳律师？"

路曦尚带犹豫，喊得也小心翼翼，靳阳没被吓到，只略微诧异地抬了下头，随即笑："路曦？听你这么叫我还真是不习惯，差点没敢答应。以后你还是直接喊我名字就好。"

"那怎么行？"

确认是靳阳后，路曦笑着在旁边坐下，隔着一段距离，道："你现在是我上司了。"

"既然是上司，那这个称呼就留到律所里叫吧，现在在这里不用那么严谨。"

他似乎确实对"靳律师"这个称呼不太习惯，路曦想起她上次试着这么喊他，他也是坚持说让她叫他的名字。所以想了想，她也没坚持，点头："那好吧。"

靳阳点点头，垂首品尝了口咖啡。

"最近几天你在这里还习惯吗？"

关心下属的惯常问题。

路曦答道："习惯。这里风景还不错。"

"那就好，如果有什么问题，可以告诉我，或者和宁宁说。"

"嗯。"路曦应着，问起，"对了，昨天宁宁姐还跟我说，你没有这么快来，怎么今天就到这里了？"

"有点事忙。"靳阳说着轻叹口气，合上在看的书，揉揉眉心，"有个朋友住在这儿，前段时间进医院了，我得去看一看。不过现在没到时间，我还能坐在这里偷会儿闲。"

原来是来拜访朋友。

路曦了然，不再多问。靳阳抬手看了眼表，指指楼上："宁宁在吗？"

"嗯，在。"

"好。"靳阳从包里抽出个密封袋，"你一会儿上去把这个文件给她，麻烦她一个小时后去送，地址我会发给她。"

路曦从靳阳手里接过密封袋，看了两眼，犹豫着问："我不能送吗？"

"嗯？"

靳阳闻言微愣，路曦见状摆摆手，解释说道："那个……我的意思是，这个交给我去送不就好了吗？就不用特地跟宁宁姐说了。"

靳阳这下笑笑，说："不是不让你送，你这两天不是跟着盛康在开会？你这么帮着事务所做事，我怎么好再使唤你跑腿？"

路曦知道他话里有玩笑的成分，但还是有些不好意思，扶额说道："其实根本没有多忙。还没到合同草拟那一步呢，我哪有什么事做？"

这话丝毫没有吹牛，路曦这几天都快闲出病来了，跟在事务所时完全是两种状态，昨天好不容易胡宁宁来了，她才终于打起点精神来。

"看来我眼光果然还算毒辣,这么勤奋的员工都被我挖来了。"靳阳笑笑,扬眉示意,"既然你都这么说了,再让你无事可做就是我的问题了。文件你去送吧,地址我发给你,可以打车去,车费我会报销。"

路曦佯装不愿:"唉,我可真是无缘无故给自己找罪受啊。"

说是这样说,但大话都放出口了,也不可能再拒绝。更何况在酒店待了一天,路曦也想出去透口气,于是就大大方方地领了要送的东西,踩着时间准点出门。

靳阳发给她的地址在距离酒店差不多十五千米的地方,打车过去也就一刻钟左右。路曦出发前看了眼手机,她没忘记和盛之行中午吃饭的约定,只是他发来的那家店离现在她要去的地方还有些距离,她送完东西就得立马赶过去了。

时间算得都好,但往往理想很美好,现实很骨感,意外没有发生,只有每天不断上演的堵车在折磨人。

回来的时候恰好遇上车流高峰,没有夜晚那么严重,但同样挤得车走不动道。路曦坐在回程的士上,不停望着流逝的时间,每过一分钟她都着急一下,等着某人会迟到但不会缺席的口诛笔伐。

果不其然,向来很有时间观念的盛之行迅速来了消息:人呢?

后头跟着她的丑照,是个脑袋上顶着大问号的表情。

路曦也顾不得说他了,回道:堵在路上了。

盛之行:你出门了?堵在哪里?

路曦对城东又不熟,从车窗看出去也没见说明具体地点的指示标,只能回:不知道,不过应该快到了。

盛之行:你说快到了那就是刚出门,时间得往回推不少。

都这时候了还有心思挖苦她,路曦简直气笑了,干脆一个电话打过去,那边很快接起,盛之行含着笑意的声音响起:"干什么,想骂我?"

"你还算有点自知之明。"路曦冷哼,"你再说,我就再慢点过去,让你等上一个小时。"

"哪里还有一个小时?"盛之行道,"这家店生意很好,预留位置的时间最长只能拖半个小时,现在已经过去十分钟了,你不按时来,就等着喝西北风吧。"

"啊?"路曦哀号一声,估计是太惨烈,都引得司机大叔从后视镜里看她了。她忙不好意思地别开脸,低声问,"那怎么办?"

盛之行也不知道在做什么，只听见有敲击玻璃的清脆声响："什么怎么办，你不是说快到了？还有二十分钟，够你来吗？"

路曦垂头丧气地看了眼前面的路况："我也不确定啊……"

即将错过美食，心情都低落了下来，不过不开心的似乎只有路曦，盛之行好像还悠然自在。路曦听见那头又有动静，忍不住问："你在干什么呢？"

"喝凉白开，顺便处理工作。"盛之行道，"我出门时就有种预感，你必定会迟到。"

路曦咬牙："挂电话了！"

"别挂别挂。"盛之行妥协求饶，笑出声，"我不说了行吧？电话就这样通着吧，你堵车也无聊，我陪你说会儿话。"

路曦一撇嘴，嘟囔："谁要你陪……"

话虽这么说，但她到底没挂电话。车子像只乌龟般地往前挪动，路曦把车窗关上，坐到靠近门边的地方，将头往后靠，手机就夹在耳朵和肩膀上，闭了闭眼："我还有点困呢。"

"想睡吗？"盛之行的声音从听筒里传出，低低的、沉沉的，却柔和，"想睡就眯一会儿，不过别睡太沉，电话也不要挂。"

路曦应了一声，但没有睡，嘴角微微扬起。

她没说话，盛之行也就不说话了。路曦闭着眼，耳力比往常都灵敏，但却听不见他那头丝毫声音。就这样过了有两三分钟，她忽又出声："喂，你还活着吗？"

那边第一时间是安静的，下一秒却传来一声脆响，东西敲在玻璃杯上，显然是故意的："你说呢？"

路曦被他搞得一激灵，笑骂："神经病啊你！"

"那不是你问我，我才回答的吗？"

"谁要你这种回答？"

路曦吐槽他，两人一人一句地说，最后她也懒了，主动停战，转问："盛之行，要是我真赶不过去，那咱们中午吃什么啊？"

"那就只能在酒店吃了。"

路曦叹气："我已经吃了一天酒店了。"

"才一天你就腻了？那也没办法，谁让你今天不好好待在酒店非要出门。"

没法控制的事，只能自认倒霉。二十分钟终究是在堵车里度过了，路曦没能及时赶到，盛之行总不能再继续霸占着位置不走。不过他倒没像路曦那么耿耿于怀，反倒安慰她："行了行了，一顿饭的事，下次有机会再过来。待会儿我回酒店，先给你点份饭，你回来就能直接吃了。"

路曦垂头丧气，摸摸饿扁了的肚子，她还特地早饭少吃了些，不过现在也无可奈何："好吧。"

火锅泡汤，那就只能回酒店了。堵车的地方虽然距离火锅店远，但离酒店还算近，路曦挂了电话，估摸了一下路况，最后又坐了几分钟的士后，就下车步行回去了。

走了约莫有十几分钟，远远地总算瞧见酒店了，路曦长长舒出口气，小跑起来，准备赶紧进去坑坑盛之行，让自己饱餐一顿。

不过刚跑到酒店门口，就看见几辆早上出门前还没停在附近的车，车边站着人，西装革履的，正在声音洪亮地打电话。

路曦只看了一眼，并没有太过关注，很快就忽略过，进了酒店赶忙往用餐区去。

盛康的人吃饭基本都很准时，有些女同事是结伴下来的，路曦昨天过来时就见过，熟悉了一些，也就不忘打招呼。

"什么事这么着急啊？"

有人笑着问，明明没说什么，路曦却有点不好意思："没什么……就是饿了而已。"

"噢，那快去吧，吃饱才有力气忙活。"

"嗯。"

路曦应过后又转身往里走，过了A区，到了B区人就少了点，一眼望去勉强可以辨得清人。她张望了一圈，最后不费吹灰之力就找到了那个熟悉的身影。只是正当她雀跃地想过去时，脚步却忽然变得沉重，怎么都抬不起来。

是盛之行。

确实是他坐在那里，但也并不仅仅是他。

有很多人，很多西装革履如同她在酒店外见到的那人一般的相似装扮，他们坐成一桌，谈笑风生，陌生的面孔围着中间擦着手臂距离相近的男女，他们在聊什么，路曦不知道，但唯一清楚的是，她一定听不懂。

大概是她站在出口的位置着实显眼，哪怕聊得挺欢，盛之行还是很快发现了她。他挑挑眉，暂停聊天远远招手向她示意。路曦望着，一时间忽然就想起，曾经无数个他等她到来的时候，见到她，他都是这样略带傻气地摆手。

她有点想笑，但扯扯唇，又笑不出来，跟一根竹竿一样杵着。

"路曦？"

靳阳一进用餐B区就看见了挡在门口的路曦，见她一直不动，这才过来拍拍她的肩膀："怎么了？"

"啊？"

路曦回神，略带仓促地看了下靳阳，很快摇头："没什么。"

"怎么站在这儿？"靳阳在她面上睃了一遍，"不舒服吗？"

"不是。"

"那吃饭了吗？"他指指不远处，"宁宁也在，过去一块儿吃饭？"

他没多问什么，路曦自然也不会对他多说什么。她慢慢抬头，原本坐在人群里朝她招手的盛之行早已站了起来，他没再笑，抬起的手也落了下去，隔着一段距离，薄唇微抿地和她对视。

但又似乎并非只在看她。

路曦别开眼，往靳阳说的方向转了转头："嗯。"

3

酒店的饭菜越吃越没有什么味道。

路曦埋头干饭，边往嘴里塞东西边这么想。胡宁宁和靳阳在聊工作上的事，她没插嘴，只在偶尔他们问她话时，才支支吾吾地答上几个字。

她没什么心思吃饭，明明来的时候那么饿，现在却没一点胃口。坐了十几分钟，她只觉得芒刺在背，不转头似乎都能察觉有道视线正如针一样往她背上戳。

算了，真是坐不下去了！

路曦匆匆吃了几口，勉强解决午饭，放下筷子起身就走。胡宁宁还挽留想让她多吃一点，路曦只能谢过这份好心，摇头委婉拒绝了。

用餐区还很热闹，她的耳朵里却好似感觉不到声音，一路低着头走，跑进电梯，对着楼层数字猛力按了好几下，像发泄，又像失了力气。

下午路曦没有出门，她看了会儿带来的书，不知不觉间又开始发呆。阳春三月，天气温中带凉，她打开窗坐在桌边，吹着风，一时有种回到以前读书的情境。操场上是汗水挥洒热情洋溢的青春，走廊上还常常走过调皮的男孩子，趁她不注意就将洗过手残留的水珠洒在她的脸上。

路曦有点要睡着了，但门铃不适时地响起。

她恍惚了几下没有反应过来，门铃一直不停，最后变为一下一下的敲门声。路曦赶忙跳下椅子，穿上拖鞋，梳了两下头发往外走。

她并没有问来人是谁，有猜测，也有准备，甚至在将睡醒来之前，脑袋里还浮现过他的样子。

路曦把门打开，对上盛之行的眼睛。

他漆黑的双目一眨不眨地盯着她，长身靠在门边的墙壁，莫名给了她点压迫感。路曦很快转开头，回身往屋里走："你怎么来了？有事啊？"

他没说话，带上门，轻响一声后，才反问道："睡着了？开门这么慢。"

路曦走到窗户边把刚才看的书收起来："快睡着了，被你吵醒了。"

"今天怎么这么困，昨晚睡太晚了？"

"才不是，就……正常想睡觉了呗。"

盛之行没应声了，他侧身在小沙发上坐下，往矮桌上放了杯奶茶："喏，你喜欢的牌子和口味。"

路曦这才注意到他是带了东西进来的，愣了愣："你出酒店买的？"

"不然？"盛之行看傻子一样瞧她，"酒店还兼职卖奶茶？"

路曦轻咳："谢啦。"

盛之行才不在乎她什么谢不谢的，冷哼一声，开门见山："说说吧，刚才你明明都看见我了，为什么不过来？"

路曦装傻："什么什么？"

盛之行微微眯起眼。

路曦讲完之后就转头看窗外风景了，瞧了半分钟，最后发现压根没什么可看的，于是又转回头，发现盛之行还目光不善地盯着她，隐隐有要质问她的样子。

"就……你们那么多人，我又不认识，过去干什么。"

到底是解释了，但真假参半，她都分不清有几个字是真实的。

"这是理由吗？说好了我给你点餐，结果你又不吃，这是浪费懂吗？"

路曦撇嘴："大不了我还你钱就是了。"

话说出口又觉得有点不妥，果然盛之行不吭声了，面色沉得不太好看："你觉得这是钱的问题？"

路曦有点烦躁地抓了抓衣角，泄气道："是我的问题行了吧？何氏的人你熟我又不熟，过去也没话讲，纯粹尴尬而已。"

盛之行无语地瞥她："你不熟我就熟了？更何况你看到的那些人又不全

是何氏的。这次参加竞标的那么多公司，我能每一个都认识？"

路曦一愣："啊？你的意思是……那些人里还有其他竞标公司的人？"

盛之行简直无奈了："你的脑子是什么做的？竞标结果还没出，难道我会和何氏的人私下里吃饭？别人不怀疑才有鬼了！那些何氏邀请来的公司也是选择下榻这家酒店，今天正巧来了，虽然我们跟他们存在竞争，但表面关系还是得维持的，就说两句话而已。你要是过来了，我就正好有理由走了。"

路曦听得直缩脖子，刚才还有的睡意这会儿全没了。盛之行看她这模样，不由得愤愤地指责："我手都招酸了，也不见你动下，没良心！"

路曦抿了抿嘴没忍住笑，微微扬了嘴角朝他靠过去。盛之行冷哼一声，早看穿了她在想什么，长手一伸就往矮桌上探，准备把放在那里的奶茶抢过来。

不过还是路曦快了一步。

她一张手掌，如秋风扫落叶一样握住塑料杯身，速度虽快，但后劲也大，跟跄了一步就单膝跪在小沙发边上，恰恰好还让盛之行给扶住了。

他看笑了："一杯奶茶而已，至于行这么大礼？"

他握着她的手臂，没有多余缝隙地紧紧圈住，接着抓住肩膀把人扶正，让出点位置给她。

路曦贴着他坐下。

距离很近，但发生在他们之间，又好像没有什么不寻常。

小的时候挤在盛家的家庭影院里，他们也是这样肩并着肩，呼吸相近地看电影。换到现在，倘若心无旁骛，自然更不会觉得有什么不妥。

路曦静静坐着，把吸管插进杯孔里，喝了一口，味道确实是她最喜欢的那种。

刚刚剑拔弩张的气势下去了，两人就这么安安稳稳地坐了片刻。路曦嚼着嘴里的椰果，没一会儿听见盛之行问："喂，中午把你喊走吃饭的人是谁？"

"啊？"路曦想了想，"你说我老板？"

"老板？"

路曦点头："他叫靳阳，就是我之前跟你提过的，在图书馆遇见的那个律师。现在我在他律所里当实习律师呢。"

盛之行顿了顿，不知道还记不记得，但另外想起一事："你不是在你哥的律所里？"

路曦耸了耸肩:"刚开始我也很意外,他居然是我哥的合伙人。"

听到这里盛之行算是懂了,若有所思地转回头:"他是来带你的?"

"怎么可能?"路曦猛喝了口,仰着脖子,连连摇头。盛之行拍着她的后背帮她顺气,免得她噎住喘不上气。

"我跟你说,我昨天才知道的,他是何氏的法律顾问。"

盛之行挑挑眉,得出结论:"所以他不是来帮你,而是来给何氏工作的?"

"差不多。"

盛之行状似无意地问,也状似了然地懂,本来进门时还脸色不太好,现在都好心情地吹起口哨了。路曦有点看不懂,咬着吸管瞥他。盛之行哼着歌回视她,笑意盈盈:"好不好喝?"

路曦品了下嘴里甜甜的味道,看他双眼晶亮散着光,不知怎的鬼使神差地问了句:"还可以啊。怎么,你要喝吗?"

盛之行微微愣了下。

路曦很快反应过来,心里只觉一下子奔腾过千军万马,踩得她只想皱眉骂自己一句。但说出的话就像泼出的水,没有收回的余地。

"要不要喝啊,甜腻腻的,反正你喜欢。我看你就是故意的,让人家多加了不少糖吧?"

她边说边把奶茶往他怀里塞,盛之行再不想接,也不得不扶住好让它不倒出来。等顺利地把奶茶塞给盛之行后,路曦就不管了,抓抓后脑勺扭头看风景。

她有咬吸管的习惯,一般从喝了三分之一后就开始。塑料的白色吸管被她东咬西咬也就瘪了下去,上头还有她浅浅的牙印。

盛之行低头看了一会儿,收回目光,把奶茶递还给她:"我不喝,就问问而已。这个是专门给你买的。"

路曦没接,扭头疑惑:"为什么专门给我买这个?"

盛之行低头把她的手拉过来,再一根一根掰开手指,将奶茶稳稳当当地放进去,抬头:"中午吃那么少,能填饱你猪一样的肚子吗?"

路曦眼波动了动,看着他忽然一眨不眨。盛之行本想扭开脸,但一时却也因为她的沉默而顿住了。

只是很快这氛围便被打破。

路曦忽然眯了下眼,有丝精光打里头闪过,盛之行还没反应过来,就感觉有东西擦着自己鼻翼而过,痒痒地刺了一下,最后落进自己嘴里。

"哎——"

他也就只发出了这么一声,然后就因为路曦挤着奶茶杯的动作被迫闭上了嘴,甜甜的奶味从鼻间和味蕾传来,盛之行下意识地扶住了奶茶,也顺势抓住了她的手。

路曦没有躲开,像是没有意识到一样,得意大笑:"让你嘲笑我,那你也当回被投喂的猪吧!"

盛之行攥住她的手,温温凉凉的,就像这三月的天气。开着的窗户外,微风一吹,周身都是她的气息。

"大哥不说二哥,既然都是猪,我就不客气了。"

盛之行放完狠话,从她手里夺过奶茶放到了矮桌上。路曦已经察觉到他要做什么了,瞪着眼睛往后躲,只是这样的警告太没有威慑力,能吓唬走人就奇怪了。

两个都是从小怕痒的人,却又最喜欢拿挠痒痒来祸害对方。相比于路曦,盛之行还算有点忍耐力,等她缩着身体在小沙发上弯成一团后,他还有力气揪着领子把人抓起来,只是实在笑得没力气了,路曦又反压着他圈着他的脖子不让动,他也就妥协乖乖安分了。

他慢慢地缓过气,路曦也在轻声地喘息,侧脸微微贴在他的肩膀上,随着他的起伏频率呼吸交错。

盛之行握了握拳,手穿过她的腋下扶住人。路曦还揪着他的领子,感觉到他使力了,就缓缓抬起头,但不忘恶作剧地弄歪他的衣服。

"认输吗?"他轻声问。

路曦的脸红了大半,却仍道:"不!"

也不知道她在坚持什么,看起来竟还比刚刚玩闹前多了几分莫名的倔强。

"好。"盛之行哑着声音,"那就算你赢。"

路曦怔了怔,心跳莫名快了几分。她有点慌乱,再没什么争强好胜的心思,松开盛之行的衣领,想赶紧离他远一些,免得有些心事被发现。

她刚刚动了一下,便被他放在身后的手按住。

"你干什么?"

她微愕,下意识地屏住了呼吸,盛之行的脸她明明从小看到大,可他现在的样子,竟让她觉得有几分未曾多见的陌生。

"以后遇见什么事,想走之前,都先来找我问清楚,知道吗?"

她的心跳已经如雷震耳了。

大概是太想逃走了,所以路曦几乎没有犹豫,看着他,就这样给出了答案:

"知道了。"

4

来城东这儿也快有四五天了。

路曦适应得还行,本来觉得不怎么好吃的酒店饭菜,最近感受起来味道也还算良好。不过尽管如此,她还是没忘记前几天可惜错过的那顿火锅大餐。

本来她当天晚上就想弥补遗憾,再请盛之行去一次的,不过被他拒绝,说是设计稿有很多要修改的地方。

路曦当然不想耽误盛之行的工作,表示了解后就没再提这件事了,倒是今早跟着盛康的人一起开完会,她收到盛之行的消息,说是设计稿方案已经基本定型,周六中午可以跟她一块儿去吃火锅了。

路曦挺高兴的,拿着手机吃吃地笑,几秒后给他发了张图片,上面是大大的猪头。

消息发送之后,路曦没往楼上房间去,而是走向酒店的休息区。这几天她偶尔在休息区办公,发现那儿的沙发比房间里的舒服不少。

快走到休息区时,手机"嗡嗡"地振动起来,路曦还以为是盛之行气到要打电话来骂她了,结果一瞅,原来是许欣然。

她接起:"喂?"

"西西!"许欣然久违的声音透过听筒传来,"你是不是在城东出差啊?"

路曦走之前和她说过这件事,闻言点点头:"对啊。"

"那你住哪个酒店?"

"香兰大酒店。"

许欣然一拍手:"我知道了!"

"什么情况,你要过来吗?"

"是啊,过来玩一玩,我的工作这几天快结束了,到时候能有三天假。"

她放假不奇怪,但要过来就有些出人意料了:"你放假不陪你男朋友?"

"嘁,他有什么好陪的,工作忙得不行,根本没时间和我一起。下次再说吧,这次我先找你。"

路曦做出一副受宠若惊的表情:"看来我在你心里的地位已经超越了你

男朋友。"

"那是当然!"许欣然"嘿嘿"笑,"不过……其实他也在城东出差啦,我先去找你,然后再问问看他有空没。"

路曦算是明白了:"果然你还是你,是我想多了。"

许欣然闷笑:"我的好西西,你别介意啊。等我过去了,让他来见见你,难道你对他都不好奇的吗?"

路曦歪在沙发上:"我为什么要好奇?依我对你的了解,不出三个月他就会变成前任,我见了也等于白见。"

许欣然有点受伤:"我在你心里就是这样的'渣女'吗?"

"嗯,差不多。"

许欣然抽噎起来:"你居然这样想……"

扯淡扯了半天,路曦赶忙打住她佯装要哭的架势,问:"你什么时候来?"

许欣然吸了两下鼻子:"就周末。"

周末?

想起周六约好的那顿饭,如果许欣然来,说不定就可以带上她一起了:"周六还是周日啊?"

"不太清楚。"但许欣然给不出准确的时间,"得看我的工作什么时候通过审核,大致是周末,但具体就不知道了。"

"好吧。那你出发之前通知我一声。"

"行,没问题!"

挂了电话,路曦开始考虑怎么安排之后几天。

许欣然来了的话,自己铁定得抽出空来陪她,那工作得在周末之前抓紧搞定。不过好在不多,加一把劲,应该可以顺利完成。

"路曦?"

正准备打开电脑,身后忽然传来一句轻柔、不太确定的问候,路曦愣了愣,转回头看见来人,手上的动作也不禁顿住了。

"真的是你?我还以为我认错人了。"

何心韵见自己没有看错,淡淡地微笑起来,面色微红,明眸皓齿,不是上回路曦在盛康见她时修身的职业装,而是简单休闲的毛衣和长裙,看起来温柔又有气质。

"何心韵。"

何心韵见路曦还认得她不免更加意外:"我过来打招呼前,还做好了你不记得我的准备。"

"记得的。"路曦也朝她笑,往旁边挪了些,"你要不要坐啊?"

何心韵点头,在她身边坐下,见桌上放着电脑,问:"你也住在这个酒店?"

"嗯。"路曦道,"在出差。"

"那还真是好巧啊。我正好也是过来工作的。"

看来何心韵还不知道她是跟着盛康一起来的。想着之后估计还得见面,路曦也就先向她解释了:"确实挺巧的,其实我是作为盛康的员工过来的,为了信峰一期这个项目,帮他们处理些法务和合同上的事。如果竞标成功了的话,那我们以后就是合作关系了。"

何心韵目露诧异,不过诧异很快就转变为惊喜,她诚心祝福:"祝你们成功,我也很期待跟盛康的合作。"

两个人当初上学的时候并非很熟,能说的话题实在有限,过了开头那些寒暄和工作的事,之后能聊的就寥寥无几了。何心韵大概也察觉到了这一点,很合时宜地没有再继续逗留。

"好了,我该走了,还有些其他事情要做。"

路曦跟着她站起来:"嗯,你去忙吧。"

何心韵点头,将柔顺的长发挂到耳后:"那我就先上去了,下次有机会见面时再聊。"

礼貌地道完别,谈天本该就此结束,但何心韵忽地想起些忘说的事,又停下转身:"对了,城东这儿有许多家好吃的店,如果你喜欢的话可以去尝尝。有一个就离我们酒店这儿不远,是家火锅店,就在小吃街那儿。最近天气还转凉了,正好可以去那儿尝尝暖暖身体。"

路曦闻言神思一滞,快要坐下的身子又站直:"小吃街那儿的火锅店?"

"嗯。'老婆婆火锅',开了很多年了,我以前来这儿的时候就去过,味道很不错。如果你不喜欢吃火锅,那里还有自助跟韩式烧烤,都挺物美价廉的。其实这些我也和盛之行说过,不过那时候我还不知道你也会来。"

路曦已经没在意何心韵后面说什么了,思绪都停留在最开始的几个字上。火锅店的名字和地址她很熟悉,刚才她跟人聊天时还说起过。

"路曦?路曦?"

"啊?"

何心韵略带关心："路曦，你还好吗？"

路曦摇摇头："不好意思……我刚才走了下神。"

"没关系。"何心韵道，"我刚才只是问，你和盛之行应该还跟大学时候一样要好吧？"

路曦有点恍惚着。

她跟盛之行，从小到大，虽有和平，但明明掐架吵闹无一不有，可身边的同学朋友仿佛都只看见他们休战和睦的时候。在所有人的意识里，好像他们两个，从来都一直要好。

路曦不知道该怎么形容这段关系才更加贴切，但面对何心韵，她直觉便是点头，没有一丝犹豫："嗯，我们很好。"

路曦在休息区坐了一下午。

虽然是在办公，但脑袋里一直空空的，好像想了很多东西，但又好像什么也没想。

晚上她简单吃了点东西，然后早早回房洗漱了。在浴室里用热乎乎的水冲了一遍脸，出来时本应该神清气爽，但好像懒虫也因此被勾了出来，密密麻麻绕着心上爬。她闷在被窝里缩了半天，最后还是拿过手机。

"周末不去吃火锅了，欣然要来，我得去接她"，编辑了这么一条信息后，路曦火速就按了发送键，然后看也不看就关了静音，再次用被子蒙住头。

路曦不记得昨天晚上自己是怎么睡着的了，反正再次睁开眼已经是白天。盛之行给她回了两条短信，一条的大致内容是询问原因和谴责坏事的许欣然，另一条则是大方同意并且顺带催她早点睡觉。

路曦没有回复，盛之行之后也没有再发来什么。周末之前两个人都在忙碌工作，毕竟距离竞标开始也不远了。

周六很快就到，路曦前一天晚上看电影看到将近凌晨一点才睡，起床时就难免精神恹恹，刚刷完牙准备下楼觅食，就被住在隔壁的胡宁宁给逮住了。

"西西，跟我进来。"

路曦一脸蒙地被胡宁宁拽进了房间，她的桌上无比乱，全是白花花的纸张和翻飞的书本，可见这几日有多么勤奋工作。

"看看这个案子，等会儿给我分析分析你的看法。"

这么突如其来像考试一样，路曦语带试探："这是怎么了，宁宁姐？"

"你觉得会是什么？"

"难道是……要传授我知识？"

"我也比你早进不了律所几年，知识不完全靠书本，还得靠实践，我可教导不了你。这些都是以前的案子，我实习时靳律师也这么让我分析过，现在给你瞧瞧，勉强算是一代传一代了吧。"

原来还是这样，路曦顿时感兴趣了，精神也好起来，盘腿坐下，万分赞同："那我得赶紧多听听，以后律所再来新的律师，这份任务就光荣地交给我了。"

胡宁笑："行。我不跟你抢，不过你也别急着看，旁边有份早饭，你先吃吧，肚子应该饿了不是？"

路曦这就不推辞了，眨眼笑："谢谢宁宁姐啦。"

…………

在胡宁宁房间待到快中午，午饭时候就不再忙了。来了好几天，两人也没怎么出去好好逛一逛，于是东西一收拾，当即决定一块儿出去撮一顿，下午可以顺带看场新上映的电影。

计划里这应该是二人套餐，但实施过程中又难免出现意外。

搭乘电梯下楼的时候，正巧遇见准备出门的靳阳，此时胡宁宁正在和路曦热烈讨论待会儿的出行计划，连电影看哪个场次的都已经选好了，看来她是早有规划。

路曦没什么太大的意见，她本来对这些都比较随意，时不时听着点一下头表示回应，胡宁宁也就快速地将一切都决定好。

"要不要我送你们过去？"

靳阳倒不是有意多听，但三个人在偌大的电梯里，她们说什么也没有避讳，自然是可以听见的。胡宁宁闻言呆了一下，随即受宠若惊起来："靳律师，你没开玩笑吧？"

"没有。你们说要去的地方，我正好顺路。"

好不容易出门一次，还顺路顺到老板要去的地方，胡宁宁自然抓住机会蹭趟车："既然这样，那我们俩就不客气了。"

靳阳笑着看她："你什么时候跟我客气过了？"

胡宁宁"嘿嘿"一笑，路曦跟在后头也弯起眼。

酒店有专门的停车场，就在出门后不远的地方，步行过去即可。出了电梯，靳阳边拿出车钥匙，边对二人道："我有点事要跟前台说一声，你们两个先去车上等我。"

说着他便把车钥匙递了过来,路曦没接,转头先看了胡宁宁一眼,她当然也没接,还把钥匙推了回去:"我们不用先去车上,在门口等就行了。靳律师你要说什么就去,等你来了我们再走也不迟。"

其实就去趟前台,着实花不了几分钟,靳阳思索了一下,同意道:"那行,你们就先在这儿等我一会儿,我很快就回来。"

说完他便往前台方向去了,胡宁宁就拉着路曦等在门口。酒店外的天空晴朗明媚,已经有春日的花朵在悄然绽放了。

"突然觉得这儿也不错,倒有点不想回律所了。"

胡宁宁"啧啧"感叹,全身放松地伸了个懒腰。路曦也狠狠呼吸了一口新鲜空气,舒展了一下这几天疲累的筋骨。

"哎,西西,你知道这酒店一共住着几家这次竞标何氏项目的公司吗?"

路曦摇摇头:"你知道?"

"嗯。"胡宁宁高深莫测地点点头,竖起手指头,"五家!他们居然都住在这儿。"

"你怎么知道有五家?"

"当然是用耳朵了。"她说道,"偶尔吃饭时候能听见他们谈论什么什么公司,不一样的名字都听了五六个了。"

"那有可能只是单纯地提起某个公司,人家说不定没来竞标。"

胡宁宁倒也没否认,想了想张望四周,随即压低声音:"虽然话是这么说,但竞争肯定也不小。盛康据说是对这个项目势在必得,不然怎么会直接把我们都带过来了?"

路曦没有搭腔,只轻轻"嗯"了声,然后低头盯着鞋尖,若有若无地点一下地。

"其实这次他们项目的那个总设计师,我之前有几次恰巧去盛康办事的时候见到过。好像年纪跟你差不多大,居然都做到这个职位了,也是厉害。不过我还听说了,他本身就是盛康'太子',能有点特殊待遇,倒不是什么稀奇的事。"

路曦还在点着地,时而用力时而怔松,听见胡宁宁似是叹了口气,又说道:"希望盛康别拿这种事当给人练手的工具,不然咱们这回就白来了,那么多提前做过的功课呢,都成竹篮打水一场空了。"

胡宁宁这么感叹完之后也就没再说什么了。路曦一直沉默地听着,那些字里行间分明无关她一个字,可她的脸却莫名微微热了起来。她握了握拳头,但很快又松开,最后停下脚上的动作,出声:"不会白来的,其实他……"

"哎哎哎,你快看,说曹操曹操到!"

胡宁宁打断了路曦的话,拉了拉她的手臂示意她去看从休息区出来的几个人影,那些都是盛康的人,盛之行走在其中尤其显眼。

"大中午的还在工作呢。"

胡宁宁又说了什么路曦没去听,只盯着最中间高高的人影在看,连靳阳从另一边前台走过来都没有注意。

"我好了,我们可以走了。麻烦你们等我了。"

他温声开口,胡宁宁从盛康那群人处收回视线:"靳律师你这么快?不麻烦不麻烦,我们蹭车的人哪敢还嫌麻烦。"

路曦也回神摇头:"嗯,不麻烦的。"

"好,那我们走吧。"

靳阳站在路曦身侧,说话时淡笑着摇了摇手中的车钥匙,银铃般的声音,忽然就让路曦想起了那日堵在出租车上时,电话里盛之行搞出的玻璃脆响。

他说那是凉白开。

寡淡的,没有味道的凉白开。

和现在感受到的炽热目光完全不同。

路曦猛地一惊,在大脑做出具体的回馈之前,身体已经先转了过去。盛之行就站在休息区那儿,原本该侧对着他们的,但不知何时发现了,此时正沉默冷淡地投来目光。

他只有一个人,刚刚周围的人都离开了。

"西西?"胡宁宁在叫她,"西西?你发什么愣啊?不走吗?"

靳阳也感觉到路曦的异常,看了眼她远远望着的人,低声唤道:"路曦?"

路曦觉得自己的手心在出汗,滑腻腻的,让她有点握不紧。

"你不舒服吗?西西?"

"我没事。"路曦回道。

"那我们走吧。"

胡宁宁拉了拉路曦,路曦本以为自己走不动,但结果还是迈出了脚步,虽然看起来非常不自然。

她往外走,心却一点点在沉。明明什么问题都没有,她只不过是和同事一起出去而已,可那颗心不知道怎么回事,就像株绑了石头的海草,垂在水中，如何都浮不起来。

路曦在接近傍晚的时候回了酒店。

饭吃了，电影看了，但料想中的快乐没有实现。

她有点郁闷。

整个下午她的情绪都没有很高，这不止她自己知道，就连胡宁宁都感觉出来了，时不时会关心问一下，还提出若是不舒服就先回去休息。

但她没有不舒服。

所以她拒绝了胡宁宁的好心，尽量让自己表现得和平常无异，只是坐进电影院里，整个人都笼罩在黑暗之中时，又难免出神愣征，想起离开酒店时盛之行最后的那一眼。

沉静、冷漠。

盛之行其实很少会显露出那样的情绪。

他是在生气她扯谎骗他，实际上根本没有去接许欣然吗？

路曦不去想时还能坦然接受，一旦去想就难免心慌，像小时候打破别人家的玻璃一样，总担心做的错事被发现，然后挨家里人一顿骂。

她不怕盛之行会骂她。

路曦翻来覆去想了一会儿，她只是单纯不喜欢他那个眼神而已。

抱着这样的念头，路曦暗暗给自己鼓了鼓劲，翻身从床上下来，穿好衣服，打开门往走廊的另一头走去。

她得去找盛之行一趟，还是要解释清楚。

这会儿已经夜里十点多了，按照来了酒店之后的作息，盛之行现在应该是在房间里工作。路曦放轻声音过去，找准房间号，然后抬了抬手，先按门铃。

等了一阵，门铃没把里头的人喊出来，大门完全没有打开的动静，路曦想了想，直接上手敲门。

但她没敢敲得太大声，也没敢敲得太久，接近要过去两分钟时，里面还是没有任何有人要来开门的迹象，路曦这才猜测或许盛之行不在房间里，咬了咬牙，干脆直接掏手机打电话。

不过号码刚要拨出去，就被人叫住："路律师？"

这个称呼还很陌生，但来了这里几天勉强算听习惯了，路曦很快转头，来者她并不陌生，这几天打过很多次照面，是盛之行的助手。

"你好。"

"你好。路律师是来找盛哥的吗？"

路曦轻咳一声："啊……嗯。"

助手很快笑笑，说道："盛哥不在屋里，他去游泳了，大概十几分钟前，现在应该还没回。"

"游泳？"路曦有些惊讶，"这个点吗？"

"嗯。"

助手只知道人在哪里，其他的问题也回答不上来。路曦没再多问，表示了解之后就往自己屋的方向去了。

她数着走了几下，步子都迈得小小的，直到身后传来关门的声音，她又悄悄地转回身。助手住在盛之行的隔壁，已经进屋了。她等了一会儿见人没有再出来，于是立马小跑向电梯，连戳着下楼的按钮。

既然人在泳池不在屋里，那她也只能勉强多跑几步路了。

5

酒店有恒温的泳池，路曦知道，但没有来过，按着指示找去，那片虽有灯光，但也已经很昏暗，隔着一扇门微微透出细细的光束，表示里面确实是有人在。

只是单知道有人在，却不确定到底有几个人，所以路曦没敢动作太大，小心翼翼地推开门，远远地边观察边走。

泳池很大，却寂静无声，因为开了夜灯，水面变成了波光粼粼的幽蓝色，人走过时能看见模糊的倒影，像影子一样紧随其后。

路曦不是很怕黑，以前放学回家必经的那条小路，穿过时便和现在感觉差不多，况且当时身边总有某人会在，叽叽喳喳地说着话，让她无暇顾及其他。

但现在这个"某人"不见了。

他躲在黑暗里的某个角落，变成了她要寻找的对象。

这里太安静了，泳池也根本毫无波澜，路曦走了有半分钟，一时开始怀疑盛之行究竟是否真的在这里。她左看看，右看看，已经十点多了，果然酒店里不会再有人那么不正常，在又冷又黑的晚上跑来这里游泳。

她轻声叫："盛之行？"

还是怕吵到别人，路曦不敢太大声，边走边往水下张望："盛之行？"

泳池很快传来响声，靠近中间的地方忽地有人伸出头，水珠甩落四周，黑色浓密的头发被别向额后，一双眼睛露了出来，准确无误地捕捉到她的方向。

路曦顿了一下，捏捏手心，往常这种时候他都会主动说话的，但这次并没有。

"你……你这么晚怎么还在这儿游泳啊，不回去休息吗？"

盛之行还是没应声，看着她，仿佛在确认过她没有别的要说的话之后，又闷头埋进了水里，游了一段再探出头呼吸。

路曦这下看出他没有要理自己的意思了，见他还想继续游，抿着唇喊道："喂，盛之行！"

他潜入了水里。

路曦知道他听得见："你为什么不理我？"

回应她的是持续不断的水声，从泳池中间到泳池两头，盛之行不跟她说话，但精力倒是足得很，游了一个来回，却没表现出累的意思。可路曦等不及了，走近泳池边沿，蹲下身拍着水："盛之行！你再不理我，我下去了！"

这话说出来路曦自己都不相信，因为她根本就不会游泳，但脑子一热，话确实就这么出口了，效果还意料之外的好，因为盛之行开始朝她这儿游过来了。

但冒头的话却是嘲笑的："你会游泳？"

他没有戴泳帽也没有戴泳镜，湿漉漉的头发下是因为不太舒适而微眯起来的眼睛。路曦看着他一点一点靠近，盘腿坐了下来，好离他近一点："为什么不理我？"

盛之行捧着水冲了把脸，皮肤在夜灯的照耀下白得发光，不答只问："你有什么事找我？"

路曦闷闷地盯着他看了会儿："你生气了？"

盛之行挑眉："气什么？"

这副表情，还假模假样地问她气什么。

路曦知道他心知肚明，撇了撇嘴，解释："欣然确实跟我说了周末要来，只是今天中午我没等到她，就跟别人一块儿出去了。"

"是吗？"盛之行回，"我给她打过电话，她自己都不确定她哪一天来，你却跟我说中午要接她所以不跟我吃饭。你不跟我一起，是因为要和别人一块儿？"

路曦在这一点上没什么好辩解的，她本来就是故意推掉和盛之行的那顿约饭，只是没想到会那么刚好被他撞见。

"反正不管什么原因，结果不都一样吗？"路曦道，"昨天和你说的时候你不同意得好好的？怎么今天还反过来生气？"

盛之行没吭声，但路曦仿佛听见他冷哼了下，过了好半响，他才语气不太好地道："做不到的事情，最好还是不要说的好。"

路曦抿了抿唇，本来心里是理亏的，但不知为何听他这么讲，总觉得有股无名火起，她咬了咬牙，回嘴："说得好像你没这样过似的。我不都跟你学的吗？"

在怼他之前，路曦还没想过自己会说什么样的话，直到话真的说出口了，才恍悟自己在耿耿于怀什么。有些事情分明过去了，但翻阅回忆时还是会最先涌出，路曦愣愣的，像是才反应过来，一下就攥紧了手心。

盛之行显然听懂了她指的是什么。

因为他也愣了一下，随即表情慢慢地沉下了。他看着她，滴着水的下巴渐渐紧绷，像在憋着什么情绪，好不容易才终于忍住。

"是，你跟我学的。反正不再骗你的承诺是我给的，你不需要对我诚实。"

路曦有点呆住了。

但呆住之后心里又有源源不断的愤怒涌上来，他这种语气、这种神态是什么意思？路曦想不明白，也不想明白，她有点负气，手一舀池里的水就往他脸上洒："话是你自己那么说的，又不是我逼你的，你气我干什么？想反悔你就反悔啊！"

盛之行被水泼得偏了偏头，伸手把烦人的水珠抹掉。路曦已经撑着手准备爬起来，心下还气着，嘴里愤愤道："我真是吃错药了过来找你！"

她起身想走，左腿刚想踩直，右脚踝却忽然被一双冰凉中带着温度的手给拽住了。那手的速度尤其快，在按住她之后便忽地一用力，向上直接抓住了她的手臂。路曦甚至连惊呼都来不及，身体就重重往下倾去了。

她喊不出来，因为掩面而来的是冰凉凉的泳池水。

大概不会游泳的人对漫无边际的水总有一种莫名的恐惧感，哪怕站直了水位只到肩膀，落水的那一刻都会因为害怕溺毙而腿软。路曦没呛到水，但瞬间的寒冷和无力将她吓得浑身颤抖，她只能抓住那根唯一的稻草拼命喘息，而在终于回魂之后，才发现这唯一的救命稻草，就是真正害她不浅的人。

"你神经病啊！"

路曦一双眼睛都红了，狠狠捶了盛之行一拳，她半点力气都没省，像对待仇人一样使劲。盛之行没有反应，只被迫顿了顿脚步，然后继续走，直到

.198.

将路曦的背抵到了泳池边沿。

路曦这才发现,她现在几乎是以一种完全挂在盛之行身上的方式待在泳池里。

刚才他们一人在水里一人在岸上,路曦没有太注意,现在靠得这么近了,才发现他根本没穿上衣,只有一条差不多到膝盖的短裤。她吊在他身上,腿环着他的腰,上身贴着他的胸膛,哪怕有自己的衣服阻隔,也觉得他身上的温度似乎能透过池水和布料,一分不减地燃烧到她这里。

路曦慌乱地别开眼,想将手从他脖子上放下,但盛之行却紧了紧圈在她腰上的手,打断她的动作:"怎么,不害怕了?"

路曦就这么被迫扭过头直视他,因为身高的问题,他们好像从来没有这么平视过对方。他漆黑的眉毛和浓密的睫毛上均挂着水珠,眼里隐隐还有她的倒影。

"你让我上去!"

路曦推他,但背抵着泳池无处可去。她不知道盛之行今天晚上发什么疯,好好的,莫名其妙的,突然就开始跟她生气。

"快点!"路曦已经急得开始扯他的头发了,"快点让我上去!盛之行!"

"行。"盛之行松了松手,"你想怎么上去?自己游去扶梯那里?还是直接在这儿撑着跳上去?"

他像是真在征询她的意见,边说边要放开她,路曦一听就知道他是故意的,他分明知道自己没法跳上去,也根本游不到扶梯那里。

"盛之行!"路曦见他真的要松手,吓得赶忙紧紧圈住他的脖子,人又不争气地往他那里靠,再顾不得羞耻和不自在什么的了,但拳头还是捏着,恨不得找机会朝他狠狠打下去。

她不动了,盛之行也就停了放手的动作。泳池很快又恢复宁静,昏暗灯光的照射下,只有两个人在水下静静地互相靠着,连呼吸都很轻微,像是怕会惊动这片刻的温存。

他身上真的很热,路曦偏过头,大概下水久了,她早就不觉得冷了,所有的感官都集中在腰上。她很怕痒,但对他的手却没有躲避的迹象。

大概过了那么短短的几分钟,握着她腰的手开始慢慢往下。路曦抬起头,看着盛之行垂首在她大腿处使了点力,她也有所察觉般,一只手还环着他,一只手就往后伸,直到撑住了泳池边沿,就感觉整个人被往上一抬,然后终于坐到了实地上。

出水时有些冷,她抖了抖,放开了盛之行。盛之行没有要上来的意思,看了眼她,淡淡地说道:"椅子那里有浴巾,你擦一擦,等会儿回去记得洗热水澡。"

路曦才没管什么浴巾,低头问他:"你还要待在这儿?"

"嗯,再游一会儿。"盛之行转回身,"你回去吧。"

路曦一咬牙,拉住他手臂:"盛之行,你到底在气什么?"

他没回头:"我没生气。"

"你没生气?你没生气你不理我?还拉我下水?"

她抓着盛之行不放手,他想走也走不了。他沉默了一会儿,慢慢转回身,看着她:"路曦,在你来找我之前,我或许有生气,但你来了之后,那些气就没有了。因为我确实没有生气的理由。承诺都是我给你的,什么事都等着你也是我自己愿意的,但你别低估我,'后悔'这种词不要随便套在我头上。至于其他……你说得对,我今晚大概就是发神经了。你回去吧,再待在这里,明天很容易感冒的。"

他平淡地说完,然后轻而易举就挣脱了路曦的手,身体一沉,又进入了水中。路曦怔怔听着他的话,感觉浑身都有点僵硬,又开始在发抖。

而这发抖,早已并非因为寒冷了。

第九章 / 秘密
你相念，我相欠，这合同无期限

1
许欣然是在周日傍晚到的酒店。

她拎着一个小型的行李箱，又背了一个出行方便的小包，打扮得还算青春洋溢，勉强遮掩了她坐车两个多小时的疲劳。

快抵达目的地前半个小时，她给路曦打了电话，几乎是刚通那边就接起，但之后又没有人说话，许欣然兴奋地告诉她自己快到了，不过得到的回应极其平淡且没有激情。

这让许欣然失望了好一番。

不过等她人真到了酒店，看见坐在大堂休息区那个熟悉的身影时，希望又重新燃起，在她内心烧出了一把火。

"好西西！"

许欣然拉着行李箱一阵风似的跑过去，冲上去便一个熊抱："我就知道你还是关心我的！特意下来接我！"

路曦被迫承受了这个硬核的拥抱，拉下她要抬起的腿，比较敷衍地伸手拍了两下："好了好了，大庭广众的，快上去放你的东西吧。"

许欣然一甩大波浪长发，搂过她："西西，你陪我一块儿上去呗。"

路曦摇摇头，坐向沙发："你自己上去吧，我在这儿等你。"

许欣然哀号了两下，打算撒撒娇，但路曦根本看也不看她，磨蹭了几分钟，见路曦像是吃了秤砣铁了心一般，于是她也不勉强了，飞速上楼放下东西，然后补了补妆，很快就又下来了。

离饭点还有一会儿，两人就先出门逛了逛。许欣然在这种事上最不嫌累，乐此不疲地边走边说，路曦偶尔会应两声，但大多时候都没有说话。

晚饭两人选了一家家常饭馆，点了几个菜坐在角落，满是涂鸦和贴纸的墙加上暖黄的灯光，仿佛真有一种在家的温馨。许欣然好奇地在看别人所写的心愿墙，时不时大笑两声。路曦也在看，但总像是心不在焉。

"西西！"许欣然终于是忍不住了，敲敲桌子，有点生气，"你怎么回事啊？见到我之后就没精打采的，这么敷衍，我不理你了啊！"

路曦垂着脑袋，良久之后轻叹了声，坦言："欣然，我没什么心情。"

许欣然看她一脸愁容，皱了皱眉，问："西西，你是不是遇见什么烦心事了？跟我说说？我帮你想办法。"

烦心事吗？路曦不确定究竟是不是。

明明只是几句简单得连争执都不算的话，谁也没冷脸，谁也没生气，像是小时候常有的吵嘴，应该不用挂在心上的，但莫名扰了她整整一天一夜。

路曦埋下头，有些发狠地抓了两下头发。

许欣然被她这动作吓了一跳："干什么呢，别把自己薅秃了！"

路曦无力地抬起眼，手撑额头，隔了好一会儿，才开口："欣然，我……我和盛之行好像吵架了。"

许欣然闻言没什么意外，见怪不怪地"哦"了一声："唉！我还以为什么事呢，你跟他吵架不是家常便饭？用得着这么伤神？"

"这次不一样……不一样。"

路曦摇着头，声音渐渐呢喃，目光也开始发愣，盯着桌子角落的某个点一动不动。

许欣然确实没有太在意，但见她表情凝重不免又半信半疑。许欣然喝了口水，凑近问道："咋了？真吵架了？不可开交的那种？"

不可开交？那还真没有过。

路曦干干地扯了下唇——她倒宁愿这次是不可开交。

憋了一晚上外加一个白天郁闷的心情路曦再也忍不住了，她像倒垃圾一样，一股脑地把昨天的事都讲给了许欣然听，然后在说到结尾时，捕捉到许欣然越来越有些发亮暧昧的眼神。

路曦停住："你怎么这样看我？"

"我不是在看你呀，"许欣然眨眨眼，"我是在听故事。八点档的浪漫故事。"

路曦抿唇:"还能聊吗?不能聊散了。"

"哎,别啊,我开玩笑呢。"许欣然连忙拉住人,但眼里带着暗示的光还是没散去,盯着路曦上上下下打量了许久,道,"所以你是说,昨晚你们俩……光着膀子抱在泳池里?"

路曦有点头疼。

在许欣然身上,路曦大概都快用光自己后悔的次数了。每每有什么心事想跟她说,但等到真的说了之后,又开始想要是自己没跟她多嘴就好了。

"什么叫'光着膀子'?你能不能用词准确一点?是他没穿上衣,我什么都穿得好好的呢!"

"那也没什么区别啊,总之就是这么个情况对吧?"

路曦咬牙:"随便你吧。"

许欣然眯起眼笑,不打趣她了,正经地分析道:"你说你跟他吵架,其实就只是他生气啊。谁让你撒谎骗他,如果不想跟他去吃什么火锅,实话实说不就完了。"

路曦扶额:"实话就是我不想去了啊,但一开始又是我约的他。"

色香味俱全的菜肴摆在面前,许欣然拿着筷子品尝着,随口问道:"那你为什么突然不想去了?这总有个原因吧?"

路曦动了动唇,原本想说的话忽然记不起了,她垂下眼,一副明显不想回答的样子。许欣然隐隐窥出些东西来:"什么情况,什么情况?这里头还真有问题?"

回答她的是路曦扒饭的声音。

"有意思啊。你找我来给你分析,结果说一半有所隐瞒的又是你,这叫什么?这个就叫不信任。好西西,以后你有了当事人,你也希望他这样遮遮掩掩地对你吗?"

好家伙,都能拿这个来做对比了。路曦一时不知道是不是该夸奖她,挣扎了两下,给她夹了根绿油油的青菜:"算了,我们吃饭吧,不说这个事了。"

"那怎么行!你一根青菜就想收买我?"

许欣然当然不依,但路曦已经埋下头去了。许欣然咬着筷子边思索边盯着她,好半响轻咳一声,面色严肃:"来来来,你抬头,我有一个问题要问你。"

.203.

路曦拒绝："我不听,吃饭了。"

许欣然"啪"一下放下筷子,然后一把也夺走了路曦的筷子,在她伸手来抢时,说道:"这次我很认真。西西,我就这一个问题,你回答完我,我就不问你了。"

路曦被她这架势弄得一愣:"什么?"

"我可是很认真的,你一定得好好思考一下再回答我。"

许欣然确实很认真,起码肉眼看上去跟平常说话时完全不是一个样子。路曦不知为何竟也有些紧张,她揪了揪衣角,很快听见许欣然问道:

"西西,你是不是喜欢盛之行啊?"

脑子里像是放了一个闷闷的鞭炮,只有离得最近的那个人才能听见响声。路曦有些蒙了,眼前像忽然闪出火光来。

只是鞭炮并不存在,火光也只是晃动的黄色灯泡,她闭了闭眼,很快否认:"你想什么呢!"

"这不是我想什么,是你心里在想什么。"许欣然抓住她的手,"西西,这个问题你可得好好想好再回答。"

"我想得很清楚,我对盛之行……没有那种意思。"

"是吗?"许欣然压根不信,"那你这么在乎他生不生气干什么?"

"这个不是正常的吗?他是我朋友,就跟你一样,我肯定会在意的啊。"

"你确定他跟我一样?"

许欣然哼了一声,说道:"你知道最基本的,女性和男性朋友吵完架之后的表现吗?

"就是生气、郁闷,和你现在的样子差不多,但实际上又差了十万八千里!她们会找自己其他的朋友倾诉,发泄、骂人,把能吐槽的话吐槽一遍,觉得男人是种无理取闹的生物,说他们这不对那不对,恨不得将人喷得狗血淋头。不管问题由谁而起,这些才是正常的举动,而不是像你现在这样,愁眉苦脸一副没得救的模样。"

路曦呆呆地听完许欣然说这些话,脸有点红,说道:"你这些都是歪理……"

"是不是歪理你自己最清楚。"许欣然道,"你对他的表现,完全就跟普通朋友不一样啊。"

路曦梗着脖子说不出话,许欣然则越来越坚定自己的这个念头,越想越回忆起不少以前的事,语带深意:"说起来,你真的越来越有喜欢他的嫌疑。"

许欣然掰着手指头："你看看啊，你从小嘴皮子都挺溜，跟别人据理力争时就和机关枪一样，那个林恒飞……你还记得吧？你当时呛他那股劲我可是没忘的。但你自己说说看，为什么每次吵架你都说不过盛之行？你可是律师啊，能败给他一个搞建筑设计的？"

"这不科学，完全不科学。"

许欣然幽幽地评价，已然觉得自己离真相只差那么几步，就待面前这个人亲口承认。

"这叫什么——这就叫女人只在自己喜欢的男人面前示弱。你不是输给他，是输给你自己。西西，你就坦白吧，你是不是老早就喜欢盛之行那家伙了？"

藏着掖着的秘密，时间越久，便变得越沉重，重到让人有点受不了。因此越接近心底密封的角落，人就越有那么个念头挣扎破土而出——承认吧，坦白吧。

"嗯，大概吧。"

许欣然以为自己幻听了，想着今天可能问不出什么答案，没想到却轻而易举地撬开了路曦的嘴。她呆呆的、愣愣的："啥？"

路曦抬头给了她一个不太友善的眼神。

"我就知道！我就知道！"许欣然猛地一拍桌子，激动得无以复加，"你们俩中学时候就不对劲！谁家青梅竹马像你们这样，天天上下学一起走，说话一股打情骂俏的味，讲对方半点不好都不行！果然啊，路曦同学，当时你就对人家图谋不轨了！"

路曦头疼地闭了闭眼："你小声点。"

"我真小声不下来，你这惊喜实在太可怕了！"

许欣然换了个位子，从路曦对面坐到了她旁边，抓着她手臂晃着："怎么样，怎么样？你打算什么时候告诉他？"

路曦推开她，缩着脖子靠住墙："你别八卦了。"

"我这怎么能叫八卦？我是在为你考虑啊。你不说，那你们俩咋在一起啊？"

灯光实在晃眼，闭着眼都能感觉到有光在摇动。路曦睁开干涩的眼，沉默地盯了好一会儿桌角，呢喃一般：

"你说得好像……只要我开口了，就能跟他在一起一样……"

.205.

2

许欣然既然来了城东，作为好友，自然没有不去和盛之行打个招呼的道理。她敷过面膜缓解疲劳，休息了一整晚后，第二天大清早就行动了。

只是事都有不赶巧，她来得再早，也不敌人家昨晚就离开酒店了，灰溜溜白跑一趟，她低落着心情转投进路曦房间。

路曦已经醒了，刚洗漱过，以为是自己点的早餐送到，打开门却发现是许欣然，有点意外。毕竟很少见她起得这么早过，边让开让她进来，边扎着头发询问。

"别提了，我特意早起去找盛之行，结果敲了半天门没人应，打了电话才知道原来他昨晚就不在这儿了。"

她边说边在路曦床上躺下，责备："你俩好歹一起工作，这消息你都不知道的吗？"

路曦简单弄了个丸子头，把碎发绾到耳后，闻言回道："我知道啊。竞标还有不到三天就开始了，他们团队正是忙的时候，不在酒店很正常。只是你又没问我，我也不知道你大早上会爬起来去找他。"

"你真是……害我白白扑了个空。我不管，你得补偿我。"

"补偿你一顿早饭怎么样？"

"哼，便宜你了。那你打个电话吧，正好我也饿了。"

路曦笑笑，又重新要了一份早饭，随后去换衣服。许欣然就躺在床上翻阅手机，不知道在看什么，反正神情变得越来越认真。

早饭很快送到，路曦开门拿了后就喊许欣然出来吃。她动作也快，只是眼睛还盯着手机瞧，一不留神膝盖磕了下墙壁，痛得"嗷嗷"直叫。

"活该。"路曦看笑了，"你就不能等会儿玩？先过来吃饭。"

"我哪有在玩，我这是干大事。"

许欣然捂着膝盖跳过来，把屏幕放大，上面是一个文档："喏，瞧瞧，你肯定熟悉。"

路曦抽空瞥了一眼："什么东西？"

"好东西，你认真看看。"

路曦没辙，就这么接过来仔细瞧了一会儿。初时她还没感觉，后来才慢慢反应过来，许欣然说她会"熟悉"是什么意思。

"法学生告白语录？"路曦返回最开始的地方看着文档上头黑色加粗的

几个大字，有点警惕，"你这是干什么？"

"什么干什么，反正不是给你准备的。"

许欣然哼笑着揭穿她："就你那胆子，这东西给你也是白搭，更何况盛之行十有八九也听不懂。这是给我自己用的，你别想太多了。"

路曦被她说得面色一红，有点因为被小瞧而不太高兴。路曦暗自生了会儿闷气，见许欣然还在那儿看得津津有味，故意睨她道："那你看这个干什么？你用得上？"

许欣然勾唇："这你就小瞧我了吧。我是不是还没跟你说过，我男朋友可是名律师。"

这个还确实没听她说过。

路曦愣了愣："律师？谁啊？"

"说了你肯定也不认识。不过没关系，我来之前不是跟你说过他也在城东吗，今天他就有空，不过得下午。待会儿我就带你去见他，正好你俩可以认识认识。"

路曦还是有点意外的。

许欣然人缘很好，从小到大一直如此，周围围着转的男生两三只手都数不过来。路曦记得她谈过好几个男朋友，但似乎时间都不长，也从没带来给自己看过，往往都是在电话里那么一说，但之后也就不了了之。

路曦刚开始还认为是自己在国外的原因，所以总是错过见她男友的机会，但有几年春节回国时，她分明还谈着，但也没带来让见见，后来才渐渐知道，其实是她对人家总少了那么几分认真。

路曦曾经批判过许欣然的这种行为，觉得她这是对感情的不负责任。路曦本来以为会和她唇枪舌剑大战三百回合，没承想她居然点点头表示认同。

"大概我就是这种女人吧。总得等到谈得多了，才知道自己究竟要什么样的另一半。"

路曦说不出话来反驳，毕竟每个人的感情观念都不一样。就连她自己也还没想明白，分明身边有很多的选择，为什么独独还是揪着过去错过的那个人不肯放手。

"你对这个是认真的？"

路曦沉默了有一会儿，问道。

"当然，我很确定。"许欣然眨眨眼，"别忘了我可是阅男无数。"

"说实在话，我还挺羡慕你的。"

拿得起放得下,虽没有明确的目标,却始终勇往直前敢于抓住自己想要的。而她尽管早早有了目标,但一直都停滞不前,平白将自己困住。

许欣然当然听懂了她指的是什么,叹了口气,说道:"你也跟他说啊。谁说只能男人告白,女人要喜欢,也可以努力争取啊。"

路曦苦笑着摇摇头,不再说话吃起了早饭。许欣然也没吭声了,专注地划拉着手机找她需要的东西。两人就这么安静了一会儿,直到吃完早饭,收拾好后,许欣然才将路曦拉到沙发上坐下。

"来来来,给我点参考意见。这个东西我可是要写小卡片送给他的,你必须严肃认真啊。"

路曦没拒绝,和她一块儿坐着,揉揉耳朵,很快听她开始:"我来了啊,你听听。"

"我的心,你享有完全产权,独占且排他所有。"

听起来还不错,路曦点点头,不过很快说道:"完全产权包括占有、使用、收益和处分。前两个似乎不错,不过收益和处分这种权利,用在你们身上是不是不太合适?"

许欣然一听,竖起大拇指:"果然!专业人士的意见还是不一样。"

她很快便抛弃了这一句,又念道:"这个这个——做你的一人公司,所有股份,归你所有。怎么样?"

"独资公司吗?好像还行,不过这样听起来,你不就成一个所有物了?不太好吧?"

"这样啊……"

许欣然咬唇,接着翻:"那还是换一个吧,人和物这个寓意确实不怎么样。"

她又念道:"我又看到一个好的——无论何人请求,我都拒绝引渡!这个好啊!很霸气有没有?"

"是很霸气。"路曦摸摸下巴,"不过引渡……犯了罪的人才会被要求引渡,这样……"

"路曦!"许欣然一鼓腮帮子,气哼哼的,"你怎么回事?你是不是故意的?"

她有点泄气地一扔手机:"我是让你给我点意见,不是这样条条打击我的……"

路曦无奈地笑,也意识到刚刚自己过于"严格"了,安抚她:"那你问了我肯定会忍不住多想的啊。行行行，我道歉。你继续吧，这次我肯定不多说了。"

许欣然捡起手机："也不是不让你多说。你就帮我听听浪不浪漫就行了，反正到时候写卡片上送给他，他感动都来不及，绝对不会再挑三拣四了。"

路曦连连迎合："是是是，你说得对，刚刚是我错了。"

"没关系。"许欣然大方地摸摸她的脑门，继续开始兴奋地看手机。

路曦就靠在沙发上等许欣然，这一次等的时间长了不少。看来许欣然虽然嘴上说要随意，其实心里还是想找个符合她的浪漫要求，但听上去也没太多毛病的表白句子。

约莫过了有两三分钟，许欣然终于双眼一亮，拍拍路曦的腿："西西！西西！有了，这个你快听听。"

她轻咳了下："你相念，我相欠，这合同无期限。"她一字一句地念完，末了还赞赏道，"挺押韵的你别说。"

是挺押韵。

路曦听完，觉得这句确实还不错，反正毛病是不能挑了，便赞同道："就用这个吧，挺好的。"

"是吧？那就这个好了！"好不容易找到喜欢的，许欣然开心极了，边把这句话复制下来，边嘴里念念有词，"要我说你们法学专业除了背法条还是挺有意思的，毕竟这些本来无聊的句子改一改，就能一下子变成浪漫的情话。想想如果有人这样对我，估计我会心动地立马跟人家交往。"

路曦含笑听完许欣然说这些，刚想反驳，脑袋里却忽然闪过几个画面。那些画面是久远的、破碎的，像流星一样转瞬即逝，她想抓，但没抓住，一刹那的怅然若失，让她怔怔地久未回神。

她盯着房间某个不知名的小圆点呆呆地发愣，时间久到许欣然都不得不放下手机凑到她面前。见她眼睛空空洞洞的，许欣然不免有些吓到，推推人："西西？你怎么了？"

路曦慢慢地抬头看许欣然，静了很久都不说话，她像是在回想什么，又像是在确认什么。很快许欣然就见她皱了皱眉，长长的睫毛胡乱扇动："手机……你的手机！给我看看！"

"噢，你别急！"许欣然见她这样，连忙解锁了手机递到她手上。网页上文档的界面还在，路曦又翻到开头去看，仍旧是那篇《法学生告白语录》。

"这是你从网上找到的吗？"

"是啊，百度出来的，有很多呢。"

确实是有很多，光这一份文档就有近百条告白的话，什么法都有，被清清楚楚地列在每条语句之后。

路曦翻到许欣然刚刚念的那一句——你相念，我相欠，这合同无期限。

后头是用粗括号圈起的"债法"二字。

路曦便就这么盯着那两个字看，看了很久很久，久到似乎要将这两个字看穿、看透。

许欣然因为路曦低着头，始终没法看清她脸上的表情，只是见她迟迟不说话，刚才的表情还那么可怕，难免有些担心："西西？你说句话呗，怎么了？出什么事了吗？这个东西有问题？"

路曦没说话，就一下一下地抠着手指头。

而后忽然在下一秒，她猛地抬起头来，许欣然吓了一跳，紧接着就因为看见她泛红的眼圈内心一震。

"欣然……我要回家。"路曦的手指微微发抖，语气却没有犹豫，"我要回趟家！"

3

路曦就这么坐上了回家的车。

许欣然本来心怀担忧，想跟路曦一起回去，但路曦在情绪慢慢平复之后，想起她说的下午要和男朋友见面，于是没有同意，坚持让她留在酒店，表示自己会快去快回。

只是再想快去快回，中途这两个小时的车程都无法避免。人在焦虑的时候是没法欺骗自己放松心情的，路曦想闭眼睡一会儿都不行，只能眼睁睁看着窗外的景物在不断倒退。

她回的不是租住的家，而是在碧湖郡的别墅。

路宏江并不在家，只有吴静萍在客厅边看电视边学习着织毛衣。这是她最近迷上的爱好，毕竟消磨时间也不是件容易的事。

见到路曦回来她惊讶了一下，然后很快放下东西："西西？你怎么回家了？不是在出差工作吗？"

吴静萍自然知道最近几天路曦都在城东跟进盛康的项目，偶尔还会给她打打电话，今天没有收到她要回来的消息，所以难免有点诧异。

"妈，我没什么事，就是回来找点东西。"路曦很快解释，"我先回房间。"

鞋子脱得歪歪斜斜，动作也显得匆匆忙忙，吴静萍蹙眉看她这么火急火燎，想跟上去，但不及她动作快，只能在身后提醒："慢点！小心摔着了，那么着急做什么，要找的东西又不会长腿跑了。"

东西是不会长腿跑了，但路曦却不记得自己究竟将它放在哪里了。

她房间的衣柜下方有好几个盒子，装的都是以前读书时候自认为有用的书籍跟笔记。高中的已经有点泛黄了，大学时候的倒还崭新，她找到那一箱，托着底弯腰搬出来，不是一般的重，差点还压到手。

她在Ａ大只待了不到两年的时间，上课记的笔记却很多。那时候她喜欢买些彩色封面的笔记本，有时还自己画上两笔。不过封存了好几年，她都已经记不清画过什么，也记不清笔记里面的内容了。

路曦一本一本地将那些笔记掏出来，垫在箱底的是一沓打印纸，她先从本子开始，循着记忆触摸，试图找到那点熟悉的记忆。只是当一页又一页写满字的纸从她眼前翻飞，带给她的只有不断累积、越升越高的失望。

吴静萍在这时候跟了进来，看见满屋子散落的书本和纸张，以及跪坐在地上埋头忙碌的路曦，实在看不过眼这样的狼狈："西西？你这是要找什么啊？"

她说着便要过来帮忙。

路曦没有阻拦，但也紧抿着唇一个字都不肯说。她不解释，吴静萍哪里知道从何下手，只能无奈地在一旁叹气，跟在后头替女儿收拾残局。

笔记都翻完了，路曦便将目标转向了那些打印纸。有些打印纸是零散的，而有些则是用订书机装订起来的，路曦一一看过去，想起它们是以前上模拟法庭课程时用过的材料。

模拟法庭……

路曦思绪微微一顿，很快就如同想起些什么般，抓过那沓纸迅速翻看。

大概是翻到临近垫底的那份，她终于冷静下来，材料首页大大的"债法"二字完全霸占了她的视线。

路曦慢慢地、慢慢地打开。

吴静萍将她扔下的其他纸张都收拾好，见她唯独只盯着手里那一份发呆，了然地问道："是找到要的东西了吗？"

路曦翻向最后那几页，全是她以前做下的笔记。

只是那些笔记并非书写留下的，而是后来经过打印重新弄成的，最后的落笔还有她一贯的签名。

"嗯……找到了。"

路曦喃喃点头。

她看着自己洋洋洒洒的签名下，另一行龙飞凤舞、明显是他人笔迹的字，眼睛有点酸，视线也有些模糊。她突然有些不敢眨眼，怕再一次将这些失手错过的心迹当作玩笑丢弃。

——你相念，我相欠，这合同无期限。

她认得的，无论如何都认得。

这是盛之行的笔迹。

只是，她好像找到得太晚了一些。

路曦将近晚上八点回的酒店。

她找到工作搬出去以后，有将近半个多月没回家了，吴静萍念她念得紧，又见她今天回来情绪不是很好，于是就想留人在家吃个晚饭，但路曦拒绝了，低头捏着那几张纸塞进包里就坐上了回城东的车。

她刚进酒店大堂没多久，很快就被在休息区等候的许欣然给逮住了。她一抓着人就凑过来看，上上下下地不停打量："西西，你总算回来了……没事了吧？"

"没事了。"

许欣然听路曦声音正常，总算能松下一口气："你早上吓到我了知道吗？突然就说要回家还不让我一起，害我下午跟男朋友出去也玩得心不在焉，本来要写的小卡片也没送出去。"

路曦听到"小卡片"三个字蓦地一滞，还没做出回应，就听许欣然一拍手，压低嗓音："对了，有件事我还没说！你知道我刚刚在用餐区看见谁了吗？"

"谁？"

"何心韵！她居然也在这儿！"

路曦早几天就见过她，所以现在也没有很惊讶，淡淡地点了点头，不配合许欣然燃烧的八卦之魂。

"你怎么一点反应都没有？"

"我应该要有什么反应吗？"

许欣然眯着眼："以前只是知道你口才好，没想到你演技还这么顶。前几个月你刚从德国回来我就跟你说过了吧——何心韵和盛之行的事。当时你还云淡风轻若无其事呢……难怪，这么多年也没人瞧出你对那家伙有心思在，敢情你这演技都能去评选奥斯卡最佳女主角了！"

路曦听出这话里有嘲讽的意思，但还是揣着明白装糊涂，转身想往楼上去，不过目光一转，才发现她们刚才讨论的当事人就在不远处。

何心韵显然也是刚发现她们，对上路曦看过来的眼神时笑着颔了颔首。路曦确认过以她们之间的距离，何心韵听不见她和许欣然的对话后，也笑着点头回应。

"什么情况，你俩玩笑面虎呢？"

路曦扯开许欣然在背后捣乱的手，瞪她："别瞎说。"

"路曦，"何心韵没有离开，而是朝她走过来，问道，"刚回来吗？"

路曦一愣，很快听她补充道："早上看见你出酒店了。"

原来如此，那大概不是什么很好的记忆，毕竟当时她匆忙到连扎好的丸子头散下来也没空重新梳理。

"嗯，刚回来。"

"那……没什么事吧？"

"没事。"

"没事就好。其实我还喊了你一声，不过你可能没有听见。"

"啊？"路曦有点蒙，"不好意思啊，我确实没听见。"

何心韵笑："没事的，我猜到了。"

虽然何心韵表示理解，但路曦还是有些小小的歉疚，于是只能换了个话题，拉住许欣然介绍道："这个是我的朋友，许欣然。"

"你好，何心韵。"

许欣然跟人交流一向不怯场："我知道，我听说过你。"

何心韵闻言尚在意外，就听许欣然接道："我那个单身多年的好友盛之行，听说他最近有发展对象了，我就好奇地了解了下，结果就打听出是你了。"

何心韵自然没想到会是这种理由，路曦也被她这么直来直往的话搞得眉心直跳，赶忙扯她衣服将人往后拽。

"原来我是这样出名的。"

何心韵有点无奈，自己反倒先笑起来。路曦看她没有介意，这才暗地里松了口气，并且用眼神暗示许欣然不许再多说话。

其实许欣然说这些本没什么恶意，毕竟这就是事实啊，不管盛之行是迫于盛敬山的压力还是自己看上了这个何氏的小姐，总归他们预备发展确实是实情啊。

许欣然大学不是在A大念的,和何心韵毫无交集,但何氏是什么背景她还是有所耳闻,跟盛康强强联合并非没有可能。思及此,她不免想多打听点内幕出来。

"你……"

"何小姐。"

话刚起了个头就被恰巧打断,几人转回头去,只见盛之行的助理正小跑着过来。

后头自然是跟着某个人的。

"何小姐,不好意思啊,让你久等了。我们路上堵了会儿车,所以才回来晚了。"

他们应该是约好要谈什么事情,从助理三两句话中可以听出来。何心韵倒是不介意,说道:"没事,我也才忙完,现在有空。"

"行,实在不好意思。"

助理说完后便转身招呼:"盛哥?何小姐正巧有空了,我们现在上去聊?"

盛之行手上提着东西,很小巧,不过看起来像是什么精密的仪器,他低头正在摆弄,闻言淡淡点头:"嗯。"

得了应允,助理立马开路。他手上也有一大包东西,小心翼翼地拿着,先去了前边等电梯。

"那我们先走了。"

何心韵向路曦和许欣然道别,随后又回头朝向盛之行:"走吧。"

盛之行停止了摆弄仪器,抬起头跟着她一块儿往电梯去,中途谁也没看,连余光都像瞥不见人。

路曦有点心底发凉,站在原地暗暗攥紧了手心。许是也察觉到氛围不太对劲,何心韵走了几步后又回转过来,目光在盛之行脸上看了看,最后又落到那边沉默不语的路曦身上。

不过当她正想开口问时,盛之行往前的脚步忽地顿住,眼帘微微一垂,那一瞬间她似乎看见有什么从他眼中闪过,只是那情绪实在太快,让她连尾巴都没抓住。

路曦的掌心又攥紧了些,但这回那股发凉的感觉慢慢褪去,随之替代的是脑门上温热的暖意。

.214.

盛之行停在她面前,掌心严丝合缝地贴在她的额头上,双眼凝视着她,低声问:"生病了?"

路曦愣愣的,过了好一会儿才想起要摇头。

"那怎么脸色这么不好?"他扫了眼路曦白净脸上隐隐显出的黑色,随后目光不太友善地瞥向站在旁边的许欣然,"晚上别老找她陪你'浪',看你那垂到下巴的黑眼圈。"

许欣然一口老血卡在喉咙,噎了两秒钟才想起反驳:"你黑眼圈才垂到了下巴!我化了妆的好吗……不是,你怎么还这么嘴欠呢!"

盛之行并不理她,照样像以前一样惹了她又不管,只将手从路曦额上拿下,叮嘱:"晚上早点睡。"

路曦没有反应,盛之行也没等她开口,说完之后就往电梯那里去了。助理正在等着,三人都进了电梯之后,门就缓缓关上了。

许欣然仍旧愤愤,对着上去了的电梯还不忘挖苦,不过说着说着又注意到暗自发呆的路曦,不由得幽幽叹了口气,撞她胳膊:"不过你还别说,那家伙总归是关心你,对吧?"

路曦没说话。

她一动也不动,不敢拿自己的手去触碰额头,上面似乎还留着盛之行的温度,热热的,灼烫着她。

像许欣然的话一般。

他是关心她,好像一直以来,从小到大都会这么关心她。那天在泳池吵架时她还沉浸在自己的思绪里,如今冷静下来回想,才发现他话里有太多她不曾在意过的东西。

他的等待,他的承诺。

一个时间观念总是那么强的人,却一直愿意包容她的迟到,上学时候她都数不清有多少次晚出门时看见他等在门外,烈日寒霜,无论哪种天气,都不曾见他冷脸过一次。

而她当时居然未曾察觉。

在那样一个喜欢将所有朦胧心思隐藏的年纪,在她后来苦思冥想连醉酒时脑中都萦绕的问题,他竟是早早就给出过答案。

他的承诺,他的告白,不过就藏在写有她名字的那一张纸上。原来他们二人之间,曾远望过对方背影的,不是只有她一个。

4

"路曦，晚上我男朋友来找我，咱外联部这次的聚餐我参加不了了。部长要是问起我来，你记得帮我说说话啊。"

埋首在一堆书里的路曦摆摆手，头也没抬："知道了。"

外联部半年难得来一次这么大的聚餐，也抵不过这小妮子想见男朋友的心。路曦写完最后一段记录，边收笔边幽幽感叹：异地恋就是艰难。

A大前段时间举办了一次联合外校的志愿活动，学生会自然参与其中，作为需要拉赞助的外联部其中一员，路曦可谓是"跑断了腿"。好在最后结果尽如人意，活动举办得完美又盛大，会长这才联合部长，大方批款给他们来一场大餐。

宿舍里一共四个人，加入学生会的只有路曦还有她这位室友，室友不去，她就只能自己行动。只是她人还没出图书馆，就被一阵夺命连环call给叫停了脚步。

路曦看了眼来电显示，沉寂了一整晚的怒火"噌噌"直上。

"盛之行！你还敢给我打电话？"

"嘘——在图书馆你还敢这么大声说话？"

路曦闻言先是一愣，而后才拿下手机四周张望，很快她就看见了在她身后捏着手机闷笑的某人，眉头一拧，走过去。

"你不是不在学校？"

盛之行把手机放进兜里，推着她的肩膀往楼梯间去。这是二楼，走几步台阶也费不了多大力气，路曦没反对，顺着他力气往前。

"中午我就回来了。"他边说话边按了两下她肩膀，正好缓解她看了一下午书的疲劳。路曦转转脖子，扭过一些，正好对上他亮闪闪的眼睛。

虽然说……挺好看的，但怎么觉得，他似乎没安什么好心。

"西西……"果不其然，就听他开口，"我给你重新打印的那份材料你看了没？"

不提倒好，一提就激怒了路曦。两人这会儿恰好走到图书馆门外，路曦便揪着盛之行去了较近的那个石台子，一推，他就一屁股坐了下去。

"你怎么回事？让你重新打印，没让你在上面乱写字，知不知道那个是我模拟法庭要用的！很重要的！"

"知道，知道，你不是说过嘛……"

模拟法庭的课程很重要，实习和报告整整占了三个学分，路曦从一个月前就开始准备，找组员、对流程、开实训，那份材料上满满都是她的笔记，结果倒好，这家伙来找她一趟，直接把罐装可乐洒了上去，气得她急红了眼睛。好在他事后补救及时，在昨天课前重新打印了一份送还给她。

"那你不是顺利结课了……"

"这是你闯祸的理由？"路曦眯眼，把他堵得背靠石柱，"还是你在我材料上乱写字的理由？"

她这么说，就代表她看见了他写的东西，盛之行轻咳一声："你都看了？"

路曦冷笑："你把字写那么大，我看不见岂不成瞎子了？"

"那……你什么想法？"

"我什么想法？我想揍你，我什么想法……债务合同你还搞什么无期限，哪个乙方愿意跟你签这种东西？不是欠得慌是什么？还有，那份材料我答应要借给别人看的，你这样乱写东西我怎么拿得出手啊？"

盛之行神情微微一滞，随即面色有点黑地瞅她两眼，像是恨铁不成钢一般，咬牙切齿："你这专业知识可真没白学啊！"

路曦有点想踹他，但这人竟比她还不高兴一样，将她往旁边一拉，手撑着石台子就站了起来往台阶下走。

路曦憋了口气："喂，你去哪儿啊？"

"回去收拾收拾，还有个聚餐等着我呢。"

想起他也是学生会的人，路曦心里突然涌上一股不太好的预感，试探着问："不会是晚上七点，外联部组织的那个聚餐吧？"

很快她就听得前头一声冷笑："正是。"

盛之行不是外联部的人，但也身处学生会，按会长的意思是，在这次活动中有些部门人员表现异常出众，对活动顺利举办作出了巨大贡献，本来也是要鼓励和感谢他们的，正好今晚外联部聚餐，也就顺便把他们带来一块儿庆祝了。

这个"他们"之中，自然就包含了盛之行。

聚餐地点选在A大附近一处有名的宴席酒店，整个的装潢和配套的桌布以及宴会椅都是大红色的，一眼望去非常喜庆。前头还给划分出三分之一的空地当作舞台，周围提前粘上了粉红色的气球。

路曦越看这场面越觉得不对劲，边跟着人群找座位坐下，边询问旁边的人："这怎么回事啊？闹得跟要结婚一样？"

回答她问题的人显然是知道内情的，闻言偷偷地笑说："你还没听说吧？会长今晚要跟他女神表白呢！"

"啊？"

路曦吓得瞪圆了眼，这她还真没听说。

会长要表白？跟女神？他女神是谁啊？

一连串的问题蹦上来，路曦想问，但又觉得多问不太好。不过好在跟她说话的这位是个热心肠，见她什么都不知道，就仔仔细细给她解释了一通，才总算解答了路曦的疑惑。

原来聚餐是临时起意，当众表白才是蓄谋已久。

路曦不知怎么的，突然就有点羡慕起那个女生。她打开手机去看，聊天记录里路朝已经给她发了很多消息。

而她还没来得及回复，大餐准点上来，大家各自动筷，也都是熟人，很快就说说笑笑起来。七人一张桌子，外联部加上学生会其他部门零零散散几个人，围起来也有四五桌了，笑闹声溢满整个空间。路曦小喝了几杯，也跟同桌人玩起游戏。

大概进程到了半途，原本明亮的环境瞬间暗了下来，随即舞台的灯光打上，在中间照出了一个刺眼的圆。在场的除了几个像路曦开始一样不明所以的人，其他人都发出了看热闹不嫌事大的起哄声，路曦也抿唇在笑，知道接下来会发生什么。

舞台上很快出现了一个男生的身影，不用多看，那就是会长无疑了。路曦边在腹诽他这么大的事都不跟部门里的人说，边想着拿手机狠狠拍他几张丑照。

"别拍了，过来过来！"

黑暗里有人摸黑过来，一把抓住了路曦的手，她还没来得及拍照就被硬生生拽走换了张桌子。直到被按着肩膀坐下，她才小声抗议："你干什么呢？把我拉来这里做什么？"

"没事的，这座位原本的主人现在正在台上准备他的告白大计呢！一时半会儿回不来。你就坐这儿看，视野比你刚才那位子好多了。"

盛之行拍拍胸脯保证，一跷腿在她旁边的椅子上坐下了。路曦往台上看，这里确实视线更好一点，于是她也就勉为其难地答应了，不过却没有再掏出手机拍照。

台上亮起了小射灯，气球也发出荧光，最能渲染气氛的背景音乐自然少不得。被告白的女主人公在一阵起哄声里被人推上舞台。会长接过麦开始唱歌,边唱边含情脉脉地走过去,另一只手里捧着一束玫瑰。

"小酒窝长睫毛,是你最美的记号,我每天睡不着,想念你的微笑。你不知道,你对我多么重要,有了你生命完整的刚好……"

人人都能唱上几句的情歌,在告白时就变成了美丽动听的情话。周围许多女生都在小声地跟唱,男生则大大咧咧地哄笑,有不少弹起了舌,吹起了口哨,甚至拿出手机开了电筒使劲地晃。

路曦含笑的目光从台上慢慢转移,最后在不算黑的黑暗里投到了盛之行身上。他也在吹口哨,反坐在椅子上意气风发,一双眼微微弯起,整个侧脸都罩上了昏暗的光晕。

她不知道自己看了多久,但确信时间并不短,因为她的视线甚至都让盛之行有所察觉,在那样热闹的环境下偏头来看她。

他们就这样互相对视上。

他的笑容慢慢褪去,可眼里的光芒仍还闪烁。路曦的心忽然直跳,一时不敢再和他对视下去。

"西西,其实我给你写的……"

"盛之行……"

两人同时开口,又都同时停下,路曦一愣,道:"你先说吧。"

盛之行在椅子上坐好,挺直背莫名认真的样子,他摇摇头:"我的事很重要,你先说完我再说。"

……他就这么确定她的事不重要吗?

"我爸妈想让我出国留学。"

这个计划很早就有了,路曦上大学前就听路宏江和吴静萍在家中提起过,只是没想到会来得这么快。

盛之行闻言一顿,很快反问:"什么时候?"

"大概……下半年秋季。"

那已经没有几个月了。

"去哪里?"

路曦沉默,其实这正是她纠结的地方。

"他们想让我去德国。因为出国毕竟为了学习,去同属一个法系的国家最好不过。我哥当初也是在德国留的学,如果我去,他可以帮我引荐导师,学习上就会方便一点。"说到这儿,她顿了顿,"但是如果我去,就得学习基础德语，否则交流都成问题。"

"因为这个，所以你不太想去德国？"

路曦没有回答，看了会儿盛之行："我听阿姨说，你也要出国留学，去英国？"

盛之行不知道她怎么就扯到这个了，愣了愣，才说："是有这个打算，不过是明年……但我没同意来着。谁说我爸让我去我就得去了……"

他说着说着停住了，猛地抬头看路曦："你是想去英国吗？"

去英国没有太大的语言障碍，作为留学的选择那里无疑是一个好地点。盛之行扶住路曦的椅背，低头朝她靠近了些："西西，你想去英国吗？如果你想去的话，那我让我妈把留学计划提前一年，我现在就回去申请，下半年跟你一起出国，怎么样？"

路曦微微有点发愣，她分明还记得上一秒他说自己没有同意来着。

舞台上告白的音乐已经停了，所有起哄的声音也都落下，只有会长拿着麦克风，清晰的告白如雷贯耳："我想和你在一起！"

而盛之行的注意力丝毫不在那里，他还在跟她说话："你是不是觉得去英国虽然语言会方便，但学习上可能有问题……"

他说了什么路曦都听不清，只能看见他的嘴在一张一合。也许人的勇气会在一瞬间极为高涨，她突然就这么一捏拳头，仿佛不管不顾："我只是……想和你在一起。"

周遭突然热闹起来，大概是舞台上的两人有情人终成眷属，许多人开始争先恐后地拍照。只不过那一隅欢欣，传不进某处相顾无言的二人之间。

盛之行如遭雷击，身子僵得动都动不了，心跳不可控制地加快。他紧紧盯着眼前的人，差点没忍住抓她的手："你说什么？西西？你再说一遍？"

路曦死死咬着唇，指甲快要陷进手心的皮肉里。

"嘿！盛之行！"

整个大堂的灯光已经亮起，轰轰烈烈的告白结束，让有些伺机而出的情绪不知该如何隐藏。

盛之行拍开身后那只烦人的手，拉着路曦的椅子将她拽近自己，像是不得出个答案今晚就誓不罢休："路曦！你别装哑巴，你刚才的话什么意思？"

路曦抿唇看着他，头顶脚底都在发麻。

"哎，盛之行，门口有个女生喊你，说是叫程夏。"

那只烦人的手又搭了上来，是一个刚刚去上卫生间才回来的人，遇见了让他帮忙传话的程夏。

程夏也上了A大，不过没加入学生会，而是在别的社团。大学不比高中，路曦其实已经很久没听过这个名字，却不想今晚却忽然耳闻。

"没空！"

"没空你自己去和人说啊，我可不传话了。"

那人很快走开，盛之行连头也没回，还在盯着路曦。她实在有点紧张，推了推人，扭过脸："你……你先去吧，回来再说。"

"我不去！"盛之行执拗得像个小孩，"你先把话说清楚我再去！"

"我……等你回来我们再说行吧？你这样大晚上让一个女生在外头等你安全吗？我哪里说得下去……"

盛之行还想拒绝，但见路曦别过脸，一副他不去就没得谈的样子，暗暗憋了心里那股着急的火，嘱咐："那你就在这儿等我，一分钟，不，半分钟我就回来！不许走，你听见没？"

路曦无奈："听见了。"

话音刚落，就见盛之行起身飞奔了出去，窜得比兔子还快。路曦暗暗松了口气，赶紧缓解自己因为被他盯着看而有点僵麻的双手双脚，果然是这辈子从没干过的事，给她弄得像偏瘫了一样，但心里又有无与伦比的兴奋。

她转头看向门边，他已经出去了，连片衣角都没让她抓着。其实她想一鼓作气说下去的，只是到底勇气不太够用。

那就再等等吧，等他回来，她想，她就能够把所有心里的话都说完了。

…………

"我问他，他以前有没有向女孩子告白过。"

恍惚之间，路曦想起了那天在大鸿包厢赵修齐附在她耳边说出的话。

原来这就是盛之行的秘密。

一个和她一样，深埋心底，只来得及给出开始，却没能等到结果的秘密。

第十章 / 爱人错过
她的心，好像也终于落在过去了

1

信峰一期的开标会定在周三，周二下午除了部分需要留下的组员外，其余人皆坐上车回了盛康。路曦也在其列，许欣然没走，跟着她一道蹭了趟车。

车停在盛康楼下，大家就各自走的走，散的散。路曦拖行李箱，跟许欣然在路口说了会儿话，之后就分道扬镳，许欣然回家，而她则往碧湖郡去。

其实路曦本来没打算回家的，不过那天火急火燎又神态紧张的样子着实吸引了吴静萍关注，知道路曦在出差，所以她也不强求，只说结束之后务必回趟家，不然她就直接过来租的房子找人了。

路曦哪里拗得过吴静萍，只能乖乖听话，行李都没放就直接回去了。

路宏江照旧不在家，不过意料之外的却是见到了悠闲喝茶的路朝，路曦一愣，都还没说话，吴静萍就从厨房里出来了。

"哎哟，西西回来了？快快快，东西先放下，洗个澡去，洗完出来吃夜宵。"

"哦。"路曦应了声，经过沙发边时好奇地问，"你怎么在家啊？"

"妈喊我回来的，"路朝挑眉，半真半假一样，"说你不太对劲。"

路曦有些无语，于是就没有说话，拉着行李箱回了卧室。一阵洗漱之后她感觉浑身清爽，擦着半干的头发出来时，客厅却没了吴静萍的身影。

"老妈呢？"

"沈姨叫走了。"

桌上摆着一碗热腾腾的汤圆，路朝边回答边示意那就是吴静萍刚才所说的夜宵,让她赶紧乖乖坐下一粒不剩地吃完。

"沈姨给的,说是味道极好,尝尝吧。"

路曦点点头,把毛巾搭在肩膀上:"老妈这个人,非要喊我回来,结果人又不在家,这跟我没回家有什么区别。"

"不用着急,你明天也可以待在家里。"路朝翻着杂志,"放你一天假。"

"啊?"路曦闻言意外,"为什么突然放假?"

"谁说是突然?"

路朝悠悠道:"明天是开标日,盛康只要拿下这个项目,和何氏的合作就正式达成了。到时候后续文件和签约合同,哪一个不得你经手?给你放假,只是巴掌前的一颗甜枣而已。"

路曦暗暗竖起大拇指:"不愧是你,真是敢说。"

反正自己早有这个准备,路曦也不怕,放心安然地继续吃夜宵。路朝又翻了会儿杂志,然后才放下,端着茶踱步过来。

"说说吧,前几天什么情况?妈说你可把她吓得不轻。"

"她就爱夸张……我没什么事。"

"没什么事回来就翻箱倒柜?"路朝显然不信,"我人虽然不在城东,但消息还是有所耳闻。听说你那天回去之后,情绪就一直不太高。"

路曦还疑惑他怎么会知道的,刚想反问,忽然就想起酒店除了她还有一位也是这人的下属,顿时恍然大悟,一拍脑袋:大意了呀!

"你这样不道德,怎么随意跟别人打听我的情报?"

"我关心自己的妹妹能叫不道德?"

"妹妹也有人权,请哥哥尊重隐私。"

路朝闻言哼笑,食指一弹路曦脑袋:"牙尖嘴利。"

路曦清楚路朝性格,她在言语上多加推辞的事,他一般就不会再过多追问,哪怕是老妈的意思,他大多时候也会站在自己这边。于是这样想着,心里便觉得这个哥哥还算不错,就体贴地留了半碗汤圆,当作奖励送给他。

不过路朝肯定是不会吃的,这个不用多想就知道。路曦不过就是不愿意在客厅里浪费时间,免得一会儿吴静萍回来,又逮着她问东问西,到时候可就真得和盘托出了。

家里的床很久没睡,大概是因为想念,一沾上去就来了困意,路曦没撑多久就闭眼沉沉睡去,再醒时天已经亮了。

路朝没在家里,维持自己人设上班去了。路曦被他强制放了假,本来想偷闲休息一天，不过天不遂人愿，起床还没两个小时就被吴静萍打发去盛家了。

原来是昨晚沈丽听吴静萍说路曦回家了，所以今天怎么着都让她带着人过来一起吃饭。两家已经有一段时间没聚了，沈丽自路曦工作以后更是没再见过她。

"西西你来啦？哎呀，快坐快坐，跟阿姨说会儿话。"

路曦刚一进门就被拉去坐下，是熟悉的热情，她笑脸盈盈，搂了搂沈丽的腰："阿姨好。"

"哎，好。你瞧瞧你，刚工作才几天就瘦了，这细胳膊细腿的，阿姨都能摸着骨头了。等会儿开饭，刘婶做的都是你喜欢的菜，可得多吃一点。"

路曦点头："嗯，肯定多吃，我也好久没尝过刘婶的手艺了。"

"你刘婶还得忙一阵。饿不饿？先吃点水果填填肚子吧。"

路曦听话地挑了一个苹果掂在手里，大大地咬了一口。沈丽摸摸她的脑袋，然后就转头和吴静萍说话了。

她安静地听了一会儿，没什么话能插上，便去了厨房看刘婶。刘婶果然在忙，一堆菜等着切，路曦反正也没事做，干脆就想上手帮忙。

刘婶本来是不同意的，但看她坚持也就不反对，只挑了简单的土豆给她上手。路曦笑笑接过，边切边和刘婶聊天。

盛敬山不在家，但看砧板附近这些食材的数量，总感觉光她们这些人吃还有得剩。路曦揣着疑惑好半晌，刚想问，就听门口传来车子的声音。

她一愣。

客厅传来吴静萍的声音："西西，该是之行回来了，你去门口接他一下。"

路曦放下刀冲了下手，沈丽紧随其后道："接什么接呀，那么大个人了，就几步路他自己还不会进来。"

"我去吧，没事的，阿姨。"

路曦很快从厨房小跑出来，湿漉漉的手都没擦干，就在衣服上蹭了两下。

她到门口时盛之行正好进院子，看见她也不意外，甩了甩手上的车钥匙，冲她勾唇笑笑。

"怎么出来了？"

路曦盯着他的脸，退开到一旁让他换鞋，低声回答："哦……我妈让我出来接你。"

盛之行头也没抬："你什么时候这么听阿姨的话了？"

路曦噎了一下，找不出话反驳，沉默了一会儿："我都不知道你要回碧湖郡。"

盛之行换好鞋起身，路曦站的位置挡住了门，他先是看了眼她，然后拉住她手腕。路曦怔了怔，还没反应，就见他往她身后伸手带上门。

"我妈非要喊我回来吃饭，说是你跟阿姨要来。"

路曦抿了抿唇，盛之行关上门后就松了手，路曦悄无声息地缩回手，背在身后转了几圈。

"回来了？这么快，不是说得晚一些吗？"

昨天问的时候他说是早上开标，回来的时间可能会晚，所以沈丽特地让刘婶迟一些做饭，没想到他居然早回来了。

盛之行脱下外套挂好，先是跟吴静萍打了个招呼，才回答沈丽："事情处理完就回来了。"

"那行，去洗洗手吧，等会儿吃饭了。"

盛之行点点头，转去厨房洗手。刘婶见到他高兴得直笑，手下洗东西的动作都利索不少。

盛之行也笑，眼睛一瞥，正好看见砧板上一摊稀碎的土豆，眉头一挑，还没发问就听见刘婶揭穿："那个是刚才西西切的。"

他哑然失笑，切成这样一会儿怎么吃啊。

"您就惯着她，这样切怎么能行？"

刘婶笑眯眯地压低声音："西西想弄就给她弄了，实在用不了我重新再切就是，没关系的。"

盛之行低头笑笑，挽起袖子，从碗里捞了一个新的土豆上来，把那些稀碎的放到一边："我来帮您打会儿下手吧。"

盛之行打小就常跟在刘婶旁边，一手好厨艺大半都是从她那儿学来的。刘婶自然放心，就是瞅了瞅外边还有点欲言又止。

"没事的，我妈不管。"

他知道刘婶在想什么，一句话便解了她的忧虑，很快开始专注地切土豆。他的刀工一向不错，在英国吃了几年西餐也没退步，这会儿动起来声音清脆，直到切完了抬起头，才发现路曦不知道什么时候已经站在门边了。

她显然也看出自己切的土豆片不太合格，没等他说话就摆摆手表示理解，不过自尊心还是有点受挫，盯着脚丫一声不吭。

"过来。"

盛之行喊她。

路曦双手抱着，闻言踱步过去："干什么？"

盛之行也没回答，抓起块胡萝卜就往她嘴里塞，成功后便弯起眼睛笑。

路曦含着萝卜块，有一下没一下地嚼着，不知道怎么也想笑。刘婶在旁边习以为常地看他们闹，只提醒着："小心点，小心点。"

他们早不是小时候的孩子，玩闹之间总磕磕绊绊。但在刘婶眼里他们似乎一直都没长大，还总担心他们会不小心伤到哪里。

最后的结果自然是他们被无情地赶了出来，刘婶不许这二人再待在厨房里了，且不说有没有危险，光是食材都有被偷吃光的风险。

路曦跟着盛之行从厨房里出来，边走边不甘心地解释自己是无辜的。盛之行在擦手，闻言哼笑了声："把土豆切成渣了，还说是无辜的？"

路曦梗着脖子："刘婶都没说什么呢。"

"所以你就膨胀了？自己什么厨艺还不清楚。"

"你……"

路曦还想回嘴，但突然间又静了下去。她想起和许欣然在城东吃饭的那天晚上，想起许欣然质问她为什么总是吵不过盛之行。

原来很多事情确实早有端倪，只是自己身在其中才后知后觉。她的行为便如同她的心一样，已在不知不觉间向盛之行退让了。

2

吃过午饭路曦就回了自己家。

盛之行说是有空回碧湖郡，但事实上工作的事根本没忙完，饭后还没有休息十分钟，就又开车回了公司。

信峰一期的项目很快落实，公示在三天后出来，盛康顺利夺标，和一开始的预期无差。路曦在事务所忙碌了两天，很快收到指示，让她去盛康跟何氏的人对接后续的合同。

于是这天下午路曦就拎着她沉重的包赶往盛康。

前台的人接待了她，应该是提前打过招呼，她简单表明来意，对方很快就有了动作，引着她上了电梯，将她带到办公室内，还贴心地泡了咖啡。

"麻烦路律师在这里稍作等候。"

应该是何氏的人还没来，路曦环顾了一下四周，点头："好，谢谢。"

招待的人很快离开，偌大的办公室里只剩下她一人，路曦从真皮的办公椅上起身,不知为何总觉得眼前的环境有种莫名的熟悉,引得她频频好奇。

刷得雪白的墙面,灰色的桌子和柜子,摆设不多,只有日常的办公用具,连盆绿色的植物都不见。怎么看,都觉得这屋子的主人有种性冷淡的潜质。

性冷淡……

路曦蓦地一顿,脑海里刚窜出一人的影子,就听身后的门打开:"来了?"

她诧异地转过头:"盛之行?"

盛之行抱着一堆材料进来,放下后拍拍手:"嗯,是我。怎么这种表情?"

路曦想过来盛康可能会遇见盛之行,但没想到这么快就碰面了,刚才那股莫名的熟悉也就有了解释:"这里是你的办公室?"

"嗯。"

"在你这儿谈合同吗?"

临近四月,春天的太阳也开始有了厚重的温度,盛之行有点热,脱下外套后又开了窗户,边松领带边回答:"本来是要在会议室谈的,不过何氏的人临时出了点问题,大概得晚两个小时才能到,所以你就先待在我这儿吧。"

怎么也没人通知她?

路曦看他一副早有准备的模样,皱眉:"你不会早知道了吧?"

盛之行闻言勾起唇,瞅着她要笑不笑:"大概也就比你早……半个小时知道?"

"喂!"路曦郁闷地抬手,"那你不告诉我?"

盛之行受了一掌,有点无辜:"你说不定都在来的路上了,我告诉你,你不是还得回去,这样多浪费时间。"

"在这儿等着就不浪费时间了?"

"不浪费,不浪费。"

盛之行揽过她肩膀,笑着把人按在椅子上坐好,然后一把推过他的电脑:"你回去也是工作,在这儿也是工作,替你省了耗在路上时间多好?你就用这个忙吧,我有台式的,刚刚好。"

路曦哭笑不得,对着他已经解锁了的电脑什么话都说不出来。

她的文件都在自己那里,他的电脑根本接收不到,再者她下午来谈这个合同,本来就已经提前做完了今天的工作,他让她在他这儿忙,可她哪有什么其他事可以做。

但路曦最后还是什么也没有说，一声不吭地抱走了他的电脑。盛之行见她低垂着脑袋扭开脸，淡淡地笑了笑，也转开头去处理那堆刚拿回来的材料。

盛之行是个工作时很专注的人，一般周围没有什么太大的声音，都不会让他分神。只是沉默不说话的路曦好像比什么都有吸引力，不过隔了一张桌子坐在他对面，就惹得盛之行频繁抬眼偷瞄。

于是就在他第N次偷看路曦的时候，总算发现了点不对劲。她看样子在盯着电脑屏幕，但一直只有右手在握着鼠标比比画画，键盘摸都没有摸过，这着实有点奇怪。

盛之行不动声色地起身。

电脑关着静音，但不影响路曦热火朝天地和别人斗智斗勇，刚刚出了个王炸准备走最后的对子，就听背后传来阴恻恻的一声："斗地主？"

路曦手指一抖，对子没连起来，只单点了一张出去。

"啊！"

她哀号起来。

盛之行见状没忍住笑，往后退了两步，果然路曦就跟急了眼的兔子一样，"噌"地蹿起来要揍他。

"盛之行！你是不是有毛病！你害我成这样，对面那两人还以为我有多菜呢！"

盛之行不怕死地回嘴："你确实也就能玩玩斗地主。"

路曦气得要摔电脑走人。

"我错了，我错了，我帮你赢啊，下一局，不换桌的。"

"我才不要跟他们继续玩！"

结算页面已经出来，她这个地主被狠狠地扣了几万豆子，路曦一通惋惜，瞪着盛之行的眼几乎要喷出火来。

"我帮你，真的，你就坐旁边看好了，几万豆子而已，我一下给你翻几番赢回来。"

路曦才不信他，不过是玩累了才把电脑扔给他。盛之行重新拉了张办公椅贴着她坐下，嘴边幸灾乐祸的笑意还没下去。

路曦心里本来有气，可慢慢地看着他笑，那气不知怎的就下去了。他玩游戏不似工作时那么严肃，几乎时时扬着唇，恢复他话痨的本性。

"你看看你，背包里有记牌器都不用。"

"不过我才不需要记牌器，他们手上什么牌我一下就猜出来了。"

"没有王炸也一样能飞。"

....

他一直在说,神采飞扬的,跟小时候的他基本没差别。路曦看着,渐渐静了下去。其实她跟盛之行除了那日在盛家一起吃饭,已经有快一个星期没联系了。

"盛之行。"

"嗯?"

"对不起啊,那天在游泳池。"

盛之行拿着鼠标的手一顿,嘴角缓缓放下,转头看她。

那眼神意味不明,但路曦看得出来,里面绝没有听见道歉后该有的开心。他的眉头反而皱得更紧了,唇也微微抿起。

"我没有生气,你不用道歉。"

他语气沉沉地说完这句话,扭过头继续玩游戏,只是拧起的眉心让他的情绪泄露,表明他现在的心情在变糟。

"那你怎么看上去不高兴?"

"我没有不高兴!"

路曦无奈:"你怎么跟个小孩一样?"

盛之行疑惑地瞅她。

她笑笑:"难哄。我跟你吵你生气,跟你道歉你也绷着张脸,是不是跟小孩一样不好哄?"

盛之行噎了下,冷哼一声,道:"那我是不是也该跟你道歉?明知道你是个旱鸭子,还把你拉下水。"

他把同样的道歉回给她,路曦同样不存在什么该有的开心,她捏了捏衣角,轻咳:"不用了。"

"现在知道我什么心情了?"

己所不欲,勿施于人。这一番将心比心的操作,直接让盛之行大获全胜。路曦妥协,奋拉下脑袋趴在桌上,认输:"好好好,我不说了,我不说了。"

盛之行脸还臭着,甩了两个炸弹结束游戏,然后也不开新的了,转过身子拎了拎路曦的衣领。

"坐起来。"

路曦没听他的,人还趴着,不过意思意思地往他面前凑了凑。

盛之行低下头,看着她:"我这话可就只说一遍。你跟我,我们之间,不存在谁欠谁的，所以不需要道歉。哪怕是你做错了，你也就当作你有理好了，反正以前不都是这样的吗？也没见你软脾气地搞现在这些套路。"

听起来像是在吐槽她，但路曦一点都不觉得生气，只觉鼻尖有些酸酸的，涩得她赶紧把头往臂弯里埋。

"喂，你有没有认真听？"

盛之行又抓了抓她的衣领，路曦还埋着头不理他，他便干脆把手往她后脑勺上罩，从发缝里溜进根手指挠她脖子。

这人知道她弱点在那儿，路曦很快就摆手投降，边笑边从手臂里抬头。

盛之行没有放开手，只从她后脑勺移到了她肩膀上搭住，长长的手臂环着路曦的脖子，轻轻扫着她耳旁的碎发。

"听见没？"

路曦一动不动："听见了。"

"这还差不多。"说着他才放开手。

分明是她开的游戏，可现在沉迷的人却变成了他。路曦看着他又开了一局斗地主，想了很久才解释："其实那天说让你反悔……就只是气话而已。"

"我知道。毕竟我说不骗你，可是你占了便宜的。更何况，都说了别低估我，我可不是那么容易对自己说的话反悔的人。"

路曦抿了抿唇，说："那那个人呢？你告白过的那个人……你现在还喜欢她吗？"

盛之行似乎是怔了怔："怎么忽然问起这个？"

路曦咬了咬唇，她其实很早就想问了，从发现合同上他写的那句话是什么意思之后……只是她一直都没有找到机会。

"你就说说啊，我好奇呗。"路曦假装镇定，"大不了我也赔你一个八卦就是了。"

盛之行闻言不知想起什么，嗤道："喊，我对你那些事情才不感兴趣。"

"那你到底说不说？"

"有什么好说的，当初都没在一起，就是有缘无分错过了呗，人总要向前看。"

路曦的太阳穴猛地在跳，心却慢慢凉了下去："所以……你已经不喜欢她了吗？"

盛之行没有立刻回答。

他沉默了约莫有五六秒，然后抬头看了眼她。路曦被他眸中浓浓的黑浸得手脚发麻，但可惜等到最后，也没有盼来她想要的答案。

盛之行淡淡地摇了摇头，转开脸，垂下的眼不知落去了哪里。

路曦的心，便也在这一瞬坠了下去。

3

跟何氏签订合同的过程很顺利。

条件是双方都满意的，开工的时间由何氏来选，定在下个月的某个吉日，名字签上白纸的那一刻，代表路曦这一段工作便就此结束，借着合作的由头她还跟自己的老板握了握手，这种感觉说起来还挺奇妙。

靳阳送路曦回的事务所。

不知道是不是因为项目的事顺利落幕，坐在他的车上路曦也觉得浑身轻松，她小幅度地伸了个懒腰，很快就被靳阳眼尖地看见。

"这段时间辛苦你了。"靳阳笑，"给你放两天假？"

路曦闻言头疼："你怎么也要给我放假？我哥前两天才这么说过……还是算了吧。"

"对工作那么着迷？我以为你会欣然接受的。"

"在老板面前表现出很想放假的样子，哪个打工人会这么傻？"

靳阳被她逗笑："原来如此……看来你心里还是想有假期的。"

和他这么一来一回说话，窗外的风景不知道错过多少，路曦悠悠地轻叹："谁不想有呢……"

话尾飘散，之后的路途就无人说话。

车停在事务所外，路曦跳下来，跟靳阳道了个谢。他轻笑着说了句"举手之劳"，然后也随之下了车，不过没往里走，就站在车旁："刚刚我说给你放假可不是开玩笑的。"

路曦走了一半，闻言又转过头来："啊？"

"何氏有个参与开发的度假村试营业，心韵让我来邀请你下周末去玩一玩。"

虽然早知道靳阳跟何氏的关系，但这么突然地从他嘴里听见何心韵的名字，路曦还是有点反应不及。她怔了好半响，才组织好语言问："她要邀请我去玩？"

"准确来讲不止，似乎她的计划里有这次参与设计的一众盛康员工，不过那边还得看盛康肯不肯放人，至于你……她估计是觉得我老板的身份好说话吧。"

靳阳话语间虽带着惯常的笑，但路曦还是敏锐地察觉到一丝无奈的宠溺，不知怎的，她鬼使神差地脱口道："你跟何心韵……"

只是她到底还是打住了，毕竟这样探听别人的关系不太礼貌。路曦有点懊恼，刚想着补救说点什么，就见靳阳笑开："我跟心韵的哥哥是朋友，打小看她长大的，白占了她十几年喊我哥哥的便宜呢。"

路曦失笑，原来是这层原因，难怪看他们的样子十分熟稔，不像是普通的工作伙伴关系。只是靳阳这么坦白，倒让她有点无所适从，她本来就不知道怎么拒绝，现在更是没辙了。

"你不用有太多顾虑。"靳阳道，"我虽然帮她来邀请你，但不会用什么身份来左右你的决定。说给你放假，也只是觉得最近你可能需要放松一下。"

他说得极其委婉，但路曦怎么可能听不出来，她扯扯唇，有点丧气："你也认为我最近状态不好吗？"

胡宁宁前几天也这么说过她。

"一点点。是有什么烦心事？"

路曦摇摇头，但很快又点头，反正她骗不过靳阳，何必再继续自欺欺人。

"烦恼只会是一时的，与其纠结自扰，不如早点想办法解决。如果暂时解决不了，放松一下，对你也有好处。"

靳阳没有多问她什么，只保持上司以及年长她几岁类似于哥哥的形象给了一句建议。路曦沉默着接受，进了事务所。

回归正轨的工作生活过得很快，黑夜白昼连轴转，一眨眼时间便都过去，是捧着书籍阅读时所没有的充实快意。只是路曦偶尔还会看着空白的纸页发呆，想象着那里会出现龙飞凤舞的一行字迹。

有关于去度假村的事情早在整整半个月的忙碌中被路曦抛到脑后，她甚至都没怎么想起来过，直到快周末前接到电话，她才记起还有这码事。

打电话来的同样是个她意料之外的人。

"赵修齐？"

路曦用耳朵和肩膀夹住手机，勤勤恳恳地扫地，诧异道："找我有事？"

"找你就只能是有事？你看看你把我想成什么人了。"

"不说挂了。"

·232·

"哎，说说说……你真是我肚子里的蛔虫。我就是想问问你，明天去玩，要不要坐我车一起？"

路曦不解："什么去玩？"

赵修齐宛如脑门挨上一拳，受不了地道："我的姑奶奶，不是去度假村？你忘了？"

路曦扫地的动作一停，她不是忘，她是压根就没记住过。

她有些头疼，按按太阳穴，想起："不是……你怎么也要去？你怎么知道我要去？"

"我听何心韵说她邀请你了啊。"

"你什么时候认识的何心韵？"

"早两年吧，工作上有过交集。怎么，你还不准我认识新的小伙伴了？"

他又开始油腔滑调，路曦才受不了他，敷衍地想挂电话，但赵修齐哪里那么好应付，催促着她回答："明天你到底坐不坐我的车啊？"

"为什么非要坐你的车？我自己可以去。"

"坐我的车方便啊，盛之行也在，你就不用自己再开车去了。"

"盛之行也坐你的车？"

"嗯。他的车前两天碰了一下，还在维修呢，暂时只能依靠我了。"

这事路曦完全不知道，乍一听忙问："他出什么事了？"

"哎呀，没多大事，就停在那儿被个新手蹭了，倒霉呗，有啥办法？"

"哦……这样啊。"

聊了半天有的没的，赵修齐的耐心总算耗光："我的好西西，你能行不？快点给哥一个准确回答，我正等着接老婆去呢！"

"喊。"路曦嗤了他一声，笑，"知道了知道了，一会儿给你发地址。"

赵修齐喜笑颜开："那就不必了，我知道你住哪儿，盛之行都给我交代了。行了，我挂了，你忙活你的去吧。"

路曦还想多问两句，但电话那头只剩下"嘟嘟嘟"的忙音。她眨眨眼，有些愣神，还没反应过来赵修齐话里所谓的"交代"是何意思。

第二天被闹钟吵醒，路曦打着哈欠在床上直抹眼泪。

她的行李昨天简单收拾了下，现在正放在床边，本来想好好地享受早餐，现在估计也没机会了。路曦洗漱完后看了眼时间，轻叹口气叼了块吐司坐在沙发上刷手机。

约莫十分钟后，赵修齐的消息来了——到了到了，快下楼！

路曦这便按灭手机，提着小行李箱出了门。

赵修齐的车是骚气的大红色，据说这是他自己选的颜色。路曦第一次见时深觉奇葩，脑海中不由自主地浮现他开车上班的画面。

一定是备受瞩目。

此时车就停在不远的地方，路曦不用看车牌就能辨认，她拉着行李箱一路飞奔，后排门外站着盛之行，闲闲地揣兜，看见她扬唇轻笑。

"今天这么快？"

他边说边上前几步接过路曦的行李箱，开了后备箱放进去，转身见路曦还站着，一挑眉，催她："怎么不上车？"

路曦看他一眼，轻咳："你坐那边吧。"

盛之行不疑有他，点点头，矮身进了车，路曦随后上去。驾驶座上是赵修齐，正转头冲她欠揍地笑，副驾上自然是鹿羽，弯眼和她打招呼："西西。"

"嗨。"路曦也笑。

"喂，不该也看我一眼吗？好歹我都来接你了。"

路曦冷嗤："怎么，跟你老婆还争风吃醋上了？"

赵修齐一噎，转头看鹿羽。鹿羽有点脸红，小声道："还不是老婆呢……"

路曦暗笑，故意道："听见没赵修齐，人家都说还不是老婆呢。你看你就订个婚，哪里那么大脸到处乱说，成不成真老婆不还得看你表现。"

赵修齐扯了把鹿羽的手，让她加入自己的战线，随后就反驳路曦："迟早都会是，我早点行使我的权利不可以吗？"

"哼。法律上你现在和她没有任何关系呢，你何来权利可言？天上掉馅饼来的吗？还是你做梦梦来的？"

赵修齐被这个伶牙俐齿的女人气得不行，一拍背后座椅："盛之行你还不赶紧帮忙？看看她跟吃了枪药一样'嗒嗒嗒'的！"

"嗯？"盛之行迷茫，"我觉得她说得挺对的啊。"

"我就知道你俩一伙的！找你也是白搭！"

赵修齐受气包一样转回去开车，鹿羽到底还是顾及他的情绪，柔声安抚了他一会儿。但赵修齐哪儿真生气，不过就是做做样子博她心疼，这下目的达到了，指不定还偷着乐呢。路曦坐在后头哼笑，也懒得揭穿他的小伎俩。

车开起来后,露着条小缝隙的车窗就徐徐吹进风来,路曦把头发扎起,用手指简单梳了梳,转头见盛之行在看她,一愣,停了动作。

"这里,漏了几根。"

盛之行率先别开眼,长指挑起她后脑落下的一绺发丝。路曦从他手上接过,不可避免地和他碰了下手指,但她不动声色,只静静地继续绑头发。

"心情不好吗?"路曦听他问道。

"啊?哦,没有啊。"

"那为什么忽然怼他?"

盛之行指了指前头开车的那位。

"谁让他昨天打了个让我心烦的电话。"路曦轻哼,"非要提醒让我去什么度假村。"

"不想去?"

路曦想了一会儿:"嗯。"她问,"何心韵也邀请你了?"

"邀请了。不过不是以她的名义,而是跟我说了一堆利害关系。"

"利害关系?"

盛之行揉揉眉心:"这个度假村的开发商挺有名,最近几年生意也做得不错,混得风生水起,跟何氏以及盛康都有接触。我们说好听了是来玩,其实不过就是当小白鼠的,做头几批体验的旅客,瞧瞧看有没有什么问题,好在正式开放前让他们可以查漏补缺。"

居然还有这个原因。

"不过倒不用太担心。虽然还没有完全开放,但基础设施的安全保障都是做到位了的,他们不过就是想在一些零零碎碎的事情上再提高点,才找了我们过来。你就当在普通景点玩吧,正好可以放松几天。"

贼车都上了,路曦也知道没有反悔的机会,那就当是帮盛之行一个忙算了,她点点头:"嗯,好吧。"

4

赵修齐一路将车开进度假村,途中遇见不少人,想必也是应邀前来的。看来这个新兴的开发商确实面子挺大,能够抓来这么多"小白鼠"。

最后车在一幢三层多高的小洋楼门口停下,红砖白瓦,配上周围绿色的植物,瞧起来格外赏心悦目。

门口有个木质的小秋千,何心韵正坐在上面,本来是在打电话,一见到他们来,远远地笑了笑招招手,很快就挂断了。

"你们来了?"

"来了来了。"

赵修齐一如既往的热情,下车揣好钥匙看了眼后头的小洋房:"还不错啊,看样子。"

何心韵笑得有点不好意思:"其实这趟邀请你们来也算是帮我忙,住的地方再拿不出手就说不过去了。"

"哪有什么帮忙不帮忙,反正现在欠的,以后生意场上再还就是了。"赵修齐绕去后备箱拿行李,探了个头笑道,"我说得没毛病吧?"

何心韵闻言哑然,半晌后才无奈地笑:"嗯。"

小洋房离度假村正式的旅客居住地有段距离,是何心韵专门申请来给他们住的,虽然只有三层,但空间够大,房间够多,几人上去选了自己满意的房间,然后约好待会儿先到处逛逛。

路曦住在二楼的东边角落,门打开一出来就是走廊尽头的窗户。她站定后往楼下看,是一团粉嫩嫩的花簇。

春天已经来了很久。

"在看什么?"

斜对面的房门打开,盛之行从里面出来,看见路曦神色怔忡地在发呆,问道。

"看花。"她边答边让开一点,指了指楼下。

盛之行便顺势挤过来,两个人肩并肩站在不怎么宽的小窗边,只为了看几朵普通寻常的花。

"这么好看?刚才瞧你都快入迷了。"

"没有,就是好奇。这种花我去了德国后都没怎么看见过。"

提起出国之后的事,路曦莫名又沉默下去,她最近好像常常这样,心上仿佛绑了个大石头,任凭她怎么用力,可还是被硬拉着往下。

盛之行显然也发现了:"最近遇上什么问题了吗?"

路曦摇摇头,一如既往的答案:"没什么。"

她躲开他探究的视线,将目光往更远的地方投去。

那里又开来一辆车。

初时路曦还没认出,但视线停留久了,脑袋都开始条件反射,才后知后觉那是靳阳的车。

她愣了一下,却不是因为靳阳的到来,而是当车稳稳当当停下之后,那个从副驾上跳下来的女人。

她睁圆眼睛,而后二话不说转身就跑下了楼。

靳阳自然也是受了何心韵邀请才来的。

何心韵二十分钟前给他打电话时,他已经在来的路上了,本来计划会早到,不过中途接了个人就晚了点。

车在小洋房前停好,靳阳将后座的包跟行李拿出来,还没等进门,就见里头跑出来一人,速度奇快,脸蛋红扑扑的,站定后胸膛起伏地喘着大气。

"路曦?"他有些惊讶。

而比他更惊讶的还另有其人。

"西西!"

靳阳怔然,随后在场的三人便面面相觑,互不言语。

打破沉默的还是许欣然。

她今天穿了一身亮白色的裙子,波浪卷的头发没扎起来,休闲中透着女人味,这会儿正站在靳阳身侧,将挽着他的手慢慢放下,看着路曦:"西西,你怎么在这儿?"

路曦早就从混乱和惊讶中回过神来,只是不知道该说什么好。毕竟这种巧合大概半辈子都碰不上一次,没想到今天却给遇见了。

靳阳闻言,很快反应过来她们二人是认识的,视线睃过,随后落在许欣然那儿,无声询问答案。

"哦,路曦,就是我给你提过的,我的好闺密,那天在城东我就是想带她来见你的,可惜没成功。"

许欣然说着放下自己的东西,小跑到路曦身边:"西西,这个就是我男朋友,靳阳,我给你提过的。"她说着放低声音,"怎么样,还不错吧,帅不帅?"

路曦哭笑不得,转头去看靳阳,后者也失语着,但很快轻笑起来揉揉眉心。

这完全不像两个刚认识的人见面的场景,再怎么样也不该这样沉默。许欣然很快意识到气氛的不对劲,皱着眉在两人身上看了一圈:"不会吧?不会吧?你们俩不会早认识吧?"

确实是早认识。

路曦清清嗓子:"介绍一下吧,这位靳律师,是我老板。"

许欣然有点震惊:"啊?你不是在你哥的事务所里吗?怎么他成你老板了?"

"我哥跟他是合伙人。"

许欣然彻底蒙了。

·时听到自己成为好闺密的老板娘,忽然不晓得是该高兴还是感叹,毕竟本来是心怀激动想介绍这两人认识的,没承想压根不需要她牵桥搭线呢。

"不行,我得冷静一下……"

许欣然拍拍心口,摇头晃脑绕过路曦往小洋房里去,行李都不拿了。路曦耸耸肩,靳阳提着两个小箱子走过来,笑笑:"我也挺意外的。"

"谁不是呢?"

"我先跟过去看看,收拾好了再带她来找你。"

路曦点头:"嗯,快去吧。"

意外是意外,但许欣然想明白了后回头看,倒确实是她占了便宜,反正平白无故当了人家老板娘呢。

郁闷的心情很快一扫而空,再加之住在一起的都是认识的熟人,许欣然很快又生龙活虎,趁着一起吃饭的时间好好介绍了下靳阳,也算是带他见过"娘家人",宣告从此感情生活最飘忽不定的自己总算选择安定下来了。

晚餐吃到很晚,男的多多少少都沾了点酒,路曦也喝了几杯,因为心里莫名而起的高兴。不过最后她还是让自己保留了几分神志,趴在桌子上望着窗外发呆。

桌上的气氛到了最热闹之时,有人过来拍了拍她的肩膀。路曦转头看,是盛之行猫着腰正低头凑过来。

"走不走,带你去个好地方。"

路曦眨了眨眼,看看旁边聊得正欢的许欣然和鹿羽:"好啊。"

盛之行带她去的地方是小洋房后面的大草坪。

草坪上支着两个彩虹色的帐篷,还有几张配套的桌椅,看上去应该是用来野餐的,不过现下是夜晚,白天就算有人来过,也已经被清理干净了,现在空空荡荡的,只有满眼抓人的绿色。

"躺这儿吧,没那么刺。"

这片是人工草坪,摸上去的触感和校园里 400 米塑胶跑道中间的椭圆形草坪一模一样。盛之行率先躺好,路曦盯着他蓬乱的黑发看了会儿,也跟过去在他旁边躺下来。

头顶是灿烂的星空,今晚似乎格外亮,月亮扁扁一个,躲在视线最角落的地方。沉静的氛围中没有人说话,只有浅淡的呼吸交错。

"没想到你老板居然是许欣然的男朋友。"不久后盛之行出声,"她都没和你提过?"

路曦摇头:"我知道她有个男朋友,但没想到是靳阳。"

"所以你们俩这是2G网沟通吗?"

路曦也无奈。

其实说到底也怪她迟钝,许欣然那天在城东的酒店都已经透露出不少消息了,如果她坚持问一问名字,大概那时候真相就水落石出了。

"她这回不是玩玩人家了吧?"

路曦闻言撞了撞盛之行胳膊,瞪他,"别瞎说,欣然这回是认真的。"

"难得你能把'认真'两个字放她头上。"

盛之行悠悠评价,一只手放到脑后枕着,亮晶晶的眼睛扫视着广阔的天,兀自笑了笑:"也是,那个律师看起来倒不像很好骗的人。"

路曦不知道该回什么好,干脆也不说话。

不过盛之行倒像是心情不错,看了一会儿星星,又问她:"哎,你刚出国那个时候……怎么样?还适应吗?"

他的声音低缓:"今天听你提起在德国的事,突然有点好奇。嗯,跟我说说呗?"

路曦也学着他将双手交叠放到脑后。大概是他的嗓音在黑暗里太具有蛊惑性,她忽然闭了闭眼,就想起那一年在机场离开时的画面,沉默了许久,道:"不适应,一点都不适应。"

在刚刚二十出头的年纪,独身前往一个陌生的国度,她不会说那里的话,不认识那里的人,只不过为了求学,要逼迫自己改变很多的习惯——作息、饮食、语言……还有和他的联系。

刚去北威州的头半年,她因为忙碌和许多纷繁的琐事断了和盛之行的联络。那好像是他们从认识以来,第一次那么久地消失在对方的世界里,她没有找他,而他在给她发过几条信息均石沉大海后,也渐渐地没再出现过。

她时常会想起他。

当在书本上看见中国人的画像时,在广场里听见有人说中国话时,还有在校园的体育场里,看见许多异国面孔玩着篮球时,她都会想起他。

只是那种想念总会被很多情绪冲淡，最后仅仅留在梦里轻柔地摇曳。

两人重新联络上是在第二年的冬天。

那天他好像喝醉了，连连打过来好几个电话。路曦的手机开了静音，大概在那半个小时后才发现。发现的一瞬间她的心便重重地跳动起来，在寒冷的冬日里不肯停歇。

她几乎没有犹豫地回拨了过去。

接起的人确实是他。

他迷迷糊糊的，周围有好多人的声音，讲着又快又纷杂的英语。她知道他也出国了，遂了盛叔叔和沈阿姨的意愿去了英国。

他大概不知道自己接起的是谁的电话，等了许久都不见有声音，便开始急急地催，不怎么高兴："说话啊，是谁……别耽误我时间……"

路曦这才确信他是喝酒了。

"盛之行。"

她出声，也没报自己的名字，可是说了这样短短的三个字，那边竟神奇地没了声音。

吵闹的英语不见了，他粗重的呼吸也放轻了，大概过了四五秒钟，她终于听见盛之行的回话："西西？"

她突然就眼睛一热："嗯，盛之行，是我。"

那边静了一会儿，又听盛之行在叫她："西西，西西。"

他只是不断在重复她的小名，并没有说任何其他的话，路曦听着转了转身，将自己的脸埋进了枕头和冰凉的被子之中。

"你回来吗？这个春节。"

后来他这么问，而她根本没有任何拒绝的能力。

…………

"喂。"

她久未说话，盛之行从看星空转去看她，见路曦不知何时发起了呆，唤她："西西？"

又是一声小名，路曦怔忡着回神，慌忙转头将左眼落下的那滴泪藏进草坪。

还好，他是在她右边。

"在德国那么不适应吗？"他轻声问。

路曦没敢说话，怕一张嘴就将自己暴露无遗。

盛之行没听到路曦应声，转头又将视线投向远方。他似乎也开始发呆了，不知道是想起了什么。
　　良久良久，久到月亮似乎都移动了好长一段距离，久到她的泪痕在夜风里微微发凉，才听到他说话。
　　"如果那么不好……为什么不愿意等等我呢？"
　　零散的尾音飘进了路曦的耳朵，她好不容易忍下去的情绪又上涌了。
　　是啊，她为什么不肯多等等呢？她为什么不能早点发现呢？
　　是她错过了他。是她错过了他们。一切过去了的，从哪里再找回头路？
　　她的心，好像也终于落在过去了。

第十一章 / 真话
想和你在一起是真的

1

第二天起床路曦就出了点鼻音。

不知道是睡得太晚的缘故,还是在草坪上躺太久着凉受冻,总之她一开嗓就感觉有痰卡着喉咙,鼻子也是酸软得紧。

但好在人没什么事,浑身上下也没怎么不舒服,她灌了一大杯水,然后坐着休息等大家伙起床。

今天的行程是昨晚吃饭讨论时安排的,说是要一起去爬离度假村不远的那座山。

山没有很高,开发前不怎么有人来,后来被囊括到度假村里后,就有人修了上去的路。山腰处有亭子,山顶上还有一大片空地,赵修齐便提议可以上去吃烧烤过个夜,反正小洋房里有现成的烧烤用具还有食材。

提议没人拥簇但也没人反对,赵修齐就自顾自地代表大伙儿同意了,昨晚快凌晨时还在翻东倒西,后来还拜托了何心韵帮忙。

何心韵不跟他们一起住在这幢小洋房里,不过因为来了一趟,知道他们打算上山游玩的事,就被赵修齐怂恿一块儿去了。她哪拒绝得了这人的三寸不烂之舌,最后只能点头同意,还打电话借了几辆能开去山脚下的观光车。

"好家伙,真有车啊!"

赵修齐瞅着外头一排的白色小型车,回头给何心韵比了个大拇指:"够意思啊。"

"私家车不让开去那座山附近,所以我就找工作人员借了车,但是明天下午就得还回去。如果我们要上山的话,明天早上就得下来。"何心韵道。

"放心吧,明天肯定回来了。"

赵修齐提了提自己的大包,转头招呼:"哎,盛之行,这个给你拿。"

他把装工具的斜挎包扔了过去。

路曦和盛之行一前一后站在靠近门边的落地灯旁,斜挎包飞过来,路曦条件反射地缩起脖子闭了下眼,只觉得眼前一阵风刮过,再睁眼时包已经落到盛之行手上了。

盛之行边弯下脖子背包,边瞪向赵修齐:"看着点!"

赵修齐瞅了下路曦,略带歉意地耸耸肩。

观光车开了三辆来,基本是两人分一辆,人坐前排,东西扔后排。赵修齐跟鹿羽非常自觉地上了同一辆车,晚出门的许欣然拉上路曦跑去旁边说话,剩下的盛之行和靳阳则把帐篷和烤架挪上车。

"起这么晚,早饭吃饱了没?我这边有几块饼干,你拿去吃吧,别一会儿爬山饿倒了。"

许欣然推开路曦的手:"留着自己吃去,我还用你操心吗?"

路曦把手揣进兜里:"哼,是不用,反正你是有男朋友的人。"

"哎哟哎哟,你嫉妒了,有本事自己也找一个啊。"

许欣然调侃路曦,见她脸色越发臭了,才见好就收地搂住她胳膊:"好啦,不逗你了,我有东西吃,靳阳给我包里放了几块巧克力,有你喜欢的口味,等会儿分给你。"

路曦冷哼:"不用!"

许欣然还想说话,那边装东西的两人忙活完了,靳阳喊了声她,她就喜笑颜开地跑过去了。留下路曦暗暗腹诽,被过来的盛之行一把拽住。

"我喊你两声了。"他眯眼,"别人声音你听得那么清楚,我叫你,你都听不见?"

路曦是真没听见:"啊?你叫我了?"

盛之行白她一眼,懒得计较,边抓着她往车那儿去,边提溜了下她罩在外面的那层薄外套:"这是防晒衣?"

路曦无语:"是防寒的。不是要过夜吗?山上指不定有点冷呢。"

"就你这种衣服能防什么寒,怕感冒穿我的外套不就好了。"

路曦闻言一愣,随后低声道:"我自己也有外套的。"

"就这种外套？我看不穿也罢。"

路曦无话可说。

其实四月中旬的天气已经不怎么冷了，最近也一直都是艳阳天，她虽带了外套但只是为了以防万一，根本没打算穿的。今天突然披这么一件，还是因为早上发出的那点鼻音。

她怕感冒真严重了，会耽误他们游玩。

人都坐上车等了有五分钟，刚才被工作人员叫走的何心韵才姗姗来迟。她刚跑到离三辆车不远的地方，还没想好要坐哪辆，就听许欣然那个方向传来热情的呼声，伴随着不容忽视的招手："何小姐，何小姐！来来来，坐我们这辆吧！"

路曦有点意外地看过去，果不其然接收到许欣然暧昧地眨眼，她立时就明白是什么意思了。

"这个人……"

她咬咬牙轻喃，没多大声，但足够坐她旁边的盛之行听见了。他侧头挑挑眉："你跟许欣然在秘密交流什么呢？"

路曦马上把嘴巴闭得跟拉链一样紧，摇摇头，示意他开车。

"喊，神神秘秘的。"

盛之行吐槽完她，一转方向盘，车就开了。后面两辆紧随其后，从小洋房前头的路开了出去。

要爬的山就在度假村里，不过路上还是费了不少时间，过去的时候将近中午。几人在车上商量着，待会儿到了就抓紧时间，先爬去半山腰的小亭子处歇歇脚，把午饭解决了再去山顶。

盛之行率先开车到了山脚，另外两辆车不知道中途搞什么鬼没太跟紧，路曦等了一会儿没坐住，招呼盛之行："我们先把东西拿下来吧。"

盛之行百无聊赖之中已经嚼起了口香糖，闻言冲路曦点点头，一跃跳下了车，笑着凑近她旁边，手探进她的帽子里，轻轻一摁。

路曦很快感觉到了，回头看时他已经收手去搬东西了："你在旁边待着吧，我自己能搞定。"

路曦把帽子扯到面前，没好气地问："你又往我帽子里塞什么……"

她一翻一拿，绿色的长条就出现了。盛之行轻声吹了个口哨："清新口气，你我更亲近。"

路曦气笑了，踹他一脚："骂我口臭啊？"

"嘴巴闭那么紧，什么秘密都不和我说，怎么不会口臭？我是在帮你好不好？"

路曦佯怒："我看你是帮倒忙！"

可这么说完，她还是拿着他给的口香糖，自觉站到一边能容纳她两只脚的小石头上，像荡秋千一样时不时晃晃身体，边玩边拆了包装，把口香糖放进嘴里。

"喂，让你待着就真待着了？不考虑来搭把手啊？"

"你不是自己可以？"

"真是狠心的女人。"

其实并没太多东西，只是有需要小心的地方。盛之行三两下把它们搬下车后，就拿起路曦的背包，转过身朝她晃："喂，你的包……"

"哎呀！"

就听得她一声惊呼，然后一屁股墩直接磕地上了。

"西西！"

盛之行吓了一跳，扔了包赶忙跑过去。路曦正在挣扎着自己站起来，就感觉腰被一提，自己像被拎小鸡一样拎到了旁边更大的石头上坐下。

盛之行动作迅速，让她连感觉不舒服的时间都没有，只顾着愣愣地瞅着他，听他问："有没有什么事？"

他连问了两遍，路曦才想起摇摇头，撑着他肩膀要站起来："我没事……"

"你先坐好。"

她又被按了下去。

路曦哭笑不得，解释道："我真的没事，就是脚滑，从石头上滑下去了而已。"

"脚滑滑到坐地上去了？"

"那个是意外，意外……"路曦其实还有点不太好意思。

盛之行见她坚持说自己没事，于是退一步让她试试看起来。路曦这次站起身，还转了一圈："你看，我真的没事。"

盛之行这才放心，给了她脑门一下，嫌弃道："平地摔，你可真行！"

路曦没还手，因为看见不远处另外两辆车已经开来了。她暗暗吐了下舌头，然后站去旁边，脚尖点地，转了转脚踝。

上山的路没法开车上去，等人都到齐之后，赵修齐给每位都分配了任务，男的多拿一点，女的只管背着轻便的吃食。大部队一起爬山，那场面还挺浩浩荡荡。

路不算危险，但时不时有凸起的石块，走了十几分钟后，于是按照安全优先的准则，男的走前面，女的则跟在后头走他们走过的路。

路曦本来跟在盛之行身后，但走了没一会儿就被许欣然给拽到队伍末端。何心韵和鹿羽两人走在她们前头不远，也在低声细语地讲着话。

"你跟盛之行怎么回事？为什么看上去还跟之前没两样？这几天没见你联系我，我还以为你已经把他拿下了呢！"

许欣然已经放低声音，但路曦还是怕被听见，赶忙竖起食指放在嘴边："嘘！小点声！"

"我还不够小声？就差没用嗓子眼跟你说话了。不是我说……你这效率不行啊！"

哪有什么效率不效率，她根本就没有行动好不好？

路曦有点泄气："你还记不记得我那次在酒店和你聊到一半跑回家的事？"

"我当然记得啊！"

"那天你不是给我念了一堆东西吗？最后一句……就是你看上的那一句，我后来才发现，原来盛之行也给我写过。"

"啊！"许欣然眼珠差点瞪出来，"我给你念的那些话不是告白用的吗？你说盛之行给你写过？"

路曦那天发现这事的心情也不亚于此了，她点点头，把前因后果都跟许欣然说了一遍。

"所以是你当时没明白他的意思，没有回应，然后没几个月还出国了？"

"嗯。"

"哎呀！那他肯定以为你对他没想法啊！不是，你一个法学生，这种告白的情话你都看不出来吗？"

路曦的心又开始疼起来，在伤口上撒盐也没许欣然这样子的啊！真是字字诛心。

"我也不知道我当时怎么就晕头了没看出来，反正……反正就那么错过了。你也别问了，还嫌我不够糟心吗？"

"哎呀！"许欣然道，"当时错过是当时，现在还有机会的。指不定他

.246.

还喜欢你呢？我就说嘛，这个盛之行，从小到大天天都围着你转，果然对你图谋不轨！"

路曦沉默着看了眼前面离她不远的盛之行，想起那天在他办公室里，他淡淡地摇头和别开的视线。

"来不及了，他已经往前走了。"

许欣然愣了一下，没太听懂："什么意思？"

路曦没有解释。

她抿了抿唇，刚想跟许欣然结束这个话题，就眼见走在前方距她们四五步远的何心韵跟鹿羽双双绊了一下。鹿羽抓住了旁边凸出来的树枝，但何心韵不太幸运，手边没有能支撑的东西，一下就往前扑倒在了地上，轻轻叫了声。

走在前面的三人俱回头。

"心韵？"

"小羽！"

靳阳和赵修齐很快过去扶人，盛之行也走回来，他先是看了下有惊无险的鹿羽，然后问何心韵："没事吧？"

何心韵想说没事，但脚上的痛又没法忽视，她在靳阳的搀扶下勉强站了起来，皱着眉头："我好像扭到脚了。"

"还能走吗？"靳阳问道。

"应该还可以……"

盛之行看了眼人，往上去的路扫了一圈，说道："亭子就在前面不远了，如果还能走的话，就先过去休息一下。"

何心韵点点头："好。"

鹿羽没什么事，只擦破了点皮，但赵修齐心疼得不行，说什么也要帮她把背包接过来。许欣然也上去帮忙，路曦看了一下，走去何心韵旁边："你也把包给我吧。"

扭到脚的人自然要减轻身上的重量，走起来才不会那么费劲。何心韵没有拒绝，对路曦道了声谢后就把包递给了她。

路曦接了单肩背上，然后又伸手："我扶着你。"

只是还没碰到她，便被盛之行给隔断了。他拨开路曦的手，过来两步和靳阳一样站在何心韵身侧，抓住她手臂，对路曦道："人我来扶，你跟在后面。"

路曦被推开的手在半空顿了一下，然后才蜷了蜷手指缩回去："哦。"

盛之行看了眼她，许是觉得她回答得心不在焉，就重复了一遍，声音有点沉："跟紧点，看着路。"

路曦没看他，用力扯了扯背包带子："知道了！"

2

何心韵的扭伤看不太出来有多严重，总之人是撑到了半山腰的那个亭子。时间刚好到午饭点，众人坐好之后，就掏了食物出来填肚子。

靳阳扶了一路人，到亭子之后就去找许欣然了。赵修齐自然是跟鹿羽黏在一块儿，贴心到连牛奶的吸管都帮人家插上了。路曦看得咂舌，又有点好笑，走了两步到何心韵身边坐下。

"你想吃什么？"

何心韵的包在路曦手上，她示意了一下后拉开拉链，拿了面包出来："吃这个？"

何心韵笑："都可以，就这个吧。"

路曦点点头，上手给她拆了面包的袋子，递过去之后发现何心韵似乎正似笑非笑，而后才反应过来，她伤的是脚不是手，根本不需要自己来做这些。

路曦有点窘迫，干笑了两下收回手。何心韵倒是什么也没提，只笑着道："谢谢。"

路曦点点头，也坐在一旁吃东西。

"路曦。"何心韵忽然叫她。

"嗯？"

"你的脚……是不是也扭到了？"

路曦愣了一下，呆呆的："你……"

何心韵指了指亭子那儿的几个台阶："刚刚我看你上来的时候似乎有点不方便。"

路曦没想到何心韵会观察得这么仔细，其实她自己都是快到半山腰时才发觉脚踝有点不对劲。方才在山脚下，她不小心滑下石块，其实只蹭破了点右脚的皮，走路确实是没多大问题的，只是大概是时间久了又一直没休息，隐藏得好好的伤就开始抗议了。她每走一下那痛就尖锐一分，提脚时都感觉里头似灌了铅一般在重重地晃。

"没什么事……我就是破了点皮。"

何心韵指了指自己的背包："我带了创可贴，你可以贴一下。是鞋子周边那一圈吗？如果一直磨脚会更痛的。"

"不用了，不磨脚的。"

路曦拒绝了她的好意，笑笑之后又继续吃东西。亭子里都是两两成对，路曦静静地看了一会儿，小声问："盛之行去哪里了？"

"他去那边的小店铺了。"何心韵闻言示意了一下离小亭子大约三十米远的地方，"有工作人员在那里。他说去碰碰运气，说不定有东西能拿来缓解一下扭伤，这样我也能和你们一起去山顶了。"

路曦静默无言地听她说完，也扭头随她的目光往那处张望。大概就这么刚好，看去时盛之行正好从一排树挡着的地方穿出来了，他跑得很快，细细的汗珠都在阳光下发着亮。路曦突然不合时宜地想起许欣然刚才的话：他从小到大天天都围着你转。

其实早已经没有什么"天天"了，他不会再围着她转，他也会把对她的关心分给别人。

"有冰块，不过很少，先将就着冷敷一下。"

盛之行把用帕子包着的冰块递给何心韵，她接过后小心翼翼地俯身敷着脚踝。盛之行看了两秒，然后才转到路曦旁边坐下，拧开矿泉水瓶盖"咕噜噜"地仰头灌。

路曦来不及说明这是她的水，盛之行似乎也知道，喝了大半瓶放下后，还无赖地问道："有没有吃的给点啊？"

路曦抿抿唇，下意识地把手边的包递过去。盛之行看了一下，然后就面色不太好地转开头，自己伸手去路曦的另一侧拿包。

等他拿到包放在怀里打开后，路曦才恍然发觉自己给错包了，她手边这个是何心韵的。

她有点尴尬，轻咳了一下，也就没有制止盛之行在她包里搜刮的行为。他跟她拿了一样的面包，水也不管，就抢了她的喝。路曦懒得纠正，自己又重新拿了一瓶。

几人在亭子里填饱肚子后休息了十几分钟，何心韵手里的冰块吸了温度，融化了一些，她也就不再敷了，站起来走动两步："我可以了。"

这两步看起来好像是没什么问题，赵修齐也跟着起来，确认道："真没事了？"

"嗯。"

既然当事人都这么说了，那自然最好是不耽误时间。众人收拾了下东西，就从亭子里出来继续上路。

男生照旧走前面,靳阳帮忙看扶着人,其他人就跟在后头。路曦勉强走了一段,初时还能跟上,但渐渐就发觉有些力不从心了。

许欣然走在路曦旁边,很快也发现了她有点不对劲:"西西?你怎么了?"

路曦稳住步子,咬牙等着那股痛感过去:"我没事。"

"你确定你没事?我怎么觉得你脸色不太好啊?"

路曦头一次觉得许欣然的观察力这么好,她有点无可奈何,问:"还有多久到山顶啊?"

"这个我不知道啊,不过现在不是才过半山腰吗?可能还得有一会儿吧。"

路曦也觉得自己这个问题算是白问,明明才刚出亭子不久。她想蹲下去揉揉自己的脚,但是又怕被许欣然看出来,只好把迈的步子放小,但这样一来难免落后很多。

一支队伍两个人有腿伤,完全足以拖累进度,路曦渐渐吃力之时,何心韵的扭伤也越显严重。

靳阳虽然搀着人,但这力道没法完全支撑住何心韵,她头上慢慢冒出细汗,拉住靳阳:"我觉得我还是下山吧,可能没法跟你们一块儿上去了。"

靳阳停住,问道:"脚伤很严重了吗?"

"这里离山顶还有一段距离,按我现在的情况走不上去。"

他们现在的距离才刚出半山腰,最稳妥的方法自然是及时止损下山,否则再拖可能伤势会更严重。

这个大家都能想到,但上去是一段路,下去也是一段路,都走到这里了,整整齐齐才更好。赵修齐皱着眉头想了会儿,提议道:"不然……我们背你上去吧。"

他这话一出何心韵便愣住了,靳阳和盛之行也微愕。赵修齐看他们的表情,不免挠挠脑袋:"这不是没办法了嘛。"

只是他虽然这么提了建议,但也没忘记自己女朋友还看着,"嘿嘿"笑了两下,推了推盛之行,压低声音:"好兄弟,你先来呗,到时候不行了我接上。"

何心韵闻言忙摆手:"不用了,我……"

"别啊,大家都上到这儿了。"赵修齐顶住身侧那道令他宛如芒刺在背的目光,劝道,"你这会儿下山多可惜啊,好不容易玩一次。食材每人一份我都准备好了。"

许欣然光听赵修齐的"馊主意"就气得牙痒痒,小声愤怒道:"这什么人啊!未婚妻还看着呢,就一个劲地献殷勤!"

鹿羽哭笑不得,拉了拉她:"没事的,他就是喜欢热闹而已。"

许欣然当然知道这小子什么德行,总之五行欠扁就是了。她气的本来就不是他对何心韵怎么样,而是搞些烂主意还非要把盛之行拖下水。

她气呼呼的,但心里又有点无奈,转头去看路曦,后者一言不发,和盛之行一样沉默。

没人说话,场面一时有些僵持,许欣然还在气愤之中,就见盛之行忽然抬眼往她们这儿看了一眼,像是听见了什么一样。

但以他们之间的距离,许欣然那样小声,他根本什么也听不见的。

他的视线没有停留很久,很快就淡淡地收了回去,随后转头,走到何心韵旁边,缓缓蹲下。

路曦猛地背过身,脑子"嗡嗡"的,记忆如海潮一样上涌。

——"第一次!我可是第一次背女生!"

——"你以为我见个人就随便扛背上啊?"

——"现在就是现在,为什么要跟以后比?你又知道我以后会背别人了?"

——"背部是一个人最没有防备的地方,不管袒露给谁,都只代表一件事,那就是他信任对方。而这个所谓的'对方'直到现在,我也不过只遇见了你一个。"

年少的时光过去,可曾真实发生的一切都那么深刻地印在路曦的脑海里。到这个时候她才不得不承认,盛之行同她说过的话实在太多太多,多到每一句都像是承诺,所以她才会那么理所当然地,与那张合同纸上的、几乎唾手可得的幸福擦肩而过。

"欣然……欣然……"路曦闭了闭眼,"我……我有点不舒服,我想先下山了。"

"啊?"这边又有一个,许欣然忙扶住人,"我就说,看你脸色特别不好。你哪里不舒服?"

路曦摇摇头,没有解释,只重复:"我想下山。"

"那要不要我陪你?你一个人这样不太行吧?"

鹿羽也靠过来，问道："没事吧？你先别着急，我去跟修齐说一下。"

"别……"路曦拉住鹿羽，低着声音，"别跟他们说了，我自己可以下山，放心吧，我到了住的地方会给你们打电话的。"

见她坚持，许欣然和鹿羽也没辙，只叮嘱："那安全到了记得打电话来啊，到时候可以视频，给你看看山上的风景。"

路曦扯唇："好。"

三个人就这么在队伍后面做了决定。

其实路曦确实也已经无法再上山了，扭伤的脚踝越来越疼了，支撑不了她再走那么远的路。那就干脆趁此机会软弱一回好了，反正她也不是第一次这么当逃兵了。

背后的风景究竟如何，路曦没有再回头去看。她就那么一步步，像来时一样，走回到最初的地方。

3

下山不比上山轻松，更别论心里还压着块沉重的石头。路曦漫无目的地，只不过是循着路的尽头，就一直走一直走，扭伤的脚都麻木了，但在没有摔倒前，她根本不想费心思去看。

山脚下他们开来的车还稳稳当当地停着，车钥匙就挂在方向盘上，因为是观光车，所以一般不会有人开走。路曦远远地看，认出来时她坐的那一辆，一瘸一拐地过去，只是她还没有坐上驾驶位，就听见背后传来声音："路曦！"

路曦吓了一跳，不是因为这喊声里包含的怒意，而是这熟悉得不能再熟悉的声音。她连忙转过头，还没来得及看清人，手臂就被一把抓住。盛之行使了点力，像是真生气了，按着肩膀把她扣到了车身上。

路曦也顾不上疼了，目瞪口呆地盯着盛之行，他像是跑了很久的步，浑身上下都冒着热意，就算已经是中午，可也不该会出这么多的汗。路曦呆呆地看着他额头上的那一层汗珠："你……你怎么下山了？"

盛之行喘着粗气，嘴唇干巴巴的，鼻尖也有点冒红，一双眼泛了狠劲一样瞅着路曦，抿紧唇："你问我怎么下山？那你又在干什么？刚才你走路怎么回事？你的脚受伤了？"

他连珠炮一样的问题让路曦答不上来，她也什么都不想说。她把手搭上他的胳膊，想把人扯开："你先放开我……"

盛之行却不理:"你先回答我。"

路曦使劲:"这有什么好回答的……"她扯不开人,最后不得不放弃,"是,就是扭了下,所以我才下山了啊。"

"那你怎么不跟我说?"

"没什么好说的,"路曦咬着唇,"这是我自己的事。"

盛之行脸色瞬间有点难看,手上的力道也随之松了。路曦没敢看他,趁机从他手下钻出来,往驾驶座上去。

只是钥匙才从方向盘下取下来,就被盛之行一伸手抢走了。路曦愣了一下,随即咬牙:"你干什么?还给我!"

盛之行也咬牙:"你是不是忘了自己不能开车?"

路曦攥拳:"我已经没有什么心理阴影了,我可以开车。快点把钥匙给我!"

盛之行冷哼一声,拉她手臂:"行。你要回去,那我就送你回去,下来,你坐到副驾驶去。"

路曦没有动。

"你到底还要不要回去?"

路曦还是不动,只伸着手倔强地想要钥匙。

盛之行紧紧地抿着唇,眉心都开始一跳一跳地疼。刚才从山上下来的路,他一直跑着,中途都没有停过。当时他脑子里只有一个想法——就是要找到她,不管多累都一定要找到她。

可他赶上了时间,却没能抓住她,她就仿佛沙子一样要从他的手心漏去,让他几乎无能为力。

"西西,你到底怎么了,嗯?发生什么事了吗?还是你生我什么气?早上来的时候不是好好的吗?你说你要回去,我也没拦着你不让你走,我送你都不可以吗?你的脚都这样了还怎么开车。万一开到一半出事了怎么办?你听话好不好?"

盛之行俯着身子放低声音,他扣着路曦伸出来的那只手,动作很慢地,想让她收回去。可她的手指却忽然轻轻地抖了起来,一双眼睛也开始泛红漫上了水光。

盛之行没想到会惹她哭,呆呆地愣了好一会儿才终于反应过来,手足无措地去擦她的眼泪。可那眼泪就像断了线的珍珠,怎么擦都擦不完。盛之行没辙,轻叹一声,只能探手将她微微抱了起来,借着驾驶座跟副驾驶中间没有阻隔，才略显艰难地将人放到了旁边，自己矮身坐到了驾驶座上。

路曦一直无声地在哭，盛之行抱她时她也没有挣扎，直到盛之行将人放好准备坐正，才发现她的手不知何时已经紧紧地扣住了他的肩膀。

盛之行沉默下去，没有动，也没敢说话，就这么任她靠着，一下一下轻轻地拍着她后背安抚。

他是第一次看见她哭成这样，可只有这一次也就够了。

"西西，你是不是忘记我之前说过什么了？"盛之行在她耳边，用只有两个人能听见的声音，说道，"我跟你说过，以后不管遇见什么事，想走之前，都先来找我说清楚。你是不是有什么不高兴的？因为我抢了你的水？还是你的面包？如果你不乐意，那我以后都不这样了，行不行？"

他的温言软语几乎比毒药还要致命，路曦宁愿他像刚刚一样生气地质问她。可他不断安抚的手宣示了他仿佛永远不会缺失的耐心，路曦突然开始厌恶起自己的摇摆不定。

如果一切事情非要有一个了断、一个结果，就算要放弃，她也要让自己明明白白地退场。

感觉到路曦慢慢止住哽咽，盛之行便抓住她的肩膀把人拉起来。她一双眼睛红得跟兔子一样，长长的睫毛湿润着，扇动时像沉重的扇子。

"盛之行……你……你写的那句话还算数吗？"

"什么话？"

"就是……大学时候，我那份债务合同上的话。"

她没有说得很清楚，但盛之行显然是听懂了。路曦眼见他面色僵了一下，带点试探看着她，然后语气有点生硬地问："你知道那是什么意思了吗？"

路曦点点头。

"那你问我算不算数……是什么意思？"

路曦有点愣，还有点慌，她抓抓他袖子："就是……就是字面意思啊！"

盛之行的神色更僵硬了。

他咬咬牙，沉默了好久，最后像是下定了决心："我的话一直都算数，是你说的话不作数。"

路曦知道他指的是什么，好不容易下去的眼泪又上来了，她吸了吸鼻子："我的话也算数的！我……我……说想和你在一起是真的！"

盛之行听愣了。他先是不可思议，最后神色间掺杂了惊喜、兴奋、愤怒……太多太多复杂的情绪，这一刻他的眼眶似乎也红了，仿佛终于等到一件绝不可能发生的事。

"路曦!"他再次紧紧握住路曦的手,力道大得路曦不得不往他身前靠,才不至于太难受。他狠狠地盯着她,连牙都咬紧了,"这种事情你再拿来开玩笑,我真的会生气的!所以你给我好好想清楚,这一次到底是不是真的?"

路曦的眼泪又掉下来,疼得打他:"我哪一次不是真的?我才不是什么说话不算话的人!我是真的!真的……"

她的话没有说完,之后的一切都被封在了盛之行的吻里。

他的嘴唇还是干的,蹭上来时浸了路曦的眼泪,动作急匆匆的,两人顿时磕了一下,嘴里泛开咸涩的味道。但尽管如此,谁也没有先躲开,路曦反而哭得更凶了,眼泪一串一串地往下掉。

盛之行停留在她唇边吻了好一会儿,大概眼泪的味道实在让他受不住了,路曦听见他轻轻叹了一声,然后摸索上来吻她的眼睛。路曦抖得直颤,睫毛扑簌簌地闪,盛之行一路吻下去,不知道沾了多少水珠。

"你……你别弄了,痒……"

路曦推他,脸上不仅痒,还一阵红。她其实很不好意思,因为她从来没在人前这样哭过,更别说在盛之行面前了,她几乎从不这样示弱的。

"那你不哭了?"

路曦扭开头:"我早就没哭了。"

"是吗?"盛之行看着她笑,手指从她下巴处划过,捻起湿漉漉的水珠,"那这是什么?"

路曦转头坐好,耳朵红了一片。她理理头发,装作什么也不知道:"你到底还要不要送我回去?"

盛之行也不介意,就这么一个劲地盯着她笑。路曦再想装作看不见,也没法忽略这样一个大活人。她抿抿唇,到底没忍住,也红着脸笑起来,但还是佯装生气:"你再不开车,我就自己回去了!"

"嗯,开车,开车。"盛之行虽这么说,但还是伸手过来抓她,单手转起方向盘,"上了我的贼车,你可没法后悔的。"

路曦笑骂:"你专心点!"

她挣了挣手,没成功,之后也就任他抓着了。一路上盛之行都在傻笑,看后视镜时傻笑,看前面路也傻笑。路曦觉得自己坐在他旁边,也开始变得不正常了。但她不想表现出来,干脆从口袋里掏出手机,假意要刷微博,可实际上心思全都在盛之行那儿,不知不觉间,竟也被传染了开始傻笑。

车子停在小洋房外,盛之行总算是松开了手。路曦掌心里全是被他握出来的汗,热热的,她甚至没来得及擦干净,就见盛之行拔出钥匙挂好,伸手过来准备抱她。

路曦挡了一下,瞪他:"你干什么?"

"抱你进去啊。"

"不用,我自己能走。"

盛之行冲她笑笑,说出的却是拒绝的话:"你说了不算。"说罢就直接将她抱出了车。

路曦一双手挂在盛之行脖子上,气哼哼地扯他头发:"才第一天你就这样!"

盛之行似是顿了一下,然后才反应过来她口中的"第一天"是什么意思,随即低头笑得更欢,双眸亮闪闪地凑过来,亲了亲路曦的脸蛋:"好西西,别生气。以后我都听你的。"

4

路曦脚扭伤了实在没力气,盛之行将她放到沙发上后,她就只能自生自灭地任由身体躺倒。

头顶还是昨天看见的天花板,但又似乎和昨天看见时的感觉不同。路曦咧着唇笑了一会儿,趁着盛之行回来之前又无声无息地收了回去。

冰箱里有冰块,盛之行动作奇快,迅速就用帕子包好弄成了一个小冰袋,回来时看见路曦毫无形象地躺着,笑着推了推她,然后在她脚边挤着坐了下来。

路曦半坐起来,盛之行已经扶起她的脚放到了自己大腿上。路曦有点不习惯,轻咳了一下忍住羞窘。她靠着沙发看盛之行小心翼翼地给她冰敷,下意识又屈起腿坐得离他近了些。

"是早上滑下石块时扭到的?"盛之行问。

"嗯,应该是吧。"

他无奈:"当时不是说没事吗?"

"那个时候是没事的……爬了一会儿山才觉得疼。"

盛之行看她一眼,本来还想批评,但听她语气可怜兮兮,最后还是忍住了,低下头继续认真地给她冷敷伤口。

除了扭伤肿起来的地方,还有剐蹭出血的小伤口,盛之行简单清理了下,找来创可贴给她贴上。路曦全程都一动不动，乖乖地任他处理。

"喂，你怎么突然也下山了？"

盛之行重新拾起冰袋给她冷敷，闻言轻哼了一声："不然呢？不下山由着你逃走？"

"我哪里是逃走……"路曦不满地嘀咕了句，又悄悄地试探，"你……你不是要背何心韵上山吗？"

"我什么时候说要背她了？"

"我看见你蹲下去了。"

"蹲下去就是要背她？我蹲下去捡东西不可以？"

盛之行当然不是蹲下去捡什么东西，他不过就是为了反驳路曦随口一说："我只是蹲下好看看她的伤口。她扭伤的地方虽然冷敷过了，但肿得还是很严重，不适合再继续上山了，不然过了一夜不处理还不知道会怎么样。所以我还是送她返回去了，半山腰那附近有工作人员，能把她送下山的。"

路曦闻言说不出话来，敢情都是她误解了。她有点窘，于是赶忙把心里那点小九九压下去，不然被盛之行知道了，还不晓得会怎么笑她呢。

但盛之行怎么可能不问："你呢？跟我说说你怎么回事？为什么一声不吭就跑下山？如果不是我发现你不见了去问许欣然，我都不知道你遁逃了。"

路曦支支吾吾："我……就看你们那么想要去山顶玩，不想扰了你们兴致，所以就自己下山了。"

"哼，假话，你以为我会相信？"盛之行狡黠地勾唇笑，又露出他仿佛狐狸一样的志在必得，放下冰袋，一把抱过路曦放在腿上，圈住人，"是不是吃醋了，你以为我要背何心韵上山？"

这个姿势实在闹人，路曦惊得连忙捶他。盛之行笑弯了眼，抓起她两只手一起塞怀里："谁让你不诚实？"

以前就觉得他嘴欠，没想到这人居然还这么无赖，亏她前几天还觉得他好得不行，错过了是种损失，现在看来也没什么好损失的，倒像是她平白无故被抓住了什么把柄。

路曦气呼呼地不说话。

盛之行笑了，抬起手指戳了戳她的脸。

路曦便也想恶狠狠地上手掐他，但她的力气还没完全使出来，就被盛之行凑过来柔柔的呼吸卸去了。他刚刚应该是喝了水，嘴唇上都是清甜的味道，路曦被他一下一下啄吻着，很快就开始晕头转向，不自觉地开始回应。

两个人没吻太久，很快就都气喘吁吁了。路曦有点喘不上来气，憋红了脸靠在他怀里。盛之行也微微喘着，紧紧抱着她，嘴里还念念有词："还是得多练习……"

路曦埋头闷笑，顺带给了他一掌。

盛之行也笑出声，乖乖受了，问道："饿不饿，马上该吃晚饭了，我去给你下面条？"

路曦点头："好呀。"

好久没尝过盛之行的手艺，说起来路曦还格外想念。相比自己多年来没什么精进的厨艺，盛之行的厨艺可谓是坐了火箭一样地往上涨。

她丝毫没有客气，抱着碗把最后的汤水都喝干净，最后指挥盛之行去洗碗，自己则捧着圆鼓鼓的肚子去玩手机。

上山的那群人已经成功抵达目的地，搭好帐篷、摆好烤架后就开始夜晚的狂欢，不过七个人最后只剩下四个，感觉热闹都被砍了一半。

"剩你们两对情侣一起还不好？"

路曦借着许欣然打来的视频看山上的夜景，调侃道。

"好是好啊……但我也想和你一起啊。"

许欣然烤串不积极，什么脏活累活都给靳阳干。赵修齐还看不过说她两句，另一位当事人则笑笑不说话。

"说起来我都忘记问你了，你和靳阳是怎么在一起的啊？他好好一个人，怎么就被你拐到手了？"

许欣然闻言眯眼笑："那当然是因为我有魅力啊。"

"说人话。"

"嘿嘿，就是一个朋友聚会上见到的。我当时看他长得帅，就积极主动要微信了。"

"他给了？"

"当然没有，特别冷酷，转头就给我塞了一张名片。"

路曦笑出声，这确实像是靳阳会做的事。

"那后来呢？"

"后来我就假借有帮助约他见面喽。不过女追男嘛，有诚意有行动，擒到手那是迟早的事，他被我打动了呗。"许欣然扬扬得意，说起这段经历还犹自回味，"不过吧，我总觉得他好像有点眼熟，在哪里见过一样……"

路曦一愣："你不记得了？"

"记得什么？"

原来她压根就忘了高中时在那家新婚夫妻开的火锅店里见过靳阳的事，路曦一直以为她记得，现在才发现倒是自己高估她记性了，于是好笑地叹口气，重新提醒她。

许欣然愣愣地听路曦说完，最后视频里的表情都凝固了。她眨巴着眼想了好久，才跳起来一拍大腿："啊！是他！那个'小靖'！原来叫的不是名，是姓啊！"

她醒悟过来后一脸痛苦，好像没及时想起来是什么十恶不赦的事。路曦顺势添油加醋："你当时不是还说什么'痛失所爱''没来得及恋爱就失恋'之类的话吗？现在想想也不过如此啊，你连人家的脸都没记起来。"

许欣然愤愤地瞅她一眼："路曦同学！你就是这样嘲笑我的？亏我还为了你的幸福着想，在盛之行面前无比努力！"

"你努力什么？"

"当然是能把你说得要多惨就有多惨，不然你以为他会那么着急地跑下山去找你啊！你俩不就差这临门一脚吗？还不是我帮你踢的！"

路曦脸一红："谁让你乱说的……"

"哼。"许欣然冷嗤，"我不乱说你现在会这么春风满面？中午还乌云密布呢，晚上就晴空万里了？快点坦白，你俩这会儿是不是已经成了？"

路曦憋着气不说话，脑袋里飞速运转该怎么转移话题，结果身后忽然靠过来的人吓了她一跳。路曦猛地弹起来，手指一抖就把视频给关掉了。

"啊！"她惨叫一下。

盛之行还没搞明白什么状况，被她一惊一乍给吓住了："你做什么亏心事呢？"

路曦收起手机，顺便关了静音，免得许欣然追过来质问："没什么呀。"

盛之行狐疑地看着她："你不是在打视频吗？和许欣然？怎么挂了？"

"就聊完了……"

"怎么这么着急。"盛之行嘀咕，"我还没看他们弄得怎么样了呢。"

"他们很好，你不用操心了。"路曦拿着手机站起来，"我上楼去洗澡了，走了一天路都流汗了。"

"嗯，走吧，一块儿上去，我也去洗澡了。"

盛之行跟着站起来，熟门熟路地把路曦打横抱起。路曦想抗议，但又觉得太矫情，干脆就安心享受了，反正出力的也不是她。

盛之行抱人上楼的动作稳稳当当，但脸上带着欠揍的笑，没到门口，就忽地假意松手："西西，你最近是不是吃胖了啊？"

路曦瞪他："白天和晚上能有多少差别？"

"我指的不是和白天比啊。"

路曦茫然："那你指什么？你以前又没抱过我。"

盛之行笑容神秘，问到这份上了也什么都不说，推开她房门把人放下，只嘱咐："洗的时候小心点，别滑倒了。"

"嗯。"路曦撇嘴，转头要往浴室里去，但走到一半又扭头，古怪地盯着盛之行，"你刚刚那话什么意思还没说明白呢！等我洗好出来再和你谈，不许逃跑啊。"

"我能跑去哪儿？"

"谁知道，说不定你等下就门一关当缩头乌龟呢？"

盛之行低头轻笑，笑完后又揉揉她的脑袋："好，听你的，我肯定不当缩头乌龟。"

5

路曦稍显艰难地洗完了澡，不想脚伤严重，所以结束之后就乖乖去了床上坐着。休息了十多分钟，想着盛之行那边也应该快结束了，正要去找他，结果胡宁宁来了电话，拖着她硬是讲了好一会儿上周工作的事。

路曦有身为打工仔的自觉性，认命地又消磨了快半个小时。她边应付胡宁宁，边听着外头的动静——盛之行的房间离她那么近，如果他出来她肯定能发觉的。

可直到电话结束，路曦也没捕捉到外面半点风声，她穿好衣服捋顺头发，单脚跳着去到门边，刚想打开门，外头就响起两下敲门声，她吓了一跳，然后才拉开门。

盛之行也没想到她开门这么快，呆了一下笑出来，贼兮兮的："你该不会就在门边等着我吧？"

路曦白他一眼："少自恋了！"

盛之行没有要去楼下讲话的意思，路曦也就退了几步让他进来。盛之行光明正大地关上了门，大摇大摆地坐到她床边。

"啧！"路曦见状打他，"不是跟你说了好几遍不要坐我床吗？"

盛之行揉着手臂挨打的地方，不可置信："我……我现在的地位还跟那时候一样吗?"

路曦没想到他会是这种回答,一时间没想好反驳的话,噎了一下,要说的话也哽在了喉咙里。

盛之行还是笑眯眯的样子,从床尾坐到了床头,看了一圈:"怎么感觉你屋子比我的大啊?"

路曦推他无果,也就让他坐了,自己则在离他一只手臂的地方坐下来,轻哼:"哪有什么大不大,这里的屋子不是都设计得差不多嘛。"

"嗯,你说得对。"

盛之行佯装赞同,屁股却不安分地越挪越近。路曦感觉到他慢慢靠近,脸也渐渐红了起来,咬了咬唇想躲,但被盛之行眼疾手快地拉住。

"西西……"

路曦的心开始猛跳起来:"嗯?"

"我们再练习会儿呗。"

她试图装傻:"练……练习什么?"

盛之行已经贴过来了,捧着她的脸:"你知道我说什么的。"

话音刚落,他的嘴唇就已经吻上来了,轻轻地在她的地盘上作恶。路曦本来闭着牙关,但很快呼吸不畅,最后忍不住松了口,就更被攻城略地。盛之行的手也从她脸颊边滑落,扶到她软下去的腰上,隔着衣服紧紧握着。

但这互相对坐的姿势着实不便,两人吻着吻着就开始不自觉地寻找便捷的方式。路曦被盛之行扣在怀里,无意识地往后仰躺上了床。盛之行随即俯身而下,亲得更加用力,手也慢慢从她衣摆钻进了里头。

热热的手摸着她的腰肢,路曦舒服得轻轻嘤咛了声,只是当那只手还要往上时,她才回过神吓了一跳,脸轰地烫起来:"盛……盛之行……"

盛之行咬了下路曦嘴角,停下时双眼中泛着晶亮的光,他有点不高兴,又有点兴奋,气息扑在她耳边:"怎么了?"

"你还问我!你干什么呢……"路曦拽他的手,埋着脸,"拿出去……"

盛之行不同意,抱着她低低说道:"好西西,我不会做什么的,我就是跟你练习一会儿。"

他要起赖来简直比小孩还可怕,路曦是早知道他脾性的,这会儿拽也拽不动,打也打不动,只能搬出撒手锏来:"你说过你不会骗我的!"

他闻言模模糊糊地点头,很快又凑过来吻人。路曦的手挂在他脖子上,很快也开始柔柔地回应。盛之行的舌尖和手指仿佛都点了火,落在她身上带起一阵又一阵的战栗,最后他又对着她脸蛋重重地亲了一下,然后才将人搂在怀里,顺势把被子也扯了过来。

"好了好了,不闹了不闹了。"

盛之行赶忙求饶。

路曦被他这占了便宜还卖乖的样子气得牙痒痒,一脚踹他身上,拉过被子把自己包得严严实实,冲他道:"你给我出去!盛之行,你死定了!"

盛之行被踹了一脚有点疼,但他也知道这疼是自找的,赔着笑脸又钻到被子里,从背后搂住路曦,哄她:"好西西,别生气了。我就是……有点忍不住了。你知道你今天跑下山时我有多担心吗?你知道你在车上和我说那些话的时候我又有多高兴吗?以前这些我都不敢想,也不敢相信你说在一起会是真的。"

路曦背着身体沉默了一会儿,然后才转过身对着盛之行。他眼里有笑意,她的眼圈却是微红的:"我都说了是真的。"

盛之行顺势把下巴放在她毛茸茸的头发上:"嗯,我知道。"

路曦的头靠着他的胸膛,慢慢也将手环上了盛之行的腰,两人无声地依偎了会儿,然后便听见盛之行低声问:"睡觉吗?我关灯了。"

路曦从他怀里抬头,咬着唇思索了会儿,像是最后确认:"你真要在这儿睡?"

"当然。"

路曦愤愤地继续埋头,嘀咕道:"便宜都被你占光了。"

盛之行闷声笑:"迟早的事。"他边说边伸手关了灯,"而且你不是说让我不要当缩头乌龟吗?我怎么可能再躲到自己屋里去。"

路曦咬牙:"你这么说我才想起来,我要问你的事还没解决呢!"

"唔……我困了。"盛之行拉紧被子,替她掖了掖,"有什么事下次再说吧。"

…………

第一次晚上睡觉身边多了个人,路曦躺在床上好半会儿都不能习惯。不过在挣扎了将近半个小时以后,她还是进入梦乡沉沉地睡过去了。

翌日早上天气晴朗,模模糊糊间,她感觉鼻子上有什么东西在搔动。

路曦不满地皱了皱眉,挥手打开的时候睁开双眼,视线模糊了一下后逐渐清晰,是盛之行不知从哪里找来根羽毛,正在恶作剧地往她脸上挥弄。

见她醒了,他也不心虚,光扬起唇笑。

.262.

路曦揉了揉眼睛:"几点了?"

"八点。"

"哦……那起床吧。"

"别着急啊……再躺一会儿,反正不用工作。"

盛之行抱住人不让起,路曦没办法,只能又陪他赖在床上。只是晨间阳光大好,不比晚上时候让人觉得空间私密,她到底还是有点不好意思:"你别赖床了,快点起吧!欣然他们回来就不好了……"

"他们没这么快。再说了,被许欣然发现又有什么好怕的?你难道还打算瞒着她?"

路曦当然没有这个意思,不过公布消息也得找个好时间,现在这种场景哪里合适?盛之行分明也知道,不过就是找个借口强词夺理。

路曦冷哼一声:"盛之行,我怎么觉得你一下又变幼稚了?亏得欣然之前还跟我说,觉得你从国外回来之后成熟了很多呢。"

"嗯?"

他从喉咙里挤出这么一个字眼,然后就开始沉思,仿佛也在确认自己到底有没有如许欣然所想的那样"成熟"。他的脑中有很多画面,但一一闪过后又不留痕迹,最后只余下近在眼前的这个人。

"你觉得呢?"盛之行低头问路曦,"你觉得我像她说的那样吗?"

路曦看了眼他:"一点点吧。你上次在大鸿不是还高深莫测地说什么奇怪的话,我还以为你中邪了呢。"

盛之行笑起来,连带胸腔都在震动。路曦枕在他的胳膊上,寻找了一个舒服的姿势后等他停下。

"不是中邪,是实话。"

盛之行知道她指的是什么,拿起路曦的右手慢慢地放到他左边的胸膛上。路曦还不知道他想干什么,就听他说道:"那天我说的是真话,今天这句也是真话——心已经找回来了。"

路曦五指微张。

盛之行神情认真:"西西,你感受到了吗?"

第十二章 / 我喜欢你
以后、未来，我们都不会分开

1

许欣然和赵修齐一行人临近中午回来，在山上睡了一晚，又走了很长一段路，几人都有点疲惫，回来便午休去了。

睡醒的时候太阳正要落山，赵修齐一下来便跟盛之行以及靳阳聊起了天，许欣然则拽着鹿羽跟路曦分享昨天深夜和今日清晨日出时照的照片。漫无边际的星光跟路曦刚来这儿的那天晚上看到的相差无几，她又划过去看日出的景色，一片火红在薄雾蓝光下伸出触角，带来新生的希望和光明。

还是有点可惜的，她没跟盛之行一块儿看成。

几人又在度假村里待了一天，隔日下午就收拾了行李返回市区。靳阳要去事务所，但去之前得先将许欣然送回家。路曦也要回租住的地方，因为离江园不远，正好就被顺路的盛之行捎上车了。

路曦趴在车窗边跟许欣然还有鹿羽摆手道别，盛之行拉好了安全带，一踩油门，车就缓缓往外驶出了度假村大门。路曦把目光从后视镜那儿收回来，长长地舒了口气：“终于要回家了！”

"不喜欢待在这里？"

"也不算。"路曦扯扯安全带坐正，"就是好多工作还没做完，老是玩，心里不踏实。"

盛之行笑起来，提醒：“还说我像你哥，我看你才是马上要进化成工作狂的那位。”

路曦不服气："我又没有天天想着工作。"

盛之行但笑不语，把着方向盘在车流里穿梭。回去的方向是她家，路曦认得，她盯着窗外看了会儿，转回头清清嗓子。

"咳……喂，我有个事跟你商量一下呗。"

听这语气就不像要说什么好事，盛之行摇摇头："我可以拒绝吗？"

"不行！"

"那你还说商量干什么？你说吧，直接下达通知吧。"

路曦"嘿嘿"一笑："就是……咱俩在一起这个事……你暂时先不要跟叔叔阿姨说行不行？"

盛之行还在稳稳当当开车，路曦知道他听见了，但没见回话，心里还是有点虚："喂……"

"你也不和你爸妈说？"他忽然问。

"嗯……没错。"

于是盛之行更加沉默了。

路曦半晌没得到回应，但也不敢贸然打扰他开车，只能挺着背边打量人边等他说话。这家伙还是有点可怕的，尤其是不笑也不说话的时候，跟个冷面包公一样。

前方排了长长的队伍，大家都在等一个将近五十秒的红灯，盛之行也渐渐慢下车速，最后停在了车流后方。

路曦还在小心翼翼地看他，趁着这间隙正好可以插嘴解释两句，她拉住盛之行胳膊，好言好语："我不是让你一直保密，就是先等一两个月，你看我们才刚刚在一起，总不能一点磨合期都没有吧？"

盛之行这下总算出声了，他转过脸，笑着扬眉："磨合？你掰掰手指头数数，看我们都认识多少年了？需要什么磨合？你哪个臭脾气、臭习惯我不知道？"

路曦有点不爽，打了他一下就扭过脸不吭声了。她哪里不知道他们俩认识了多少年头，磨合是不用啊，那本来就是个借口而已，她不过就是想先和他过上一段清静的日子，否则现在跟家里说，少不了又是天天盘问前因后果。

可这人明显跟她想得半点不一样。

盛之行见路曦气呼呼的，也不哄人，手点着方向盘等最后的几秒红灯。在红灯开始闪烁之后，他的手也开始有节奏地敲起来，最后他拿起手机，迅速解锁点开微信发了条消息出去。

路曦转过头就见他神秘兮兮的,虽然还有点郁闷,但又忍不住想问:"你干什么呢?"

盛之行收了手机,转起方向盘,异常严肃:"我在做一件可能会让你生气的事。"

路曦背脊一挺,凉气瞬间蹿上来。

盛之行微微偏过头,一瞬间又露出狐狸一样的笑:"不,是肯定会生气。"

路曦没有问出这件所谓肯定会让她生气的事究竟是什么事,但神秘也并没有持续太久,因为她很快就知道了。

从度假村回去后路曦照常上班,靳阳和路朝一样,大部分时间都不在事务所内,偶尔回来也只是开几个重要会议或者取几份重要文件,路曦能见到他们的次数少之又少。

但次数少不代表见不到,在度假村路曦都没怎么跟靳阳搭上话,回来之后反而能聊的东西还多了。之前她还能勉强正儿八经地把靳阳当个上司看,现在有了许欣然这层关系,两人之间倒是朋友这根线紧了些,而上司这根线松了些。

靳阳倒是不介意,反而还乐见其成,某天正好回事务所,就约了她去楼下咖啡厅喝咖啡。

"听欣然说你脚扭伤了,最近好些了?"

路曦点头:"嗯,好多了。"

"那就好,不过还是要多注意点。"

两人又寒暄了点日常的话,八卦路曦是不敢缠着人家问的,想知道什么反正回头问许欣然就好,她向来是知无不言言无不尽的。

"对了,我还有件好奇的事想问问你。"

路曦有点意外:"你好奇的事?"

她边问边自己在心里猜了猜,想着十之八九可能是有关许欣然的事,正准备正襟危坐替他解答疑惑,没承想他问的居然是其他人。

"你和盛康那位,看起来是很好的朋友?"

路曦一愣,没人在她面前说过"盛康那位"这样的形容词,她呆了呆才反应过来:"你是说盛之行?"

"嗯。"

路曦不知道靳阳怎么会突然问起他，但还是点点头："我跟他是邻居，从小一块儿长大的，关系确实还不错。"

"这样啊……"

他欲言又止，说是问她事情，结果搞得路曦好奇心爆棚："怎么了？你为什么忽然问他的事情啊？"

靳阳并未回答，喝了口咖啡，又转问起："我记得欣然和宁宁都叫过你'曦曦'？这个是你的小名？"

"啊？噢，没错……是小名。"

他的问题倒是越问越奇怪了，路曦眉头不解地皱起，想问明白但又等着靳阳主动解释。靳阳确实是看出她的犹豫跟探究来了，却只笑笑道："问你这些其实是我想确认一件事，不过现在暂时还没办法告诉你。"

路曦有点没理解，想要再问，手机却忽然响起了。她看了眼来电显示，是家里母上大人的，不接可不行。

靳阳也注意到她来电话了，便顺势起身告别："我先走了，你还没喝完，可以多坐一会儿再上去。"

被问了一通问题自己又没捞着什么，路曦虽心有不甘但又无可奈何，只能叹口气送走靳阳。吴静萍的来电始终不挂，路曦调整了下语气，接听："喂，妈。"

"西西啊，这周末你能不能回趟家啊？"

"周末？"

路曦没记错的话，周末是跟劳动节连一块儿的，一共三天假，时间她是有，但不知道怎么又被呼唤回家。

"什么事啊妈？"

"哎呀，还能有什么事。"吴静萍叹口气，"就是之行这孩子不知道哪儿又惹着你盛叔叔生气了，你沈阿姨说家里气氛都冷冰冰好几天了。这不之行早上就被喊回来，直接让你盛叔叔说到现在。我看你周末也回来一趟，有什么事你帮着劝一下，之行不是还能听进去你说的话吗？"

盛之行跟盛敬山小吵小闹年年都有，路曦也不是没干过和稀泥这种事，就是没想到那家伙都这岁数了，还能像小时候那样跟盛叔叔闹这么不愉快。

"行，我知道了。我会回去的。"

劳动节前就被扣押回家的盛之行，没有发生什么被赶去面壁思过、写检讨的小孩戏码,而是被迫充分学习劳动人民的伟大精神——风吹日晒不怕苦,辛勤耕耘得果实。

但盛敬山才不会让盛之行碰花园里的花,把人喊回来的第二天,他就直接让刘婶跟沈丽休息,家里的饭菜、打扫一律都交给盛之行来做,不干就不让吃饭,晚上也不许睡觉,就坐在书房里陪他下一晚上的棋。

且不说盛敬山年纪大了熬不熬得住,光是让盛之行呆坐着干他完全不喜欢的事,哪怕半个小时就足够把他的耐心折磨光。是以盛家气氛一天比一天冷,父子俩看对方一天比一天不爽。

路曦到盛家的那天早上,沈丽正愁眉苦脸地撑着太阳穴在沙发上发呆,一见到她,宛如见到了救星般。

"哎哟,西西!你终于来了,阿姨的头都疼好几天了,可算是把你盼来了。"

沈丽招呼路曦过来坐下,吴静萍在后头和一块儿来的路宏江对视一眼,笑着搭腔:"有这么夸张?西西不来,他们父子俩还真能成仇人不可?"

"唉,静萍你可别说了!他们俩哪,我看是已经成仇人了。个个不省心,吃顿饭也没个安生。你说他爸爸一把年纪了,心眼还跟小孩一样小,之行也是,怎么问都不肯说,非得跟他爸犟。反正我是没法了,再这么下去我也受不住了。"

沈丽抱怨了会儿,心情才算舒畅些,喊了刘婶去洗盘水果给路曦,顺带把盛之行叫下来,然后就握着她的手,语重心长:"西西啊,你可得帮阿姨好好劝劝之行,让他有什么问题都说出来,说出来才好沟通不是?你看他老跟他爸爸倔,吵来吵去也捞不着半点好处,是不是?"

"嗯。"路曦习惯性地点头,先顺从一下沈丽的话,想了想,问,"阿姨,盛之行这回又惹什么事了?"

"哎呀,跟你说我自己都不好意思。"沈丽轻叹一声,"不就找女朋友这个事儿嘛。"

"咳咳!"

路曦刚喝进去一口水,闻言就狠狠呛了一下,咳得脸都红了,抽了两张纸才勉强捂住嘴停下来。吴静萍见状忙顺顺她的背,皱眉道:"你这孩子喝水着急什么?"

路曦才不是着急,她……她是心虚好吗?

她干笑了两声赶忙拉回正题,楼梯那儿盛之行也跟着刘婶下来了。两人隔着大半个客厅远远打了个照面,盛之行看见路曦没有半点意外,眉眼里似乎还有些得逞的狡黠。路曦背脊又是一僵,猛地就回忆起那日在车上后背蹿上的凉气,跟现在这种不祥的预感真有种诡异的不谋而合。

"你叔叔前段时间不是介绍了个女孩给之行认识嘛,你应该也知道的,就何氏那个跟你差不多大的姑娘。这段时间两人谁也没声,你叔叔跟我还以为他们接触挺好都准备谈上了。结果倒好,前几天不知道怎么了,他突然发微信给你叔叔,说什么这桩直接吹了,以后也不要给他介绍了。你叔叔以为他是自己看上谁了,结果倒好,他立马就回说自己完全没有谈女朋友这个打算。"

沈丽越说越气闷,摸着胸口大喘气。身后盛之行已经走近,耳朵竖得长长的,把她最后的话都听见,笑嘻嘻地凑过来捏她的肩膀:"老妈,你自己之前不还说,这种事都随我喜欢吗?"

"你这孩子!"

沈丽回过身拍了盛之行一下:"我说随你喜欢,你跟我说什么?你不打算谈女朋友?你想干什么?单身一辈子吗?也难怪你爸爸生气!"

沈丽又和盛之行闹起了别扭,盛之行只好又嬉皮笑脸地说好话逗着人笑。而路曦的脸早在听前因后果的中途黑了下来,小拳头紧紧攥起,待盛之行朝她瞥来一眼,她便把牙咬得"嘎嘎"响。

好啊!原来在这儿等着呢!

他真是一肚子阴谋诡计,坏水不断。

生气!她岂有不生气的道理!

盛敬山自打下了命令让盛之行打理家务,每天中午都会准时回来监督人。今天路家来了路曦和吴静萍、路宏江,他热烈欢迎,然后转头就嘱咐盛之行多做几个菜。

路曦还兀自坐着生闷气,盛之行瞅了她一眼就风轻云淡地进了厨房,很快那头就飘来了阵阵香气,沈丽招呼着众人去餐桌边坐下。

盛之行做了好几个菜,荤素搭配外带路曦最喜欢的玉米排骨汤。座位照旧跟以前一样,盛之行去到路曦旁边,还没坐下,就被他冷酷的老爸吩咐着给在座的每位都盛一碗汤。他暗暗叹了口气,然后听话地上手,一一拿起碗"服侍"过去。

路曦是最后一个,碗在她的左手边,盛之行人在她右边,要拿碗就得探身伸手，没承想这手刚伸到一半，连碗边都没摸着，就被狠狠打了一下，这下可不留情，盛之行吃疼，龇着牙收回手。

这两人打小闹惯了，两对大人压根都没在意，瞧都不瞧一眼只继续聊自己的。盛之行转头看了看那几人，动作迅速地抢过碗，装了满满一份给她，然后才坐下低声道："好疼啊……"

路曦瞪他一眼："活该你！"

盛之行扭开头笑，两人都心知肚明对方脑袋里想的什么，就看最后是谁先败下阵妥协了。

"笑！你小子还给我笑！"

盛敬山瞪着人，冷哼道："别以为今天西西来了就可以救你一命，我的忍耐可是有限度的。赶紧给我吃饭，吃完饭再好好交代，不交代清楚，看我怎么处理你！"

盛之行端起碗往嘴里塞饭，含混不清道："是是是……吃饭吃饭……"

一顿饭吃了将近半个小时，每个人都各有心思。路曦从没觉得在盛家这么难熬过，几乎无时无刻不想撂筷子把盛之行抓起来狠揍一顿。

但她没那个胆子，对方也没给她这个机会。

盛敬山今天看来是做好决定，不撬开自己儿子的嘴就坚决不放人。他儿子什么德行他还不了解，不来点强硬的，怕是这档子事就这么拖没了。

"刘婶，来把碗收下去。"

盛敬山招呼了刘婶清理桌子，冷着脸坐得端端正正没有要走的意思。盛之行皮再紧，这会儿也不敢不给面子，挠挠头也端正坐好，一副听从指挥的模样。

"来，饭也吃完了，今天我是没饿着你小子。你现在就给我解释清楚，那天那条信息到底是怎么个意思？"

吃饱就问话，盛之行不太赞同："爸，我这还没消化完呢……"

"别给我插科打诨！"盛敬山瞪他，"再不好好说明白，以后都别回来吃饭了！"

这话配上盛敬山的冷脸，威胁程度一下就上去了，没把盛之行吓着，倒是惹得沈丽一脸不同意。路宏江也摆摆手，劝道："哎，老盛，有什么话好好说。"

"你看看他这小子是要好好说话的样子吗？"

盛敬山冷哼，又看向人："你那一通混账话，敢当着你路家叔叔阿姨还有西西的面重复一遍吗？也不嫌腻得慌！"

盛之行耸耸肩，总算谈起正事："爸，你给我介绍的人我又不喜欢，就算认识了也发展不下去，你说你操这个心做什么？"

"我介绍给你认识，又没说非让你喜欢！当朋友处一处你都嫌费精力了？这么不想处理人际关系，以后在公司你还混得下去吗？"

"喊。嘴上说着没非让我喜欢，还不是想着法子把我跟人家凑一块儿。我不愿意怎么了？这都什么年代了，哪还兴你这种牵桥搭线的。"

"你现在先别给我扯其他的，你就给我说说你微信那个事儿，你讲你不找女朋友是什么意思？怎么着了，我给你介绍人你不爽，现在是看破红尘打算打一辈子光棍了是吗？"

聊了半天总算聊到点子上，盛之行捏了捏鼻头，借势捂住下半张脸往路曦那儿瞟了一眼，果不其然就看见人脸红脖子粗地瞪着他。他偷偷一笑，扭回头朝着盛敬山，又变成一脸严肃："一辈子不一辈子我哪能掌控，反正现下是没这个打算了。"

"怎么没打算？没遇到合适的？还是有喜欢的姑娘？"

盛之行半天不说话。盛敬山耐着脾气，看了他半天，猜测："有喜欢的就说有，你如果看上谁，我自然不再参与你这些事。"

难得盛敬山口气这么好，还表现得宽宏大量，盛之行眉心挑挑，看了眼他，又看了眼沈丽，最后瞅了下对面的路宏江跟吴静萍，终于轻叹一下，道："那我就说实话好了。爸、妈、叔叔阿姨，我确实有喜欢的人了。"

盛敬山闻言倒没多少意外，这些天晚上跟这小子下棋就感觉他心不静，时不时要瞟一眼手机。沈丽闻言则是乐开了怀，惊喜地问道："是哪个姑娘？妈认不认识？"

"认识……吧。"

"哎呀，哪有这种回答的。有没有照片？拿过来给妈看一眼。人怎么样？是哪种类型的？"

沈丽问得越多，路曦就越觉得头痛。她捏了捏手心，深呼吸一口气，想着自己还能再忍一会儿。

"照片是有，但估计现在没法给你看。"

"怎么了？"

盛之行手肘撑着桌子，轻抚额头："她……她有男朋友了。"

"盛之行！"

盛敬山刚下去的脾气顿时像火山喷发一样，周遭的人无一幸免。盛之行经验颇多，逃得比兔子还快，一下就飞窜远离了餐桌。盛敬山被气得不轻，疾走两步就要去抓旁边的长棍。

"爸！爸！你先冷静一下！"

"你个混账小子还不赶紧滚过来！有男朋友？有男朋友你还上赶着喜欢？你读的书都读到哪里去了？'伦理道德'几个字还会不会写！"

盛之行无辜道："你看我不说你生气，说了你也生气，还不如一开始你就别一直问。"

"我不问还不知道你给我在外面搞这种混账事！我告诉你，这事儿你别想了，有什么念头也给我趁早断了！敢给我去瞎掺和，回来我就打断你的腿！"

"我不掺和。我可以等。"

盛敬山额头直跳，心里的火"噌噌噌"地往上冒。想他在商场纵横这么多年，回家居然要忍受他这好儿子的"污言秽语"！

想都别想！

"今天我非得好好教训你一顿不可！"

说着盛敬山就抄棍上去。

他跟路家都是老熟人，早不在乎脸面不脸面的问题，反正关起门来教育人，只看这小子是什么认错速度。

盛之行被揍是肯定被揍过的，小时候犯错挨打的次数，十根手指头加十根脚指头都数不过来。但长大以后被这么拔棍相向还是第一次，也不知道是不是最近几年没挨打陌生了，他居然逃也不逃就站在原地。

沈丽吓得心跳"怦怦"，满心想上去拦人。但还没等她动，眼前某个身影就已经小跑过去了。

路曦臭着脸横在盛敬山跟盛之行之间。

她先是面朝盛之行，咬着牙给了他一个恶狠狠的眼神，然后认命般地叹了口气，耷拉下肩膀转过身。

"别打他了，盛叔叔。其实盛之行说的人……就是我。"

屋内有一瞬间的寂静，刘婶也从厨房探了半个头出来。

而很快这寂静就被打破了，对面几人神色各异。

吴静萍跟沈丽同时惊声叫道："西西？"

事情的发展一切顺利,也如路曦开始预料的那样。

承认关系之后,她就被按在沙发中间,左右两边各坐着两尊大佛,对她进行无休止的盘问。

路曦学不会盛之行那样插科打诨,也不可能左耳进右耳出地应付敷衍,于是他们问什么她就答什么,时间、地点、情节事无巨细,手被拢在明显兴奋的沈丽怀里,经过一阵揉搓后她感觉都快冒火了。

而罪魁祸首就躲在旁边看戏偷笑。

路曦确实是生气的。

这恋爱刚谈都没有几天,就被这家伙给捅到父母面前了。如果他只是想杜绝盛叔叔给他介绍女朋友的心思,完全可以表达自己暂时没那个想法,何必把她也拉下水。

刚刚见盛叔叔抄棍,她恨不得不理他了,就让他被揍一顿好了,挨两下打,他才不会那么自信地找麻烦……但真见棍子要落下了,她又没骨气地心软了,想着他要公开就公开好了,反正这都是迟早的事。

在座几人问归问,这种程度的亲上加亲,他们脸上难免都是不同程度的高兴。沈丽尤其兴奋,本来因为保养得当就显得年轻的脸更加荣光焕发。她边拉着路曦连声感叹,边转头给盛之行比了个大拇指。路曦看到了,脸微微有点发烫。

"你这小子!"

盛敬山的脸色明显也缓和不少,语气虽然还硬着,但眉目柔了点,还带着隐隐的笑意:"这种事早点说,我犯得着每天跟你来来回回地折腾吗?浪费时间,真不懂事!"

盛之行跨坐在沙发凳上,撑着手好笑道:"哟!你可别得了便宜还卖乖,我每天都在房间里安安分分,不知道谁非得揪着我啰唆使唤。"

盛敬山闻言瞪他。

路宏江"哈哈"大笑:"你看老盛,我早跟你说了,你这儿子没你想的那么不靠谱,心里什么数都有,大可不必费力操心。"

"是啊,你看看你,刚刚丢不丢人,老路跟静萍都在呢,一把年纪了还对儿子动手!"沈丽嗔道。

盛敬山顿时噎了一口气,合着她这几天的怨气都是假的?分明使唤儿子干事时也没见她要拦着啊。

看戏的盛之行笑开了花,看了眼钟,都过去快两个小时了。他扭头:"爸

·273·

妈，叔叔阿姨，你们这问题是不是都问完了啊？"

沈丽笑话道："怎么，这么着急要人了？"

目的被戳穿，盛之行也不扭捏，大大方方地承认了，站起来拉路曦的手："你们问完了，让我跟西西聊会儿呗，今天她来，我还没和她说上话呢。"

路曦瞪人，眼见他手直戳戳地握上来，抬掌就轻拍了下，本来是让他不要轻举妄动，结果落在旁人眼里倒是另一种意思了。沈丽抿唇笑，盛敬山跟路宏江则是风轻云淡笑看百事，吴静萍瞅了眼自己女儿，无奈地摇了摇头，推着人让她起来。

"去吧去吧，天气这么好，出去走走逛逛，晚饭要是想在外面吃，打个电话回来就行。"

路曦被推得站起来，正好落在盛之行臂弯里，他笑意盈盈："得嘞，那我俩就出发了。"

然后他又偏了偏头，凑在路曦耳旁："走，带你晒太阳去。"

路曦鼓着腮帮子扭开脸，抬眼又看见对面四人似笑非笑的眼神。她立时打了个冷战，转头就差把脸埋到盛之行怀里。

她推推人，换成她等不及："走啦！"

2

交往的这层纸捅破给父母，就等同于向周边的亲朋好友间接宣布了。路曦不想被许欣然抓到把柄，所以果断在说开的那天晚上就给她发了消息，坦白跟盛之行的种种"罪状"。

当天夜里路曦并没收到回复，她等了十多分钟，最后熬不住了，终于是闭上沉重的眼皮去见周公了。

而第二天的狂轰乱炸也是意料之内。

刚刚睡醒，手机就是一阵乱摆，从床头柜那头挪到了这头，振动个不停。路曦惺忪着眼调低亮度，打开一看是许欣然发的各类生气表情包。

最新的一句是：快点起床！我马上到你家！

路曦轻叹口气，认命地掀被子下床。

许欣然知道路曦回了碧湖郡，找过来时正好见她绑着发带在刷牙。两人在二楼，吴静萍则在楼下准备早餐："西西，洗漱完带欣然下来一块儿吃早饭。"

路曦含混不清地应了下："哦……"

许欣然等她应完话，才眯起眼睛故作神秘地带上门，把路曦挤在浴室的水池边，靠墙抱臂："怎么说？我可是亲自过来见你了。这其中细节你不得给我讲讲明白？"

许欣然是知道路曦对盛之行什么心思的，至于盛之行，不是也给她写过什么类似情书的玩意？几件事杂糅在一起，简单来说他们应该算是两情相悦，对于情史丰富的许欣然来讲，这种东西不太重要，她比较好奇的是——

"你俩谁先告白的呀？"

路曦漱了漱口，拿毛巾抹掉嘴角的泡沫："你这么着急过来就是为了打听这个？"

"不然呢？"许欣然挑眉，"你俩还有什么更细节的可以和我说？"

路曦狠狠抹了把脸："才没有！"

"那不就得了。快说，他先告白你先告白？"

路曦回想了一下那天的情况："这个不好说，非得找一个，那就算我先好了。"

许欣然哼哼直笑："看来你们那天'战况'激烈啊。"

"你能不能好好用词？"

许欣然耸耸肩，转身从浴室里出来，踱步在房间转悠，手伸向路曦的书架，幽幽地感叹："好呀你俩，二十多年可算是勾搭在一块儿了。青葱岁月不谈恋爱，现在都快'黄昏'了才赶上末班车，就问你亏不亏？"

她边说边找到相册，翻了几页后正是贴着小学和中学毕业照的那一页。

小学时候路曦还没有认识许欣然，照片上只有稚嫩的她跟盛之行。那个时候盛之行还没发育，个头只跟路曦一般高，男生踩着台阶站在女生的后一排，路曦跟盛之行就正好一前一后，她板板正正的，他却神采飞扬笑看镜头。

中学时候路曦和许欣然才认识，那个时候盛之行都长得老高了，拍照时永远站在男生那排的最中间，路曦就跟许欣然挤在一起，烈日下也漾起淡淡的笑容。

"要说也挺可惜，你们大学那会儿在一起就好了。以电视剧的剧本来演，你俩得算是校园里的金童玉女吧？"

路曦洗漱好出来见许欣然在看照片，她便也凑过去。原来身处其中还没有感觉，翻看回忆才恍然发现，她跟盛之行真的认识了很多年。

也错过了很多年。

如果说她昨天还对他的擅自之举有所怨念的话，现在那些气也都已经完全消了。其实他们之间怎么都不算快,没有人会比他们更晚明白对方的心意了。

路曦心情还算不错,兀自翻看起了以前的老照片。虽然这是她的相册,但里面盛之行的照片也不少,她边看边笑,还能想起每一张背后的时间和故事,俨然就是沉浸在恋爱里的小女生。

许欣然被晾在旁边略有不爽,等了半晌拿胳膊撞撞人,问道:"你俩这都见完家长了,准备什么时候搬一起住啊?"

路曦看照片的手一抖,闻言愕然回头:"啊!"

"你啊什么?"许欣然好笑,"怎么了,这有什么好惊讶的。你难道都没想过这个事吗?"

"当然没有!"

路曦连忙否认:"我……我们俩交往还没几个星期呢!"

"但你俩认识很多年了不是?"

许欣然倒不觉得这有什么问题,稀松平常地耸耸肩,答得也风轻云淡。只是说者无意听者有心,搅得路曦心里莫名有点乱。

吴静萍的早餐准备好很久了,这会儿上楼在门外敲了敲叫人。许欣然应了一声,帮她把相册收起来放好,拉过人:"走吧走吧,咱们先下楼去。"

路曦绷着脸被她拉着走了一段,快到门边时,忽然用另一只手按住门,低着头微微抬起,压低了声音,轻咳一下,有点别扭:"你……你跟靳阳已经同居了?"

"是啊。"

路曦抓抓头发:"可是我刚回国那会儿,我记得你还是住在自己家的啊?"

"哦,那段时间……"许欣然抿唇一笑,"他工作出差去了,我又没人陪,就自己回家住了啊。"

…………

劳动节的假期只有一天,许欣然分给路曦半个早上,下午就要去找靳阳了。路曦没挽留她,领着她吃过早餐后就毫不留情地将人赶走,然后自己闷着头扎进了房间里。

盛之行大概上午十点多的时候发了信息过来,说他被勒令陪着盛敬山一块儿去找位老友钓鱼,回来大概得傍晚了,所以就约好吃过晚饭后两人一起回市区。

路曦没有异议，发了个"OK"的手势过去，盛之行却忽然不太对劲，非得缠着她多聊几分钟。

隔着屏幕路曦都能感觉出他的那份赖皮劲，本来还想七想八的脑袋忽然就清静了，只装了一个他，她扬起唇笑起来，趴在被子上跟他聊语音。

午饭过后路曦睡了一觉，起来时已经快下午四点了，旁边手机的呼吸灯在闪烁，她揉揉眼睛拿过来看，是盛之行发来的图片。

她本来以为会是满满一桶拿来炫耀的鱼，结果只是一动不动的鱼线跟一张欲哭无泪入镜的脸，路曦没忍住笑出声，两下打字过去嘲笑他。

"西西？"

门被敲响。

路曦仰头："进。"

吴静萍开了门进来，正好对上路曦刚醒时粉色的脸颊，上头还挂着淡笑，一看就心情很好。她也笑笑，指指手机："跟之行在聊？"

"嗯。"路曦坐起来收了手机，"不过聊完了。你有什么事吗，妈？"

"没多大事，就是择菜无聊，想找你陪我一起坐会儿。"

路曦看了下吴静萍，不动声色地安静下床，穿上拖鞋后，用手梳了下头："好啊。"

很简单的空心菜，吴静萍准备了两个菜篮子，路曦则把菜抱走了一半放自己手边："我也来，好久没择过菜了。"

路曦不怎么会做饭，但择空心菜是小时候在盛家玩跟着刘婶学过的，总归比切土豆厉害一点。吴静萍没反对，点点头，把菜篮子移到了中间。

说是择菜无聊想找她陪，但路曦知道肯定不是这么回事，她就安安静静地坐着陪吴静萍聊了一会儿不着边际的话题，果不其然，进入正题的时间比她想象中的还短一点。

"昨天你可真是把妈吓了一跳。"吴静萍笑了起来，"你爸当时没表现出来，后来回家跟我说，他也吓得不轻。你突然就跟只兔子一样蹦出来说你跟之行的事。哎哟，这但凡对象不是之行，估计就没那么好让你蒙混过关了。"

路曦一撇嘴："昨天我也没见得轻松多少啊。你们跟审犯人一样，什么事都要问得清清楚楚，我要真带个别的人回家，估计都被你们这阵势吓跑了。"

"怎么会？"吴静萍失笑，"我们问的这些，哪个家长不会问？谈恋爱也不是什么小事，随随便便那可不行。"

路曦撇着嘴没搭腔，掐了几根菜后晃晃手，眨眨眼："那……你跟爸对盛之行还满意不？"

吴静萍笑着看她："做什么？还怕我跟你爸拆散你们不成？"

路曦别过脸嘟囔："那不可能。"

"我跟你爸才不会干这种事呢。"吴静萍道，"咱们和盛家知根知底的，之行又是个肯努力的好孩子，特别是嘴甜得不行，能把你爸都哄开心。你说，我们为什么要不同意？"

路曦哼笑："他就是油嘴滑舌。"

"能说一点不是坏事，他们经营公司的，嘴笨怎么做得下去。"吴静萍停了择菜的手，"要说啊，你跟之行从小一块儿长大，我跟你爸还有你叔叔阿姨，虽然以前当着你们面没提过，但背地里可是讨论了好几次，想着你们会不会走在一起，没想到你们却分开去国外读书了这么多年。现在本来以为都没戏了的事突然成了，这心里就像去了块石头，做什么事都特有劲。"

"你们以前居然还讨论过这个？"

"怎么不讨论？你沈阿姨也不知道从哪儿听来的风声，有一段时间总拉着我说之行对你可能有点意思。我想着这倒是个好事，如果真成了也不错，还跟她偷偷摸摸地密谋了一阵。结果密谋来密谋去，你倒是先出国读书了。这什么也没落着，你沈阿姨还失落了好久，后来就不了了之了。"

吴静萍的速度快，择完了自己那捆又来帮路曦。路曦就又分了一半给她，吴静萍边接过，边笑说："你还记不记得，你的小名就是之行给你取的。"

路曦愣了一下，随后抿唇，点了下头："嗯……记得。"

学会写字的时候，人的记忆就差不多成型了。路曦一直记得，最开始她的小名不是"西西"，而是"曦曦"。

其实这两个称呼从读音上看并没有区别，只是书写时的难易程度分成了不同层次。那时候刚上小学的盛之行常常晚上背着书包来路家与她一起做功课，偶然一次看见她作业本上的"路曦"二字，就追问个不停。

"这个是什么字？"

盛之行不知道，路曦其实也不清楚。她就和他躺在一起，小小的脑袋凑在本子前左看右看，最后她只是道："这个是我的名字，妈妈说这个字念两次就是我的小名。"

盛之行摇头晃脑，眨着眼睛，他当然知道她的小名是念"xixi"，但这个字也太复杂了，一点都不简单。

他便把自己小书包里的小字典拿出来，边翻页边认认真真地说道："我今天新学了一个字，它特别特别简单，你要学吗？我可以教你写。而且它和你的名字念起来是一样的哦，待会儿我们就去跟吴阿姨说，让她用这个字给你当小名吧。"

于是路曦的小名便从"曦曦"变成了"西西"，她也觉得这个字很好写，抱着吴静萍的腿撒了好久的娇才成功。

"看着你们两个从那么小到长大成人，一直都互相照顾着，以后还在一起，妈心里就放心了。以后不管有什么问题，都要让着对方些，毕竟这样的缘分来之不易，要好好珍惜才是。"

路曦点点头，很认真地折断最后一根菜："嗯，我知道。"

吴静萍的手也脏着，没法像平常那样摸摸她的头，便只能笑一笑，拿起菜篮子，边往厨房去，边温柔地夸奖她："乖孩子。"

路曦跟在她身后走了两步。

"妈……"路曦忽然出声。

吴静萍回头："怎么了？"

"我还有个事想问……"路曦站在门边，犹豫了下，"就是……你说你跟沈阿姨'密谋'那个事……是在我出国前不久？"

吴静萍道："对啊，就在你出国前几个月吧。你沈阿姨会那么想，好像是因为之行那段时间有跟她提过，想提前一年出国，说是要跟你一起。但后来不知道怎么又没继续了，大概是很多方面没准备好，觉得太匆忙了吧。"

路曦静默着。

吴静萍转头开了水龙头洗菜："怎么忽然问起这个了？"

水冲着菜激起一圈一圈的水花，路曦定神摇了摇头，垂下脑袋："哦……没什么。"

明天要恢复上班，吃过晚饭后，盛之行就准时来接路曦回市区。

夜晚的风温温凉凉，吹得人神清气爽。路曦就坐在两家中间石子路的那条长凳上，左看看右看看地消磨时间。

没等多久，盛之行就到了。

他似乎还是刚垂钓回来的那副样子，衣服没有换，身上还有海水跟咸腥味，头发乱糟糟的，过来牵她手时还捂着嘴打了两下喷嚏，凄惨地吸了吸鼻子。

路曦看得乐了，凑过去瞅他的脸，一副生无可恋的模样，她笑起来："你该不会都没吃饭吧？"

盛之行开了车门把她塞进去,然后自己绕到另一边也上车,他没立马发动车子,而是靠在座椅上仰头长叹,揉了揉太阳穴:"恭喜你猜对了。"

路曦乐不可支:"盛叔叔这样虐待你?"

"那倒不是,他现在手里可没有我的把柄。"

说起老爸,盛之行就来劲了,不服输地哼了声:"是我不想陪他吃晚饭。"

"哦,也是,他现在手里确实没你的把柄了,你想干什么就能干什么。"

路曦高深莫测地应和,看着中控台上的小挂件表情沉沉。盛之行本来还想吐槽盛敬山,闻言立马把嘴闭上了。他转头觑了路曦两眼,不太自信:"好西西,你不会还在生气吧?"

路曦没吭声。

盛之行又喊了她两下,无果后戳戳她手臂,最后无计可施,只能使出撒手锏挠她痒痒。路曦绷不住了,缩了下脑袋笑起来:"你干什么!除了这招你还会不会点别的?"

她肯笑就说明不生气了,盛之行摸摸她的脑袋:"走吧,陪我去吃个饭。"

路曦没有拒绝,两人就出发去找地方填饱肚子。

路曦因为在家里吃过一顿,所以精气神还算不错。盛之行开车,她就跟他聊天,东说说西说说,等问到为什么下午他一条鱼都没钓到时,就看见他表情丰富,义愤填膺地跟她抱怨那地方有多么无聊可怕。

路曦笑呵呵地听,等到盛之行说完之后,两人安静了一阵,等过红灯车又动了之后,她才清清嗓子:"盛之行……赵修齐跟鹿羽住在哪里啊?"

"他们?住在西苑那块,去年搬过去的。"

"哦。"

"怎么了?你要去找鹿羽?"

"嗯,有约过,有空就去找她。"

路曦咬着手指头,啃了两下又觉得这姿势不对,赶忙放下,问道:"他们是住在一起了?"

"对啊,他们都订婚了,你觉得赵修齐那小子还会学仙人寡居吗?"

盛之行笑着说,无时无刻不忘记损一损赵修齐。路曦鼓着腮帮子看窗外,盛之行没接下文,显然对赵修齐跟鹿羽的事不感兴趣。

路曦揪了揪衣角,又主动开启话匣子:"我今天跟欣然聊天,她和靳阳好像也住一块儿了。"

车子还在平稳前进,盛之行总算侧头看了眼路曦,那一眼不知道有什么意思,反正路曦被瞧得莫名一慌,拍拍大腿:"她……她居然跟人住一块儿我都不知道!你看她和我老板都交往一年了,什么也不说,害我在度假村的时候傻愣愣没反应过来,多丢人……是吧?是她的错吧?"

盛之行闷笑一声:"对,是她的错。你慢点说,别呛着口水。"

路曦红着脸丧气地靠倒在座椅上:"我不说了!"

…………

于是一直到陪盛之行吃完饭,路曦都还处在闷闷不乐的状态里。

盛之行好像没看出来她心情不好,偶尔吃着东西跟她说两句话,没得到回复就自动跳过,得到了回复也轻描淡写,全身心都专注于填饱他的肚子。

路曦更加郁闷了。

车子开到路曦的住处,盛之行停在小区外面,和她一起下来往里走。

两个人牵着手,夜里清风拂面,路曦的郁闷消去一点,她盯着脚下的影子,稍稍放慢脚步,将自己的步伐保持到跟盛之行同步,影子相携往前,默契十足。

"我记得你之前说,这里的房子是许欣然给你找的?"

听见他说话,路曦应道:"嗯,她托她朋友帮忙的。"

"怎么样?住得还习惯吗?"

"就那样吧……嗯,离超市远了一些,不过下班回来的路上也能去。其他的好像没什么了。"

路曦还盯着脚下的影子,边想边零碎地说。盛之行没打扰她,任由着她一路这么走到楼下。

楼下周围有三两个零星的人,楼梯口旁边还有一棵高大的树,月光透不过来,本来并排的影子被盛之行踩乱,他拉拉她的手往树下走,道:"别玩了。"

路曦抬头看了眼他的后脑勺,乖乖跟着走了几步,还没到树下就见盛之行压着个脑袋过来。路曦赶紧抿紧紧唇,反手用力拉着他退了两步,背刚碰到树干,嘴唇就被堵住了。

他长得高,路曦穿的平底鞋,这会儿要稍稍踮起脚才能舒服一点。盛之行大概也考虑到了,特地往下低了点,足够路曦将手环上去,他托着她一半的重量,两人就这么在无人安静的树下亲吻。

过了一会儿,盛之行稍离一些,嘴唇一弯笑起来,路曦没放下手,抱着他。

"西西,你要不要搬过来跟我一块儿住?"

路曦一下瞪大眼睛,不可置信的表情里透露着几分惊讶和探究,显得有点滑稽。她先是不说话,然后才不动声色地组织着语言:"你……你怎么忽然想起说这个?"

盛之行挠挠鼻子,又抓了下头发,耸肩:"就……突然想起来。你刚才不是说这儿离超市远吗?江园那儿离超市很近,符合你的要求。"

他说得认真,确像是刚刚才想起就顺嘴提了。路曦暗暗松了口气,头仰靠着树干:"唔……江园好像是挺不错的,那我想想吧。"

说着说着,她脸上就露出了欢欣的笑。

盛之行拿手抵着下半张脸,转去一边轻咳一下,待他再回过头,脸上也是掩盖不住的笑:"好,那你慢慢考虑,不着急。"

他说着亲了亲路曦的眉心,拉过人往楼梯口去,从树下出来再次沐浴在月光中,两个人的眉眼都柔和不少。

"上去吧,早点睡。"

路曦点点头,抬步往前走。

不过才走了那么两步,她又猛地停了下来。周围仍有路过的人,她鼓着腮帮子左右看了看,忽然闷头往回跑。盛之行见状赶紧张开手,将人准确无误地抱了个满怀。

路曦记得以前读大学时,晚归宿舍便总能看见一对对情侣在楼下吻得难舍难分,他们或光明正大,或隐匿角落,而她不管看没看见,都会装成眼盲耳聋一样匆匆路过,甚至脸皮薄到会替他们害羞。

但现在想想,其实一切又都那么美好。

她当时失去了的,现在都已经弥补回来。想要的人,还留在原地等待,也始终跟她默契共存。

盛之行惊魂未定地抱着人,刚想出口责备两句,柔软的唇就落在了他的嘴角,清清甜甜的,是刚刚尝过的味道。

她的声音也传进耳朵,像无数次梦回一般:"晚安,盛之行。"

3

路曦跟盛之行交往的事很快传了开来,还有联系的同学都发来消息祝贺,部分跟他们俩都熟识的人也纷纷调侃,路曦躲在手机后面一一回复,顺带腹诽还好没跟他们正式见面,不然可真应付不来。

中午咖啡厅人还挺多,路曦找了个位子塞上耳机放松,仰靠在椅背上揉着脖子,酸疼过后是一阵舒服,还带点隐约而来的困意。

路曦眯起眼,有点像睡着,但又感觉没有。咖啡放在桌上的间隙,耳机里正好在切下一首歌,她被清脆的声音惊醒,一下坐直,朝服务员扯起嘴角笑了笑。

"昨晚几点睡的?"

背后忽然有人说话,路曦吓了一跳,捂着心口扭过脸,眼睛瞪得老圆:"哥!吓死我了!"

路朝端着咖啡过来,睨她道:"没做亏心事,不怕鬼敲门。"

路曦白了他一眼:"我们的大律师路先生还相信这种牛鬼蛇神的东西吗?"

"不相信。这只是用来形容你。"

路曦眼见他在自己前面的座位坐下,自觉地让出一部分地方,撇嘴道:"听老妈说你刚出差回来没多久。唇枪舌剑跟打仗一样,回来还有力气损我呢。"

路朝哼笑了一声:"本来没有的。不过听妈跟我谈了件大事,这消失的精气神就又忽然有了。"

路曦大概想到这所谓的"大事"是什么了。路家亲戚少,不至于七大姑八大姨地来串门,但盛之行家不一样,听说已经来了好几拨亲戚了,问来问去,每个人都将头往隔壁的路家探。

"放心吧,你不是最后一个知道的。"她摆摆手,"我也不是故意瞒着你,就是暂时找不到好时机通知你。"

路朝闲闲地喝了口咖啡,靠着椅子表情淡然,好像并无所谓路曦通不通知他一样。

两个人面对面地无声喝了会儿咖啡,路曦也没法听音乐了,早将耳机摘下来放到一旁,没话找话地问:"你下午上班吗?在事务所还是盛康?"

"都不是。要出去一趟,跟靳阳一起。"

"哦。什么时候?"

"半个小时之后。"

路曦点点头:"那你还坐在这儿闲情逸致地喝咖啡,不联系一下人家吗?"

路朝闻言似笑非笑地看她一眼,随即扬扬下巴示意她看左手边十点钟方向的人。路曦看过去,愣了一下。

坐在那儿看书的人不是靳阳又是谁。

"什么时候眼神这么不好使了?"路朝笑话,"还是恋爱使人变傻?"

"你们俩一块儿来的?"

"嗯,刚刚我也坐在那儿。"

"我还真没看见。"

路朝兀自笑,点点头,意味深长地说:"可以理解。"

路曦没深究他所谓的"可以理解"是什么意思,盯着靳阳那边多看了一会儿。大概是察觉到有视线落在自己身上,靳阳将头从书里抬起,朝路曦这儿看过来。

两人对视一笑。

路曦忽然有点坐不住,她挪了挪椅子,小声跟路朝说:"哥,我过去一下,你先坐这里等等。"

路朝瞥了眼靳阳,不置可否,没应声。

路曦立马起身过去。

靳阳看见她过来,有些许意外,但很快整理好表情,合上书,淡笑着看她坐下。

"嗨。"路曦招招手。

靳阳也笑着回了一句。

"你进来时我和路朝就看见你了,不过你应该比较专注耳机里的东西,所以没注意我们这边。"

路曦摸摸额头:"耳机里都是音乐,我就是想偷会儿懒……"

"午休时间,无可厚非。"

这么贴心的老板去哪儿找,路曦默默在心里给他比了个大拇指,坐正了些,清清嗓子,进入正题:"其实我过来,就是有点事想问你。"

"你说。"

他表情认真,倒像是公事公办的态度。路曦一时头疼,脑袋垂下,瞬间就有点郁闷。她试图点拨:"你不记得了?你上次跟我说过的,那个暂时还不能告诉我的事……"

靳阳当然没忘,她这么一提,他几乎立时就想起来了。路曦见状当即面露喜色,并拢腿手抚膝盖:"你现在能说了吗?我实在好奇。"

"能说,能说。"靳阳无奈地笑着,为自己解释,"我上次没说,真的不是为了吊你胃口。"

路曦耸耸肩，故意道："但这个效果你确实达到了。"

靳阳只得赔罪："是我的问题。不过当时我的确不太清楚你和盛康那位究竟是何关系，毕竟你们看上去很亲近，但似乎又只止于朋友。我不想无故影响你的判断，所以才没有贸然说。"

他这番话里信息极多，路曦大概听出他知道些什么事，也晓得现在她跟盛之行是男女朋友的关系，所以所谓暂时不能说的事现在已经解除了封印，他可以把她感兴趣的消息告诉她了。

不过路曦不想表现得太猴急，就撑着下巴回忆那天同样在这个咖啡厅里他们俩面对面谈话时的情景，解释道："我也不是有意瞒着你，那个时候我和他才刚刚交往，连欣然我都还没告诉呢。"

"嗯，我知道。毕竟如果你告诉了她，她大概下一秒就会打电话来跟我分享这个'惊天秘密'。就像前几天一样。"

路曦撇撇嘴："这个女人！"

靳阳笑笑，手指搭在杯垫上："其实我见过他，在好几年前，还不涉及工作交集的时候。"

"当时我大学刚毕业，有段时间就在我小姨朋友的火锅店帮忙。大概是个暑假，有一行三人来点菜，点到一半时来了个男孩，大概是跑了一段路，热得满头大汗，我本来没太注意，想着就是普普通通来吃饭的人，结果刚走去后厨没一会儿，就见他领着另外一个男孩子往卫生间的方向去，脸色看起来特别不好。"

靳阳说到这里时顿了顿，因为他注意到路曦的表情有些微变化，只是等了一会儿，没见她有要插话的意思，于是便继续："其实每天店里来来往往的客人很多，按道理他们也不算特别。只是我偏偏脑袋里总有种印象，开始很模糊，直到那天在度假村跟你们见面，很多事情才总算清晰。"

路曦也捏着杯垫，终于出声："是盛之行跟赵修齐？"

"嗯，我确实是那天才记起来。"靳阳看了眼她，"他们在卫生间的谈话我自然听不见，不过后来上菜时看他们的神情都不太好，可能拌了几句嘴。只是那时候我的印象还仅仅停留在'这顿饭大概不太愉快'上，而真正觉得好奇，其实是在听到一通电话之后。"

其实已经不用再听，路曦对这通电话再清楚不过。那是她等了很久很久才终于拨出的，其中夹杂了她无数的期盼、等待还有希望，只是最后结果不尽如人意罢了。

但对当时的事情她早已不再生气,所以对靳阳的描述也开始好奇起来,她确实挺想听听,那家伙编谎话骗她时是什么样子的。

"他接电话的时候,正好是在后厨前头的那个小房间。那个房间是用来放备用的桌椅和餐具的。我那个时候正好经过要拿东西,忽然就听见讲话的声音,我以为有谁来这儿找东西,但走近了,才发现是有人在讲电话。"

"他没看见你吗?"

"没有,他背对着我蹲在角落。"

路曦愣了一下:"他蹲着的?"

"嗯。"靳阳点点头,带着笑,"虽然这样说不太好,但那个时候看过去,他实在很像个做错事被罚蹲角落的小孩,所以我就没有上去打扰。"

路曦想象了一下盛之行蹲在角落时的委屈模样,有点心疼又有点好笑,还有点怀疑自己。明明他当时说话的语气那么慌,为什么自己半点都没听出来呢?

"你应该上去打扰他的。"路曦轻哼,"把他赶走最好!"

省得他说那些撒谎的话。

靳阳对路曦突如其来的小脾气没表现得多意外,甚至语出惊人:"他当时是在和你打电话,对吗?如果没猜错,他可能还在向你说些不诚实的话?"

路曦惊讶:"你……你怎么知道?"

"上次我不是问过你的小名吗?当时听见他叫过,一联系就能猜到了。"

路曦不禁由衷地赞叹:"你记性真好。"

靳阳没过多谦虚,坦然地接受了这份称赞。

"不过……你怎么知道他说的是'不诚实的话'?"

打电话的对象能够通过称呼猜测,但讲话的内容他又是怎么判断得那么准确?

"因为语气。虽然看不见表情,但声音是能听见的。他说起话来的语气,特别像我有时候对我母亲的。"

路曦一时不解:"啊?"

"对在乎的人编造谎言。"靳阳扬唇,"我偶尔也会对我母亲这样。大概她听不出来,但我自己是清楚的,心里虚得不行。"

他把这样的事用玩笑的语气说出来,路曦听后也便同他一起笑笑,只是思绪还停留在他前一句话里。

不是"谎言",而是"在乎"。

从旁观者的角度，他看见过和她完全不同的东西。

"两位，打扰一下，你们聊完了吗？"

在一边坐了许久冷板凳的路朝过来敲了敲桌子，靳阳自然是说完了的，朝他点了点头。路曦回神，也匆匆地应了句："嗯，差不多了。"

路朝看她一眼，向靳阳示意了下左手上的表，他立即领会是什么意思："是该走了。那我先去忙了。"

后一句话是对路曦讲的，她忙同意："快去吧。"

靳阳将书揣上，很快出了咖啡厅。路朝倒是没立马跟上，远远看他往停车的方向去后，才转过头睨着路曦。见她眨巴着眼睛一副乖巧模样，他不由得挑挑眉角，抬手揉了揉她的头："什么时候有空，带那小子来跟我吃个饭。"

路曦愣了一下，随即双眼亮起，抱住他手臂："没问题！"

路朝轻哼一声，笑："走了。"

路曦拉住人，摸摸鼻子："哥，你是不是也得抓紧给我找个嫂子啊？"

路朝眯了眯眼："瞎操心。饭取消了。"

说罢就往外走。

路曦在背后笑得前仰后合，扒着椅背冲他道："我决定就下周末了！你记得空出时间啊！"

没有回应，只留一个潇洒的背影。

路曦扭过身体，笑盈盈地撑着下巴，盯着桌面看了好一会儿，才拿出手机打开通讯录，点了最近的一个通话的电话号码拨出去。

大约响了两三声，那边很快接起。

"西西？"

盛之行的声音传来，路曦偏了偏头，趴下去，一只耳朵埋在臂弯里，他那边隐约有人声："你在忙吗？"

"嗯，在开会。"盛之行顿了顿，"只是小组会议而已。怎么了？"

"没什么，我就是想问问你，你今天下午下班之后有空吗？"

其实自从重新上班之后，两人晚饭都是一起解决的，吃过饭后散散步、聊聊天、看看电影都是常事，只不过这几天盛之行有点忙，路曦也不太确定他现在是否能空下来了。

"有空！我今天肯定有空，绝对有时间！"

他说得几乎毫不犹豫，根本都没花多少时间思考，不知道这么明目张胆要偷懒的话，让他那些一起开会的小组成员听见了会如何。

路曦不由得发笑,笑着笑着,记忆忽然就随着几分钟前跟靳阳的谈话飘到了那一年,高三暑假,精心为他准备生日蛋糕和礼物的那一年。

当时他也是出差在外,她打电话给他,得到了斩钉截铁一定会回来的回答。

不过后来没有兑现。

他们吵架、冷战,她哭了一个晚上,而他也等了一个晚上,布满血丝的眼睛看着她,给出过这一辈子,大概再也不会有人能给她的承诺。

而路曦也相信,他不会再对自己食言了。

"如果你有空的话,那能不能早点过来?我这里搬家……缺少一个劳动力。"

"劳动力"勤勤恳恳,确实很准时。

路曦到家楼下的时候将近六点,本来计划里是半个小时前就应该下班的,但临到门口被人拦住,讲了点事就难免晚了。

眼熟的车停在不远处,路曦在两百米外就已经认出来了。车门闭得紧紧的,车头旁靠着人,看上去百无聊赖,正在仰头往她房间的那个方向瞅。

路曦抿唇踮脚,从背后绕行。

她小心翼翼地走过去,伸长手拍了拍他右边肩膀。果然,见盛之行下意识往右边看,她忍着笑站在左边,见他从另一个方向转回头。

"嘿!"她眨眨眼。

盛之行眯了眯眼,露出点狡猾的意图。路曦当即就猜到他要做什么,但想躲已经来不及,下一秒就被他勒住腰,提猴子一样地往上拎。

路曦赶忙抱住他的脖子,边笑边认输:"我错了!我错了!"

"错哪儿了?"

"哪儿都错了。"

"没诚意。"

虽然嘴上这么说,但盛之行还是松手把人放下来了。路曦趁机捏了下他耳朵报复,然后在盛之行要说话前一把抱住他的腰。

她微微仰起头,鼓着脸:"你等多久了?"

盛之行揉了揉被捏疼的耳朵,低头听她撒娇一样的语气,本来到嘴边的话瞬间咽下去,抬手也抱住人,顺着她后背的长发,扬眉:"一挂电话我就来了。唔……没等多久,也就五六个小时。"

路曦笑骂:"神经病!"

"嗯,我是神经病。"盛之行垂头,吻作势要落在她脸上,"那你还要不要搬家?嗯?要不要跟神经病一起住?"

路曦被他说话时的气息痒到了,埋头去躲,但盛之行还要凑过来,挺直的鼻梁一个劲地往她脸蛋上戳。她笑得不行,手也开始不老实地抓他腰间,但哪儿有什么肉,硬邦邦的,没个落处,路曦便开始往下滑,但盛之行一捞,她又老老实实地趴回他怀里。

路曦红着脸喘了几下气:"盛之行……你……你好像有腹肌哎?"

他气笑了:"你就想说这个?"

"我什么都不想说。"

路曦从他手下逃出来,转身要往楼上跑:"我要上去了。"

盛之行拉住她的手,也不逗她了,摸摸她脑袋:"好了好了,一起上去。"

路曦后来租住的这个地方,盛之行只送过她回来,但从没上来过。他头一回踏足,不免饶有兴趣地四处看看。

屋子不是很大,但布置还算不错。路曦先去洗了个手,然后出来给他简单介绍了几句就回房间了。

盛之行没跟进去,就坐在外面的沙发上剥橘子。路曦觉得他可能会无聊,于是过了一会儿又出来替他把电视打开。

有了声音的屋子瞬间热闹起来,隔着一扇门,路曦也能听见类似金融新闻的播报,不但不觉得无聊,收拾起东西还更有劲了。

她要带上的行李不多,毕竟离得近,就算缺什么也可以回来拿,于是她就简单收拾了几件衣服和日用品,像从碧湖郡搬过来时一样,不到半个小时就盖上行李箱宣告任务结束。

"我好了。"

路曦从屋里探出一个头。

盛之行正大剌剌地躺在沙发上,闻声看了她下,勾勾手:"过来休息会儿。"

路曦其实一点都不累,但还是走了过去。盛之行收脚,给她让了一半位置。路曦一屁股坐下去,弹得遥控器都飞起来。

盛之行见状笑了,抓了遥控器放在手里,调侃:"把遥控器弄坏了,待会儿电视就关不掉了。"

路曦瞪他一眼,抢过遥控器,一下接一下地换台,嘀咕:"关不掉就给你看一晚上……"

她没什么想看的,简单按了两下后就失去兴致。盛之行却似乎精力旺盛,盯着不断变化的电视节目,问:"你饿不饿,要不要吃点东西再走?"

她没来得及吃晚饭,他想来也是空着肚子的:"你饿了?"

"有一点。"

盛之行煞有介事地点点头,边应声边站了起来往冰箱去。路曦不怎么会做饭,食材自然是没多少的,盛之行翻来覆去找了两下,只从旁边的箱子里挖出两包方便面。

"你还在吃这个?"

盛之行拎着包装袋皱皱眉,路曦解释:"没有,这个都买了快一个月了,只是备用而已,最近不是都跟你一起吃晚饭吗?"

"那前几天呢?"

好吧,前几天他忙,她也偷懒贪图了下方便。

"我就吃了一次,真的,其他时间都是点外卖的!"

可惜路曦的信用值在盛之行那儿早已经透支光了,她说什么都惹得他频频怀疑,她没法了,耷拉脑袋:"我保证以后都不吃了。"

盛之行把方便面重新塞进箱子里,冷哼:"以后我天天看着你,你连这东西的影子都别想见!"

路曦抿唇笑了一下:"哦!"

没有食材做不了饭,盛之行干脆打了电话叫外卖。路曦窝在沙发上看他从阳台回来,拧着眉想了一会儿,道:"怎么非要在这里吃……"

她嘀咕,后面的声音略低了些:"去你家吃不就好了……"

反正她行李都收拾完了,直接开车去江园不就行了?他家里肯定是有食材的,为什么非要把时间浪费在她这儿,还点个外卖。

路曦虽有不解,但毕竟还没正式跟他住一块儿,这么不矜持的话她才不会说,免得被他抓到小辫子反过来嘲笑。

叫外卖就叫外卖!反正是他忙活!

这么一想,路曦心情又好了些,坐着坐着哼起了歌。盛之行坐在她旁边,听了几句笑起来,伸手过来把她往怀里揽。

路曦贴过去抱住他,感觉他的身体比睡了一夜的被子还要暖和,不由得蹭了蹭。这类似小动物的依赖瞬间击得盛之行的心软软地陷了一块,他屏住气,把下巴放在她的头顶,低声喊:"西西。"

"嗯？"

"你怎么忽然愿意了？愿意来享受贴心的服务了？"

"不是你诱惑我？"

盛之行闷闷地笑："嗯，是我诱惑你。所以你就上钩了？"

"有便宜为什么不占？"

路曦开始胡诌："不用自己掏房租，不用自己做饭，家务还有你一起分担，傻子才不干这桩买卖。更何况，离超市近我就可以随时去买东西了。"

盛之行连连点头，像是在无声赞同。路曦可以感觉到他的下巴不时在她发心摩挲，不过脸颊贴着的胸腔一阵阵震动，暴露了他其实在笑这个事实。

"干什么？有什么这么好笑？"

路曦捶了他一下。

"没什么。就是突然觉得，这感觉似乎很不错。以后每天晚上我都做不一样的菜，你记得准时下班等我接你回家就好了。"

普普通通的日常，在他口中说出来竟会是让人浮想联翩的美好，路曦的心软软的，忽然想起上次和许欣然的对话。

许欣然问她亏不亏。

大学时候错过的爱情，现在虽然补上，但到底损失了好多年。那时候他们在一起，跟现在这样的在一起，根本是完全不同的。

盛之行忽地听见她幽幽地叹息了声，愣了愣，问："西西？你怎么了？"

路曦摇摇头，往他怀里钻了钻，过了好一会儿闷着声音："盛之行，你说如果我们当初一起出国，是不是早就在一起了？"

盛之行摸着她头发的动作微微一顿，随即轻笑，得意扬扬："怎么了？你后悔当时先出国了吧？谁让你不听话不等我一起。"

他说"等"。

路曦便想起在度假村的第一天晚上，他们并排躺在草坪上，他问起她在德国的点点滴滴，而她想起的却是他在电话里的轻声呢喃。

西西，西西。

穿过无尽距离。

她还记得那夜的最后，自己将眼泪藏进草坪，听他低沉又失落地问她为什么不愿意多等等他。

路曦的鼻子又有点酸，她用了很大的力气，紧紧地抱住他，然后微微仰起头："盛之行，我犯了一个很大的错误。"

盛之行没有说话,本来挤出的笑也慢慢地变淡了,他也用力地回抱住她,害怕她又像当初一样一言不发地逃走。

"为什么?"

他没有问是什么,他问的是为什么。

就如同在她出国以后,他也一遍又一遍地问过自己,究竟是因为什么,才让她在说出那句似有若无的话后又毫无交代地离开。

"我那天……偷听了你跟程夏说话。"

路曦闷声道:"我听见你跟她说,你没有谈恋爱的打算,因为你要出国好好念书。"

那天她在说完想要跟他在一起的话后,又因为心里慌张害羞将他赶去见来找他的程夏,本来是想趁机静一静,但一转念又不愿意让他跟程夏单独相处,所以她悄悄跟了出去,便听到了他们的谈话。

程夏是来找他表白的。

她很有勇气,想要的不过是一个回答,而盛之行也给了,他拒绝了眼前的人,也劝退了背后的人。

"所以我就先出国了。我才不想像程夏那样被拒绝,很没有面子的……"

盛之行想过很多种理由。

她是开玩笑地戏弄他,又或者只是单纯的环境使然让她一时兴起,唯独没想到她是偷听了自己跟程夏的谈话才退缩。他有点哭笑不得,又觉得实在不甘心,便咬了咬牙,说道:"你是猪吗?那些话只不过是用来拒绝程夏的,我说没谈恋爱的打算你就信了?"

"你当时表情那么严肃……"路曦控诉,"而且我怎么会知道你是骗她的?你拒绝人家还用这种虚假的理由?"

所以又成他的错了?

路曦默了一会儿,像是读懂了他的心声,道:"没错,你也得承担一半责任!谁让你写那种不明不白的话了?你要告白你就直接说啊!这样我就不会误会了!"

路曦越想越觉得对,最开始的错误就发生在那份合同上,他写了告白的话,但又什么都不明说,后来她出国就自然把这个事给忘记了。如果不是机缘巧合再想起,或许他们就彻底错过了。

盛之行何其无辜,抓抓头发,像生气又像窘迫:"你怕丢面子我不怕吗?直接说被拒绝了怎么办?"

路曦捶他:"你个男生要什么面子!就你这样不单身谁单身啊?"

盛之行笑起来,嘴角的弧度像一艘小船,厚厚的头发被他给抓乱了。路曦忍不住抬手替他整理,指缝间他的头发软而松,还没来得及顺完,就被他轻轻柔柔落下的吻打乱了节奏。

路曦仰着头缩在他怀里,两只手交叠覆在他后脑上。他吻得时而用力时而温和,唇舌交缠渐渐让路曦脑袋晕乎,她睁开水蒙蒙的眼睛,在意识彻底混乱前推了推人。

"你干什么……还没聊完天呢。"

盛之行还有点意犹未尽,但知道她心里或许有个结。虽然她没有表露得明显,但他从行为和只言片语中大概已经看出——

她在纠结,在愧疚于当初那场根本不该有的误会。

如果没有那场误会,或许那天晚上,他会追问出她没说完的下文,也会向她解释清楚合同上那句话的意思。他们就不会分别,不会有互相空白的这几年。

"西西,其实是我犯了错误。你说得对,我当初就不该写那些奇奇怪怪的话,应该直接把你抓过来一顿说。你看你本来就笨,我随便一钓你肯定上钩,哪还有后面那些弯弯绕绕。说到底其实就是我本事还不够,到现在才把你骗到手。"

路曦眼睛红红的,半晌破涕为笑,骂他:"你能不能正经点啊!神经病!"

盛之行见她笑了,便也笑起来,低下头去用额头抵住她的。两人四目相对,他亲了亲她红红的鼻尖,哄道:"西西,别去想以前的事了,我们得向后看。只要现在我们在一起就够了,以后、未来,我们都不会分开,这样,就不存在什么遗憾了,是不是?"

路曦吸了吸鼻子,把眼睛里的感动藏住:"盛之行,你口才真好。"

他又吻她:"嗯。只对你好。"

吃了送来的外卖,盛之行又带着路曦磨蹭了一会儿,两人晚上九点多才到达江园。

上次来过他家,路曦对这儿不算陌生,自己熟门熟路地从鞋柜上拿了那双女士拖鞋,然后率先往屋里走。

盛之行跟在她身后推着行李,从客房门边绕过站定在他的卧室前,正要推门,被身后倒了一杯水正在喝的路曦给叫住。她捧着杯子穿着兔耳朵拖鞋,看起来呆呆的:"你要把我行李放哪里去啊?"

盛之行表情正经:"我房间啊。"

路曦咬唇:"你家不是有客房吗?"

"哦,客房没清理呢,被单枕套都没洗,也没被子,你要睡吗?"

路曦感觉出些什么:"那为什么不早点回来整理?"

"不是在你家吃了个饭嘛,就没时间了。"

路曦深吸一口气。

难怪!难怪!

怪不得他老是在她家磨磨蹭蹭,找了半天食材找不到还非要点外卖,点完了外卖还开着电视不肯动,原来是早有计划!

前两个小时她还因为他而有的感动,现在早就化成破碎的泡沫了。她咬着唇,跺脚:"盛之行!你怎么这么奸诈?"

"什么?什么奸诈?"

他佯装不知,但嘴角都快咧到耳根了。路曦作势要过去揍盛之行,他连忙遁逃,一下溜进房间,还不忘哭诉:"我冤枉啊!"

冤不冤枉他自己心里清楚!

路曦气呼呼地转身找地方坐下,但很快又开始莫名其妙地想笑,她的心"怦怦怦"越发跳得快了,有不知名的紧张和兴奋涌上脑袋。

盛之行很快放了东西出来,远远先瞅了眼路曦表情,见她似乎没有很生气,就踱步过去,轻咳一下:"咳咳……那个……你的东西我都给你整理好了,要不要去洗澡?"

他手上有自己的衣物,看样子也要洗漱。这房子有两个浴室,他应该是打算把他房间里的那个让给她洗。

"当然要洗。"

路曦说完,赶忙站起来低着头往房间里跑。

"呼——"她怎么感觉脸也开始热起来了。

路曦前前后后不知道把身体搓了多少遍,反正按脑中的时间来算她起码赖在浴室有半个多小时了。盛之行肯定早洗完了,但没有要催她的样子。

"放松……放松……"

反复地深呼吸了几下,路曦做好心理建设之后才慢吞吞地从浴室里出来,到了客厅,却意外发现盛之行并不在,倒是卧室旁边的某一间屋里有淡淡的灯光透过门缝显现出来。

路曦站在原地想了想，走过去敲敲门。

"进来。"

他确实在里面。

这房间是书房，有两盏落地灯，他全都开了，此刻正垂头看电脑，侧脸轮廓被灯光晕得模糊又柔和。

"洗好了？"

看她进来，他就抬手盖了电脑，从椅子上起身过来。路曦刚一点头，就听他问道："怎么不吹头发？"

路曦也想吹："没找到吹风机。"

盛之行恍悟："我平常都没用，可能锁在哪个柜子里了，我去给你找找。"

路曦点头，跟在他身后走出去。盛之行进了房间浴室，上下翻找了几个柜子，吹风机在最下面那一层，他抓着长长的线将它拿了出来。

"走，我们去外面吹。"

床头有插座，盛之行拉着路曦坐下，她长至肩膀的头发不再滴水，乖巧服帖地缩在莹白的耳朵后面。

他顿了顿："西西，我帮你吹吧，让我试试？"

路曦闻言愣了一下，咬咬下唇，没拒绝："好吧。"

盛之行见她同意开心极了，像成功要到糖的小孩子，推了推她的肩膀让她快些转过身。路曦有点无奈，乖乖盘腿坐好，盛之行也是一样的动作坐在她背后，开了吹风机，然后轻轻执起她的头发。

这种感觉很奇异。

从小到大，除了吴静萍跟理发师，再没有谁给路曦吹过头发，暖风和着手指一同在发里穿梭，安静的夜里一切感官都集中在头皮上，他是那个坐在她背后的人，她像他曾经说过的那样，将自己最脆弱的部分交给了他。

路曦默默地享受着他的小心翼翼，最后实在是觉得他太谨慎了，不由得出声提醒："你可以用力一些，把头发翻过去，才好把里面吹干。"

吹风机的噪音不是很大，但想轻而易举就听见她说话也不太容易，盛之行停了一下，空隙间听到她的声音，不由得将头凑过去，好听清楚她到底在说什么。

但也只能捕捉到一点尾音，她说的话他没听全，于是他就忍不住关了吹风机，问："你说什么？"

路曦见他停下发问,便也扭过头要回答,两人的距离霎时拉近,路曦跟盛之行都不禁一怔。

他一只手还托着她的头发,但因为转头,头发便落了部分下去,轻轻扫着他的手指,盛之行的心就按捺不住痒了起来。

他放下她的头发,改去捧她的脸。

水到渠成的吻,气氛跟环境都刚刚好,路曦扭着头不舒服,就干脆转了身过来。盛之行把她往怀里压,再一寻舒服的角度,便双双躺倒在柔软的大床里。

路曦的意识还很清明,大概能猜出接下来要发生什么,她有点害怕,但沾染上身上人的呼吸时又觉得充满勇气。她亲昵地靠近他,他便更珍惜地拥住她,周围的温度在悄然上升,洗澡后混合的水汽让他们分不清到底哪一缕才是对方身上的味道。

盛之行又落了两个吻,将她的样子收进眸中。

"西西,我跟你说过吗?我喜欢你,很喜欢。"

撕扯夹杂情潮,路曦犹如坐上小船,摇曳着回到过去和他一起的每个日夜。

她想她也没有说过。

"我也很喜欢你。"

4

六月的第一天,住在一起后的两人首次一道回家。

这天说起来算个节日,但对路曦和盛之行早已经不生效了,之所以回去是应了沈丽的邀请,给几个前段时间考试名次不错的小孩庆祝一下。

路曦家没有什么弟弟妹妹,对小孩的喜好自然是没那么清楚的,想来想去也不知道买什么,只好让盛之行给出谋划策。

盛之行擅做军师,更擅长应付小孩子,沈丽打电话让他回去的第二天,他就已经物色好礼物了。两人一路回了碧湖郡,刚下车,路曦开了后备箱一瞧,惊得眼睛都瞪圆了——好多玩具跟手办。

"你挺大手笔啊。"路曦感叹。

"还好还好,小孩子吧,需要鼓励,不能小气。"

"但也可能玩物丧志。"

她嘀咕了这么一句。

盛之行正巧拉着她的手往屋里走，闻言笑得狡黠，凑过来低声道："好西西，咱们这个教育理念不太一样啊，以后不会有什么矛盾吧？"

路曦微微脸红，不过还是得硬气起来，于是撇嘴给了他胸膛一拳："闭嘴！"

盛之行吃痛，装作弯了腰，实则手脚也不老实，拉住路曦往怀里塞。路曦起初还有劲捶他两拳，不过后来因为怕痒就慢慢落了下风，只剩下边缩边笑的份。

"咳咳——"

前头传来声响。

声音熟悉，还在闹腾的两人自然认得出是谁。盛之行厚脸皮惯了，笑嘻嘻地往前看，路曦当然没他那么坦然，收手后忙乖乖站好，低着头没有吭声。

"你这孩子，大门口就闹人家西西，知道屋里都能听见不？"

沈丽嗔了盛之行一句，有点好笑，过来拉路曦的手。路曦本身被抓包就有点不好意思了，一听沈丽说屋里头也能听见，瞬间更尴尬了，赶忙咳了两声，咧嘴："阿姨好。"

"嗯，好。西西，特地让你过来吃饭，没耽误你工作吧？"

"没有。"

"那就好。"沈丽笑起来，心情肉眼可见的好，拍拍路曦的手，"静萍一会儿就来，咱们先进去。"

路曦点头，跟着沈丽往里走。盛之行插着兜跟在两人后头，走得好不悠闲。

之前六一节日的时候，路曦都没怎么来过盛家，也不晓得究竟是怎么样个热闹法，今天来算是开了眼界，还没见人呢，就先闻其声，热热闹闹皆是清脆的银铃笑声。

有四五个小孩。

"还有几个没来呢，说是有事，不然人更多，桌子都可以围满了。"

小孩大都是上小学的年纪，一个个活力十足，对新鲜的事物充满好奇，里头有几个路曦以前见过，不过她有记忆，小孩却是不记事的，老早就忘了，见到她只睁着圆溜溜的眼睛看。

"你们好。"她打招呼。

小孩不怕生，见她说话也都围过来。沈丽给他们介绍人，他们便乖乖地一声一声喊："西西姐姐好。"

路曦笑弯了眼，从口袋里掏糖果："给。"

他们接过，又甜甜地喊："谢谢西西姐姐。"

盛之行在旁边看了好一阵，这会儿才插得上嘴，轻哼："你们这群小鬼，过年见到我可不像现在这样冷淡，怎么，我不送糖就没地位了，只知道围着漂亮姐姐转？"

他的话把一群小孩唬得一愣一愣的，个个都眨巴眨巴眼睛瞅着他。有个稍大点的机灵极了，凑过去抱住盛之行的手臂："哪有哪有，我最喜欢之行哥哥了！"

路曦无奈，沈丽也失笑，盛之行则满意地勾勾唇，揽了一群人："我怎么可能不给你们带礼物呢？认真学习有进步的，每一个都有礼物！走走走，现在就带你们看看去！"

在一堆小孩中间，盛之行估计也就只占了一个身高的优势，让人得以辨认出来。沈丽眼见这个"大小孩"领着一堆小小孩出去，好笑不已："这孩子……有时候觉得他成熟了，有时候又觉得他没长大。静萍还老说他靠谱呢，也不知道是从哪儿看出来的。"

路曦抿嘴笑，本来该顺势损一损盛之行，但话到嘴边没能说出来，很快就变了样："他……他靠谱的。阿姨，他就那样，有时候喜欢瞎玩。"

沈丽笑："好，好。只要西西你觉得靠谱就好，毕竟以后跟他过日子的人是你，什么都是你说了算，你觉得好，那就行了。"

路曦闻言，轻轻地点了下头。

客厅外的笑声一直不断。

沈丽没有骗她，在里面确实可以听见外面的声音。

小孩子在笑闹，他也在笑闹，夹杂其中，声声传入耳朵里，尽管隔着距离，却也能引得她想笑。

离吃饭还有一会儿，刘婶在厨房忙，没过太久，吴静萍就来了。沈丽有人聊天，路曦便得了空，悄悄往门外走。

盛之行的车边热闹极了。

他开启后备箱，对小孩来说便如同打开了百宝箱，里面什么都有，什么都是新奇特别的。

盛之行很能聊，跟小孩说话耐心又认真，路曦来了有一会儿他才发现她，他先是扬扬唇，低声交代了两句，然后又摸摸他们的头，像是示意他们挑选自己喜欢的拿走。

"怎么神神秘秘的，聊什么呢？"等他走近，路曦问道。

"没什么，就是让他们不要打起来。"盛之行笑，指指屋里，"我妈肯放你走了？"

"阿姨为什么不肯放我走？"

"你说为什么？"盛之行挑眉，"我看她有一肚子话想跟你说的样子。"

"才没有。"

"真没有假没有啊？那你说说看，刚才你俩在里头聊什么呢？"

盛之行顺嘴一问，估计也没有想听的意思，路曦才不会轻易承认自己刚才为他说话呢，于是装作没听见，把手往口袋里揣。

盛之行拉了拉她，因为有小孩，他动作也不敢太过分，两人稍稍离远些，到了墙后，他才贴近了点，笑眯眯地道："说说啊。"

"行，我说。"路曦点点头，示意他，"你靠过来点，把眼睛闭上。"

"为什么还要闭眼睛？"

"你听我说话而已，闭不闭眼睛有什么关系？快点！"

盛之行挑眉，看出她另有打算，但还是乖乖配合，点头："好，我闭眼了，你说吧。"

路曦已经快绷不住了，她埋头笑，从口袋里拿出攥了很久的糖果，剥了纸壳，捏住往盛之行嘴边放。

"张嘴！"

她一下放进去，盛之行虽然有点措手不及，但还是配合得很好，咬住了没有掉下来。甜味在口中蔓延，他睁开眼："这是什么？"

路曦笑："糖呀。"

是橘子味软糖，甜甜的，还有点粘牙。

盛之行哼笑："我当然知道是糖。我是问你，这是干什么，拿我当小孩哄啊？"

"嗯……算是吧，这是给你的儿童节礼物。他们有的，你也有。"

路曦指了指墙后边还在挑礼物的小孩们。

盛之行哭笑不得，这是真拿他当小孩了。

"好啊你，我算是听出来了，笑话我是吧？"盛之行伸出双手搓了搓，呵气，"看我怎么惩罚你！"

路曦见状忙瞪圆眼，按住他的手："不行！你又来？天天只会这一招，等会儿又被阿姨听见怎么办？"

"听见就听见了。那是一会儿的事,一码归一码,现在我得先处罚你才行。"

盛之行"铁面无私",一点没有留情的余地。路曦算是怕了,干脆在他行动前率先服软,一下扑到他怀里,按住他的手不让动:"不许!盛之行!你敢!"

这是求饶还是威胁?

盛之行听笑了,心软又无奈,他抱住人,低头:"现在不怕声音大被我妈听见了?"

路曦被盛之行这一弄给搞晕了,真忘了,她又气又不甘心,拽着他衣角要出来。盛之行哪里肯,双手一环,牢牢按住人。

"你干什么?"

"你先别急啊,礼尚往来,我也有儿童节礼物要给你。"

路曦一愣,瞬间不挣扎了。盛之行见她乖了,笑笑,松开人,摸了摸她头发:"我说真的,你准备好没?"

他虽再笑,但问话还怪正经的,路曦不知为何忽然有些紧张,心跳也有点加快。

她捏捏手:"喂,你要干什么?"

"唔……你这么问,我就当你准备好喽。"

盛之行话音落下,拉着她从墙边拐了出去。路曦还有点蒙蒙的,尚未反应过来,就见他扭头朝车那边,喊道:"小鬼们,快过来,拿了礼物可不能赖账啊。"

小孩们闻言一拥而至,整整齐齐地站成一排。

盛之行笑得得意:"来来来,我刚刚怎么教的,三二一,你们都说一遍。"

盛之行利落地倒数,小孩们都憋着口气瞧他,直到听他数完最后一个数字,然后才长长地呼出一口气,异口同声:

"西西嫂嫂!"

"西西姐姐!"

路曦怔住。

盛之行也怔住。

说出不一样话的小孩们也怔住。

空气凝滞了片刻,随后那个稍大点的小孩先说话,拉了拉旁边伙伴的小手:"你喊错啦,之行哥哥教的是'西西嫂嫂'!"

·300·

"啊?"小伙伴摸摸脑袋,甚是迷惑,"之行哥哥,我喊错了吗?那我还有玩具拿吗?"

盛之行扶着脑门,刚刚高扬起的尾巴现在已经陷进了泥土里:"有……有……"他有气无力,"你们几个,赶快进屋玩去。"

"哦!"

小鬼们捧着玩具乖乖听话。

初时的惊讶和紧张过去,路曦现在心里只剩放松和愉悦,乌龙虽小,但实在凑巧。她等小孩们都进屋后,努力忍着笑调侃:"你这个'礼物'没排练好啊。"

盛之行懊恼:"只是一点小意外……"

"唔,是小意外,没关系的,不用放在心上。"

说得这么轻巧,盛之行怎么可能看不出她什么心思,懊惜也顾不上了,一把拉住人:"小意外是他们,不是你。'礼物'反正送了,怎么样,你什么想法?"

"嗯?什么什么想法?"

"就……"

盛之行刚起个头,屋里就传来沈丽的声音:"之行,西西?进屋来吃饭了!别在外面玩了。"

恰好将他打断。

路曦笑:"阿姨喊我们吃饭了!"

她说着往回走,扎起的马尾随着走路的动作在晃动,倒像是学生时期青春洋溢的模样。

"不过……"

路曦上了几级台阶,盛之行还站在原地,她忽地停下转过身,视线与他平齐:"如果你非要知道的话……"

她抿唇笑,双眼明亮:"那我只能告诉你——你的礼物,我很喜欢。"

喜欢这样的坦诚,喜欢这样的及时,也喜欢送出这个"礼物"的他。

告白在时间里迟到了许多年,他们也曾在对方的生命里空白过。但还好拐过相错的方向后,彼此还可以幸运地重逢。

现在和未来,他们之间,不再有错过。

一切,都将是正刚好的。

番外一 / 下次见
她和他，一定要好好再见

十月的北威州，每日都下着绵绵细雨，没有课的早上，路曦基本在被窝里睡到自然醒。

但今天没有。

一通电话将她和周公的会面打断。

手伸出温暖的被窝，在床头乱摸一气，终于拿到手机，她带着些微起床气，愤愤地接通："哪位？"

"这么凶？不会是被我吵醒的吧？"

熟悉的声音从电话那头传来，路曦愣了一下，以为是自己做梦幻听，努力睁了睁眼，将手机屏幕凑近眼睛，才确认——她没有幻听！

是盛之行！

算起来，他们大概有三个月没有联系了，有点久，久到……她都不知道该说什么。

路曦腾地坐起来，抓了抓自己散乱的头发，轻咳一声："怎么可能，我早睡醒了，在学习呢……"

等整理完头发，路曦才后知后觉地意识到他们只是在通电话，盛之行根本什么也看不见。她叹了口气，懒洋洋地重新靠回床头。

"倒是你，怎么突然打我电话？"她没好气地问。

"怎么叫突然？"盛之行在那头笑，"当然是有惊喜才联系你啊。"

"呵呵，只希望不要是惊吓才好。"

"当然不是惊吓。你猜猜,我现在人在哪里?"

"床上?厨房?厕所?你希望我说什么?"

盛之行"啧"一下:"认真点,我可不是在开玩笑。"

路曦沉默半秒,狐疑地抓着手机:"你什么意思?你不会是要告诉我?你现在在我学校吧?"

"不对。但也对,我在北威州,你学校也在北威州,画个等号,我就等于在你学校吧。"

路曦这下真靠不住了,她猛地坐正,吸了下鼻涕,揉揉自己的脸,难以置信:"盛之行你别开玩笑啊,你不好好在苏格兰待着,跑来这里干什么?我才不相信你呢!"

"行吧,和你说实话,其实我是代表我们学校来参加设计联赛,这场小组决赛正好设在北威州这里,所以我当然会来了,又不是纯旅游,我可是有正经事做的。"

原来是这样。

路曦抿了抿唇:"那你来参加比赛,为什么还要特地打电话来和我说?炫耀呀?"

"怎么,我在你心里形象就那么邪恶?"盛之行道,"给你打电话,当然是邀请你来喽。"

路曦眨眨眼,揉了下耳朵:"来哪里?"

"来——我的庆功宴!比赛一会儿就开始,结果会在一个小时内公布。不过说实话,这结果也可以不用等,我们小组是必赢的。"

路曦哼笑,嗤他:"真自恋!万一输了呢?"

"没有万一。"盛之行回得迅速,顿了下,问,"西西,你到底来不来?"

"来!"路曦立马应下,又觉得自己好像答应得太快,有点懊恼,"你……你把地址发给我,我现在要去上课了,回头再和你聊!"

她机关枪似的说完话,然后"噌"地挂断电话,语气匆匆,连坐在下面玩游戏的舍友都被她吸引了注意:"西西?哇哦,我听见了什么?你的语气好像在撒娇?男朋友?"

路曦被舍友一连串的疑问句和调笑的表情捶倒在床上,拍了下被子,否认:"才不是!朋友而已!"

舍友并不相信:"真的?"

路曦没有回答。

她在回复盛之行的消息，他给她发来了今晚庆功宴选定的地址。

她盯着地址看了一会儿，手指在屏幕上快速敲击：你那个设计联赛全称叫什么？

"Katia，一会儿的课我不去了，有留作业的话，等我回来再做。"

二十分钟后，路曦梳妆打扮好，边穿外套边对舍友说。

Katia愣了一下，意外不已："什么？西西，等下上课的是你最爱的Professor Essen（埃森教授），你喜欢的华裔帅哥，你忘了？"

路曦来不及解释，摆摆手："没事的，课不差这一节，教授反正也天天见的。"

Katia："哦……"

盛之行说的设计联赛路曦没有听说过，但似乎很有名，上网一搜就能找到比赛场地。

路曦将场地的名称输入检索框，导航路线很快出来，距离她的学校不算太远，打着方向盘进入车流时，她的心莫名跳快了几拍。

来到德国这几年她其实不怎么开车，自驾出行的次数屈指可数，就如同她跟盛之行之间的联系。

离开家之后的每一个春节，尽管学校这边没有放假，她都会争取请假回去，其乐融融地和家人在一起时，她偶尔也会透过窗户，望向不远处那栋静立的房子和紧闭的屋门。

她想见见他。

朋友身份也好，邻居身份也罢，不远万里的航程，如果是去见想见的人，再累都是值得。

只可惜，回去寥寥几次，来不及多见几面多说些话，她就得匆匆离开。

而这回，想见的人猝不及防地出现在她生活的城市，让她怎么忍得住不去找他？

长长的车道好像怎么也望不到尽头，平常宽敞的路今天不知为何变得特别拥挤，路曦按捺着焦急的心情，一边提高速度超车，一边关注着导航动向。

手机响了一声，跳出弹窗，是盛之行发来的消息。

盛之行：比赛开始了，我们晚上见。

路曦扫了一眼，突然发觉自己出门实在太着急，如果他真的赢了比赛，她两手空空地去，会不会不太好？

她正思索着是否该顺道挑个礼物送给盛之行，余光蓦地瞥见前方拐角冲出来一辆车。她吓了一跳，连忙踩住刹车，虽然没撞到前车，却被后方追尾，巨大的冲击力让她整个人猛地前倾，脑袋和胸口都嗡嗡发疼。

"嘿！下车！"

路曦还在眩晕中，车窗外就有人不断拍击和吼叫，她强撑着不舒服，解了安全带下车。

细细的雨打在她的脸上，前方那辆突然冲出的车早就不见踪影，面前这个中年男人应该就是追尾她车的车主。

"你在做什么？会不会开车？为什么要突然刹车？"

路曦被他的吵闹弄得烦闷，她看了眼严重凹陷进去的车尾，想解释刚才的情况，又觉得没什么必要。毕竟她确实分神看了下手机，出问题也不能全怪别人。

"是我的问题，我们都喊保险……"

"当然是你的错！没那个技术就不要上路害人行吗？就是因为你们这样的女司机太多，马路才变得那么危险！"

路曦本来不打算多做纠缠，双方都叫保险公司来解决就好，但听他这么说话，她顿时不乐意了，火气"噌噌"地往上冒。

她冷笑一声："怎么，都是我的错，这么会甩锅？你多有技术多厉害？那你懂不懂什么叫安全距离？我刚踩刹车你就撞上来，需要我帮你回忆一下，你刚才离我的车有多近吗？"

男人显然不允许自己的技术被贬低，听见路曦对他冷嘲热讽，顿时开始一番输出回击她。路曦不甘示弱，同样嘴下不留情。

…………

路曦再回到宿舍已经是将近深夜。

Katia仰躺在床上，长舒一口气："没想到第一次进局子是去捞你。"

路曦拿起水杯，仰头喝尽，今天可真把她渴死了："你不捞走我，我还能和那个男人吵上两天！什么素质，看不起女人吗？"

"好了，好了，是他的错，你也别气了。"Katia安抚她，"早上开开心心地出去，晚上要是一直不愉快，你肯定睡不好的。"

路曦张了张嘴，脑中遗忘的回忆霎时涌来。她惊得低呼一声，赶忙去掏自己的口袋和包包。

手机！

一整个下午都在警局处理撞车的事情，手机被开了静音，她根本都忘了，早上是为什么急急忙忙地出门！

按亮屏幕，好几个未接电话和短信，路曦懊恼地一条条点开看，全都是盛之行发来的。

盛之行：意料之中，夺冠！

盛之行：你今天要上课吗？下课没，等会儿我来接你？

盛之行：不要的话，那直接店里见吧，带你认识认识我的朋友。

盛之行：……怎么不接电话？

盛之行：西西？出什么事了吗？看到快回复我。

盛之行：下雨了西西，你人在哪里？都这么晚了，学校还有事吗？看到给我回电话，快点！不然我要去你学校找你了！

…………

最新一条是五分钟前发的。

那么多条短信，那么多个电话，她明明说好要去参加庆功宴，却食言了。不仅如此，为了联系她，他估计也没能好好庆祝一番吧。

无尽的愧疚将路曦淹没，她甚至动了想要回拨电话给他的冲动，可她又担心说得太多会暴露，她不想让他知道今天发生的这些破事。

所以她只回复了短短一句：我有别的事来不了了，你和你的朋友庆祝吧，恭喜啦！

消息发送，她握着手机，一直没让屏幕变暗。

很快，盛之行的消息发来：好。

就一个字。

简短到让她猜不出来，他是生气，还是失望。

"Katia……"

安静了许久后，路曦轻轻出声。

Katia躺在床上，已经快睡着了："嗯？"

"疼。Katia，我心口好疼啊……"

突如其来的车祸，没弄断路曦的肋骨，但断送了她很长一段时间的好心情。

心口疼是撞击的后遗症，她去医院看，医生说没什么大碍，但还是建议留院观察几天，并且不宜剧烈运动。为了安全着想，路曦还是向学校请了假，乖乖在医院休养。

　　风和日丽的某一天，路曦在病床上忽然收到盛之行的消息。

　　一张图片，是白云、机翼，和空旷的蓝天。

　　还有一句文字：我走了，下次见。

　　就和来时一样，他又静静离开。

　　路曦攥着手机，除了叹息和遗憾，她不知道自己还能怎么办。

　　这场跨越一整个北海距离的相见，到最后还是化为了不知何时兑现的"下一次"。

　　谁也不知道，这个下一次，究竟会不会实现。

　　可如果……如果真的能有……

　　路曦想——

　　她和他，一定要好好再见。

番外二 / 何心韵
只要微光不灭，她仍有前路与未来可去

"何小姐？何小姐？"

初夏的天气太适合打盹，何心韵被人喊醒，睁开眼才发现天已经黑了。

"何小姐，睡着了？是不是太累了？"

"不是不是。"何心韵摇摇头，笑着坐起来，将头发和衣服整理好，"没有太累，就是太阳实在暖和，我忍不住小眯了会儿，陈姐你别多想。"

"唉……"陈姐叹了口气，"怎么能不多想……最近园里虽忙，但终归不应该总麻烦何小姐你，我都看见你挂掉好几个电话了，肯定是打扰到你工作了。"

"真的没有，陈姐，我是自愿来帮忙的，你也知道我喜欢那些孩子，看见他们高兴还来不及，怎么会觉得烦、觉得累呢？"

陈姐闻言仍旧皱着眉，还想再说话，何心韵的手机先一步响起来，她拿出看了下，道："陈姐，你看，接我的人到了，我都不用自己开车，能费什么精力？好了，都这么晚了，你也快回去休息吧。明天周末，咱们俩呀，都一块儿放放假。"

陈姐的宿舍就在园里，通向大门的长长道路只有何心韵一个人，她吹着夏季傍晚的风，挽住和裙摆一起悠悠晃荡的长发。

大门不远处停着一辆黑色的车。

何心韵直直走向后座，拧了车门把手，却发现车门纹丝不动。她愣了一下，抬眼，才发现后座里没有人，倒是副驾的车窗被打开了。

她望过去，驾驶座的男人正淡笑着看她。
"哥？"
何心韵有点意外，今天竟变成何家这位大忙人来接她？
她弯腰上了副驾驶："你怎么来了？司机大哥呢？"
何承谦提示何心韵系好安全带，回道："我让他先送沐木回去了。"
"沐小姐？对哦，你们今天一起去听讲座来着。"
"嗯。你今天怎么这么晚？"
"哦，园里下午整理东西，我搭了把手，就忙到现在，刚刚还睡着了。"
"要多休息。最近听司机说，你已经往这边跑了好几趟了。"
"嗯，我知道，放心吧。"
何心韵一路闭着眼休息，很快就要到家时，何承谦的手机响起来，将她吵醒。
是司机向他汇报，已经将沐木安全送到家。
"好。"何承谦说完，挂断电话。
何心韵没了睡意，睁眼望着窗外风景，想起什么似的，问道："哥，你和沐小姐都交往快两年了，有准备什么时候结婚吗？"
"应该快了，今年年底吧。"何承谦转头看她，"别光问我，你呢？爸妈都有问你准备什么时候找男朋友？上次盛家那位，你不是说要接触？结果莫名其妙吹了，我记得你还萎靡了一阵子，可是心里还惦记人家？"
"怎么会？"何心韵失笑，"盛家那位……是个好男人，不过我不喜欢他，他也对我没意思，他有自己……青梅竹马喜欢的人。"
"那为什么那段时间你不太开心？"
何心韵摇摇头，笑："没有不开心，只是觉得，有些幸运，不是不会发生，而是……我没有那个运气被选中吧。"

公司目前基本都是何承谦在挑大梁，何心韵偶有参与一些项目，但不多，忙过该忙的时间，还能留有精力做自己喜欢的事。
法务部就在下一层，临近下班，何心韵收拾了两份文件，打算趁着这个时间将剩下的小活收个尾。
靳阳果然在办公室。
她敲敲门走进去，路过沙发，才发现那儿坐着一个人，来人见到她还挺高兴，笑说："嗨，心韵。"

"沐小姐?"

"别误会。刚刚你哥哥也在,不过正好有事出去了,让沐木先在这儿等一会儿。"

她恍悟,点点头。沐木站起来,笑着拉她:"还好心韵来了,我坐了挺久,怪无聊的。心韵,你陪我说会儿话吧。这个人现在正在忙,估计也没法处理你的事。"

何心韵哭笑不得:"真的假的?"

靳阳回:"确实。我现在手头还有事,如果你不急,先等我一会儿。"

他都这么说了,何心韵自然也不好再打扰,便和沐木一块儿去往休息室,找了个地方坐着聊。

"好久没见你了,来了好几次公司,都听说你在出差,好像在忙……什么信峰一期的事?"

"嗯,不过已经差不多尘埃落定,最近我不会那么忙了。"

"那挺好。不要学你哥哥,还是要给自己留一些休息时间。"

何心韵笑:"我正打算休息一段日子,顺便找你学习一下。"

"我?"沐木惊讶,"我有什么能教你的?"

"有啊。"何心韵做着手势比画了下,冲她眨眨眼。

"手语?"沐木道,"你不是会吗?为什么还要找我学?"

"我是会,可是在教别人上,始终觉得不够得心应手,可能差了点什么。沐小姐你是老师,在教学生上肯定比我有经验,所以就想向你讨教一下。"

沐木点头:"原来如此,那没问题啊,不过……你是要教谁?"她挑眉,"喜欢的男人?"

何心韵摇头:"不是……教小孩子而已。"

"这样啊,那好吧,我还以为能挖到什么大瓜呢,唔,有一点点失望。"沐木说道,"不过——有件事情我挺好奇的,心韵,为什么你和承谦都会手语?这是作为何氏继承人的必修课吗?"

何心韵被沐木的语气逗笑,又听她说:"我有问过承谦,他没解释得很清楚,就只说,是他自己感兴趣才学的。"

"嗯。大概吧。"何心韵低头,"他只是感兴趣而已。"

"那你呢?"

她吗?

何心韵沉默了下,随即起身给自己和沐木泡了两杯咖啡,重新坐下:"我给你讲个小故事吧。"

小故事很短,也很简单。

"以前有个小女孩,她从小在单亲家庭长大,生活很穷,每天都要早起帮家里人一起卖早点。后来在出门卖早点的某一天,她走失在错综复杂的小路里,装着早餐的车子丢了,疼爱她的家人也不见了。"

"啊……怎么会这样,那不是很可怜吗?"

"是啊,可怜。但又很幸运。"

走失的小女孩被善良的一家人捡到,带回去悉心照料,身体表面的伤口都在一天一天痊愈,只是内心的伤痕仍在,让她变得无法开口说话。

她自卑、胆怯、爱哭,常常自己躲在黑暗的房间里,她不愿见到阳光,害怕面对人群。

直到他的出现。

那是一个连说话都轻声细语的男孩,他放轻脚步,迈进黑暗的屋子找到她,没有出声,只是在她仰头望着他时,淡淡地对她笑。然后伸出手,比画了一些她看不太懂的动作后,才对她开口说:

"不要哭,跟我走吧。"

小女孩不知道自己要去到哪里,不知道人生的下一站是否还有危险,但这一刻生命里的浮木出现,她由不得自己——她不得不握住。

"所以她后来能开口说话了吗?"

"能。这个女孩不仅学会了手语,还恢复了正常人的生活状态。"何心韵冲沐木笑,"她是我的好朋友。我的手语,就是她教的。"

"原来是这样。"沐木恍悟,随即略带怜惜地说道,"那你这个朋友一定是个很坚强的女孩子,下次有机会,也介绍给我认识吧?"

"好,会有机会的。"何心韵抿了口咖啡,见沐木还捧着杯子不动,道,"怎么不喝?不喜欢这一款?"

"啊?"沐木怔了一下,看向杯中的咖啡,随即神秘兮兮地笑起来,压低声音,"这个啊……心韵,我和你说,不过你先不要告诉你哥哥。"

何心韵愣了一下,心莫名跳得快了,她慢慢、慢慢地靠近沐木,耳中却好像什么也听不见。

"我怀孕啦,两个多月了。"

她还是听见了。

这是多么美好的字眼。

何心韵笑起来，真诚地祝福沐木。

"恭喜你，恭喜你们。"

夏日的太阳毒辣，何心韵陪着陈姐一起，站在树荫下面看着孩子玩闹。

今天是放暑假前的最后一天，也是何心韵来帮忙的最后一个下午——虽然她不认为会是最后一次。但园长和陈姐都已经很不好意思，她只能答应暑假后暂时不再来，除非他们真的特别缺人。

"有没有准备再招一位新老师？"

"有啊，不过实在有点困难。"陈姐叹了口气，"现在的手语老师不好找，更别提还要求他们能够对孩子耐心一些。我们园里开出的条件又比不上别人，好一些的老师，基本上都要跳槽离开了。"

"陈姐，我……"

"何小姐，我知道你要说什么，那些话你可千万不要再提了。你们家里是做生意的，又不是搞慈善，园长已经说了，之前你就帮过我们很多次，我们不是贪婪的人，怎么可以再无止境地朝你索取？"

"怎么能是索取？之前那些，不只是帮你们，也是为了让这些孩子有可以上学的地方，都是我心甘情愿的，没有谁逼迫我。"

陈姐摆摆手，无奈地说："何小姐，我知道你的好意，只是，只是……唉，等哪天你能说服园长，或许我也能让自己心安理得地接受吧。我何尝不想让这些孩子有更好的环境能上学成长呢？"

何心韵还想再劝一句，教学楼内突然走下两位熟悉的身影，她以为自己看错，后来定睛辨认，才发现并不是。

"园长旁边那位……"她下意识地出声。

陈姐注意到她的视线所及："噢，那一位……是个律师，前几天第一次见，听说是别人派来找园长谈事情的。"

真的是他。

靳律师的合伙人。

何心韵见过他几次，但不熟，也没怎么说过话，不知道他来找园长谈什么事情。

但总归有很大概率不是什么好事，何心韵想跟上去问一问，但没来得及去，忽听前头一声闷响，是两个孩子玩闹中撞在了一起。

她吓了一跳，跟陈姐一块儿跑上前，摔倒的两个男孩倒向两边，她们二

.312.

人各自扶起一位。

孩子无法说话,只有眼泪能表达他们此刻的疼痛,可他们却连眼泪都不敢掉,小心翼翼的,仿佛犯了什么天大的错误。

何心韵看着揪心,伸手抹去男孩眼角的泪水,轻轻抚摸他肿起来的额头,哪怕知道他听不见,也还是安慰:"没关系,没关系,不要害怕。"

安抚间,陈姐已经将另一位男孩抱起,拍打着他的背,朝医务室的方向去,她向何心韵示意,让他们尽快跟上。

可何心韵却未动。

她没敢触碰。

时间像幻影,记忆像泡沫,她怕自己一碰,就击碎和当初的她一样脆弱的孩子。

可事情没有任性的余地,再踟躇,她也不可能将孩子这样扔在原地。

"不要哭,跟我走吧。"

她这么做着手语。

四目相对,她从男孩清澈的眼中看见一个倒影,那么渺小,又那么清晰,那是过去的、幼时的、躲在角落瑟瑟发抖的她自己。

原来那不是爱。呢喃的、小心的、亲切的问候,只是一种怜惜、一种悲悯,那些感情将她困在无形迷宫里,直至今日才依稀窥见出口。

男孩亮晶晶的双瞳望着她。

慢慢地、慢慢地,她看见他朝自己伸出手。

可这时,忽然一个人影出现,先她一步,握住了男孩的手。

何心韵愣了愣。

男孩被一下抱起,挂在男人坚实的臂膀和脖子上。男人没有安慰的话语,只是轻轻拍了下男孩的头,男孩便撇了撇嘴,不再流泪。

何心韵也突然清醒随着他站了起来。

"何小姐,这边你应该比较熟,烦请带下路,一起送这个孩子去医务室。"

她正视眼前的男人。

他原来也认得她。

听到他说的话,她一时不知该怎么应,只能下意识地点头:"好……好的。"

她擦过他肩膀,走在前面带路。

洒下的阳光穿下树荫,何心韵匆匆走过,像是推开幼时阁楼内常常关闭的那扇窗，窗后有紧紧跟随着她的人。

她突然怀念起小时候，日日早起出门，跟着家人推着早餐车，站在路边吆喝的热闹景象。

她曾向往人声、向往幸福、向往握住一次、就不会再放开的手。

也许那些，她过去不曾得到，以后也不会得到，可当阴影过去，光线重新照进来时，她相信，只要微光不灭，她仍有前路与未来可去。